朝日新聞社

終りなき始まり 下

梁石日
Yan Sogiru

終りなき始まり（下）

第三章

大阪を出奔した文忠明《ムンチュンミョン》は一年ほど東北地方を放浪したあと東京に出てきてタクシー運転手になった。そして一年後に家族を東京へ呼び寄せたのである。事業に失敗して大阪を出奔してから十三年ぶりに金基洙《キムギシ》と会ったが、金基洙は以前とまったく変わっていなかった。それに比べて、おれは変わっただろうか？　と文忠明は思うのだった。ときどき妻の陽子《ヤンジャ》に、

「あなたは変わってしまった」

と悪意をこめて言われていた。

自分では変わっていないつもりでも、はたから見ると変わってしまったと思われるふしがあるのだろう。それを文忠明も認めないわけにはいかなかった。激しく変動する時代の中で人は変わっていくが、自分はどのように変わったのかを確かめるのは難しかった。鏡の中の姿を見るように自分の内面を見ることはできないからだ。昨日と今日の境目をかろうじて生きているその日暮らしの文忠明にとって、明日はどうなるのか知ったことではなかった。ただ朴淳花《パクソンファ》に対する思いは日ごとに深まるのだった。タクシーを運転しているときも、就寝前にもの思いにふけっているときも、文忠明は淳花のことを考えていた。淳花の情熱的な黒い瞳や愛らしい唇と声、はちきれ

そうな肢体、すでに男を充分に知っている性の喜悦、それらは妻の陽子にはないものであった。日ごとに深まっていく夫婦関係の溝を埋めるように文忠明は淳花へと傾斜していくのである。

誰にも何も告げずに大阪を出奔して十三年ぶりに金基洙と再会した文忠明の気持ちは少し楽になったが、それでも贖罪意識がなくなったわけではない。目に見えない人生のしがらみはむしろ澱《おり》のように深く沈殿していくのだった。淳花を愛しているが、先のことを考えたくはなかったのだ。

しかし淳花はしだいに文忠明との結婚を望むようになっていた。

その日も淳花の兄の朴建二《パクコンイ》から掛かってきた電話を陽子が受けた。

「朴いう人から電話。最近よく電話が掛かってくるわね」

むろんその電話が淳花の代理であることを陽子は知るよしもなかったが、文忠明は気が気ではなかった。

電話に出ると朴建二はいつものように、

「すみません。淳花に頼まれて……」

と言って淳花と交わるのである。

電話を交わった淳花は、

「ごめんね。どうしても声を聞きたかったの。だって二日会ってないんだもの」

と切なさそうな声で訴えるのだった。

子供のように天真爛漫で無邪気な反面、こういうときの淳花は声に成熟した女の性的な響きを漂わせていた。文忠明は朴建二と話しているように装いながら淳花とすぐにでも会いたいと思った。そして会う約束をすると文忠明は三十分後にはそそくさと家を出た。妻の陽子に対する後ろめたさはなかった。恋の虜《とりこ》となった文忠明はひたすら淳花を求めた。店の仕込みのため午後四時には家を出る朴建二と入れ替わるように文忠明は練馬にある淳花の家に赴いた。駅から十分ほどの距離だが、曲がりくねった狭い道を歩いていると遠く感じられた。兄の建二と淳花と妹の三人暮らしだったが、妹は恋人のところで四、五日過ごしたりして家をよく空けていた。

文忠明がチャイムを鳴らすと、待っていた淳花はドアを開けるなり抱きついてきた。二人はドアを閉めるのももどかしげに抱き合ったまま階段を上がって淳花の部屋に入り、ベッドに倒れ、からみ合いながら互いの衣服を剝ぎ、むさぼり合うのだった。

「わたしをめちゃめちゃにして！　あなたに一日会えないだけで気が狂いそうになるの！」

体の隅々に舌を這わせている文忠明の頭をかかえて淳花は大きく股を開いてのけぞり、文忠明のすべてを呑み込もうとするのだった。感情の嵐が激しく求め合う二人の間を吹き抜けていく。

淳花は文忠明の肩に噛みつき、

「あなたを食べてしまいたい」

と口走った。

唇を奪い合う二人の息づかいはけもののようだった。

瞳を閉じてひたすら文忠明を求める恍惚《こうこつ》とした淳花の表情はたとえようもなく美しかった。文忠明はいま、この世でもっとも美しいものを手にしていると思った。暮れていく薄明かりの中で二人の一日は始まっていた。互いの一部を共有してようやく自分自身にもどったあとも離れ難く別れ難い二人の体は、なお燃え続ける情念の深い暗闇で何かを確かめ合っていた。すべすべとした柔らかい淳花の体の中の、不可思議な得体の知れない粘液質の襞《ひだ》からもれてくる呻き声は一兆の細胞に共鳴していた。それはどんな交響曲よりも素晴らしかった。

二人は抱き合ったまま眠りに落ちたようだった。しばらくしてうっすらと瞼を開けた淳花が文忠明の腕の中で呟いた。

「わたし、あなたに抱かれている間にはっきりわかったの。わたしにはあなたが必要なの。あなたにもわたしが必要だと思う。そうでしょ」

淳花はうっとりした瞳で文忠明を見た。

「そうや、おれたちは互いに互いを必要としている」

文忠明は淳花を強く抱きしめた。

淳花は少しの間、幸せそうに瞼を閉じていたが、

「さあ、仕事に行かなくちゃ」

と文忠明の腕からするりと抜けて、脱ぎ捨ててあった服を着はじめた。

「あなたも一緒に店に行く？」

と淳花は訊いた。

「よし、一緒に行こう」

文忠明も跳ね起きて服を着ると腕時計を見た。午後六時だった。いまごろ朴建二は店を開けているだろうと文忠明は思った。

「急がなくちゃ。兄貴が怒ってるよ。わたしたちがいちゃついてるのを知ってるから」

淳花が茶目っ気たっぷりに笑った。

駅に急ぐ途中、淳花は明日の予定を訊くために伽倻琴の沈美香《シムミヒャン》先生の家に立ち寄った。先生の家は淳花の家と駅との中間にあった。

「明日は早く起きて、先生の子供を幼稚園に連れて行かなくちゃ」

先生の家から出てきた淳花は憂鬱そうに言った。

「君が先生の子供を幼稚園に連れて行くのか?」

「そう、先生は明日、ソウルに行くので時間がないのよ」

二人は池袋駅で山手線に乗り換えて新宿で降りた。池袋も人が多いが新宿の人通りはその二倍ぐらいある。東口には多くの若者がたむろしていた。地べたに座っている者もいればラジカセの音楽に合わせて踊っている者もいる。たいがいの若者は長い髪をしている。ビニール袋を膨らませたり、巻き煙草を吸ったりしている若者が何人もいた。

「シンナーや大麻を吸ってラリってんだよ。わたしも大麻吸ったことあるけど、すごく気分がよくなるよ。幸福な気持ちになるの。いまはあなたがいるから大麻はいらないけど」

大麻を吸っていたとは初耳だった。しかし淳花なら大麻を吸ってもおかしくないと文忠明は思った。好奇心と感受性の強い淳花は何ごとも試してみなければ気がすまないのだ。

靖国通りを渡ってさくら通りを行くと、以前、文忠明が殴りつけたチンピラやくざが客引きをしていた。文忠明は内心チンピラやくざの報復を恐れていたので、

「ヤバイな……」

と言いながら近づいて行った。

「大丈夫だよ。あいつの組の幹部は兄貴の後輩だから、わたしたちに手出しはできないよ。あいつがあなたに手出ししたら、わたしがかばってあげる。心配しないで」

そう言って淳花はわざとらしくチンピラやくざに急接近した。するとチンピラやくざは顔をそむけるようにしてあらぬ方向に歩きだした。

「ね、言った通りでしょ。兄貴が組の幹部の先輩だってことを知ってんのよ。あいつらの世界は

上下関係で成り立ってんだから」

淳花は得意そうに言って肩で風を切るように颯爽と大股で歩くのだった。

「ファティ」に入るとカウンターのとまり木に二人の客が座っていた。マスターの建二は一時間以上遅刻してきた淳花と一緒に入ってきた文忠明を不機嫌面で迎えた。

淳花はさっそくエプロンを着けてカウンターの中に入ると、とまり木に座っている文忠明の前にグラスを置きビールをついだ。

先客の三十前後の二人は顔見知りだが名前は知らなかった。もちろん淳花と親しい客である。だが淳花は二人の客にちょっと挨拶をしただけで文忠明の前から動こうとしない。一刻も離れまいとしているかのようだった。思い込みの強い淳花の性格を知っている兄の建二は渋い顔で二人の客の相手をしながら、

「淳花、ちょっと氷を割ってくれないか」

と頼んだ。

「いま忙しいのよ。文さんと大事な話をしてるの」

とりつくしまもない淳花のそっけない返事に、マスターは自分で氷を割って二人の水割りをつくった。

八時ごろから数組の客が入り、九時ごろには店は満席になっていた。文忠明と話し込んでいた淳花も接客に追われてカウンターを出たり入ったりしている。ときにはカウンターの客の相手をしながらつがれるままに水割りをあおり、テーブル席でも客と話し込みながら水割りをあおっている。

大きなテーブルには李明淑《イミヨンシク》を囲んで演劇関係者が五、六人座っていた。この前の公演が好評だ

ったのでつぎの公演の打ち合わせをかねて祝杯をあげているのだ。

「未来の大女優に乾杯！」

演劇仲間の一人がグラスをかかげると他の仲間たちもいっせいにグラスをかかげて乾杯した。

「とにかく明淑の演技はみずみずしかったよ。それに女のそこはかとない翳りが出ていた。それが色気になってるんだ」

乾杯の音頭をとった男が、

「あいつと別れたからよかったんだ。あいつとくっついていたら、ああいう演技はできなかったと思う。これから男には気をつけろよ。明淑は美人だから、いろんな男から口説かれるぞ。おれもその一人だけどさ」

と言って笑った。

「当分男はいらない。それに役者は駄目。だってお互いに舞台裏が全部見え見えなんだもん」

公演の成功に自信をつけている李明淑は、当分芝居に専念することを誓うのだった。

「だけど明淑は惚れっぽいからな。同じタイプの男を好きになるんだ。前の男もそうだったじゃないか」

若いのに口髭をはやした男が好奇の目で明淑を見た。

「だからもう役者はごめんなの。今度好きになるとしたら、役者以外の人を好きになるわ」

「それはどうかな。そうならないのが女の性《さが》の悲しいところだよ」

口髭の男はあくまで明淑の嗜好にこだわるのだった。

「茂沼さんて、意地悪なのね。女をきめつけたりして」

明淑は少しすねてみせたが、すぐ笑顔にもどった。周囲の人間に不愉快さを与えまいと、どんなときでも笑顔をたやさないのである。そして人の顔色に敏感に反応するのだった。これから女優として独り立ちしていくためのバランス感覚を明淑は本能的に身につけていた。

カウンターの隅に背の高い一人の外国人が場違いのように座っていた。マスターと話し合っていたが、やがて淳花が隣のとまり木に座った。端整で知的な顔の外国人は金髪をしきりに掻き上げながら淳花を何やら説得しているようだった。だが淳花はかぶりを振って外国人の説得を拒否し、唇を噛みしめて冷淡な態度をとっている。そのうち淳花は酔眼朦朧として瞳をうるませ、外国人のキスを受けた。背の高い金髪の男は淳花の腰を抱き寄せ、濃厚なキスをした。まるで映画のラブシーンを観《み》ているようだった。

たまりかねた文忠明は席を立って店を出た。

「淳花！　文さんが怒って帰ったぞ。どうすんだ！」

とマスターの建二は淳花に言った。

すると淳花はわれに返って文忠明の姿を探すように店内を見回し、金髪の外国人を突き放して文忠明のあとを追った。

店を出てさくら通りを駅に向かって早足で歩いている文忠明に追いついた淳花は、

「待ってよ、どうして帰るのよ」

と泣き声になって呼び止めた。

「どうして帰るのかだって。君は自分が何をやってるのかわからんのか。いったい何のつもりだ。みんなの前でシロクロのショーでもやるつもりか。シロクロのショーをやりたかったらストリップ小屋でやったらええのや。そこなら観客が大歓迎してくれる。あきれてものが言えん」

いまさらのように怒りと羞恥心がこみ上げてきて文忠明は淳花の胸倉を摑んだ。文忠明と淳花の関係は「ファティ」の客の間では公然の秘密だった。それだけに淳花の行為は文忠明にとって不快きわまりないものであった。

「ドイツ人野郎がしつこくわたしに復縁を迫るから、少しからかっただけよ。それだけよ。あなたに恥をかかせるつもりはなかったの。許して。あなたに捨てられたら、わたし生きてはいけない。わかるでしょ。わたしはあなただけを愛してるの。あなたはわたしのすべてなの」

大きな黒い瞳からこぼれてくる大粒の涙が真実を訴えるようにネオンの光を受けてきらきら光っていた。まるで物乞いでもするように淳花は文忠明にすがりついた。往来の真ん中で、それも大人のおもちゃ店やアダルトビデオ店が軒を並べている人通りの多い道の真ん中ですがりつくのだった。文忠明が歩きだすと淳花は泣きながらどこまでもついてくるのだった。

「わかった。もう二度とああいうことはやめろ」

文忠明が根負けして許すと、淳花はとたんに笑顔になって、

「だからあなたが好きなのよ」

と抱きついた。

それから二人は文忠明の知っている店や淳花の知っている店を梯子《はしご》して夜の新宿を徘徊したあと、最後に必ず行くことになる「村長」で少し居眠りをした。

「もう店を閉めるよ」

と「村長」のママに起こされて二人は店を出たが午前四時を過ぎており、タクシー代がないので帰るに帰れなかった。

「『ファティ』に行こう」

店の鍵を持っている淳花が言った。

文無しになった二人は「ファティ」で始発電車を待つことにした。

眠りを知らない新宿の歓楽街も午前四時ともなれば閑散としてくる。ゴミを漁っている浮浪者に一瞥をくれてオカマが煙草をふかしながら通りを往ったりきたりしている。

「まだ飲み歩いてるの。体に悪いわよ」

淳花と顔見知りのオカマだった。

「まだ客を漁ってるの。客なんかもういないよ」

淳花が応酬した。

「これからがいい客いるのよ。物好きな変態がさ」

赤いハイヒールをはいたオカマは腰をくねらせて言った。

「ファティ」はもちろん閉店していた。灯《あか》りの消えた店のドアの鍵穴を手探りして鍵を開け、店に入ると内側から鍵を掛け、二人は抱き合った。文忠明は淳花を抱きかかえ店の奥の大きなテーブルの上に乗せてパンティーを脱がせると背後から抱いた。長い空白の時を埋めるかのように淳花はあえぎながら何度も体位を変え、そのたびに絶頂感に達して肢体を小刻みに震わせていた。二人のセックスは永遠に続くかと思われた。

セックスが終った二人は店の片隅で抱き合って座り、夜明けが訪れるのをじっと待っていた。

復縁を迫っていたドイツ人と淳花は、淳花が文忠明と親密な関係になる直前まで同棲していたのだった。

「三年前にドイツから東京に派遣されてきた新聞記者なの。すごく勤勉で、朝六時に起床してジョギングをしたあとシャワーを浴びて、それから二時間ほど、書きものをしたり読書をしたりするの。夜は七時に帰ってきて夕食をすませ、一時間ほど休憩して、それからまた書きものをしたり読書をしたりするの。ドイツ人って、みな、あいつみたいなのかなあ。息が詰まりそうだった。セックスも凄く強いの。こけし人形みたいに大きくて半分しか入らないのよ。痛くてちゃんとできなかった。それでも一晩に二回も求めるから我慢できなかったわ。あなたはわたしにぴったり。最高だわ。あなたとのセックスを思い出しただけで体が熱くなって、すごくいやらしい気分になるの」

淳花は文忠明の腕の中でドイツ人との同棲生活を何のこだわりもなく、あけすけに語るのだった。淳花の男性遍歴はそのドイツ人だけではない。十八歳のとき六十五歳の老人と同棲しているし、三人の男と同時に付き合っていたこともある。

「後悔なんかしていない。だけどもしあなたと別れたら、たぶんわたしは後悔すると思う。だってこんなに愛してるんだもの」

とまたしても淳花は涙ぐむ。

奔放といえば奔放だが、文忠明にとって淳花の過去など、どうでもいいことだった。なぜなら淳花を愛しているのは間違いないからだ。

店のドアを開けて一人の男が入ってきた。文忠明と淳花は驚いて抱き合ったまま息をひそめた。男は二人に気付かないらしく、ドアの陰に氷を置いて出て行った。氷屋だった。

「驚いた。こんな時間に氷を運んでくるなんて知らなかった」

淳花は深呼吸した。

店は地下にあるため、外が明るくなっているのもわからず、二人は昼近くまで眠ってしまった。

目を醒ました二人は、さすがに寝過ごしてしまったことに気付き、あわてて外に出た。太陽は真上に輝いていた。

「いけない、先生の子供を幼稚園に連れていくのを忘れていたわ。どうしよう」

だが、あとの祭りであった。

文忠明も出勤を諦めた。いまから家に帰って妻と顔を合わせるのがつらかった。意識的ではないが、妻との距離は決定的になっていくような気がした。

「コーヒーでも飲みたいな」

けだるい怠惰な感情に身をゆだねている文忠明は何もしたくなかった。

「ちょっと待って」

と淳花は店にもどって、つり銭の千円札を五、六枚、鷲摑みにしてきた。

「そんなことしていいのか」

と文忠明が訊くと、

「いいのよ。どうせ兄貴は、その日の売り上げが幾らなのかもよく知らないのよ。閉店時間になるとレジの売り上げを数えもせずにポケットに入れて帰るの。だから月末になるとお金がなくて、わたしの給料もちゃんと払ってくれないのよ。アボジ（父）が兄貴に買ってやった店だけど、わたしにだって権利はあるはずよ。アボジは女なんかには何もやらないって言うの。女には穴が二つあるからな、だって。どういう意味だか知らないけど、それってすごい差別でしょ。韓国人の一世は封建的で家父長的で女をセックスの道具としか考えてないのよ」

歩きながら淳花はいつしか自分の家族関係について喋っていた。

喫茶店に入ってからも淳花は話し続けた。

「アボジは富山にわたしたち家族を置いて東京で仕事をしていたの。半年に一度くらい家に帰ってきたけど、いつもオモニ（母）と喧嘩してたわ。なぜあんなに喧嘩するんだろうって、わたしはいつも悩んでいた。オモニは顔中血だらけになりながらもわめいていた。それなのにオモニはまた妊娠していた。あんなに喧嘩しながら、なぜ妊娠するんだろうって不思議だった。でも結局、両親の仲はもとにもどらなかった。二年前から調停離婚してるのよ。わたしがオモニの代理人になって裁判所でアボジと対決してるの。だからアボジはわたしのことを憎んでるわ。オモニの化身のように思って。

アボジには日本人の女がいる。まだ結婚してないけどオモニとの離婚が決まれば、その女と結婚するかもしれない。そうなれば日本人の女にアボジの財産の半分を奪われてしまう。わたしたち家族が悩み苦しみ、虐待されながら苦労して築いたものを、何の関係もない日本人の女に財産の半分を奪われるのよ。そんなこと許せない。そうでしょ」

淳花の顔にいままで見たことのない憎しみがこもっていた。文忠明の助言や同意を求めている淳花に対して文忠明はただ話を聞いてやることしかできなかった。事情はどうあれ、第三者が口出しできる問題ではないと思ったのだ。しかし、この問題は文忠明にとっても無縁とはいえないのだった。文忠明が直面している妻や子供たちとの関係は、やがてぬきさしならない状態になるだろうという予感がした。

コーヒーの味が苦かった。文忠明は淳花の話に押されて砂糖を入れるのを忘れていた。

「じつは今日、裁判があるの。だから憂鬱なのよ。沈先生の子供を幼稚園に連れていって裁判は欠席しようと思ってたけど、一緒に家庭裁判所まで行ってくれない。外で待っていてくれるだけでいいの。気が重くて一人で行けそうもないわ。アボジは調停委員の前だろうと、わたしに向かってののしるの。ありとあらゆる汚い言葉で、それも朝鮮語で。わたしは朝鮮語を理解できないけど、それでもむきだしの感情はわかるわ。憎しみと汚辱がわたしの胸をずたずたに引き裂くわ。調停委員は二人いるけど何の役にも立たない。ただ口汚くののしるアボジをなだめるだけなのよ。

わたしはなるべく冷静になってオモニの立場を弁護するんだけど、そのうちわたしも感情が高ぶってアボジに対してののしるの。わたしは二度、自殺未遂を経験してる。一度は煙草の葉を十本分飲んだの。二度目は手首を切った。わたしが死ねばお荷物が一つ減ってすっきりするでしょ、と言ってやった。するといきなりアボジに殴られたわ。調停委員の前で。調停委員の二人はおろおろするだけで、その間、わたしはアボジの暴力に耐えているだけだった。家庭裁判所の調停委員なんて、くその役にも立たない。ただの雛人形よ」

ひっきりなしに煙草を吸いながら、淳花は陰鬱な表情をしていた。

「こんな話聞くのいやでしょう。ごめんね。でもあなたしか聞いてもらえる人がいないの」

淳花の大きな瞳から涙がこぼれた。

感情の起伏が激しい淳花は、いま喜んでいたかと思うと、つぎには泣いているのだった。

「わかった。裁判所まで一緒について行ってやるよ」

と文忠明は言った。

「うれしい。あなたが一緒にきてくれると、わたしはアボジと闘えるよ。今日こそアボジを叩きのめしてやる」

子供のような笑顔にもどった淳花は吸っていた煙草を灰皿に押し潰すと意気軒昂として席を立った。

この調子では今日も家に帰れないのではないかと文忠明は不安になった。

空は青く晴れわたっていた。閑散としている歌舞伎町界隈は夜の訪れを待っているようだった。二人は駅に向かって歩きだした。

家庭裁判所の出廷時間は午後二時からの予定だった。少し早いが新橋まで行き、日比谷公園の隣にある家庭裁判所までぶらぶら歩くことにした。

国会や裁判所をはじめ、官庁や大手企業の本社が集中している霞が関、大手町、日本橋あたりは昼間、都内でタクシーや自家用車がもっとも集中する地域である。日比谷公園に着いた二人は日比谷公会堂の階段に腰を下ろした。

「まだ一時間もあるわ」

腕時計を見て淳花は憂鬱そうな顔になった。

「調停時間はどのくらいかかるんだ」

と文忠明は訊いた。

淳花は手をかざして太陽を眩しそうに見上げながら、

「早いときは三十分くらい。長びくと一時間くらい」

と言った。

「公園の中で待ってようか」

「公園は寒いから、帝国ホテルの喫茶室で待ってて。これから一緒に行ってコーヒーを飲んで、時間がきたら、わたしは裁判所に行く。調停が終ったらホテルにもどってくる」

二人は帝国ホテルの喫茶室に行き、コーヒーを注文して、しばらく時間を過ごしたあと、淳花は家庭裁判所へと赴いた。その後ろ姿が心なしか不安そうだった。

高級ホテルの喫茶室の椅子は重厚で座りごこちがいいはずなのに文忠明にとっては座りごこちが悪かった。懐に一銭の金もない文忠明は場ちがいな感じを受けるからである。それに昨夜から家に帰っていないので落ち着かなかった。家に帰ったときの妻の険悪な顔が目に浮かび、ひと悶着起きそうな気がする。言いわけは通用しないだろう。この際、淳花との関係をはっきり告白してしまおうか、と考えたりした。すべては行き当たりばったりの人生であり、何一つ確かなものはない。淳花を愛しているが、淳花との生活にも自信はなかった。

目を閉じ、腕組みをして、文忠明はいつしかうたたねをしていた。そして淳花に起こされた。淳花は目を泣きはらしていた。

「ここを出ましょ」

淳花はテーブルの上の伝票を取ってレジで勘定をすませると足早にホテルを出た。

「どうだった?」

と文忠明は訊いた。

「いつもと同じよ。オモニとわたしをののしるだけ。だから言ってやったの。『わたしの韓国籍を返せ!』って。『あんたがわたしの韓国籍を奪ったのよ! この日本人!』って言ってやったわ。そしたら親父は椅子をわたしに投げつけたの。体を震わせ、目を吊り上げ、そして部屋を出て行った。わたしはしばらく裁判所を出られなかった。親父が外で待ち伏せしていて殴られるのではないかと怖くて。どうしてわたしはあんなことを言ってしまったんだろう。わたしにはもうわからない。自分が韓国人なのか日本人なのか」

道行く人びとが振り返るのもかまわず、淳花は両頰に涙を流しながら歩いていた。

「淳花は国籍にこだわりすぎる。子供のころは親の意思に従ってたけど、いまの淳花には自分で国籍を選択する権利がある。他の者には淳花に国籍を強制できる権利などない。それに、おれに言わせれば国籍は虚構の産物や。国籍は生きていくために便宜上必要だけど、国籍は国家権力の規範以外の何ものでもない。国や民族にアイデンティティを求めるのは逆立ちしてる。もしそうだとしたら、おれは国や民族の所有物になってしまう。おれはおれ以外の誰でもないし、淳花は淳花以外の誰でもない。そうだろう?」

「あなたには朝鮮籍があるから、そんなきれいごとが言えるのよ。わたしだって自由になりたい。でもわたしは誰? なに人? 単なる人間? 一個人? 人類ってわけ? 種の保存のための雌。種の保存のための雌なら雌でいいよ。わたしだってときどき子供を産みたいって考えることがあるわ。でも、わたしの子供はたぶん日本人なのよ」

くぐもった声がまたしても内部にもどり閉じこもっていく。

かりに淳花が韓国籍を取得したとしても何かが解決するだろうか、という疑念を文忠明は抱いた。淳花の内部にぽっかりと開いている大きな暗い穴は韓国籍を取得しても、おそらく埋まらないだろうと思われた。

文忠明は途中、公衆電話で家に電話を掛けた。公衆電話のドアにもたれて煙草をふかしながら淳花は聞き耳を立てていた。

「もし、もし、おれや。会社の部長から連勤してくれ言われて連勤してる。家にもどるのは明日になる」

文忠明の電話に、

「そうですか」

見抜かれているのか、諦めているのか、妻の陽子は冷ややかに電話を切った。

文忠明が電話ボックスから出てくると、淳花はふかしていた煙草を地面に捨て靴でねじるように踏み潰し、

「あなたはもう家に帰らなくちゃ。わたしは奥さんからあなたを奪おうとしている悪い女よ」

と自分を責め、そして文忠明に抱きついてきた。新橋駅に近い、大勢のサラリーマンが往来している電話ボックスの前で二人は抱き合ってキスをした。まるで気のふれた見世物のようだった。

「これから映画でも観ようか」

と文忠明は言った。

「うん」

と淳花は笑顔で頷いた。

二人は新橋駅のガードの横の古い小さな映画館に入った。都会のど真ん中の映画館だが、糞尿の臭いがかすかに漂っていた。二本立てのロマンポルノが上映されていたが、内容はどうでもよかった。ただ二人だけの時間が欲しかったのだ。開館して間もない館内には十二、三人の観客しかいなかったが、席を探そうと体をこごめて暗い館内の通路を歩いていた二人の目に異様な光景が映った。画面一杯に映っている男女の激しいセックス場面とポルノ女優の呻き声に混じって別の低い呻き声が聞こえる。目をこらして暗がりをよく観ると何組かの男同士がキスをし、互いの物をむさぼり合っていた。

「ここはホモの溜まり場だよ」

驚いて映画館を出ようとする淳花を引き止めて、文忠明は前列の左端の席に誘い、ズボンを脱いで勃起している一物を淳花に握らせた。淳花の柔らかい手に思わず力が入った。それから淳花

は文忠明の物を口にくわえた。画面に映っているポルノ女優の美しい乳房や肢体が呻き声とともにうねっている。暗がりの中でホモたちの深い情欲の底からほとばしる黒い感情。レールの継ぎ目を擦過して行く電車の音。かすかに漂う糞尿の臭い。行き場を失った人間の苦しみもがいているような快楽の声、それらが狭い映画館の中に入り交じっている。映写室の穴から誰かにのぞかれているような気がする。文忠明と淳花はいっそのこと素っ裸になってしまいたい欲望にかられた。淳花はパンティーを脱ぎ、文忠明の膝にまたがった。虚構と現実の交錯する中で文忠明と淳花はひたすら二人だけの世界に没入した。しがみついてくる淳花を抱きしめて文忠明は恐ろしい速さで墜落していくような感覚を味わっていた。そして淳花の歓喜の泣き声が文忠明の胸の奥で炸裂したかと思うと、映画が終り、館内は急に明るくなった。二人はあわてて下着を着て、そそくさと映画館を出た。街は地鳴りをあげている。二人は何かやりきれない気持ちで街を彷徨し、やがて新宿に向かった。

「あなたは帰ったほうがいいわ。わたしも帰るから」

新宿駅で淳花は寂しそうに言った。

「そうだな」

文忠明も同意したが、電話で妻の陽子に連勤していると言った手前、帰るに帰れないのだった。

「だが、おれは仕事していることになってる」

「そうね、可哀相に……」

淳花は同情するように言って文忠明の腕を取り、また歩きだした。

デパートのウインドーの前に立って、二人は最新デザインの衣服をまとっているマネキンを眺め、ウインドーに映っている自分たちの姿をも見つめた。

「あんな服を誰が着るのかしら。わたしも一度はあんな服を着てみたいと思うけど、チビだから似合わないよ」

雑踏の中を歩きながら淳花は言った。

「わたしって嫌な奴でしょ。いつかあなたに嫌われると思うと不安なの」

「自分で自分を追い詰める理由は何もない。国籍のことも、容姿のことも重要じゃない。君は小柄だけど、美人だし頭もいいし、みんなから好かれてるやないか」

「そんなことじゃないの。わたしは自分が嫌いなのよ」

下水溝から噴きあげてくる悪臭に淳花は顔を歪めた。

行くあてのない二人は街を行きつもどりつしながら同じ思考の回廊を堂々めぐりしていた。

淳花がふと立ち止まった。目の前の花園神社の鳥居の通路に色とりどりの幟《のぼり》が立っている。その幟に染められている名前を見て、

「ねえ、花園神社で許万鳳《ホマンボン》が歌ってる。聴きに行かない」

と淳花は小走りになって信号を渡りだした。淳花にうながされて文忠明も信号を大股で渡った。

花園神社の境内に張られたテントの周囲には焼きそばや缶ビールやジュース類やラーメンの屋台が並び、受付には大勢の人が順番を待っていた。

淳花は受付の女性に許万鳳のいる場所を訊き、テントの裏にしつらえてある別のテントを訪れた。そのテントの中では出番を待っている許万鳳がギターの音合わせをしていた。ジーパンに黒のシャツを着た許万鳳は長身で色白の美男子だった。許万鳳のかたわらに立ってメークの女性が

オールバックの髪を櫛で何度も手入れしている。テントに入ってきた淳花を見た許万鳳はメークの女性の手を払いのけて、

「淳花！」

と声を上げて椅子から立った。

「万鳳！　いつきたの」

と淳花は走り寄って許万鳳に抱きついた。久しぶりに会った恋人同士のようだった。事実、許万鳳は抱きついてきた淳花に濃密なキスをしたのである。

「昨日、博多から東京に着いたばっかしで、淳花に連絡する間がなかったんだ。ごめん」

と言ってまたキスをする。

目の前で展開されている二人の親密な行為を文忠明は複雑な感情で見ていた。

それに気付いた淳花が文忠明を許万鳳に紹介した。

「こちらは文忠明さん、詩人なの。こちらはシンガーソングライターの許万鳳さん」

いささかぎこちない紹介だったが、文忠明は許万鳳と握手した。許万鳳の唇に淳花の口紅がべっとりついている。何かしら毒々しい色に見えた。

仕度に追われている許万鳳は、

「あとでまた会おう」

と言って側にいた係の者に二人を客席に案内するよう指示した。

文忠明と淳花は係の者に案内されて、まだ誰も入っていないテントの中のもっとも観やすい席に着いた。

「驚いたでしょう、キスしたりして。ミュージシャンは親しい相手にすぐキスするのよ」

淳花は弁明するように照れ笑いを浮かべた。

一昨日の夜の店のこともある。文忠明はとり乱すまいと平静を装った。だが、許万鳳と淳花の関係は単なる友人ではないと直感した。それは過去のことかもしれないが、先ほど目の前で交わされた二人のキスは過去のものとして看過できない濃密なものだった。そこには淳花の別の感情が、心のどこかでひそかに息づいている疼《うず》きが、傷口のかさぶたが剥がれようとしているときのむずがゆい痛みにも似た不可解な感情が読みとれた。疑心暗鬼に陥った文忠明は自分に問い質した。このまま黙って帰るべきではないのか。いま帰ることが淳花と別れることになるとしても。だが体は宙に浮いて金縛りになっていた。どのような幕引きになろうと、この劇の結末を見届けようとする意思が働いていた。

受付が始まり、係の者に誘導されて観客がぞくぞくと入ってくる。文忠明と淳花は長椅子の真ん中あたりに座っていたが、長椅子があるのは後部の四列だけで、あとは靴を脱いで床の上の薄っぺらな座布団に座らされていた。文忠明は床の上の座布団に新進女優の李明淑と大学助教授の金桂雲《キムゲウン》の二人が肩を寄せ合うようにして座るのを見た。文忠明は奇異な感じがした。もちろん二人で許万鳳の歌を聴きにきたからといってそれだけで疑うわけではないが、それにしても奇妙である。李明淑は許万鳳の歌を聴きたかったにちがいないが、金桂雲助教授と一緒というのは不自然である。

二人の姿を目ざとく見つけた淳花が表情を曇らせ、

「明淑がきてるわ。あの助平オヤジと一緒にきてる。どうしてあんな助平オヤジと一緒にきてるのかしら。明淑は万鳳の恋人だったの。二人は別れたはずなのに」

とわざとらしく言った。

テント内は満席で立ち見客が大勢いた。許万鳳の人気はきわめて高い。金桂雲助教授は明淑に何かを話しかけている。金桂雲助教授の話に頷きながら、しかし開幕時間が近づくにつれて明淑は許万鳳が出てきて立つであろう舞台中央に視線を集中しようとしていた。それは彼女の後ろ姿を見ていてもわかった。

舞台の左袖からドラマー、ギタリスト二人、そしてベースが登場すると場内に拍手が起こり、最後に登場した許万鳳は盛大な拍手で迎えられた。舞台の中央に立った許万鳳は堂々としていた。笑みをたたえ、片手を上げ、

「おっす！」

と呼びかけると、場内の観客もいっせいに、

「おっす！」

と応えて歓声をあげた。

「ぼくは先月博多を皮切りに広島、岡山、京都、神戸、大阪をめぐり、そしてまた博多にもどり、昨日東京にきました。東京でのライブは半年ぶりです。よろしく！」

そしていきなりギターを鳴らすと同時にドラムの音が場内に響きわたり、その激しい音に怒りをぶつけるかのように、

「いま光州で何が起こっているのか、おれたちは見過ごすことはできない！」

と叫びながら許万鳳は歌いだした。

場内の観客は総立ちになって体でリズムをとり、両手を上げて踊りだした。耳をつんざく激しいロックのリズムが体を突き抜けていく。淳花も明淑も立って体でリズムをとっている。稲妻と落雷のあとの驟雨《しゅうう》のように歌声と歓声と手拍子の渾然一体となったエネルギーが爆発しそうなほ

ど膨張していた。文忠明も立ってリズムをとっていたが、どこかぎこちなくみんなと一体になれなかった。体のバランスがとれず、リズムとリズムの間に思考が介入しようとして、いったん立ち止まってしまうのだ。それは年齢差と感覚のずれを感じさせるものであった。感性と反射神経の歯車がかみ合わないのである。

三曲を一気に歌ってひと呼吸おき、メッセージを伝えるとまた三、四曲続けて歌い、それに呼応して観客の興奮度も高まっていく。ミュージシャンはシャーマンと同じだった。眠っている人間の下意識を叩き起こし、身体的リズムをつくりだし、言葉の向こう側にあるもの、遥かな未知の世界からやってくる霊的感性と合体する。理屈や論理を拒否している官能の世界なのだ。身体とはまさに官能そのものであり、イマージュを孕《はら》んで飛翔していく《私自身》だった。

足踏みをしながらぎこちなくリズムをとっていた文忠明の体の中からもう一つの体が脱け出そうとしている。蛇やセミが脱皮するように文忠明の体も何かから脱皮しようとしていた。遠い記憶に引きもどされ、現在にいたる時間の堆積から未来へ脱皮しようとしているのか。無限級数的に増えつづける《私》という自我から本当の自分を見つけだそうとしているのだ。それは淳花も明淑も若者たちも同じだった。強烈なロックのリズムに乗って何かにケリをつけたいとエネルギーをたぎらせているのだ。瞬発的なエネルギーだが、もしかすると地上から数センチ飛翔できるかもしれない。

「目醒めよ！　目を醒ますんだ！　夢ではないこの世界を見るんだ！　夢の中から世界に飛び出せ！」

許万鳳は歌いながらメッセージを発し、観客を煽っていた。

照明の色が変化し交錯するたびに、許万鳳の表情は万華鏡のように変化した。

どよめく観客の声の中から一つの声が聞こえてくる。「光州へ！　光州を解放しろ！」。それは金桂雲助教授の声だった。金桂雲は拳を固めて振り上げ、声を限りに「光州へ！　光州を解放しろ！」と叫んでいる。そしてその声はしだいに波紋のようにひろがり、観客も口々に叫びはじめた。

「光州へ！　光州を解放しろ！」

場内に一大合唱が巻き起こった。淳花もいつしか「光州へ！　光州を解放しろ！」と叫んでいる。

そうか、金桂雲助教授がここへきたのは許万鳳の歌と呼応するためだったのか、と文忠明は思った。金桂雲助教授は何者なのか。過日、電車の中で「金桂雲助教授は二重スパイだという噂があるらしい」と囁いた画家の宋永椿《ソンヨンチュン》の言葉を思い出した。だが、「光州へ！　光州を解放しろ！」と叫ぶ一大合唱の坩堝《るつぼ》の中で文忠明もまた叫ばずにはいられなかった。

二時間のライブは終り、猛烈な嵐は去ったが、場内には興奮さめやらない観客がかなり残っていた。

「このあとここで初日の打ち上げをやると思う。残って許万鳳と話しましょうよ。わたしも久しぶりだから打ち上げに参加する」

と淳花に誘われたが、文忠明は帰ることにした。残って三角関係、四角関係の恋のさや当てを見たくなかった。今夜は会社の仮眠所に泊まって明日は仕事をしようと考えた。

「おれは帰る。今夜は会社に泊まって、明日は仕事をする」

「そう、じゃあ、わたしも帰る」

淳花は怒ったように言った。

「淳花は残ればいい。許万鳳とは久しぶりなんだろう」

「あなたはわたしと万鳳のことを疑ってるんでしょ。そんな顔してる」

「疑ってなんかいない。疑おうと疑うまいと同じことだ」

「それ、どういう意味？」

「淳花を愛してるってことだ」

「あなたって冷たい人ね。わかったわ」

淳花はぷいと背を向けて明淑と金桂雲助教授のところへ赴いた。淳花の後ろ姿を見送って文忠明はテントをあとにした。

懐には帰りの交通費もなかった。文忠明は思いきってタクシーに乗り、会社の前に横づけさせて事務所にいた部長に、

「すみません、タクシー代を貸して下さい」

と頼んだ。

「なに、タクシー代？」

勝手に休んでおきながら、不意にやってきてタクシー代を貸してくれという文忠明の気がしれなかった。部長は会社の前で精算待ちしているタクシーを見やって、しぶしぶタクシー代を出しながら、

「なにやってんだ、おまえは」

と怒鳴った。

「今夜は仮眠所に泊まって、明日働きます」

と言うと、

「勝手なこと言うな。おまえの出番はハチャメチャだ。明日、空車があるかどうかわからんぞ」

と部長はまた怒鳴った。身勝手な文忠明に部長は手を焼いていた。

もともと出番など決まっていない文忠明は欠員になっている空車に乗っていたので部長の言い草は当たらないのである。

タクシー代を精算した文忠明は会社の仮眠所に向かった。みんな出払っている仮眠所はインスタントラーメンやビールの空き缶や割り箸や雑誌、競馬新聞、花札などが散らかっており、汚れた十数枚の万年床が所狭しと敷いてある。その中の一つに文忠明は衣服を着たままもぐり込んだ。そして瞼を閉じた。

淳花と狂おしくもめまぐるしい性の世界を彷徨《さまよ》っていた時間をたどりながら、こんな生活がいつまでも続くはずはないと思うのだった。しかしたとえ破滅しようと、それはおれの望むところではないのか、とも思うのである。腐るにまかせて、やがておれは崩壊するだろう。一秒前まで淳花の顔を思い描いていたのに、一秒後には淳花の顔を思い出すことができなかった。ただぼんやりとした無数の影があるだけだった。


テントでは打ち上げの用意がされていた。

いったん外に出た観客の中から打ち上げに参加する者だけがふたたびテントの中に入り、床に円を描くように置かれた座布団に腰を下ろしてた。車座が四つできた。その中の一つに淳花をはじめ明淑、金桂雲助教授、役者の金洋源《キムヤンウォン》、そのほか十数人が集まっていた。五、六人の係の者が缶ビールと乾き物を配り、用意万端整ったところへ満面に笑みを浮かべた許万鳳が現れた。

舞台から下りて深々と頭を下げ、

「ありがとうございます。東京は半年ぶりのライブですけど、こんなに大勢の仲間が応援してくださって、本当に感激してます。あさってから東北地方を旅して来月にはまた東京にもどってきて、東京に腰をすえてライブ活動をしたいと思ってます。ご声援のほどよろしくお願いします」

と挨拶して、みんなにビールをついで回った。

許万鳳を見つめる明淑の瞳は遠くを眺めているようだった。先月、九州の博多まで追って行き、そして傷心のうちに帰ってきたのだが、まだ諦めきれずにこの日を待ち望んでいたのである。感情が高ぶっているためか、色白の顔がほんのりと赤味がかっている。その表情を淳花はそしらぬふりをして見ていた。ビールをついで回っている許万鳳が近づいてくるにしたがって、明淑は伏目がちになり、憂いを含んだ長いまつ毛が濡れているようだった。明淑の小さな唇が許万鳳に何かを語りかけようとしていたが、胸の奥が詰まり言葉にならなかった。

許万鳳が淳花のところへきてビールをつぎ、「久しぶり」と言った。

「久しぶりね」

淳花は紙コップにつがれたビールをひと口飲んで、

「明淑のところに行ってやりなさいよ」

と明淑の方をちらと見やった。

まるで姉のような態度に許万鳳は苦笑いして、

「そうおせっかいを焼くなよ」

と今度は不機嫌な顔になった。

それからつかつかと明淑のところへ行き、ビールをつぎながら小声で言った。

「あとで楽屋にきてくれ」

明淑は黙っていた。

もちろん許万鳳は明淑が楽屋にくることを確信していた。

許万鳳がつぎの車座に移ると淳花は席を立って明淑の隣に行き、怒ったような、そして励ますような声で、

「明淑、はっきり言ってやるのよ。別れるって。女がうじうじしてると男はつけ上がるだけだから」

と言った。

「わたしの口から、そんなこと言えない。わかるでしょ、わたしの気持ち。あなたが文忠明さんしか見えないように、いまのわたしには万鳳しか見えないの」

「だってあいつには他にも女がいるのよ。それも二人や三人じゃない。噂では行く先々に女がいると言うじゃない。明淑も知ってるでしょ。明淑もその中の一人なのよ。そんなこと許せるわけ？　わたしなら絶対に許せない。以前はわたしも……」

と言いかけて口ごもった。

以前はわたしも許万鳳の恋人だった、と言いたかったのかもしれない。そして淳花はふと、わたしは許万鳳に捨てられたのだろうか？　と自問した。そうじゃない、わたしは自分から別れたのだ。それなのに、いまこうしてこの場所にいる自分が不思議だった。ライブの幟を見たとき、懐かしさと恋しさに誘われたのは事実であった。明淑に許万鳳と別れさせようとしているのは、ある種の嫉妬ではないのか？　だが淳花は明淑を追及するように言った。

「あいつによりをもどそうと言われても断るのよ。結局、最後はみじめな思いをするだけだから」

わたしはいったい何を言ってるのだろう。明淑に自分の言いたかったことを言わせようとしているのではないのか。淳花は急にあたりを見回して、帰ったはずの文忠明の姿を探した。先に帰って行った文忠明にもう会えないような気がして淳花は不安になった。

淳花は唐突に、明淑の横に座って周囲の者と談笑している金桂雲助教授の袖を引っ張った。

「ちょっとお願いがあるの」

と言うとみんなから少し離れて、

「文忠明に電話を掛けて欲しいの。もし彼の奥さんが出たら友達だと言って彼を呼び出してくれないかしら」

真剣な眼差しで頼む淳花を金桂雲助教授は不思議そうに見た。だが、淳花はバッグからメモ帳を取り出して文忠明の電話番号を書き、それを手渡して強引に金桂雲助教授をテントの外に連れ出した。靖国通りまできて公衆電話を見つけると、

「お願い、電話を掛けてちょうだい」

と命令でもするように言った。

金桂雲助教授は淳花に言われるがままに電話ボックスに入って電話を掛けた。やがて電話口に文忠明の妻が出た。

「もし、もし、文忠明さんのお宅でしょうか」

金桂雲助教授は自分の置かれている立場を理解しようとするのか、考え込むように額に手をあて、電話ボックスのガラスにべたべたと貼ってある怪しげなチラシをじっと見つめていた。

「主人はまだ帰っておりません」

という返事に金桂雲助教授はなぜかほっとして電話を切り、

「まだ帰ってないそうだ」

と淳花に告げた。

「嘘でしょ。帰ってるはずよ」

険悪な表情の淳花は、そのとき文忠明がタクシー会社に泊まると言っていたことを思い出した。

「ねえ、わたしにタクシー代を貸してくれない。明日返すから」

金桂雲助教授は何がなんだかわからないまま財布から一万円札を出して淳花に渡した。金を受け取った淳花は即座に金桂雲助教授を無視して走ってきたタクシーを止めた。

タクシーに乗り込むと淳花は、

「世田谷に行ってちょうだい」

と行き先を告げたが、タクシー会社の社名も住所もわからなかった。以前、文忠明との会話の中で、タクシー会社は世田谷にあると聞いた記憶だけがたよりだったが、世田谷はかなり広い。

「世田谷のどこですか」

と運転手に訊かれて淳花は返事に窮した。

「あの、世田谷のタクシー会社なんですけど……」

「世田谷には沢山のタクシー会社がありますから、世田谷のタクシー会社と言われてもわからないですよ」

運転手は甲州街道から環状七号線に入って世田谷方面をめざしながら、新代田橋あたりで路肩に停車した。この先は世田谷区内に入るからであった。

「タクシー会社の名前が思い出せないのよ」

文忠明からタクシー会社の社名を聞いたことがあるような気もするが、聞いていないかもしれないと思った。

「世田谷にあるタクシー会社の名前をいくつか挙げてくれない。そうすれば思い出すかもしれないから」

「そう言われてもわたしは足立ナンバーですから、世田谷はよくわからんのです。かりに品川ナンバーの運転手さんでもタクシー会社の名前はそんなに知らないと思いますよ」

行き先の判然としない客を乗せた運転手は迷惑顔で言った。

衝動的にタクシーを止めて乗ったが、冷静になってみると運転手の言う通りだった。この広い世田谷地域のタクシー会社の社名をいくつか挙げてもらったところで、どのタクシー会社に文忠明が勤めているのかわからないのだ。

淳花はやっとわれに返って、

「すみません。新宿にもどって下さい」

と運転手に言った。

運転手は面倒臭そうに赤信号を無視してUターンすると新宿にもどった。

テントの中ではまだ半数くらいの人が飲んでいたが、許万鳳と明淑の姿は見当たらなかった。

淳花は金桂雲助教授の隣に座った。金桂雲助教授は驚いた顔で淳花をしげしげと見つめ、

「どこへ行ってたんだ?」

と訊いた。

「ちょっと……。明淑は帰ったの?」

淳花は逆に金桂雲助教授を問い詰めるように訊いた。

「許万鳳の楽屋に行ったよ。何かこみ入った話があるんだろう」

金桂雲助教授が紙コップにビールをつぐと、淳花はそのビールを一気に飲み干し、

「どうせ楽屋でちちくり合ってんのよ」

と悪意に満ちた口調で言った。

「君は悪酔いしてる。突然タクシーに乗ってどこかへ行ったり、もどってくると許万鳳と明淑のことを邪推したりして……」

情緒不安定な淳花に金桂雲助教授はてこずっていた。

「ねえ、わたしを抱きたい？　抱きたかったら抱いてもいいよ。でも嫌でしょ。明淑なら抱きたいと思ってるでしょ」

「おい、おい、変なこと言うな。わたしは誰も抱きたくない。これでも妻子のいる身だからな」

「嘘ばっかし言って」

淳花は鼻で笑って楽屋の方に視線を転じた。

楽屋の中には許万鳳と明淑しかいなかった。バンドマンや舞台を手伝っていた裏方は二人の会話の邪魔にならないよう外に出ていた。

椅子に座っている明淑は細い長い脚を組み、煙草をふかしながらときどき許万鳳の表情をうかがった。許万鳳は立っていた。彼も煙草をふかしながら楽屋の中を往ったり来たりして喋り続けていた。

「別れるの別れないのって話じゃない。捨てるの捨てられるのって話でもない。おれはそんな話は嫌いなんだ。おれは自分のやりたいことをやる、君も自分のやりたいことをやる。おれが束縛されるのが嫌いなように君も束縛されるのが嫌いなはずだ。おれはミュージシャンとしての道を

歩んで行くし、君も女優としての道を歩んで行く。そうだろう、それでいいじゃないか。それ以外に何が望みなんだ」

　歌声と同じようなまろやかな声で、許万鳳は手のひらを閉じたり開いたり、肩をすくめたりして外国映画の俳優のようにジェスチャーたっぷりに喋るのだった。どこか落ち着きのない許万鳳の動作は明淑をいらだたせた。

「あなたを他の女に奪《と》られたくないの」

　明淑は許万鳳を睨むように言った。その表情には気性の激しさをうかがわせるものがあった。

　許万鳳は〝参ったな〟と言わんばかりにまたしても肩をすくめて両手を上げ、

「よしてくれ、そんな言い方は。おれは誰のものでもないんだ。馬鹿じゃねえのか」

　と煙草を地面に捨て靴で踏みにじった。

「そうよ、わたしは馬鹿よ。あなたに騙されて、こんなみじめな思いをして、それでもあなたを引き止めようとしている自分が情けないわ。死にたいくらいよ」

　怒りと屈辱と哀しみがないまぜになって美しい瞳から涙が溢れてきた。

「泣くなよ。おまえはすぐに泣くけど、泣きゃあいいってもんじゃないだろう。おれたちは終ったんだ。割れた瀬戸物を接着剤でくっつけたって、またすぐ割れるにきまってるだろう。それはおまえにもわかってるはずだ」

　楽屋の入り口に誰かが立っている。その気配を感じた明淑は入り口を振り返った。一人の女が入ってきて二人の様子を見ながら言った。

「万鳳、テントを早くバラさないと時間に間に合わないよ。何ぐずぐずしてんのよ」
　二十二、三になる女は涙顔の明淑を嘲るような眼で見つめ、これ見よがしに万鳳に寄りそった。

「おまえは先に行ってろ」

と万鳳は命令口調で言った。

「いや！　この女を先に追い出して！」

女の目が嫉妬と憎しみに燃えている。

「おまえはよけいな口出しをするんじゃねえ！」

許万鳳は寄りそっている女を突き放そうとしたが、女は許万鳳の腕にしがみついて離れようとしなかった。すると許万鳳は女の頰を平手打ちした。バシッという音がはじけて、明淑は自分が打擲《ちょうちゃく》されたように体をこわばらせた。打擲された女が一瞬体をふらつかせたその隙に許万鳳は風のように楽屋を出て行った。残された二人の女の間に互いに相手をねたむ感情が交錯した。

「なによ、めそめそして。だから捨てられるのよ！」

許万鳳に打擲された女は腹いせのように明淑を罵倒して楽屋を去った。

見せしめだと思った。自分の前で新しい恋人に手を上げることで決着をつけようとしているのだ。明淑にはそう思えた。男の暴力の前で女は無力だった。打擲された女はむしろ誇らしげにさえ見えた。懲罰として受けた暴力をある種の愛の表現だと思っているふしさえうかがえた。明淑は男の暴力を一つの愛の表現として受け入れることはできなかった。だが、許万鳳の暴力を愛の表現として受け入れている女は、もしかして自分より許万鳳を愛しているのかもしれないと思うのだった。許万鳳の暴力で打ちひしがれたのは新しい恋人ではなく自分なのだ。凍てついたつらさで頭を射貫かれたように感覚が麻痺していく体を引きずって明淑は外に出た。

裏方たちがテントを解体していた。境内の砂利を踏む音が耳ざわりだった。両脚をふんばって立っている巨人のような鳥居の向こう側には華やかな色とりどりのネオンに輝いている世界がひろがっていた。解体作業をしている裏方たちの中に許万鳳と女の姿は見当たらなかった。打ち上げに参加していた客たちは帰ってしまっていたが、淳花と金桂雲助教授が楽屋から出てくる明淑を待っていた。

しょんぼり佇んでいる明淑の肩を抱き寄せて、

「『ファティ』で飲み直そうよ」

と淳花が言った。

「明淑のような美人がどうして振られるのか、わたしには理解できない」

金桂雲助教授はもの欲しげなうっとりした表情でメガネの奥の目を明淑に向けている。

「あなたにとって女は永遠の謎よ。万巻の書を読破したって、女のおの字もわかるもんですか。あなたは女音痴なの。だから助平なのよ」

年増女のように淳花は金桂雲助教授を小馬鹿にした。

「辛辣だな。わたしをそこまでこき下ろすことはないだろう。わたしだって男の端くれだ。美しい女を愛したい気持ちがあったって不思議じゃない」

「愛だなんて、よくそんな言葉を恥じらいもなく言えるわね。愛って言葉を使って似合う人と似合わない人がいるのよ。あなたはもっとも似合わない人よ」

「じゃあ許万鳳は似合うのかね」

許万鳳の名前を出すのは明淑の手前ははばかられたが、無頓着な金桂雲助教授は自分と許万鳳を比較対照するかのように言った。その言葉の裏には淳花と許万鳳との関係も暗に含まれていた。

「あいつには似合いの言葉よ。美声で美男子で長身で、なれた手つきで抱きすくめられて耳元で囁かれると、愛って言葉は魔法のように女の心を溶かしていくわ」

「それが愛かね」

金桂雲助教授はメガネの中の小さな目をしばたたかせて淳花の感情の動きを見逃すまいとした。

「そうよ、それが愛よ。わたしはあいつと二、三度寝たわ。それだけよ。それ以外に何があるって言うの。あなたの言い方はレイプされた女をいやらしい言葉といやらしい目付きで尋問している検事みたいね。そんな検事に愛って言葉を口にされたら鳥肌が立つよ。そうでしょ」

四十四歳の金桂雲助教授は二十三歳の小娘に論破されて苦笑を浮かべるしかなかった。

区役所通りから歌舞伎町にかけて人も車も溢れていた。車はほとんどが空車のタクシーだった。淳花は思わずタクシー運転手の中に文忠明がいるのではないかと探した。

それに気付いた明淑が、

「忠明さんはどうしたの？」

と訊いた。

「明日、仕事だから帰った」

と淳花は寂しそうに言った。

「ファティ」は満席だった。店の奥の大きなテーブルでは十人ほどのグループが一人の老人を囲んで飲んでいた。

店に入ってきた妹の淳花を見てマスターは、

「こっちへきて手伝ってくれ。おまえがいないから、おれ一人でてんやわんやだ。敏江さんに手伝ってもらってたんだよ」

と眉間に皺をよせて言った。新庄敏江は「ファティ」の向かいのビルの地下にある「徒花」という店に勤めている。

「ごめん、ごめん、許万鳳のライブを観てたの。すごくよかったよ」

淳花は弁解しながらエプロンを着け、さっそく水割りを作り、ビールや肴を運んだが、奥のテーブルに座っている老人を見るなり、

「アボジ（お父さん）！」

と叫び、座っているみんなを押しのけて老人の横に腰を下ろした。そのグループのみんなも淳花とは親しい友達だった。

「おまえが帰ってくるのを二時間も待ってた」

七十歳近い白髪の老人は隣に座った淳花をゆっくり抱擁した。むろん実の父親ではない。老人は宮城刑務所から仮釈放された申公哲《シンゴンチョル》だった。二十一年前、四国のY町で運送会社の運転手をしていたとき、その会社の社長を殺害した罪に問われて死刑を言い渡され、全国の刑務所をたらい回しにされた末、五年前に宮城刑務所に移され、そして半年ほど前に二十一年ぶりに仮釈放されたのである。申公哲は一貫して無実を主張し続けたが、申公哲の助手をしていた日本人が共犯者だと自白したため有罪が確定したのだった。そして共犯者は八年の刑に服して出所し、その後、行方不明のまま十二年が過ぎた去年の春、突然、宮城刑務所を訪れて申公哲と面会し、警察の拷問と脅迫、誘導尋問と懐柔に屈して共犯と認めてしまったことを告白、涙を流して謝罪した。それが功を奏したのか、申公哲は仮釈放されたのである。だが、殺人犯という汚名を着せられたままの仮釈放であった。

テーブルを囲んでいるのは申公哲の冤罪を晴らすために長年支援してきたメンバーである。

淳花もそのメンバーの一人だったが、個人的にもかなりの思い入れがあって、全国の刑務所をたらい回しされていた申公哲に熱心に面会をし続けた。実は行方不明だった共犯者の住所を探し当て、共犯者を根気よく説得して宮城刑務所にいる申公哲との面会を実現させたのも淳花であった。

支援グループの目標は最高裁における審理の再開であり、無罪を勝ち取ることである。最高裁の開かずの門を開けさせるのは至難の業であった。長い刑務所暮らしで衰弱している齢七十の申公哲が生きている間に無罪を勝ち取らねばならない。はたして申公哲が生きている間に無罪を勝ち取ることができるのかはまったく予断を許さなかった。

支援グループのメンバーたちは週に一回会合を開いて、再審に向けての対策を話し合い、署名運動やカンパや国会議員への陳情を精力的に行っていた。はじめの頃は淳花もメンバーの一人として誰よりも積極的に運動していたが、最近はさぼるようになり、この一カ月間は会合に出席していなかった。したがってグループの中から淳花に対する批判が出ていたのだが、行方不明だった共犯者を探し出し、説得して申公哲との面会を実現させた淳花の功績は大きかった。しかし、そのことが淳花の行動のすべての免罪符になるわけではない。淳花は支援グループの諒承なしに申公哲を連れ出して国会議員に会いに行ったり、街頭で無実を訴えるパフォーマンスをしたり、何かと個人プレーが多いのである。申公哲のお気に入りである淳花はしだいにグループの中で孤立していった。そして会合にも出席しなくなったのだ。

店は忙しくて手伝いにきてもらっている新庄敏江一人では足りないのに、申公哲の隣に座り込んだ淳花は動きそうもない。マスターは客の注文に応じてグラスや水や氷を持ってカウンターを出たり入ったりしている。ときどき淳花に手伝ってくれ、と目で合図を送るのだが、いったん座り込んだ淳花は申公哲の側から離れようとしない。まるで席を離れると申公哲をみんなに奪われてしまうのではないかと恐れているみたいだった。

みんなの会話は世間話に終始し、裁判についての話し合いを意識的に避けているきらいがあった。そのことをもっとも感じている淳花はなおさらのこと申公哲を独占しようとするのだった。何か不自然な雰囲気を察知した金桂雲助教授が、

「裁判の進行はどうですか」

とつい口をはさんだので、みんながいっせいに反発した。

「飲み会で裁判の話はしないで下さい」

三十前後になる鍋島芳子が不快そうに言った。

「わたしは部外者ですから裁判の内容についてはよくわかりませんが、何か不愉快なことを言いましたか」

鍋島芳子の強い拒否反応に驚いて金桂雲助教授は言った。

「あなたはよけいなこと言わないで。みんなはわたしを非難したがってるのよ。わたしの行動を個人プレーだと思ってるの。でもわたしは自分の信じてることをやってるだけよ。わたしは人間として在日のアボジが差別されてることに我慢ならないの。検察も裁判所も申公哲が無実だと知っていながら死刑判決を下して二十一年間刑務所に拘束してたのよ。そのうえ刑務所内でさらに差別して、廃人にしようとしたのよ。そんなこと許せる？　絶対に許せないよ。この事件を支援するのは単に無実を晴らすためだけではなくて、在日に対する司法の傲慢と偽善を暴いて謝罪してもらうためでもあるのよ。申公哲に死刑判決を下し、二十一年間刑務所に閉じ込めた連中を処罰するのよ。そうでなければ法の下での平等なんて絵空事だわ。申さんは二十一年間獄中でたっ

た一人で過ごしてきたのよ。可哀相に……。わたしが暖めてあげるから……」

淳花は老いさらばえた申公哲の顔を胸に抱きすくめた。まるで母親が赤ちゃんに母乳を与えようとしているかのようだった。そして申公哲は淳花のふくよかな胸に顔を埋めて眠るように瞼を閉じた。

みんなは複雑な表情で黙っていた。

「淳花は在日のジャンヌ・ダルクだ」

金桂雲助教授は勘ちがいもはなはだしいことを言って一人感動している。

鍋島芳子はいやけがさしたように席を立ち、

「申さん、明日午前十時に弁護士事務所に集まることになってますので、このへんでお帰りになって休まれたほうがいいと思います」

と声を掛けた。申公哲は淳花の胸でうっすらと目を開け、しばらく淳花の鼓動を聞いている様子だったが、

「そうだな、これから先、道のりは長い」

と呟いてよろよろと立ち上がった。それを見てみんなもいっせいに立ち上がり帰る仕度を始めた。

明淑はみんなと一緒に帰っていいものかどうか迷った。みんなと一緒に帰ると淳花が気を悪くするにちがいなかった。テントを出たあと、本当は部屋に帰って思いきり泣いてすっきりしたかったのだ。いまの自分は弱っている。いつも影のようにつかず離れずつきまとう金桂雲助教授にもし誘われたら受け入れてしまいそうだ。淳花のような破天荒で徹底した果敢さが自分には欠けていると明淑は思うのだった。

「さて、わたしも帰るとするか」

金桂雲助教授も立ち上がって側にいる明淑に言った。

「明淑さんはどうします？　帰るんでしたら送りますよ」

迷っている心の隙を突くような金桂雲助教授の誘いに明淑は半分腰を浮かせたが、

「わたしは近いですから、もう少しいます」

とまた腰を下ろした。

「そうですか、それじゃまたお会いしましょう」

残念そうに店を出かけて、金桂雲助教授は後ろ髪を引かれるようにまた明淑の席にもどってきた。

「今月の二十五日に七・四の会がありますが、その会に参加しますか」

一九七二年五月に韓国中央情報部長の李厚洛が秘密裏に平壌を訪問して金日成首相と会談、七月四日にソウルと平壌で祖国統一に関する『南北共同声明』が発表された。『南北共同声明』は祖国統一を間近に実現させる画期的なものとして熱狂的に受け入れられ在日同胞にも希望を与えたが、その後、ヨーロッパを拠点としたスパイ団事件の被告だった金圭南《キムギュナム》・朴櫨洙《パクノス》の死刑執行が断行され、韓国毛紡女子労働者千余人が労働組合活動を要求して籠城し、労働運動や学生運動が朴正熙《パクチョンヒ》政権との対決姿勢を強める中で非常戒厳令が発令され、国会は解散、憲法停止という異常事態に陥って『南北共同声明』はたち消えになったのである。在日同胞の間には、特に若者の間には『南北共同声明』の理念を実現すべきであるという声が強く、その流れの一つとして七・四の会を作っていた。しかし七・四の会は単なる親睦会の域を出るものではなかった。政治的な意図、つまり南北の組織を介在させない自由な集まりだったがために運動としてのダイナミズムを持つことはできなかった。それでも七・四の会には多くの在日同胞の若者たちの交流の場としての役割はあった。

明淑は考え込むようにテーブルをはさんで向かい合わせに座っている淳花の反応を確かめた。グループのメンバーたちに申公哲を連れ去られてとり残された淳花は憮然とした表情で金桂雲助教授に言った。

「行けたら行くよ」

明淑の返事を期待していたのに、淳花のぶっきらぼうな返答に金桂雲助教授は諦めて店を出た。

「しつこいんだよ、あいつは。隙あらば襲いかかろうとしてるひひオヤジだよ。気をつけなきゃ駄目よ。落ち込んでるときが危ないんだから」

そう言って淳花はテーブルの上のグラスや皿やビール瓶を片づけだした。

申公哲の支援グループの人たちが帰りだすと、それに釣られて他のテーブルにいた客も飲み代を精算して出て行った。急に店の中ががらんとしてカウンターに五、六人の客がいるだけになった。手伝いにきていた敏江がなれた手つきでテーブルの上のビール瓶や食器類を片づけ、布巾できれいにふき、テーブルと椅子を整頓していく。淳花も手際よくあと片づけをして一段落すると、明淑をカウンターに招いて座り煙草を一服ふかした。洗い物をしている兄のマスターは何か文句を言いたげだった。

洗い物のあと布巾でグラスを黙々と磨きながらマスターは顔を曇らせて言った。

「頼むから時間通りに、ちゃんと店に出てくれよ。今夜は敏江さんに手伝ってもらったから助かったけどよ、おれ一人じゃどうにもならんぜ。少しは店のことも考えてくれよ」

いかつい顔に似合わず小心で気の弱いマスターは勝ち気な妹にてこずっていた。ひとこと注意するとその十倍も反撃されるからである。

「悪かったわね。でも、そのお陰で敏江さんに手伝ってもらえてよかったじゃない。わたしに感謝しなさいよ」

カウンターの中にいる敏江に一瞥をくれて淳花は煙草の煙を天井に向けて吐いた。

マスターより三、四歳年上の敏江は淳花の皮肉を風に流すように笑みをたやさずやはり煙草をふかしていた。

「そんな問題じゃないだろう。店をどうやってきりもりするかってことだ」

「あら、そう。じゃあ敏江さんと一緒にきりもりすればいいじゃない。兄貴は、この女に騙されてることも知らずに、いい気なもんだよ」

「おまえ、言っていいことと悪いことがあるぞ。そんな区別もつかないのか!」

さすがにおとなしく気の弱いマスターも淳花の露骨な言葉に怒り心頭に発して磨いていたグラスを床に投げつけた。

「わたし帰るわ」

煙草を灰皿に押しつけエプロンを脱ぎ、敏江は帰り仕度をした。

「敏江さん、君は帰らなくていいんだ。淳花、おまえこそ帰れ!」

マスターは敏江を引き止め、淳花を追い出そうとした。だが脚を組み、カウンターに肘をついて煙草をふかしながら淳花はたじろがなかった。

「いやだよ。この店は兄貴だけの店じゃない。わたしにも半分の権利があるんだから」

「この店はおれの店なんだ。親父がおれに買ってくれた店なんだ。おまえの出る幕はないんだ」

「そんなこと関係ないよ。わたしがいなかったら、この店は三日で潰れるんだから。そうでしょ」

淳花の愛らしい目がビー玉のように丸くなってらんらんと輝き、敵意をむき出しにしていた。そして隣の客のウイスキーの瓶を勝手に摑んで自分のグラスになみなみとつぎいっきに飲み干し、

「今夜は飲みまくって死んでやる！」

と叫ぶと淳花は店を飛び出した。

「誰か、明淑さん、妹を止めてくれ。何するかわかんないから」

マスターはあわてて頼んだ。

明淑は淳花のあとを追った。淳花は風林会館の方へ歩いていた。いっきに飲み干したウイスキーが瞬時に体内を駆けめぐったためか、淳花はすでにへべれけの状態だった。足をふらつかせ、左へ右へ大きく揺れながら歩いていた。

追いついた明淑が、

「淳花、家に帰りましょ。送って行くから」

と淳花の体を支えた。

「放っといて！　今夜は死ぬまで飲んでやる。兄貴は馬鹿なのよ。あの女に騙されてることもわからず、できちゃって。アボジはオモニやわたしや妹を人間と思ってないのよ。女は数に入ってないのよ。兄貴には店を買ってやっても女のわたしたちには何一つ買ってくれない。子供のときからそうなんだから。あの店だってわたしたち家族の汗と涙の結晶なのよ。それをあんな日本人の年増女に騙されて横取りされてたまるもんですか。今後あの女を絶対店に入れてやるもんか」

へべれけになった淳花の言葉はうわごとのように聞こえた。マスターと敏江の関係は淳花の妄想ではないかと明淑には思えた。

「兄さんと敏江さんができてるって、どうして知ってるの？　単なる噂じゃないの」

「噂じゃないよ。わたしはこの目で見たのよ、二人がホテルに入って行くのを。あの女が兄貴の手を引いて先にホテルに入って行ったのよ。兄貴は気が弱いから女に誘惑されて、仕方なしにホテルに入ったんだよ。だって兄貴も男だから女に誘われたら断れないじゃない。小心で気の弱い兄貴の性格を見抜いてるのよ、あの女は。兄貴はデブで見てくれは醜男だけど、気持ちのやさしいロマンチストなんだから。子供みたいなところがあるの。兄貴はまだ三十一だけど、あの女はもう三十五、六よ。三十五、六の女なんか誰も相手にしてくれないもんだから兄貴に目を付けて、たぶらかして店を乗っ取るつもりなんだわ。そうでなきゃ、兄貴とつき合うわけないじゃない」

独断と偏見に満ちた淳花の敏江に対する攻撃はとどまるところを知らなかった。父に対する怨みと敏江に対する嫉妬にも似た感情が入り乱れて淳花は道端でヒステリックにくだを巻いていた。通り過ぎて行く酔漢どもが面白がって、

「おお、姐ちゃん、一杯つき合わねえか」

とからかう。

「オシッコ引っかけるよ！」

酔眼朦朧とした淳花が本気でパンティーを脱ごうとするので、明淑は必死に制した。

「おお、上等じゃねえか。姐ちゃんのオシッコ飲んでやるよ」

酔っぱらいオヤジが挑発する。

そして徐行しながら走ってきたタクシーを止めて、帰ろうとしない淳花を無理矢理乗せ、明淑も乗り込んだ。

「練馬まで行って下さい」

と行き先を告げたが十メートルも走らないうちに明淑は変更した。

「すみませんが練馬ではなく、西荻窪まで行って下さい」

タクシーに乗ると淳花は例によって首をうなだれ眠りこけた。こうなると淳花から自宅までの道順を聞くのは困難だった。まだ一度も淳花の家を訪ねたことのない明淑は無理をして帰すより自分の家に泊めようと考えたのだ。タクシーは渋滞している繁華街を抜けて大ガードを越え、青梅街道をまっすぐ走った。

淳花は明淑にもたれて軽い鼾《いびき》をかいている。激しい気性の淳花だが、子供のように無邪気な寝顔をしていた。西荻窪駅から徒歩で十分ほどのマンションの二階が明淑の住居だった。一方通行の多い狭い路を迂回してマンションに着いたが、淳花をタクシーから降ろすのにひと苦労した。小柄だが重い淳花を明淑一人では車から降ろすことができなかった。

「すみません。手伝ってもらえないでしょうか」

明淑は恐縮しながら運転手に頼んだ。

そして明淑と運転手は淳花を両脇からかかえて二階に上がり部屋の玄関にたどり着いた。

「ありがとうございます」

明淑は運賃にチップを乗せて精算するとドアを閉め、今度は一人で奥の部屋まで淳花を引きずって行き、やっとベッドに寝かせた。

明淑は息をはずませ汗をかいていた。酔いが醒め喉が渇いていた。

明淑は冷蔵庫から缶ビールを取り出すと、台所の椅子に腰掛けてテーブルに肘をつき、缶ビールを飲みながらもの思いにふけっていた。抱き合い、狂おしいまでに愛し合い、「おまえを絶対離さない！」と言った許万鳳の言葉が胸の奥で疼いていた。うたかたの恋とはいえ、あまりにもみじめすぎる。いったいあれは何だったのか？　過ぎてしまえばすべては夢・幻なのだろうか？　どうしてあんなふうに冷淡になれるのだろう。その冷淡さは、火で熱して真っ赤になった焼鏝《やきごて》を心に刻印されたような痛みを明淑に与えていた。そしていまつき合っている女もいつかは捨てられるだろうと思った。捨てられた女同士がいがみ合い嫉妬する滑稽な姿が目に浮かんだ。その片われはほかならぬ自分だった。

明淑はまんじりともせずに台所の隅の小さな飾り棚にある置時計の秒針を見つめていた。それからふと立ち上がって奥の部屋に行き、本棚に並べてある許万鳳のテープを五本取り出し、飲みさしのワインの瓶を持って、玄関のコンクリートの床に五本のテープを置くと瓶を振り上げて叩きつけた。涙を流しながら五本のテープが粉々になるまで何度も何度も叩いた。自分でも信じられないほど狂気じみていた。憎しみ、嫉妬、絶望、錯乱——なんと愚かな行為だろうと思いながら明淑はテープを叩き続けた。そして明淑は疲れきってその場に座り込んだ。何も解決しなかったし、するはずもなかった。それどころか激しい自己嫌悪に陥り、死にたいと思った。なぜあんな男のために死なねばならないのか。あんな男のために死ぬのではなく、自分の愚かさに耐えられないのだった。

座り込んだ明淑は壁にもたれて脚を投げ出し、コルク栓を抜いてワインをラッパ飲みした。自分のぶざまな恰好が手に取るようにわかる。わたしは女優だろうか。女優としての自覚やプライドはどこへ行ったのだろう。わたしはただの女なのだ。明淑の頭の中の鏡に映っているのは男にしがみついている哀れな女の姿だった。チェーホフの芝居に出てくる恋に落ちた馬鹿な女だった。

ワインを飲むたびに喉がひりひりした。胸が灼け、脳味噌がふやけた豆腐のようだった。いくら飲んでも酔わない。鳥肌がたつほど寒気に襲われたかと思うとつぎは全身が熱を発していた。風邪を引いたのだろうか、とぼんやり思ったが風邪ではなかった。激しく変化する意識の流れに体が変調をきたして、体温調整ができない老人に似ていた。一夜で十年も老けたように感じた。

空が白みかけている。窓の外が明るくなるにつれて明淑の意識は急にどんより曇った空のようになり、耳の底から渓流のような音が聞こえてきた。雨が降っていたのだ。ここちよい音だった。

泥酔して眠っていた淳花がトイレへ行くために起きてきて、台所の隅でワイン瓶を持ってへたり込んでいる明淑を見て驚いて訊いた。

「どうしたの、明淑。わたしが迷惑掛けたのね」

だが玄関に許万鳳のテープが粉々に砕かれているのを見て理解した。

「可哀相に……」

淳花は明淑を抱き寄せた。

瓶に半分以上残っていたワインを全部空けた明淑は酔っていないつもりだったがかなり酔っていた。

「こんなところで座り込んでると風邪を引くからベッドに行きましょ」

淳花は姉のように明淑をいたわりベッドに連れて行って寝かせた。今度は淳花が明淑の面倒を見る番だった。

「男に振られたからって自暴自棄になって酒飲んじゃ駄目よ。わたしもすぐに自暴自棄になって酒を飲むから人に言えた義理じゃないけど、結局自分がみじめになるだけよ。気持ちはわかるけど、でもこの先もっといい男とめぐり会えるかもしれないじゃない。そう思うしかないよ。わたしも文忠明とずっと愛し合っていけるかどうかわからない。もしかして明日別れることになるかもしれない」

明淑を励ますつもりの淳花が逆に自分の心情を吐露していた。

「そうね、あいつに未練はないと言えば嘘になるけど、長続きしていればもっとみじめになっていたかもしれない。まだ女優の卵なのに一人前の女優のつもりでいた罰なんだわ。わたしは女優だから、他の女にあいつを奪られることはないと思い上がっていたのよ。それが見事に裏切られて、もう一度ゼロから出直し……」

落ち込んでいると思っていたが、明淑は意外としっかり自分を見つめていた。

淳花もベッドに入って二人は姉妹のようにしっかり手を握り合った。

「くよくよしてる場合じゃないのよ。明日はオーディションを受ける日だから、今日中にオーディションで喋る台詞をしっかり覚えておかなくちゃ」

明淑はまるで夢から醒めて現実にもどったように言った。

「オーディションって、何のオーディションなの」

「映画」

「映画？　どんな映画なの。どんな役？」

淳花は俄然興味を示してたて続けに質問した。

「去年ベストセラーになった小説『秘密の部屋』が映画化されるの。その主人公役のオーディシヨンなの。劇団の事務所からオーディションを受けるように言われて受けてみることにしたの」

「もしオーディションに合格したら凄いじゃない。一躍スターよ」

淳花は羨望にも似た声でそう言いながら明淑を抱きしめた。

「万鳳にふられてめそめそしてる場合じゃないよ。オーディションに合格して万鳳を見返してやるのよ。明淑ならきっと合格すると思う。だって明淑は美人だし、スタイルもいいし、芝居も上手だし、すべての条件を満たしてるじゃない」

あまりに誉めちぎるので嫌味にさえ聞こえた。

「そんなこと受けてみないとわからないわ。世の中にはいろんな人がいるから。一度、京都の撮影所に行ったことがあるの。そしたら美人だらけ。わたしなんかブスの方よ」

「そんなことないよ。絶対大丈夫、わたしが保証する」

まるで自分がオーディションに合格でもしたかのように淳花は興奮していた。そしてベッドから出ると、

「わたしは帰る。明淑は少し寝なくちゃ。今日中にオーディションの台詞を覚えるんでしょ。しっかり睡眠をとって体調を整えて、明日に備えなくちゃ。わたしは安心した。あなたは強い女よ」

慰め、励まし、そのことで淳花自身、ものごとを前向きに考えようとした。

感化されやすい淳花は落ち込んでいる明淑を励ますつもりで、つい自分自身の心情を語り、弱音を吐いてしまった。文忠明とのことで弱音を吐いたことを後悔しながら、一方では強気を演じている、そんな自分が嫌だった。

淳花は台所の壁に掛かっている鏡の前で髪をといた。まだ二日酔いが残っている淳花は、毛羽

立っているような荒れた肌をさすりながら、ひどい顔だと思った。明淑の睡眠の邪魔をしないように気遣い、とりあえず帰宅してもう一度眠ろうと思った。

「ごめんね、迷惑をかけて。わたしは帰るけど、頑張ってね。明日、『ファティ』で吉報を待ってるわ」

明淑はベッドから起き上がって淳花を送り、鍵を掛け直すと、本格的に睡眠をとるためにベッドにもぐり込んだ。


目を醒まして本棚の置時計を見ると午後二時半だった。熟睡したせいか体が軽く感じられた。明淑は気合を入れてベッドから跳ね起き、トイレに入って生理的な要求をすませてから、玄関で叩き割った許万鳳のテープのかけらを箒ではき集めた。できるだけ感情を排して、塵取りでテープをすくってゴミ箱に捨てた。もう許万鳳の歌を聞くことはないだろうと思った。それから入浴したあと、近所のそば屋でざるそばを食べて軽く腹ごしらえをした。部屋にもどってきた明淑はベッドの上に脚を組んで座り三十分ほど瞑想した。いつもは許万鳳の音楽を聞きながら瞑想していたが、今日は無音だった。瞼の裏に浮かんでくる許万鳳の面影を払拭し、高揚してくる感情を静めて邪気を払い、何も考えまいとした。しかし、それは至難の業だった。唇に、瞼に、髪の毛の一本一本に、乳房のふくらみに、体の隅々に、そして秘密の暗い洞窟の奥に許万鳳の甘美な感触が残っていた。吐息と囁きが耳の底に残っていた。明淑は途中で目を開き、瞑想をやめた。そしてオーディションの台本に目を通した。台本は映画のオーディションとは関係のないシェークスピアの『ロミオとジュリエット』の台詞だった。つまり演劇的な台詞を映画的な台詞で表現するという難しい注文であった。

明淑は本棚の横に立て掛けてある姿見の前に立ち、自分の姿をじっと見つめた。蒼白い顔と痩せた細い体、恋に破れた哀れな女の姿。まるで亡霊のようだった。こんな姿で明日のオーディションを受けられるだろうか。受けたところで落ちるに決まっている。明淑は内心そう呟いて瞼を伏せた。自分が自分でないような気がした。いつから自分はこんな姿になったのだろう。昨日からだろうか、それともずっと以前から、許万鳳に邪険にされたときからだろうか。許万鳳に冷たくされるのをわかっていながら、わざわざ東京から博多までライブを観に行ったのが悔やまれてならなかった。

明淑は頭の中で台詞をつぶやきながらイメージを描いた。映画や演劇で鑑賞したことのある『ロミオとジュリエット』のイメージから離れて普通の女の気持ちを表現したいと思った。

「この通り夜の仮面がこの顔を蔽《おお》っている、さもなければ乙女の恥じらいがこの頬を染めておりましょう、誰も知らぬ胸の内をあなたに聴かれてしまったのだもの。成ろうことならたしなみを忘れずにいたい、成ろうことなら、言ってしまった事を取り消したい、でも、お体裁はもう止めにしましょう！　本当に私を？　いいえ、解っているのです、愛していて下さることは。お言葉を信じましょう。でも、いくら誓って頂いても、それが嘘でないとは言えない。恋人の二枚舌ならジュピターも笑ってお見逃しになるとか。おお、優しいロミオ、愛しておいでなら、そうとはっきりおっしゃって。それとも、余り手軽になびき過ぎるとお考えなら、顔をしかめいこじになり『厭』とさえ申しましょう、もっと言寄って頂くために、でも、そうでないのなら、決してそのようなことは致しませぬ。正直、モンタギュー様、恋の手管を知らぬ愚かな私を、ふしだらな浮気者とお思いかもしれませぬ、でも、信じて、ことさらよそよそしく見せ掛ける術を心得た女たちより真心のあることがいつか解って頂けるでしょう。私にしてももっとよそよそしく振舞ったかもしれない、本当です。もしそれと気づかぬ先に、立聞きされさえしなかったなら。ですから、お責めにならないで、このなびく心を浮ついた恋だなどと、この夜の重い帳《とばり》につい気を許し胸の秘密をさらけ出してしまったのです」

『ロミオとジュリエット』の第二幕第二場の中程の場面でロミオに心の内を話すジュリエットの台詞である。しかしその台詞は明淑にとって酷だった。なぜなら、許万鳳と出会ったころの自分の心情と重なるからであった。唇が震え、正確な発語ができなかった。偶然とはいえ、よりによってオーディションの台詞がジュリエットの愛の告白とは皮肉だった。自分もジュリエットと同じような言葉を許万鳳に言ったような気がして台詞を読み続けることができないのだった。オーディションは見合わせようか、と明淑は弱気になってベッドの上に仰向けになった。だがチャンスを放棄するのは女優としてのチャレンジ精神を問われるだけでなく、この先、自信をなくすおそれさえある。体を張ってでも階段を昇っていかなければとり残されてしまうといわれているこの業界で、明淑の弱気は自分で自分の足を引っ張るようなものだった。明淑は思い直してベッドから起き、ふたたび鏡に向かって台詞を読んだ。

はじめは感情移入した鏡の中の姿がそらぞらしく見えたが、時間がたつにしたがって鏡の中の姿と台詞を喋っている自分とが一体になってくるのを感じた。鏡の中へすーっと吸い込まれたもう一人の自分がいた。それは愛に悩み苦しみ、愛の歓びを知っている一人の女だった。今朝の肌ざわりの悪いとげとげしかった蒼白い顔が艶をおび、憂いをただよわせていた。

気がつくとあたりは薄暗くなって夜の帳に包まれていた。十時間以上稽古していたのだ。明淑は休憩をかねて夕食のため外出した。外に出ると街の騒音と灯りがいつもとはちがう感じだった。脱皮した虫のように何かから抜け出したような充実感が心を満たしていた。近くのレストランで食事をすませ、コーヒーを飲みながら煙草をふかし、窓の外を通り過ぎて行く人や車をあきることなく眺めていたが、ふと窓ガラスに映っている自分の姿が鏡に映っている姿とちがうことに気付いた。窓ガラスには自分以外に店内にいるさまざまな人びとの姿が映っていて、自分はその中の一人にすぎなかった。窓ガラスの外をめまぐるしく往き交う車や人は直接視覚に訴えてきたが、窓ガラスに映っている店内の風景はおぼろげで幻想のようだった。鏡の中の姿はわたしそのものではないが、舞台の中にいるわたしは演じている役そのものなのだ。それはわたしの人生の一部であり、他に置き換えることのできないわたしである。

明淑はまたしても許万鳳の幻影に脅かされないよう孤独から遠ざかる必要があった。わたしが誰であろうと、そんなことといまさら訂正できはしないのだ。明淑は飲みかけのコーヒーを残して店を出ると部屋にもどって昂然と鏡の前に立ち、自分の姿に見入った。

「おお、優しいロミオ、愛しておいでなら、そうとはっきりおっしゃって。それとも、余り手軽になびき過ぎるとお考えなら、顔をしかめいこじになり『厭』とさえ申しましょう、もっと言寄って頂くために、でも、そうでないのなら、決してそのようなことは致しませぬ。正直、モンタギュー様、恋の手管を知らぬ愚かな私を、ふしだらな浮気者とお思いかもしれませぬ、でも、信じて、ことさらよそよそしく見せ掛ける術を心得た女たちより真心のあることがいつか解って頂けるでしょう」

いつかあいつが、わたしの真心を解ってくれる日などありはしない。明淑の台詞は怒りに変わっていた。宿業のときを迎えて死を選んだロミオとジュリエットなど絵空ごとにすぎないのだ。大波のように揺りもどしてくる感情に翻弄されそうになった明淑は台本を投げ出してベッドにもぐり込んだ。女優など辞めてしまいたいと思った。

だが、翌朝、明淑は七時に起床して入浴し、ドライヤーで濡れた髪を乾燥させて整え、オーディションに行く準備をした。無意識に闘争心が燃えていた。鏡の前で化粧しながら、わたしは女優なんだと何度も自分に言い聞かせた。

オーディションの会場は銀座六丁目あたりにある六階建てのビルだった。そのビルで行われた映画の試写会に明淑は二度行ったことがある。午前十時から始まるオーディションには少し早すぎる時間に部屋を出たが、西荻窪の駅前で立ち喰いそばを食べて軽く腹ごしらえをしたあとトイレに入って歯を磨いた。気になる歯並びの前歯が二本あるので、あまり大きく笑わないよう注意しなければと思った。

電車を乗りつぎ、地下鉄の銀座駅で降りて地上に出ると和光の大時計の針が九時十五分を指していた。明淑は背筋を伸ばし、会場まで大股でゆっくり歩いた。そして会場のビルの前にくると明淑は深呼吸をして、玄関を入りエレベーターで四階に上がった。すでに大勢の女性たちが廊下に並んでいた。今日は写真審査で選ばれた十八歳から二十二歳までの女性五十人が二次審査と三次審査を受けることになっている。二次審査は三つの部屋で三人ずつ審査されて五人が選ばれ、最後に一つの部屋で五人の審査が行われるのである。三次審査まで残れるかどうか明淑には自信がなかった。並んでいる若い女性たちはいずれも容姿端麗で自分よりはるかに美しく見えた。しかし、みんな緊張した硬い表情をしている。明淑の前にいる女性はバッグから取りだした手鏡を何度ものぞいてメークを直していた。その回数があまりにも多いので明淑は気になって仕方なかった。廊下に並んでいる女性たちはみんな互いに顔を見比べてメークを直しているのだった。中には付き添いのメーク係をともなってきている女性もいた。そのメーク係は眉毛や睫毛を手入れし、顔に手をかざして光を当てたり陰にしたりして、鼻梁や頬の線をきわだたせるための化粧をほどこし、口紅の色に気を使っていた。

いよいよ審査が始まった。名前を呼ばれた者は三つの部屋に三人ずつ入り、十五分程度の面接を受けて出てきた。興奮している者もいれば落ち着いている者もいた。泣き出しそうな顔で出てくる者もいる。彼女たちの様子を見ながら待っている明淑の胸は高鳴るのだった。どういう質問をされ、どう答えたのかを知りたかったが、明淑は何も考えまいとした。オーディションに合格しようとしまいと何も変わらないのだから、と自分を納得させようとしていた。しかし、心のどこかで合格して世の中に広く認められたいと思う強い意志が働いていた。

二時間が経過して昼食時間になり、明淑は午後の審査に回された。午前中に審査を受けた者も午後に審査を受ける者も、結局は発表される時間まで待たねばならず、心境は同じだった。

西荻窪駅前で立ち喰いそばを食べていた明淑は空腹ではなかったのでビルの一階の喫茶店でコーヒーを飲み、煙草をふかして三十分前に会場にもどった。

午後の審査は一時きっかりに始まったが、いきなり名前を呼ばれて明淑はどきっとした。まだ心の準備ができていなかったので不意を突かれた格好だった。

明淑は「はい」としっかりした小声で返事をしてドアを開け部屋に入った。部屋に入った瞬間から審査されているはずである。いっせいに見つめる三人の審査委員の目が明淑の立ち居振る舞いを細部まで点検していた。明淑は唇と目にほのかな微笑みをたたえ、全身にゆるやかな曲線をつくって歩き、席に着いた。

三人の真ん中にいる五十前後の審査委員が明淑の履歴書を確認し、写真と本人を比べながら、ありきたりな質問をした。なぜ女優になりたいのか、どのような女優になりたいのか、憧れの女優は誰か、映画についての見解や映画化される小説についての感想などである。明淑は自分の考えを率直に述べた。それから部屋を前後左右歩かされ、最後にジュリエットの台詞を読まされた。

部屋から出てきた明淑はこれで終ったと思った。あまりにも馬鹿ばかしく、何を基準に審査しているのか首をかしげたくなる。鳴り物入りで宣伝されている映画のオーディションにしてはおそまつすぎると思った。明淑はオーディションに合格しようとしまいと、どちらでもいいという気分になっていた。

「あの……」

と順番を待っている一人が声を掛けてきた。まだ十八そこそこの少女だった。無邪気な愛くるしい瞳が自信に満ちている。成熟した豊満な体に明淑は圧倒された。

「どんな質問をされたんですか」

しかし、声や話し方は子供っぽかった。

その子供っぽさをむしろ売り込もうとしているふしがあった。

「なぜ女優になりたいのか、どのような女優になりたいのか、憧れの女優は誰か、映画についての感想と今度映画化される小説について。それから部屋の中を歩かされて、最後に台詞を読むの」

明淑は審査の内容を話し、それ以上の質問を受けないようにした。

「ありがとう」

とおじぎをして彼女は列に並んだ。

二次審査が終るのは三時半ごろである。その間、明淑は街を散策することにした。

銀座は日本屈指の高級店舗が軒を並べていると言われるだけあって、清潔で気位の高い自負心に満ちているように思われたが、少し観察すると他の繁華街とそれほどの差はない。明淑は見るともなしにウインドーに飾ってある衣服やバッグや靴を見ながら銀座を半周して会場にもどってきた。二次審査は終っていた。三十分の休憩時間中に三次審査に残す者の選考が行われていた。みんな落ち着かない様子だった。明淑もどちらでもいいから早く終ってほしいと思った。

やがて審査委員の一人が部屋から出てきて五名の合格者を発表した。その中の一人に李明淑の名前が入っていたので明淑は驚きをもって聞いた。合格した者は歓声を上げて喜んでいる。明淑に質問してきた少女は合格者をうらめしそうに見ながら悔し涙を流していた。五人の合格者のうち三人までが母親同伴だった。付き添いのメーク係に入念な化粧をほどこされていた女も合格していた。彼女はこれ見よがしに胸を張って自分の容姿を誇示しながら不合格になった者たちの間をしゃなりしゃなりと腰をくねらせて歩き、五人の合格者が待機することになっている部屋に入った。彼女のあとから部屋に入った明淑は少し気後れした。

三次審査はすぐに始まった。一日に二次審査と三次審査を行うのはかなりの強行軍であった。明淑は三番目に呼ばれた。部屋に入ると五人の審査委員が座っていた。中央に監督が座り、右隣にプロデューサー、左隣にカメラマン、そして両端にデザイナーと美術と衣装の担当者が手ぐすね引いて待っていた。まるで裁判所で判事や検事の前に引きずり出された被告人のような気がした。

「どうですか、三次審査に残って」

と監督が訊いた。

「嬉しいです」

明淑は落ち着いて答えた。

「君は劇団『人間』に所属していますが、じつはわたしは君の芝居を観ました。非常に良かったと思います」

監督の思わぬ言葉に明淑は感激して笑みがこぼれた。

「わたしも観ました」

右端に座っている女性デザイナーが言った。

「容姿もしなやかで、声も透き通っていて一つひとつの言葉がはっきりと聞き取れました。たぶんあなたには女優としての才能があると思います」

明淑は胸が熱くなってきた。何よりも自分の芝居を観て評価してくれていることに誇りを感じた。人はどこかでわたしを観てくれているのだ、と思うと、この世界に飛び込んだことは間違いではなかったと思った。演劇の世界に入ってわずか一年足らずで大きなチャンスに恵まれようとしている自分は幸運だと思った。

評価された明淑は、いくつかの質問にリラックスして答えた。審査は終盤に近づいていた。このまま無事に終るだろうと思っていた明淑は、プロデューサーから、

「少し言いにくいことだけど、もし君が選ばれた場合、君の名前を日本名に変更できますか」

と質問された。

明淑は、背筋から後頭部へと凍りついたつららのようなものが抜けていくのを感じた。まったく予期していなかった質問だった。明淑は思考停止状態になった。

「失礼な質問かもしれませんが、われわれにとっては重要な問題なんです。つまり、本名で出演されると観客動員ができないのではないか、そのことを懸念しているのです。映画会社は採算が取れない映画に投資するわけにはいかない。この映画はヒットするだろうとわれわれは考えてい

ますが、君のキャラクターを生かせば、さらにヒットするかもしれない。問題は名前です。残念ながら、いまの日本はまだ韓国人に対するアレルギーがある。そのアレルギーにあえて挑戦するだけの勇気はいまのところわれわれスタッフにはないのです」

衰退の一途をたどっている映画会社があえて採算の取れない映画を製作できないのは当然であった。明淑は審査委員たちを非難できる立場ではなかったが、同時に無性に腹だたしかった。そうであるなら一次審査の段階で落とせばよかったのだ。三次審査で名前の変更を迫るのは脅迫に等しいと思った。

女性デザイナーがものわかりのいいやさしい声で助言でもするように言った。

「芸能界やスポーツ界の有名人には韓国の方が何人もいます。でも、みなさん日本名を名乗っておられます。嘘も方便といいますから、この際、名前にあまりこだわらないほうがいいんじゃないかしら」

名前にこだわっているのはどっちなのか。あきらかに差別的な美辞麗句の中に閉じ込めようとしている意図が見え隠れしている。

「もちろん最終決定ではないので、これから審査し選考して一週間後に通知を出す予定ですが、その前に君の意志を確認しておかないと、あとで差別されたと思われたくないからね」

監督の露骨な幼稚さに明淑は驚かされた。いわば善意を前提とした選択を迫る審査委員たちの幼稚さは、そのまま差別を露呈していたが、五人の誰一人、在日韓国人である李明淑を差別していると考えていないのだった。それどころか在日韓国人にチャンスを与えようとしていると思っているらしい。芸能界やスポーツ界にいる何人もの有名人がじつは日本名に変更した在日韓国人であり、その中の一人になれるというわけだった。

審査委員たちの要求を受け入れるべきか、それとも拒否すべきなのか。だが要求を受け入れても選ばれるわけではなく、もし選ばれなかったときに味わうであろう屈辱を考えると受け入れる気にはなれなかった。それにこの場の居心地の悪さと偽善に明淑は耐えられそうになかった。

明淑は視線を正面にすえて、

「名前は変更したくないです」

と毅然と答えた。

そのとき明淑の胸の中で何かが弾けた。そして、明淑は、わたしはわたしを生きていく、と強く思った。

オーディションの会場を出た明淑は銀座の街を歩いた。明淑は名前の変更を拒否した自分に驚いていた。名前にこだわっていたわけではないのに、審査委員がよってたかって自分を追い詰めたのだと思った。これでメジャーの世界とは無縁になるだろう。女優としての野望はつい去ったのだろうか。芝居の世界に比べて映画の世界は数十倍大きい。客の動員数や知名度や、そして何よりも収入がちがう。明淑にとって映画女優は憧れの的だった。しかし、それは幻想にすぎなかったのだ。意識しようとしまいと日本人にとって在日朝鮮人は外部の人間だった。日本人であろうと朝鮮人であろうと関係ないと強弁していた者がいたが、あれは嘘にちがいない。心の奥の暗闇で反芻いているもう一人の自分を封印して嘘をついているのだ。本当の自分を知りたいために、わたしは嘘をつけなかった。そうだろうか？　本当のことを言ったのに、なぜ自分に対してこんなに腹だたしいのだろう？　雑踏の中で自分の居場所がわからなくなっている自分に明淑はさらにいらだっていた。

色とりどりの服装をまとった女たちが闊歩している。活気に満ちた都会の華やかさの中にいると日常的な悩みを忘れがちになるが、いまの明淑は一人になりたかった。明淑は地下鉄で新宿に出て中央線に乗り換え西荻窪駅で降りた。部屋にもどった明淑はベッドにもぐり込み瞼を閉じた。許万鳳が恋しかった。音楽を奏でるような愛撫、すべては嘘だったが、そのときだけは真実だった言葉、耳元で囁き、熱い舌を這わせて体の深部へ押し入ってくる暴力的な肉塊、明淑の唇から思わず吐息がもれ、呻き声が上がった。よせては返す波のように、しだいに高揚してくる快感。不意に襲ってきた高波に深海へと引きずり込まれ、溺れる夢を見て明淑は目覚めた。陰部を愛撫していた指が濡れていた。うっすらと汗をかき、けだるい体が小刻みに震えていた。もう何時だろう。明淑は書棚の置時計をぼんやり眺めた。オーディションを受けたのが遠い過去のように思えた。そしてふたたび眠りについた。

電話のベルで起こされた。淳花からの電話だった。

「どうだった、オーディションは」

受話器の向こうからざわめきが聞こえてくる。店にいる客たちの雑談の声だ。

「三次審査まで通過したわ。五人が残ったの」

「凄いじゃん、きっと選ばれるよ。わたしは信じてる」

羨望と嫉妬の入り交じった声だった。

「でも、駄目だと思う」

「どうして。自信持ちなさいよ。三次審査まで通過したんだから」

「審査委員たちは、もし選ばれたら名前を変えろって言うのよ」

「名前を変えろって、どういうこと？」

「だから朝鮮名ではなく日本名に変更しろって言うの。わたしは名前は変えないって言ったのよ」

「当然じゃない。とんでもない連中だよ」

客の一人が大声でわめいている。その大声に邪魔されて電話の声が聞きとりにくかった。淳花は大声でわめいている客に向かって怒鳴った。

「うるさいわね！　電話の声が聞こえないじゃない！　あんただけが客じゃないんだからね。気に入らなかったら、他の店で飲みなさいよ」

淳花の恐ろしい剣幕にわめいていた客は黙ってしまった。

「大声でわめいてたのは井村だよ。飲むといつもわめくのよ。出入り禁止にしたいんだけど、店に入ってくるときは借りてきた猫みたいにおとなしいから、つい許してしまうんだけど、これからは絶対に入れない。他の客にしめしがつかないから」

それから淳花は会話を続けた。

「それでどうなったの？」

「それで審査は終ったけど、一週間後に通知がくることになってる。たぶん駄目だと思う。そう思うでしょ、淳花……」

淳花は返事に窮した。よく聞く話だが、現実に身近な者が直面してみるとどう言えばいいのかわからなかった。

「いまだにそんなこと言ってるだなんて最低だわ。そんな連中は、こっちからお断りよ。明淑にはこれからいくらでもチャンスがあるから気を落とさないほうがいいよ。いつかきっと、ああいう連中が後悔するときがくると思う。時代が明淑を求めるときがくると思うよ、きっと」

淳花は慰めたが、

「それはいつくるのかしら……」

と明淑は寂しそうに言った。

「ねえ、明淑、これから店にこない。一人でくよくよしないで、みんなで飲もうよ」

明淑は置時計を見た。午後十一時だった。この時間に出掛けるのは億劫だったが、一人で滅入っているのもよくないと思って出掛けることにした。

「わかった。行くわ」

電話を切った明淑は黒いワンピースを着て鏡の前で演技でもするように表情の変化を確かめた。蒼白い顔に透明な影が射していた。『病人みたい……』と呟き、明淑は唇に軽く口紅を引いた。ほんのりと朱色に染めた口紅の色は蒼白い顔に哀愁を漂わせて明淑の内面を浮き彫りにした。

「ファティ」は相変わらず満席で紫煙がけむっていた。店に入ってきた明淑にみんなの視線が集まった。大声をあげてわめいていた井村が席を立って、

「女王さま、ここにお座り下さい」

と言った。

「あんたは黙ってなさい。もう帰ったほうがいいよ。帰るときは、この前のツケもちゃんと払ってね」

身もふたもない淳花の言葉に井村はしょげかえって座り直し、

「きついなあ、これだから、おれは朝鮮の女は嫌いなんだ」

と言った。

「あら、そう。よかったわね。朝鮮人のくせに日本名なんか使って、日本人みたいに朝鮮の女を侮辱するなんて日本人より最低よ。卑怯者」

面喰らっている井村をあからさまに非難して淳花は明淑を奥のテーブルに案内した。

「紹介するわ。こちらは金洋源、役者さん。ここにいる六人はみんな役者さん」

淳花から紹介された金洋源は、

「金洋源です。よろしく。李明淑さんとはこの店で一、二度お会いしてます」

と言った。

「そうだった？　じゃあ、紹介するまでもなかったわね」

と淳花は言った。

「挨拶するのははじめてです」

会話の機会をつくってくれたことを感謝するようにほほえみ、金洋源は仲間の五人を明淑に紹介した。女優も二人いた。もちろんまだ若くて無名だった。明淑は遠慮がちに金洋源と向かい合わせに座った。

「ここにいる六人は新しい劇団を立ち上げようとしてるの。金洋源はその座長。来月だっけ、再来月？　劇団を立ち上げるのは」

と淳花が訊いた。

「三カ月くらい先になると思います。いま仲間をつのってるんですよ。すくなくとも十五人は欲しいですね」

金洋源が物欲しそうに明淑を見た。

「どうお、明淑も新しい劇団に参加してみない」

金洋源の意向を汲みとるように淳花は明淑を誘ってみた。

「わたしは無理よ。いまの劇団に入って間もないことだし」

明淑は自分の立場を知っていながら新しい劇団に誘う淳花の気がしれなかった。

「そうね、明淑はいまの劇団では人気女優だから、劇団側が放さないわね」

誘っておきながら淳花はねたましげに言うのだった。

「明淑さんが参加してくれたら、ぼくらは大歓迎ですよ。いまでなくても、一年後、二年後、いや何年後でも大歓迎します」

見るからにエネルギッシュだが、その反面、愛嬌があり、人を引きつける何かを持っている金洋源は、新しく立ち上げる劇団の未来像について熱っぽく語りはじめた。

「ぼくらが立ち上げる新しい劇団は在日と日本人の混成です。いままでの枠を越えたところで演劇というものを考えてみたいんです。日本の劇団にいる在日ではなく、演劇という広い空間にいる日本人であり在日であり、そして世界の演劇と出会える場というものを作りたいんです。在日には有名な俳優や歌手やスポーツ選手が何人もいますが、みんな日本名を名乗っています。でも、それって虚像じゃないですか。自分というものがない。役者や俳優は単なる素材だと言われてますけど、これからの役者や俳優は異なる素材じゃないですよ。一人の人間としての可能性を追求していく主体的な存在です。自分というものを自覚していなければ、いい芝居はできないと思うんです。だからぼくは本名を名乗って芝居をしています。明淑さんもそうだと思いますし、彼も彼も在日ですよ」

金洋源はテーブルを囲んでいる二人の仲間を指差した。二人は何のてらいもなくほほえんでいた。それが明淑には嬉しくもあり新鮮にも映った。何かしら仲間意識のようなものを感じた。

「新しい劇団には在日が五人参加します。在日には芝居をやりたい連中が沢山いるんですよ。本名を名乗ってやりたい連中が」

金洋源の話は、今日、くしくもオーディションを受けて屈辱を味わった明淑の胸の内を見抜いているかのようだった。しかし、金洋源の言葉は心強い響きを持っていた。自分は孤立していないと明淑は思った。

「じつは今日、明淑は映画のオーディションを受けてきたの。三次審査までパスして最後の五人の一人に残ったのよ。ところが審査委員たちから、もし合格したら日本名に変えろと言われて明淑は拒否したんだって。だからもう合格は無理だろうって明淑は落ち込んでるのよ」

淳花が明淑に替わってオーディションでの出来事と心境を話した。

「そんなことがあったんですか。合格するかどうかは審査委員の見識にかかってるけど、かりに不合格になっても、この先、いくらでも機会はありますよ。ちゃんと見識を持った連中もいますから。闘いですよ。日本の映画や演劇には頼らない。自分たちでやる。それが今度新しく立ち上げるぼくらの劇団です。その意味では明淑さんもぼくらの仲間です。オーディションの最終審査で日本名への変更を拒否するなんて大変な勇気のいることです。その勇気にぼくは敬服します」

金洋源は親しみを込めて言った。

明淑ははにかみながら、しかし勇気づけられてもいた。一人で悩むより誰かと話し合えば気持ちが楽になるのだ。同じ問題をかかえていても人によってそれぞれ考え方がちがうし、その考え方のちがいの中に答えがあるのだろう。もちろん一つの確定された答えなどない。うつろいやすい人間関係や時代の流れの中で人は変わっていく。高校生のころは歌手になりたいと思っていた。しかし、短大に入ってある芝居を観て、すぐにその劇団の劇団員になったのである。それから一年後には準主役を演じるようになっていた。やがて間もなく主役が回ってくるだろう。そのことに疑いや不満は持っていないが、小さな劇団よりさらに大きな世界へ飛翔したいと思っていた。映画の世界は明淑にとって大きなステップになるはずだった。金洋源はこの先いくらでも機会はあると言うが、舞台女優から映画スターになった者は数えるほどしかいない。揺れ動く気持ちの中で、明淑はふと金洋源たちが立ち上げようとしている劇団に参加してみようかと思った。それはいまある地位を投げ出して、まったく未知の世界へチャレンジするのと同じであった。無謀すぎる……明淑は自分の気持ちを抑制して別のことを考えようとしたが、金洋源の張りのある声が明淑の耳を打つのである。自信に満ちた個性の強い話し方はある種の強引さをともなって説得力を持っていた。自己暗示力の強いリズムが明淑の脳裏で膨張していくのだった。

「ねえ、明淑、いまは無理でも来年ぐらいに参加したらどう？　あなたなら新しい劇団の看板女優になれると思うの。映画はそれからよ。もちろんオーディションに合格したらそれにこしたことはないけど」

明淑の心理の動きを読み取るように淳花が言った。

「そうね、考えとく……」

明淑は周囲の人間に、特に淳花に押し切られるように参加の可能性をほのめかした。

「やった！　おれたちのマドンナができた」

まだ参加が決まったわけでもないのに金洋源は有頂天になっている。

「ぼくらは李明淑さんのファンなんですよ」

立ち上げに参加する一人、姜斗昌《カンドゥチャン》は八重歯をのぞかせて笑った。

その夜は淳花や金洋源たちと遅くまで飲みながら映画や演劇について語り合った。そして数日の間、明淑はオーディションのことを忘れようとしていたが、一週間後に一通の手紙がきて不合格を知らされた。諦めてはいたが、あらためて不合格の通知を受け取った明淑は、あのときなぜ日本名を名乗ると言わなかったのかと悔やんだ。日本名を名乗ると答えていたら合格していたかもしれない。でもあのとき、なぜか明淑は拒否したかったのだ。プライドもあるが、もっと何か別なもの、自分という存在を侵蝕してくる外部の力に抗して自分を守ろうとしたのだった。

その日の午後、淳花がやってきた。水色のブラウスの上に赤いセーターをはおり、青い縞模様の長いスカートをはき、小さなバスケットを持っていた。二人は近くのレストランで昼食を取った。

「この間は金洋源の新しく立ち上げる劇団に参加するのを勧めたけど、考えたほうがいいと思う。金洋源はあなたに夢中なのよ。だから参加してほしいのよ。彼の目を見てるとそれがよくわかる。恋をしている目よ。明淑はいまの劇団で主役になれるわ。そのあなたが、あえて新しい劇団に移ることはないと思う」

一週間前とはまったく反対の意見を述べるので明淑は驚いた。

「だって淳花は、この間わたしに新しい劇団に参加するよう勧めたじゃない」

「そうよ、でも、そのあと考えたんだけど、やっぱりみあわせたほうがいいと思って、それでこうして出掛けてきたの」

自分を案じてくれているのだろうが、それにしても時計の振り子のように変わる気ままな淳花に明淑はあきれた。

「ところでオーディションの通知はきたの?」

淳花が知りたかったのはオーディションの結果だった。

「きたわ。不合格。日本名を拒否したからなのか、そうじゃないのかわからないけど、とにかく不合格。すっきりしたといえば強がりになるけど、これもめぐり合わせね。わたしはアイドルじゃないから、地道にやっていくしかないのよ。それがわたしに似合ってると思う」

「そうよ。アイドルなんて使い捨てじゃない。何も残らないよ。明淑は本当の女優をめざすべきよ。明淑ならなれるわ」

トイレに立ちかけた淳花が椅子に座り直して言った。

「昨日、万鳳が店にきたのよ。まだ十代の若い付き人を連れて。女と別れたとか言ってたけど、どうだかわかるもんですか。明淑に会いにきたのかもしれない。たぶんそうよ。でなきゃ、店にくるわけないもん。気をつけなきゃ駄目よ。甘い言葉についふらふらとなって縒《よ》りをもどしたら、また泣きをみるから」

淳花は釘をさしてトイレに立った。

明淑はどきどきしていた。一年前まで「ファティ」によくきていたが、その後、一度も顔を出していない許万鳳がなぜ突然、「ファティ」にきたのだろう？　わたしに会うためにきたのだろうか？　女と別れたというが、どの女と別れたのだろう。もしかして別れた女とはわたしのことではないのか。「ファティ」ではよく会っていた。許万鳳は博多から東京へきたときは必ず「ファティ」にきていた。ライブで全国を巡回している間をぬって「ファティ」にやってきては明淑とデートを重ねていた。許万鳳のライブについていったこともある。あのころ、許万鳳は淳花とも関係があったのではないか？　疑心暗鬼になると疑惑は疑惑を生み、明淑は混乱した。淳花が自分に警告し許万鳳から遠ざけようとしているのも、じつは淳花が許万鳳と縒りをもどしたいからではないだろうか。文忠明を愛している淳花がそんなことをするはずはない。ではなぜ許万鳳は「ファティ」にきたのだろう。気まぐれなのか。

トイレからもどってきた淳花の唇の色が変わっていた。

「どう、この口紅の色」

笑みを浮かべた唇はどす黒く光っていた。

「気味が悪い」

と明淑が顔をしかめた。

「それが狙いよ。男どもを撃退する色だよ」

淳花は得意そうに笑って煙草に火を点け、バスケットからガムを取り出して嚙みはじめた。アンバランスな服装の色とデザインが淳花に似合っていた。

トイレへ行く前、許万鳳の話をしていたのに、そんな話をしたことさえ忘れたかのように淳花は、

「これから帽子を買おうと思うの。つき合ってくれない」

と無邪気に言った。

明淑は気乗りがしなかったが断れなかった。一方的で攻撃的な淳花に逆らうことができるだろうか。男たちは、舌鋒鋭い揶揄と明晰な論理と感情の嵐をともなって飛躍する魅力的な淳花の声に攻撃され、猫のようにくるくると変わる大きな愛らしい目に振り回される。それは女に対しても同じだった。愛情過多な淳花の思い込みはつねに波乱を含んでいた。

まだ高校三年生のころ、淳花は家出して在日同胞の六十なかばの男と同棲していた。かつて日本の植民地だった朝鮮は同化政策で日本人にされたのであり、したがって朝鮮人に外国人登録を強制するのは不当であると主張し、街頭で外国人登録証を破り捨ててハンガーストライキに入っ

た六十なかばの男の勇気に感動して淳花もハンガーストライキに加わり、それから同棲が始まったのである。兄の朴建二は妹の淳花を探し歩き、足立区にある古いアパートで男と同棲している現場を見て仰天した。朴建二が訪れたとき、男と淳花はちょうど夕食を取っていたのだが、みそ汁の味が悪いと言って淳花がそのみそ汁をお椀ごと男に投げつけたのだった。みそ汁をお椀ごと投げつけられた男はおろおろするばかりで、ただひたすら淳花の機嫌をとっていたのだが、淳花はさらに膳をひっくり返してわめいた。男は泣きださんばかりに這いつくばって雑巾で畳を拭きながら朴建二に助けを求める始末であった。見かねた朴建二は、力ずくで淳花を家に連れ帰った。だが、淳花の奔放さを止めることは誰にもできなかった。それは愛に飢えている子供と同じだった。貪欲なまでに愛を求め、おしげもなく愛を与えようとする。二つの甕の片方には水が満たされているのだが、その水をもう片方の空の甕に入れると満たされていた甕は空になり、そして今度は満たされた甕の水を空になった甕に入れるとまた片方の甕は空になり、二つの甕が同時に満たされることはないのである。

空は晴れていた。排気ガスで黒ずんでいる街路の枝に新しい葉が芽吹いていた。二人は新宿の三つのデパートを徘徊してやっと帽子を購入した。淳花はその場で帽子をかぶり、何度も鏡をのぞき込んだ。

「買い物って不思議ね。すごく気分がいいよ。気が滅入ってるときは買い物するに限るわ」

陽気になって淳花は両腕をひろげた。

そして公衆電話ボックスに入り、

「ねえ、悪いけど電話を掛けてくれない。もし奥さんが出たら忠明に代わるように言って欲しいの。忠明がいなかったら切ってちょうだい。わたしどうしても、この帽子を忠明に見せたいのよ」

悪気のない頼みを受けて明淑は電話を掛けた。

間もなく電話口に文忠明の妻の陽子が出た。か細い弱々しい声だった。その声に明淑は何か後ろめたい気持ちにかられて声を詰まらせた。

「もしもし、どなたですか？」

問い掛けられて明淑はあわてて、

「あの明淑というものですが、文忠明さんはおられるでしょうか」

声がうわずっているのが自分でもわかった。

「仕事に出掛けています。なにかことづけがありましたら伝えておきます」

明淑はとっさに何かことづけしておかねばと思い、

「お芝居のチケットをお頼みしようと思いまして」

と出鱈目《でたらめ》を言った。

「わかりました。そう伝えておきます」

電話を切った明淑は怪しまれなかっただろうか、と罪悪感にも似た感情にとらわれた。

「仕事に出掛けてるって」

淳花に伝えた明淑は途方もない間違いを犯したように顔を赤らめていた。

「仕事の途中、店に寄ってくれないかな。三日も会ってないのよ。気が変になりそう。忠明とセックスがしたくて。明淑はいつからセックスなしで過ごしてるの」

淳花のあからさまな質問に明淑はさらに赤面して、

「そんなの覚えてないわ」

と言った。

「万鳳を追って博多に行ったときセックスしなかったの」

「してないわ。どうしてそんなこと訊くの。いやらしい」

「いやらしくないよ。健全な女なら、男もそうだけど、セックスしたいと思うし、するものよ」

「わたしはそうは思わない。人それぞれよ」

「でも好きな男に抱かれたいと思うでしょ。それが自然よ」

「いまのわたしに、そんな男はいないわ」

傍若無人に人の内面に踏み込んでくる淳花が憎らしくなって、明淑は先に歩いた。淳花は自分と許万鳳とのセックスを比較対照の材料にしようとしているのだ。どんなふうに抱かれたのか。耳元で何を囁かれたのか。あのいまわしい喜悦のときも冷淡な目で女を観察している許万鳳を思い出させようとしているのだ。明淑は胸が詰まって涙がこぼれた。

「ごめんね、明淑。そんなつもりじゃないの。わたしって、いやな女？　いやな女でしょ？」

淳花は自己嫌悪にかられてかぶっていた帽子を脱ぎ、ぐしゃぐしゃに丸めてバッグに突っ込んだ。

「男と女って、いやな生き物よ。どうして純粋に生きられないんだろう」

悩みや苦しみをかかえて街を往来している人びとの中から誰かが不意に発狂して走りだしたとしてもおかしくないと淳花には思われた。救急車やパトカーがサイレンを鳴らして街を疾走している。狂悪な犯罪や事故や死に直面して恐怖におののいているかのようなサイレンの音が街の喧騒にかき消されていく。一人の人間の悩みや苦しみなどとるに足りないのだ。それらの悩みや苦しみを最大公約数的に解決してくれるものはどこにもない。

と思った。

淳花は伽倻琴のことを考えていた。伽倻琴の音色に託された弦の強い意志を体の中に感じたい

明淑は舞台に立っている自分の姿を想像していた。舞台の時間と空間を自在に往還できる女優になりたいと思った。大女優！　たとえ栄光と悲惨の炎に灼かれようと上りつめた高みから世界を眺望したい。それは気の遠くなるような道のりではある。

二人はそれぞれの思いを胸に秘めて街を歩き、喫茶店で小休憩し、それからまた街を散策した。日が暮れてきた。

「店に出なくちゃ。今日は兄貴がいないのよ。たぶんあの女とデートしてるんだ」

と淳花は言った。

「わたしも帰る。明日からアルバイトするの」

と明淑が言った。

「アルバイト？　どんなアルバイト？」

淳花はすぐに好奇心をつのらせた。

「荻窪のスナック。部屋から近いし。遅いときは歩いて帰れるし。その店のママは昔、芝居をやってたから理解があって、稽古や芝居のあるときは休んでもいいって言うから」

独り立ちできる日を夢見ながらアルバイトをしている女優の卵は大勢いる。明淑も例外ではなかった。劇団に所属しているが、出演しているとき以外に何がしかの手当を支給されることはないのだ。生活と芝居を両立させる道は困難をきわめる。多くの役者志願者が道半ばで挫折するのも生活と芝居の両立ができないからなのだ。何ごともそうだが、時間との闘いであり自分との闘いだった。そしてそれは終りのない闘いである。

部屋に帰った明淑はベッドにどっと倒れた。淳花と一緒にいるとどうしてこんなに疲れるのだろう。淳花はときどき霊が憑依した巫女のようになるのだ。言葉が飛躍し、思考と感情がもつれた糸のように解けなくなる。もてあましている自分を他者にぶつけてくるのだった。遠い記憶から不意に未来の記憶へと飛翔して何かしら空中に浮遊している感じさえした。淳花は特別な感性の持ち主なのだ。わたしは淳花のようには生きられない。けれども新しい何かが目の前に開けているのを感じる。未来は手を伸ばせば届く距離にあるのだ。あとは一歩を踏み出す勇気さえあれば未知の世界へ飛び込んで行けるのだけど……。

稽古の最中に、ふと舞台の隅の陰に明淑が佇んでいるような気がして、金洋源はしばしぼんやりしていた。そしてわれに返って舞台稽古に引きもどされた。芝居と現実の境目に深い溝のような時間と空間が横たわっていて、その時間と空間の溝の中から湧き上がってくるイメージをとらえきれずに悩んでいた。漠然としたイメージと明淑とが重なり、芝居の主人公の性格を明確に位置づけられないのだった。明淑への思いが感情移入されて舞台のバランスを崩すのである。

新しい舞台の立ち上げは一週間後に迫っていた。目前に迫っている公演の準備に追われて睡眠不足に陥っている金洋源は目を真っ赤にして稽古を続けていた。連日深夜にまでおよぶ稽古に劇団員たちも疲労困憊していた。杭を打ち、テントを張り、舞台と客席を作り、照明器具や音響の設備をしたあと、何度も試行錯誤しながら舞台効果を確かめていた。舞台衣装は古着屋で買ってきたものや襤褸《らんる》を縫い合わせて作ったものだった。客席も古い家屋を壊した建設現場からもらってきた木材を使っていた。資金のとぼしい劇団はすべてを自前でやるしかなかった。土方仕事に従事しているようなものだったが、若い劇団員たちはめげずにひたすら初日に向かって働いていた。みんな屈託のない明るい顔をしている。輝かしい未来を自分の手で摑みたいという希望はなんと力強いエネルギーを発揮させるのだろう。若さが持つ特権――それこそが未来の可能性に挑戦するエネルギーのもとであった。時間はたっぷりある。たとえ挫折しても、ふたたび立ち上がれる時間を与えられているのだ。失敗を恐れること、自分の中の自分との闘いを忌避することが最大の敵なのだ。そう自分に言い聞かせながら金洋源は舞台作りに集中していた。

劇団員たちの芝居は演技といえる代物ではなかった。はじめは誰もがそうであり、舞台に立ったとき、自分の存在にすら気付かずに台詞を喋っているのだった。客席から観ると声は届かず、表情の変化がまるでわからない。感情移入と表情、発声と動作が一致しないのである。

「何やってんだ！　それでも芝居やってるつもりか！　猿のほうがよっぽどましだよ」

金洋源は同じ間違いを何度もくり返している男の団員に怒鳴り散らしている。そのたびに金洋源の声がテントの中に響き渡り、団員たちは緊張する。だが、怒鳴られた団員は、なぜ自分が怒鳴られているのか理解できないのだった。

「おまえはなぜいつまでも、そこにぼーっと突っ立ってんだよ。動かないと駄目だろう。人形じゃねえんだからよ」

台詞のないとき、つい動きが止まってしまい、身の置きどころを忘れてしまうのだ。全体の中で自分の存在がどのような意味を持つのかわからなくなるのである。演劇という空間の中で自らの存在理由を表現するためには、いったん現実との関係を遮断しなければならない。けれども演劇も現実の一部である以上、どうして現実と遮断できるだろう。演出家は舞台という独自の時空を成立させようとする。

舞台稽古を見物していた淳花は面白がっていた。

「ドタバタだよ」

金洋源が淳花に自嘲気味に言った。

淳花はくすくす笑いながら、

「でも元気あるじゃない。はじめから多くのことを要求するのは無理よ」

と言った。

「わかってるけど、だんだん腹が立ってくるんだ。自分に与えられた役をせめて三十パーセントは演じろって言ってんだけど、こいつらはゼロだよ。何もない」

稽古をしている団員たちを露骨にこき下ろして、

「先が思いやられる」

と溜息をついた。

「だって、あなた自身はじめての演出でしょ。あなたにだって問題があるはずよ」

「ぼくに問題があるって、どんな問題があるんだ。かりに問題があったとしても、それを演じきるのが役者だよ」

「それは独断だわ。演出家の欠点を役者が引き受けることはできないわ。それじゃなんのための演出家なのよ。主客転倒してる」

歯に衣着せぬ淳花の言いがかりに金洋源は怒りだした。

「芝居は想像力の問題だよ。演出家の想像力に役者もついてこなきゃ。役者も想像力を持てと言ってんだよ。なんの想像力もなしに、ただ棒立ちしてるだけだったら役者なんかいらないよ。建具があれば、それで足りるさ。手足を動かし、体や顔の筋肉にメリハリをつけて、泣き、笑い、喋り、怒り、それらが渾然一体となって想像力が喚起される。ぼくはそれを求めてる。演出家が役者に求めるのは身体そのものだよ。欠点は欠点として、未熟は未熟として、それをそのまま出せばいいんだ。ぼくはいまの段階で役者たちに完成度の高い演技を要求しているわけじゃない。君こそ主客転倒してる」

金洋源は主客転倒という言葉がよほど気に入らなかったのだろう。

「そうね、あなたの言う通りよ。でも明淑ならどう思うかしら」

明淑に思いを寄せている金洋源の泣きどころを突いて、淳花は平然と煙草をふかした。

「明淑がどう思うかは知らない。なぜそんな言い方をするんだ。不愉快だよ」

金洋源は憮然とした。

「でも劇団に参加してほしいんでしょ、明淑に」

相手が返答に窮するような意地の悪い質問だった。そして事実、金洋源は返答に窮して黙ってしまった。

「わたし帰る。芝居は観にくるわ。楽しみにしてる」

帰りかけた淳花は立ち止まって振り返り、

「もし明淑に会いたかったら荻窪駅近くのスナック『帰郷』に行けばいいよ。彼女はそこでアルバイトしてるから」

とひとこと残して去った。

そのひとことは金洋源にとって抵抗し難い悪魔の囁きのように思えた。

山場にさしかかっている稽古の最中に、明淑がアルバイトをしている荻窪の店へ行けるだろうか。だが、すでに心は動いていた。

「さあ、もう一度はじめからやり直しだ！」

劇団員に活を入れ、自分自身にも活を入れて叫んでみたが、気もそぞろであった。演出と役者をかねている金洋源は自分の台詞を忘れてしまい、戸惑っている団員たちの視線にあわてて台詞をつないだが、何を喋っているのかわからない始末であった。淳花のひとことが金洋源の胸の中で波紋をひろげ、妖しげな色調をおびてくるのだった。そして毎日、午前二時、三時まで稽古を続けてきた座長の金洋源は突然、

「今日はここまでにしよう。みんなも疲れていることだし、明日頑張ろう」

と言って稽古を切り上げた。

むろん団員たちは疲れていた。だが座長の金洋源がはやばやと稽古を切り上げたのが不可解だった。それでも団員たちはほっと一息つき、真剣だった表情に笑みがもどってきた。午後八時の遅い夕食を団員たちは注文していた幕の内弁当ですませ、何人かは舞台の上で缶ビールを飲みながら話し合っていた。

金洋源は衣服を着替え、古いライトバンを運転してテントをあとにした。新橋の貨物駅舎跡地の広大な闇から眺める銀座のネオンはひときわ華やいだ色に輝いていた。金網を張りめぐらせた貨物駅舎跡地を出ると車の洪水の中に呑み込まれて方向感覚を失い、金洋源はハンドルを大きく切って高速道路を利用すべきかどうか迷っているうちに品川方面へ走ってしまった。自分でも信じられないほど理性を失っている。やはり高速道路を利用しようと途中で迂回して霞が関に向かいながら道路情報を見ると新宿方面は三キロの渋滞だった。しかし金洋源は渋谷から高井戸を抜けて行こうと決めて高速道路に入った。そのとたん渋滞で動けなくなった。『おれはどうかしている……』。渋滞の中で金洋源は激しい自己嫌悪に陥って、明淑に会うべきではないと思うのだった。三宅坂トンネルは渋滞で息もできないほど排気ガスが充満していた。明淑に会うべきでは

ないと思いながら、しかし金洋源は荻窪をめざしていた。

高井戸出口を出たのは一時間後である。そして今度は環状八号線の渋滞に巻き込まれた。荻窪に着いたとき、金洋源はまるで長い旅をしてきたような気持ちになっていた。駐車場がなく、金洋源は駐車違反で牽引されるのを覚悟で路肩に車を止めた。それから駅前付近を歩いてスナック「帰郷」を探した。店はすぐに見つかった。一階はラーメン屋で、その二階にスナック「帰郷」の看板がかかっていた。金洋源は窓からもれている灯りを見上げ、細い暗い階段を昇っていった。静かに昇ったつもりだったが、木製の古い階段は軋み音をたてるのだった。ドアを開けるとカウンターがあり、とまり木に数人の客が座って談笑していた。

「いらっしゃい」

と声を掛けられて金洋源はどきっとした。

明淑の柔らかい声だった。そして明淑と目が合った。会うたびに美しくなっているように思えるその笑顔はやさしさに包まれていた。

「金さんじゃない。どうしてここがわかったの?」

明淑は不意に現れた金洋源に驚いている。

「いや、淳花さんから聞いたもんだから、ちょっと寄ってみたんだ」

照れながら金洋源は空いているとまり木に座った。

「でも、きてくれて嬉しい。何飲みます?」

金洋源の前に立ち明淑は歓迎するように言った。

「ビール下さい」

思いのほか歓迎してくれた明淑の態度に金洋源はほっとした。

明淑が金洋源にビールをついでいるところへ店のママがやってきた。短い髪を金色に染め、真っ赤な口紅に真っ赤なマニキュアをした五十過ぎの肥えた女だった。光り物が好みらしく、金色の指輪と腕輪を数個はめている。服装も飾りつけたクリスマスツリーのようにきらきら光っていた。笑うと顔全体が皺だらけになり、二重顎の肉がぶるぶる震える。明淑から金洋源を紹介されてママは昔女優であったことを誇らしげに語り、

「この店には、明淑さんのファンが大勢くるのよ。あなたも明淑さんのファンでしょ」

と言った。

「もちろんです。ぼくは明淑さんの大ファンです」

本心を悟られたくない金洋源はファンという普通名詞に置き換えて明るくほほえんだ。そして自分はどこか道化師に似ていると思った。ほの暗い恋の道に迷い込んだ金洋源は、いまとなってはその道から脱け出す術を知らなかった。テント張りから舞台装置の裏方まで何でもこなしているごつごつした手を器用に使って手品を披露し、明淑を驚かせたり笑わせたりして時間が過ぎるのを忘れた。そしてふと、こんなことをしていていいのだろうか、と思うのだった。間近に迫った公演を前にして油を売っている自分は座長としての資格に欠けるのではないかと強い疑念をいだき、すぐにも帰って明日に備えようと思いながら、その場を離れられなかった。言うべきことがあるはずだった。劇団に参加してほしいと。しかし、それは言えなかった。明淑に邪推されるのが怖かったのだ。

閉店時間までいるつもりはなかったが、午前一時過ぎに、

「もう閉店ですから」

とママにうながされて金洋源は腰を上げた。

明淑に家まで送りましょうか、と言いかけてやめた。

「わたしは近くですから、歩いて帰ります」

と明淑から先に言われた。

階段を下りながら、

『やはりくるのではなかった……』

と金洋源は後悔した。

アルコールに刺激された胃袋が空腹を訴え、ラーメンでも食べて帰ろうかと思ったが、ちょうどラーメン屋の店主がのれんを下ろしているところだった。

少し酔いが回っていた。飲み屋が点在している通路を抜けて車を止めてある場所にきてみると、あるべきはずの車がなかった。金洋源は車を止めて置いた場所を間違えたと思って、しばらくあちこち探して記憶をたどってみたが、結局もとの場所にもどってきた。そして茫然とした。道路をよく見るとチョークで車を牽引して行った警察署の名前が記してあった。最悪の事態を想定していないときに限って最悪の事態が起こるのだ。

夢を見ているのではないかと思った。そういえばあたりの暗さは夢の中の情景と似ている。灯りが消え、人影もなくぼんやりしていた。酩酊している意識もぼんやりしている。淳花が芝居の稽古を見物にきたときから、この予兆は始まっていたような気がする。

「もし明淑に会いたかったら荻窪駅近くのスナック『帰郷』に行けばいいよ。彼女はそこでアルバイトしてるから」

そうだ、あのひとことが最悪の事態を招く予兆だったのだ。

金洋源は明朝、警察に車を取りに行くことにしてタクシーで帰った。

翌日、稽古はふたたび深夜にまでおよんだ。金洋源は在日であることを劇の中であからさまに表現するのではなく、別のイメージでコミュニティの存在理由を訴えたいと考えていた。けれどもイマージュとしての在日を訴えるのは難しかった。むろん在日とは関係なく芝居そのものが劇として成立することが重要であった。政治的で民族的な問題意識を前面に押し出すのは観客に自分の解釈を強要することだった。どのように解釈しようと観客の自由である。それが基本だった。舞台と観客との距離は自由なのだ。その自由を拘束することはできない。だが、ある意味で、観客を拘束したいという欲求を金洋源は持っていた。観客を引きつけ魅了してやまない劇の力こそ望むところであった。それまでの演劇にはない演劇、舞台と観客が一体となってつくりだすイマージュの世界を観客に強要したかったのだ。

公演の日がきた。新橋貨物駅舎跡地の広大な暗闇の中に建てられたテントの前には大勢の行列ができている。テントの周りではすでに劇の進行役を務める語り部と青や赤や白の着物を着た女たちが観客を誘導するための前座芝居を演じていた。それは暗闇に舞う色とりどりの花のようだった。星屑がきらめく空の下で新しく立ち上げた芝居は始まった。淳花をはじめ「ファティ」の常連である文忠明、映画助監督の金昌周《キムチャンジュ》、詩人の韓大権《ハンテグォン》、画家の宋永椿、助教授の金桂雲、そして明淑もきていた。

二百席ほどの客席は超満員で、立ち見客はテントの外にまで溢れていた。文忠明と淳花はテントの隅に立って舞台を観ていた。周囲の目をはばかろうともせず淳花は体を文忠明にあずけて、

「ねえ、キスしてくれない」

と言った。

文忠明がキスをすると、うっとりした眼差しで、

「愛してると言って」

と甘ったるい声でせがむのだった。

「愛してる」

文忠明はいささか面倒臭そうに言うと、

「もっとやさしく、耳元で囁いてほしいの。わたしのオッパイを握りながら」

と要求した。

文忠明は淳花を抱きすくめて乳房を握りしめ、耳元で愛してると囁いた。

「すごくロマンチックな気分だわ。だってみんなの中で、こんなことしてるのはわたしたち二人だけだもの。あなたは本当にエッチなんだから。みんなが見ている前で、こんなことを平気でするんだもの。だからあなたが好き」

ほとんど身動きがとれない状態の中で淳花はひそかにズボンの上から文忠明の物をしっかり握りしめていた。芝居が始まってから終るまで、淳花は文忠明の物を握りしめたまま離さなかった。だから芝居に集中して観ていなかったので、芝居の大筋はわかっていても誰がどの役を演じていたのか、演技はどうだったのか、演出の出来栄えはどうなのか、といった細部にいたる観察はできなかった。そんなことは淳花にとって二次的な問題なのだ。文忠明と過ごすこの瞬間、このひとときは他の何ものにも代え難いのであった。

芝居が終って観客の拍手に迎えられた金洋源は少し興奮した面もちで初日の挨拶をした。張りのある声で力強い挨拶をして役者たちを一人ひとり紹介した。舞台に立った者のみが味わうことのできる充実した瞬間である。連日連夜、猛稽古を重ね、疲労困憊した体に鞭打ち、自分と闘いながらやっとたどり着いた初日であった。そしてこれからも続くであろう果てしない試練に立ちすくんでいる瞬間でもあった。

帰りはじめた客にもまれながら文忠明と淳花もテントの外に出た。明淑の芝居のときも、許万鳳のときもそうだが、舞台という摩訶不思議な時空をとり巻くエネルギーに触発されて観客は余韻にひたっていた。廃屋になった駅舎を控室に使っていたので何人かのファンが花束を持って駅舎に向かっていた。そのあとを文忠明と淳花はついて行った。

「淳花さん」

と後ろから明淑が声を掛けて小走りに追ってきた。

月明かりの中で明淑は目を輝かせて息をはずませている。

「すごくよかったわ。感動した」

なぜ明淑が感動しているのかよくわからない淳花は、

「感動したの？　そう……、わたしは感動しなかった。実をいうとぎゅうぎゅう詰めだったから芝居をちゃんと観れなかったのよ。それに忠明に抱きしめられていたから芝居どころじゃなかったのよ。わかるでしょ」

と含み笑いを浮かべた。

「あら、そう。ご馳走さま。でも、わたしは感動したわ」

あけすけな淳花と、その恋人である文忠明をちらと見て明淑はあきれたという顔をした。

「淳花はみんなの前でおれに何かをやらせたがるんだ。変態なんだよ」

と文忠明が陽気に言った。

「そう、わたしは変態なのよ。忠明も変態。わたしたち二人はお似合いのカップルってわけ」

そして淳花はまたしても文忠明に抱きつくのだった。

駅舎の控室に入ると数人のファンがいた。役者が化粧を落として出てくるのを待っているのだ。金洋源は座長らしく泰然と構え、化粧も落とさず椅子に座ってファンから花束を受けていた。だが、控室に入ってきた明淑を見て驚いたように立ち上がった。

「お疲れさま」

と淳花が言った。

続いて文忠明が握手した。

「すごく感動しました。わたしが求めていた芝居はこれなんだと思いました」

明淑は一歩進んで自分から手を差し延べて握手を求めた。

「本当ですか。本当に感動してくれましたか。明淑さんからそう言われると、ぼくは幸せです」

金洋源はかかえていた花束を椅子に置き、明淑の手をしっかり握りしめて目を輝かせた。他のファンなど眼中になかった。

「これから打ち上げがあります。ぜひ参加して下さい」

金洋源は明淑と文忠明らを誘った。

文忠明と淳花は打ち上げに参加することにしたが、明淑は、

「わたし、これから用があるんです」

と断った。

「そうですか。でも三十分だけでも参加できませんか。新橋駅前の居酒屋でやるんですが」

金洋源は残念そうに、しかしたとえ三十分でも顔を出してほしいと頼んだ。

金洋源を見かねた淳花が、

「三十分だけ行きましょうよ。乾杯するだけでいいじゃない」

と例によって強引に誘った。

「そうね……、じゃあ、三十分だけ参加します」

時間を気にするように明淑は腕時計を見た。

「ありがとう。すぐ着替えます」

化粧を落とし服を着替えるため金洋源は奥の部屋に入った。そして五分もたたずに部屋から出てきた。三十分という時間制限の中で少しでも明淑と一緒に過ごしたいという気持ちがありありと伝わってきた。

広大な暗闇を歩いていると、ここが東京の中心であることを忘れてしまう。どこか遠い見知らぬ土地にきたような気がする。

金洋源は饒舌だった。明淑の関心を引くため、新しく立ち上げた劇団について喋っていた。文忠明と淳花は金洋源と明淑の後ろを歩いていた。

「ねえ、あの二人、うまくいくかしら」

淳花は勝手な想像をしてほくそえんだ。

「どうかな。君とおれのようなわけにはいかんやろ」

「そうね、わたしたちのような恋をしてるカップルっていないよね」

淳花は得意そうに文忠明の腕を取って体をあずけながら夜空を見上げていたが、

「こんなに晴れているのに、明日は雨だって。いやだなあ。明日は朝から沈美香先生のおともをして八王子まで行くのよ。わたしは自分の伽倻琴と先生の伽倻琴を持って行くの。そのうえ衣装も持たされる」

と急に憂鬱そうな声になった。

金洋源は新橋駅前の居酒屋「ひょっとこ」の五十席のワンフロアを予約していた。席ではすでに二十人ほどの先客がビールを飲んでいる。金洋源は明淑を自分の隣に座らせご満悦だった。思いもかけないめぐり合わせに嬉しさを隠しきれない様子だった。

時間を気にしている明淑を気遣って、まだ半数しか集まっていなかったが金洋源は乾杯の音頭を取った。

「みなさん、ありがとうございます。初日はどうなるのかと昨夜は眠れませんでした。団員たちも幕が開く直前まで稽古をしていました。何度も経験してきたことですが、新しい劇団を立ち上げた今日は格別の思いがあります。芝居の出来具合は必ずしもいいとは思っていません。二週間の長丁場ですので、その間に少しずつ調整していきたいと思っています。ただ志だけは高くかかげて既成の劇団に殴り込みをかけたいのです。何ごともはじめから成功するわけではありません。持続こそ力だと思っております。五年、十年の時間をかけてやりたいことをやろうと考えています。どうかこれからも、みなさんのご支援をお願い申し上げます。それでは乾杯したいと思います。乾杯！」

みんなでいっせいに乾杯したあと、金洋源は話を続けた。

「じつは今日、女優の李明淑さんが芝居を観て下さいました。明淑さんはあまり長居ができませんので、ここでひとことご感想を聞かせていただければ幸甚です」

金洋源は隣に座っている明淑の反応を確かめた。

突然の指名に、しかも乾杯のあとの最初の挨拶を頼まれて明淑は戸惑ったが、辞退はできなかった。明淑は落ち着きはらってすっくと立ち、ひと呼吸間を置いた。

「きれいね……」

女の声が客席からもれた。立っているだけでスポットライトを浴びているような存在感があった。

明淑が何を喋るのか淳花は興味深げに見守った。指名はしたものの唐突すぎたのではないかと金洋源は不安になっていた。けれどもみんなの前で明淑にひとこと話してもらいたかったのだ。それが何よりも金洋源の意思を明淑に伝える方法だった。

「すごく感動しました。演出や演技はまだまだ未熟だと思います。その点はわたしも同じです。けれども劇団『星雲』には新しい何かを生み出そうとしている予感があります。既成の芝居にとらわれない純粋さがあります。底知れぬエネルギーがあります。観る者を突き動かしていく未知の力があります。わたしは今日、劇団『星雲』と出会えたことを幸せだと思いました。できることならわたしも劇団『星雲』と一緒に未知の世界へ旅立ちたいという思いを強くしました。これからも頑張って下さい」

盛大な拍手が起こったが、同時にみんなは驚いていた。そして一番驚いているのは金洋源だった。明淑は劇団に参加してくれるのだろうか？　いまの挨拶は劇団に参加したいと言っているように聞こえた。だが、「これからも頑張って下さい」という最後の締めくくりの言葉は距離を置いているようにも聞こえる。強い印象を語ったあとの、どちらとも取れる曖昧さに金洋源は悩んだ。

挨拶のあと座ると思っていたら、明淑は金洋源や淳花に軽く会釈して、

「もう行かなくちゃ。時間がないわ」

と言って別れを告げた。

金洋源は引き止めて明淑の真意を確かめたかったがそれはできなかった。

淳花も座ったまま、

「じゃあ、またね」

と言って明淑を引き止めようとはしなかった。

「素晴らしいメッセージでした。ありがとう。今度ゆっくり話したいです」

急いでいる明淑に金洋源は感謝の気持ちを述べた。

あと片づけをして遅れてきた団員たちと入れ替わりに明淑は店を出た。

意気消沈している金洋源に、

「洋源さん、あともうひと押しよ。明淑は劇団に参加すると思う。参加したがってるのよ」

と淳花が助言した。

「参加してくれるだろうか？　いまのメッセージを聞いてると参加してくれそうな気もするけど」

気の強い金洋源が珍しく弱気になっている。

「明淑がアルバイトをしてる荻窪の店は知ってるでしょ。芝居が終ったら口説きに行きなさいよ。洋源さんらしくもない、弱気になって」

淳花には何もかもお見通しだった。

明淑がアルバイトをしている店に金洋源が行ったことを淳花は先刻知っていた。

つぎつぎとやってくる団員やファンたちで店は満席になり、打ち上げは盛り上がった。金洋源は本来の自分にもどって大声で喋っていた。

芝居は新聞や雑誌で好意的に取り上げられ、おおむね好評だった。この勢いに乗ってワンステップ、アップしなければならなかった。多くのヒット作を持っている歌手や俳優がスターになるように、劇団もいくつかのヒット作品を持つことで名声を博していくのである。金洋源はその確かな手ごたえを摑んだように思われたが、むろん始まりにすぎないこともわかっていた。より多くの人びとに知らしめること、それが何よりも重要であった。そのために東京を皮切りに旅公演に出掛けた。それは難行苦行の旅である。四トン貨物車二台にテントと舞台道具や衣装を積み、役者たちはライトバンと貨物車に分乗して、長野、横浜、浜松、静岡、名古屋、大阪、京都、兵庫などを巡業した。三カ月におよぶ旅公演のあと休むいとまもなく、さらにつぎなる作品にとり組まねばならなかった。そして旅公演を重ねるごとに団員たちは役者として成長していくのだった。

東京にいるときは稽古の合間をぬって金洋源は明淑に会うためにスナック「帰郷」に行ったが、明淑も旅公演に出掛けていたりして、しばしば会えないことがある。そんなとき金洋源は一人「ファティ」でしょんぼり飲んでいた。

「ねえ、洋源、明淑はいま大阪で公演してるって、昨日電話があったわ。来週の月曜日には帰ってくるって」

淳花は金洋源を慰めるように言った。

しかし、それ以上のことは言えなかった。最近、淳花は人づてに、明淑に新しい恋人がいるらしいという噂を聞いたのだった。その話を聞いたとき、淳花はてっきり金洋源のことだと思い込んだが、実際はそうではなく、ある劇団の男性だった。もちろん淳花はその男性を知らないし、にわかには信じられなかったが、噂はどうやら本当らしかった。まだ許万鳳との恋の傷が癒えていない明淑は新しい恋人との出会いで傷を癒そうとしているとしか思えなかった。

「来週から、ぼくは西ドイツに行きます」

と金洋源が言った。

「え、西ドイツに？　公演なの」

「ええ、日本のT自動車会社の文化基金で西ドイツ公演をしてきます」

「素晴らしいじゃない。劇団を立ち上げてまだ五カ月もたってないのに、海外公演できるなんて、凄いよ」

淳花は興奮してグラスの水割りを一息で飲み、自分で氷を入れてウイスキーと水をそそいだ。

「運がよかったんです。たまたまT自動車会社の部長がぼくらの芝居を観てくれて、文化基金に応募してみてはどうかと勧められて、書類を提出したら審査に通ったんです」

「日本人も捨てたもんじゃないわね。在日が座長を務める劇団に文化基金を出すなんて」

感情過多な淳花は金洋源の話にすっかり日本びいきになって、逆に在日同胞や韓国を非難しだした。

「それにひきかえ、在日社会は駄目よ。在日社会で誰か援助してくれた人がいる？　組織なんか知らん顔でしょ。金は出すけど口も出すというのはまだいいほうよ。金は出さないくせに口ばっかし出して、あげくは喧嘩よ。ここにくる商工人はみなそう。偉そうなこと言うけど、いざ資金のことになるとそっぽを向くんだから」

小さな可愛い口が金魚のようにぱくぱくと開き、辛辣な言葉がつぎつぎに飛び出してくる。酩酊してきた淳花は店の中を見回し、一人の商工人を見つけると、

「あなたもその中の一人よ」

と決めつけた。

名指しされた金融業者の趙熙鍾《チョヒジョン》は驚いて、

「何のことです？」

と飲みかけていた水割りのグラスを置いて訊いた。

「とぼけたりして。在日の商工人は偉そうなことばっかし言うくせに、何の協力もしないって言ってるの」

まるで趙熙鍾を悪玉の張本人のように淳花は睨みつけた。

「ぼくはそんなことないよ。文忠明が詩集を出版したときも十万円出した」

いわれのない淳花の指弾に趙熙鍾はむくれた。

「じゃあ、金洋源にも協力しなさいよ。劇団『星雲』は今度、西ドイツで公演するの。でもお金が足りないのよ」

話を捏造《ねつぞう》して脅迫まがいのカンパを趙熙鍾にさせようとする淳花の態度に、

「お金が足りないわけじゃないです」

と金洋源が弁明した。

「足りるわけないでしょ。西ドイツへ行くのに」

西ドイツへ行くのでお金が足りないというのはおかしな話だが、劇団「星雲」の芝居を観てファンになっていた趙熙鍾は、

「西ドイツに行くんですか？」

と興味深く訊き返した。

「そうよ、西ドイツに行くのよ。だからお金がいるでしょ」

この際、趙熙鍾に何がしかのカンパをさせようとする淳花の意図がありありとうかがえた。む

ろん淳花もそのことを隠すどころか、むしろ露骨に趙熙鍾を煽るのだった。

「ぼくは何か証明しなければならないわけ？　在日としての義務を？」

「義務じゃないわ。心意気よ。何かをやろうとしている人間に対する共感よ。あなた自身の問題なのよ。そうでしょ。劇団『星雲』の躍進は、わたしたち在日の若者にとって誇りじゃない」

反論の余地はなかった。劇団「星雲」の躍進は在日の若者にとって誇りでないはずはないのだった。だからといってカンパをしなければならない理由もないのだ。

趙熙鍾は懐から小切手帳を取り出し、ボールペンで五十万円記入してカウンターの上に置いた。店に居合わせた十人ほどの客の間から、「おお！」という感嘆の声が上がった。だが、レコードの入れ替えをしているマスターは素知らぬ振りをしていた。妹の淳花の強引なやり方に、むしろ不快感をあらわしていた。

「いや、ぼくは、そんなつもりはないです」

金洋源は恐縮して五十万円の小切手を辞退しようとしたが、淳花がカウンターの上の小切手をさっと取ってブラジャーの中にしまい込んだ。

「ありがとう。これはわたしが預かっとく。趙さんって、本当にやさしいのね」

淳花はうっとりした目で見つめ、カウンター越しに体を乗り出して、趙熙鍾の少し禿げた額にキスした。それからカウンターの中から出てきて趙熙鍾の横に座り、自分の水割りと趙熙鍾の水割りを作って趙熙鍾と腕を組んでもたれかかり、

「乾杯！」

とグラスをかかげてほほえんだ。

急激に変化する淳花の感情の流露に趙熙鍾は戸惑いながらもグラスをかかげた。

カウンターの奥に座って壁にもたれて飲んでいた許和義が嫌悪を込めて言った。

「在日、在日って、在日を売り物にするなってんだ。おれは在日なんか関係ねえよ。何かにつけて在日って言うけど、在日だからって、何で金出さなきゃならないんだ。馬鹿じゃねえのか」

酔っていたのは確かである。それが許和義の中に鬱積していた不満を表出させたのも確かだ。歌手をめざしていたが歌手になれるほどの歌唱力はなかった。あるプロダクションの事務所に所属し、今度はタレントをめざしたが、この五年間、事務所に所属している歌手やお笑いタレントの送迎や使い走りの仕事ばかりさせられていた。陽の目を見るのはいつなのか。こき使われるだけこき使われて、使い捨てにされるのではないのか、という不安と不満が蓄積されていた。自分より才能もなければ資質もない人間が売り出しているのに、自分は下積み生活を五年も続けている。この世界で二十五歳という年齢は若くないのである。西田敏夫という日本名を使っているが、事務所の者には在日朝鮮人であることは先刻知れていた。有名な俳優や歌手やスポーツ選手には多くの在日がいる。自分もその中の一人にすぎないのに、なぜ自分を売り出してくれないのか。

「おれは劇団『星雲』なんか認めないぞ。あれが在日かよ。在日が聞いてあきれるぜ。そのうえ西ドイツに行くからカンパしろとはおこがましいよ」

「おだまり!」

淳花が烈火のごとく怒った。

「何さまのつもりなのよ。自分のことを棚に上げて、よくそんなこと言えるわね。おれはあの有名な歌手とつき合ってるとか、俳優とつき合ってるとか言うけど、みんな事務所に所属してる人でしょ。あなたはその人たちの送迎をしたり、使い走りをしてるだけじゃない。一度でもテレビに出たことがあるの。その他大勢でもいいから、一度でも映画に出たことがあるの。芝居の台詞をひとことでも喋れるの。何もしたことがないくせに他人をこき下ろしたりして、恥ずかしくないのかしら」

容赦のない言葉だった。許和義の人格をけなすのに充分な言葉だった。憎しみは言葉によってもたらされるのだ。

「そういうおまえは何だよ。いつも偉そうな口をきいて。みんながどんな噂をしてるか知ってるのか。おまえのことを納豆と言ってるんだ。誰とでもべたべたくっついて、見境がないってことだよ」

淳花はグラスを持って立ち上がり、許和義に近づいて顔に水割りをぶちまけた。許和義は反射的に淳花の頬を打擲《ちょうちゃく》した。頬を打擲された淳花はよろめいて倒れた。

「何すんだ、この野郎！　おまえは女しか相手にできないのか！」

それまで黙ってひかえていた金洋源の怒りがいっきに噴き出し、許和義に走り寄って顔面に一撃を加えた。そしてとまり木から落ちた許和義の横腹を金洋源は思いきり蹴った。許和義は「うっ！」と呻き、腹をかかえて海老のように体を曲げてうずくまった。趙煕鍾とカウンターから飛び出してきたマスターが仲介に入った。

「げす野郎！　人でなし！」

顔を真っ赤にして淳花は許和義に罵声を浴びせた。

うずくまっていた許和義は唇から血をたらし、腹を押さえながら店を出て行った。

「最低の奴だ」

許和義を殴った拳に肉の感触が残っていた。骨と肉にめり込んだ鈍い感触である。

「あいつも在日なのよ。可哀相な奴」

淳花は哀れむように言った。

それから淳花はブラジャーにしまい込んだ小切手を取り出し、

「返すわ」

と趙熙鍾に差し出した。

「いや、いいんだ。ぼくはカンパするつもりでいるから」

いったん切った小切手を返してもらう気のない趙熙鍾は受け取ろうとしなかった。すると淳花は小切手を破ってしまった。

「この店で暴力はやめてくれよ。おれは暴力は嫌いなんだ」

いかつい顔のマスターは巨体を持てあましながら、過激な妹とは対照的に気弱に言うのだった。

客の中には日本人も何人かいるが、在日同胞たちのいさかいにはあまりかかわりたくないらしくしらけた眼差しで押し黙っていた。そして趙熙鍾が腰を上げて帰ろうとしたときである。ドアを開けて入ってきた許和義がいきなり包丁を振りかざして金洋源に斬りかかった。すんでのところで胸のあたりを斬られるところだったが、日ごろテント芝居で鍛えられていた金洋源はとっさに体をかわして椅子を持ち、構えた。背後の席にいた日本人の客が許和義をはがい締めにした。その一瞬の隙に金洋源が椅子で刃物を叩き落とし、三、四人の客が束になって許和義を取り押さえた。四人の男に首と背中を足で踏んづけられ、両腕をねじ上げられた許和義は牙をむいているけもののようだった。

「てめえ、この野郎！　おれを刺し殺すつもりだったのか！」

恐怖と怒りで真っ青になっている金洋源は許和義の顔面をたて続けに殴打した。鼻血が飛び、歯を折られて口から大量の血が流れた。

「気でも狂ったの！　頭がおかしいのよ。うだつが上がらないのを他人のせいにして、嫉妬に狂ってるのよ。薄汚い奴！　最低、最悪よ！　おまえなんか、在日もくそもないよ！」

淳花自身が気でも狂ったのではないかと思えるほどヒステリックになって、ねじ伏せられている許和義に向かって叫んだ。

「一一〇番してくれ。警察に突き出してやる」

と金洋源が言った。

「そうよ、こんな奴は刑務所にぶち込んで、十年くらい監禁すべきよ。何をするかわからないわ」

目を吊り上げ、顔の筋肉をこわばらせて、淳花は怒りと憎しみと恐怖の入り交じった声で言った。

「ちょっと待ってくれ。これ以上、ことを大きくしたくない。警察に突き出さなくてもいいと思う。許和義は後悔しているはずだ」

開店以来の常連客であり、まだ若い許和義を刑事犯として前科者にしたくないとマスターは言った。

「何言ってるの、兄貴。こいつは執念深い人間よ。自分が罪を犯したのに、それを根に持って必ず復讐しようとするわ」

警察に電話しようとする淳花をマスターが止めた。

「もういいから、みんな手を放してやってくれ」

その言葉に金洋源も力を抜いて手を放した。

「和義、こんなことは二度とするな。逆恨みは一番弱い人間のすることだ」

マスターのやさしい言葉にほだされたのか、許和義は逃げるように店を出て行った。

「兄貴は馬鹿だよ。あいつは外で待ち伏せしてるかもしれない。誰かが殺されてから警察に知らせても遅いんだから。今度はわたしが殺されるかもしれない」

「おまえこそ馬鹿なことを言うな。あいつを前科者にするより、これをきっかけに立ち直れば、それに越したことはない」

「牧師さんみたいなこと言うのね。そんな甘ちゃんだから、あの女に手玉に取られるのよ」

「関係のないことを言うな。おれの人間関係に踏み込むんじゃない」

大声を出したことのないマスターが大声を張り上げた。

「関係はおおありよ。わたしたちは兄妹なんだから」

淳花は目にいっぱい涙を溜め、

「洋源さん、悪いけど文忠明に電話を掛けてくれない。奥さんが出たら、文忠明に替わってもらうように言ってほしいの」

とバッグから手帳を出して電話番号を伝えた。

許和義が刃物を振り回したかと思うと一転して兄妹喧嘩になり、今度は文忠明の家に電話を掛けてくれと言う。観たこともないほど移り変わりの激しい芝居を観ているようで、しかも観客まで大立ち回りを演じるという未体験の体験をしているようだった。

金洋源が電話を掛けると女が出た。文忠明は仕事でいなかった。

「どうしてこんなときに文忠明はいないの。寂しいよ。いますぐきてくれよ」

涙をこぼして淳花は椅子にへたり込んだ。そして煙草をふかしながら水割りをあおる。

大阪から公演を終えた明淑が東京に帰ってきたが、入れ替わるように金洋源は西ドイツ公演に出発した。その翌日の朝刊によると、許和義は所属していたプロダクションの社長を刺殺して、ビルの屋上から投身自殺したという。

淳花が海を見たいと言うので文忠明は一緒に竹芝桟橋に行った。これといって見るべき物は何もなかった。汚れた海にゴミと泡が漂い、海沿いに倉庫や太いパイプの連なる工場が建ち並んでいる。穏やかな東京湾には貨物船や客船や漁船が行き交っていた。かすかな潮の匂いを含んだ大気を吸い込み、水平線まで雲一つない空を見上げて、

「いい天気。久しぶりだわ、海を見るのは」

と淳花は眩しそうに目を細めて陽の光を受けた。

桟橋に着いた客船から乗客がつぎつぎと降りてきて待機しているタクシーを拾う。めったにくることはないが、浜松町あたりまできて客船が着く時刻に行きあったときは文忠明も桟橋で客待ちをしたことが何度かある。本当は横浜港か千葉あたりの海に行きたかったが、遠いのが面倒臭くて竹芝桟橋にきたのだった。

二人は自動販売機で缶コーヒーを買ってベンチに座った。

「どうして許和義は、あんなふうになるんだろう。わたしには信じられない」

数日前に起こった許和義の事件を思い出して淳花は溜息をついた。

「わたしは彼をののしったわ。わたしを殴り、そのあと金洋源に包丁で斬りかかり、あのときからおかしかったのよ。もっと前からだわ。芸能界で売り出し、有名になりたいと思ったときか

ら、彼の心は病んでいたのよ。実力もないのに、みんなが、十代の若者がスターになっていくのを見て、自分もそうなれると思ったのよ。在日であることが重荷だったのね。差別されたかどうかはわからない。でも、自分の中の在日が蝕まれていったと思う。おれは在日とは関係ねえんだ、と言ってたけど、そういう者に限って在日から逃れられないのよ。その彼をわたしはののしり、蔑み、追い込んだのよ。わたしって、どうしてこうなんだろう。いつも人を傷つけてしまう。そして自分も傷つくの」

水平線を眺めている瞳に陽の光を浴びた波が映っていた。それが涙のように見えた。

「投身自殺したあの場所が、彼の命運がつきる場所だったんだ。それで彼の人生の帳尻が合うんだ」

「帳尻って、どんな帳尻？」

「それ以後に背負うであろう人生の重荷を、その前に清算したってわけだよ」

「あなたらしい言い方だわ。冷徹で酷薄で、でも、そうかもしれない。あなたは何でもお見通しなのね。自分の人生も」

「おれの人生？　おれは人生の大半を浪費してきたけど、おれの命運つきるところはどこなのか、いまだにわからん。そのときになってみなければ誰もわからんさ」

ではわたしたち二人の命運つきるところはどこなの、と淳花は訊いてみたかった。文忠明には妻と二人の子供がおり、その家族と別れて、はたして自分と結婚してくれるのだろうか。たとえその気持ちがあっても現実にやれるものかどうかわからないのだった。

大きな白い客船が浮かんでいる。動いているのか止まっているのか、白い客船は太陽の下で輝いていた。そして外海に向かって少しずつ小さくなっていった。

「あの船はどこへ行くのかしら？」

と淳花が言った。

「横浜か神戸か、それともアメリカかな」

いい加減な返事をして文忠明はベンチに仰向けになって淳花の膝の上に頭を乗せた。それから淳花の下腹部に顔を押しつけて匂いをかいだ。

「犬みたい。人が見てるわよ」

と言いながら淳花はくすくす笑った。

「海を見てると、どこか遠くへ行ってみたいって気持ちになる。新しい人びとと出会ってみたいって思う。ねえ、一緒にどこかへ行こうよ。新宿はあきあきした。檻の中にいるみたい」

瞼を閉じた網膜の裏にぎらぎらと白光している太陽の熱を感じながら文忠明は淳花の話をここちよい気分で聞き流していた。

「ねえ、韓国へ行こうよ。一緒にソウルへ行こうよ。わたしはソウルで伽倻琴を習いたいの」

「沈美香先生では駄目なのか」

瞼を閉じたまま文忠明が訊いた。

「そうじゃないわ。沈美香先生は素晴らしいと思う。わたしがソウルへ行きたいのは、どうしても本場の雰囲気の中で体感したいからなの。体で覚えることが大事なのよ。長い歴史の中で伽倻琴の音をつちかってきた風土にわたしの身も心も溶け込ませないと、伽倻琴の音を理解できないの」

淳花は指を動かし、そらで伽倻琴の弦を弾きながら語った。そして弦の音階に合わせるように自然に体でリズムをとっていた。そのリズムは膝で寝そべっている文忠明にも伝わってきた。

「君はソウルへ行ったほうがええやろな」

間近にいながら、その声はどこか遠くから聞こえてくるようだった。

「あなたは一緒に行ってくれないの?」

淳花は弦を弾いていた指の動きを止めた。

「そうね、あなたは無理よね。あなたはいろんなしがらみを引きずってるから。子供や奥さんを……」

「おれも一緒に行きたいと思う。しかし、時間がかかる」

「国籍のこと? 朝鮮籍だから?」

「国籍のことなど問題じゃない。国籍の選択は、その人間の自由や。誰かに韓国籍にしろとか、日本国籍にしろとか、アメリカ国籍にしろとか言われて国籍を替えるわけじゃない。政治的な意図や経済的な利害や、あるいは思想・信条で国籍を選択する人間もいるけど、おれは基本的に国籍の選択は、その人間の自由だと思ってる。選択した国籍の国が受け入れてくれるかどうかは別の問題だけど、君と一緒にソウルへ行くときは朝鮮籍から韓国籍に切り替えることになんのためらいもない。国籍は所詮、虚構の産物でしかないからや」

淳花の膝の上に乗せていた頭をゆっくりもたげて文忠明はいましも水平線を横切ってゆく一隻の船舶を見た。

「あなたがそう言ってくれるだけでも嬉しい。たぶん、あなたは一緒に行かないと思うけど」

淳花も水平線を横切ってゆく船舶を切実な眼差しで眺めた。

それから二人は浜松町の駅まで歩き、電車で新宿に出た。

「どうしてこんなに人が多いのかしら。新宿は異常よ。他に行くとこないのかな」

人びとはまるでせめぎ合いながら歩いているように見える。肩と肩がぶつかりそうになりながら二人は歌舞伎町をめざした。そして「ファティ」の前にくると、

「ちょっとレジからお金を持ってくる」

と建物の地下に下りていった。

その間、文忠明は見張りでもしているように表で待っていた。

店から出てきた淳花が、

「一万円持ってきちゃった。これで今夜は豪勢に遊べるよ」

と悪戯っぽく笑った。

淳花は小遣いがなくなると店のレジのつり銭を使い込む癖がある。そのたびに兄のマスターと喧嘩していたが、結局兄のマスターは淳花に泣きごとを並べられ、最後は押し込められるのだった。万引きをした子供のようにある種の後ろめたさとスリルを味わいながら淳花は文忠明の手を取って歌舞伎町から離れて大久保のほうに足を向けた。

「どこへ行くのや」

と文忠明は訊いた。

「一時間だけホテルにしけ込もうよ。すごくやりたいの」

文忠明は淳花に引きずられるように職安通りから大久保通りに抜ける細い路地を歩き、一軒の古い旅館に入った。玄関の受付から出てきた五十過ぎの女が二人をいぶかるように見た。

「部屋、空いてる？」

と淳花がぶっきら棒に訊いた。

応対に出た女は黙って二人を二階の一室に通した。廊下の板がそり返り、部屋のベニヤ板のド

アのニスは剝げ落ちて把手もいまにもはずれそうになっている。陽に灼けた四畳半の畳は焦げ茶色にくすんでいて、隅に薄汚い布団が置いてあった。

淳花は女に五百円を渡して、

「一時間で帰るから」

と言った。

女が部屋から出ると淳花は窓のカーテンを閉め、布団を敷き、もどかしげに服を脱いで裸になり、布団に横臥すると、

「早くきて」

と両腕を伸ばし、文忠明を求めて悶えた。

文忠明もあわただしく服を脱ぎ、愛撫するいとまもなく淳花の中に入った。淳花はひときわ大きな声で呻いた。いつもより激しく体を震わせ、外に聞こえるのではないかと思えるほどのよがり声を上げ、まるでさかりのついた猫の鳴き声のようであった。その激しさに文忠明はあっけなく果ててしまった。すると淳花はすぐに衣服を着て、

「さあ、帰りましょ」

と文忠明を急《せ》かせるのである。

文忠明にしてみれば味もそっけもないセックスであった。昔、青線地帯の飲み屋の二階で座布団を腰にあて、三十分の時間制限で行うセックスと同じだった。

階段を下りると受付の窓から二人をのぞいていた女に淳花は、

「じゃ、またくるわ」

と一瞥をくれて表に出た。

細い路地で走ってきた自転車と接触しそうになった淳花は、

「前を見て走りなさいよ！」

と怒鳴った。

自転車に乗っていた女は一目散に走り去った。

「十五分しかたってない。鶏じゃあるまいし、それにもう少しましなホテルがあるだろう。この建物はドヤ街の旅館と同じだ。いや旅館て代物じゃない」

文忠明は不満げに言った。

「ごめんね。一度この旅館にきてみたかったの」

「こんな汚い旅館にきてみたかったのか。君も変な趣味があるんやな」

「親父の旅館なのよ。近々とり壊されて新しいホテルが建つらしいわ。受付の女は親父の女なのよ」

「あてつけにおれと一緒にしけ込んだってわけか。あきれて物が言えん。親父に知れたらどうする」

「知れたっていいよ。親父の旅館に娘が男を連れ込んでセックスしたことを知ったら、どんな顔をするのか、お楽しみよ。つぎの調停で親父に言ってやるつもり。何か文句あるかって」

「君の復讐のために、おれを利用したってわけか。今後、こういうことはやめてくれ。おれは道具じゃないんだから」

文忠明はさすがに腹だたしげに言った。

「ごめんなさい。二度とこんなことはしないから。でも、親父はオモニやまだ中学生の妹に調停中だからって理由で仕送りをしないのよ。ひどいと思わない。あの受付の女には高価な服やハンドバッグやダイヤの指輪を買ってやってるくせに」

憎しみがしだいに淳花の顔にひろがっていく。憎しみから逃れようとして逃れられない苦悩にさいなまれて淳花は自らを傷つけているのだった。


ある日、明け番で休んでいる文忠明の家に韓大権から電話があった。この一、二カ月の間に韓大権から何度か電話が掛かってきた。そのたびに文忠明はタクシーで自由が丘駅に行き、東横線に乗って白楽まで足を運んでいた。ひところは新宿の「ファティ」やゴールデン街の「わらじ」によく出入りしていたが、神奈川県の大和に住んでいる韓大権は帰りが遅くなると安ホテルに泊まるか、始発電車を待って朝まで飲んでいた。昔は上野界隈に住んでいたが、十年ほど前から大和に移っていた。しかし、寄る年波には勝てず、最近は大和に近い白楽駅前のスナック「もず」で飲むことが多かった。この三階建ての「もず」は一階がスナックで二階に経営者が住んでおり、三階には経営者の息子夫婦が暮らしている。息子の宋永椿は在日でも名の知れた画家であり、息子の嫁の金直子《キムジクチャ》は童話集の絵や版画を描いていた。けれども絵を生業として生計を立てることができないので息子夫婦は父親から店をまかされて生活の糧を得ていた。

韓大権は宋永椿の父親の宋守南《ソンスナム》とは四十年来の友人だが、総連の幹部である宋守南に比べて韓大権は一介の詩人であり、浪々の身であった。しかも組織の画一的な教条主義にあきたらず組織から離れて十年以上になるのだった。とはいえ宋守南との友人関係がそこなわれたわけではなかった。個人的には四十年前と変わらぬ友情を保っている。ただお互いに会う機会が少なくなっていた。

白楽駅で降りて改札口を出ると目の前がスナック「もず」だった。車がやっと交差できる程度の狭い道路の右手は急勾配の坂で、店はその急勾配の坂の上に建っている。二階と三階へは建物の外壁に沿って造られた階段を昇って行き、各階の玄関は独立していた。

ドアを開けると正面のカウンターに背中を丸めて座っている韓大権の姿が見えた。十五坪ほどの店内は三つのカウンターにしきられボックスはなかった。アメリカのカウンターバーを思わせる構造だが、たぶん宋永椿の趣向だろう。開店間もない時間だったので韓大権以外に客はいなかった。入ってきた文忠明に髭面の宋永椿がにっこりほほえんだ。その表情を見て韓大権が振り返った。

「遠いところをよくきてくれた。いつもありがとう」

韓大権は嬉しそうに腕を伸ばして文忠明と握手した。厚い大きな手だった。

とまり木に座った文忠明に宋永椿がビールをついだ。

「ウリ（わたし）は最近、新宿へ出るのが億劫で、ついこの店にきてしまう。『ファティ』には行くのかね」

禿げあがった大きな頭蓋と魁偉な顔は古代人のようだった。ひしゃげた左眼で相手を睨む癖があり、睨まれた者はつい伏し目になりがちだった。

「淳花は元気にしてるかね。彼女とはずいぶん会ってない。君と淳花はうまくいってるのか」

あからさまな言葉に文忠明は、

「ええ、まあ……」

と曖昧に答えた。

宋永椿がにやにや笑っている。

宋永椿の妻の金直子が三階で明日までに仕上げねばならない絵の製作に追われていて店にいなかったのは幸いであった。

「ウリの嫁さんは病弱で毎日病院通いをしてる。だからこの何年というもの夫婦関係がない。ウリの性処理はどうしたらいいのか。この年になってせんずりをかくわけにもいかんし。たまにはかくが、いやなものだ」

磊落《らいらく》というか、あまりにも開けっぴろげな話に応える術がなく、文忠明はただほほえんでいるしかなかった。六十五歳になる韓大権が自らの性処理に悩んでいるとは驚きであった。

「文さん、ウリは死ぬ前に一度郷《くに》へ帰りたい。そのときは文さんもウリと一緒に郷へ行こうよ」

日本にきて四十数年になるが、その間、朝鮮戦争があったり組織とのしがらみがあったりして郷へ帰るに帰れなかった韓大権は、年を重ねるごとに郷へ帰りたいと思う気持ちが強くなっているのだった。郷には九十歳になる母がまだ生きていて、息子の帰りを待っているという。

「ウリが郷へ帰れば、政治屋（組織関係の人間）どもが寝返ったとウリを非難するにちがいない。思想・信条がどうあれ、母子がひと目会いたいと思う情のどこが悪いのか」

韓大権はしんみりとしてオンザロックを口にふくんだ。

昔、高円寺のアパートに住んでいた東大仏文学研究室の研究生だった康英次《カンヨンチ》の部屋に昼過ぎごろやってきて、朝鮮語を教えてやるから授業料として酒を出せと言って、二時間ほどでウイスキーを一本空にして、さらにウイスキーを買いに行かせ、そのウイスキーをも半分ほど飲んで悠々と引き揚げていったという韓大権の酒豪ぶりを思い出す。韓大権はそのときのことをいつも持ち出して、康英次が韓国に帰ってソウル大学の仏文学教授になれたのは、ウリが朝鮮語を教えてやったからだと言うのである。当時、東大仏文学研究室に四年間在籍していた康英次は、北朝鮮に帰るべきか、韓国に帰るべきか二者択一を迫られていた。日本にいても大学教授の席はないからであった。そして康英次は周囲の反対を押しきって韓国に帰ったのである。それから間もなく康英次が、李承晩政権が倒れたあと一時、臨時大統領に就任した尹潽善《ユンポソン》の孫娘と結婚したという噂を聞いてみんなは驚いた。尹家は朝鮮きっての名門である。

あれから二十数年の歳月が流れた。あのころ、文忠明は東京へくるたびに康英次のアパートに泊まっていたが、いまでは顔を思い出すこともできない。だが、韓大権はソウルへ行けば康英次が歓迎してくれるだろうと頼りきっているのだった。おそらく実現しないであろう帰郷を夢見て韓大権の語りはえんえんと続く。故郷の山河、田畑、色、匂い、両班《ヤンバン》だったという広い屋敷などが韓大権の脳裏に夢、幻のようにひろがるのだった。

そして原稿がぎっしり詰まった鞄をカウンターの上に置いて韓大権は言った。

「ウリの原稿を本にしてくれる出版社がどこにもない。仕方ないからウリはガリ版で出版しようと思ってる」

その声には断腸の思いがこもっていた。

韓大権は三年前から原稿のぎっしり詰まった鞄をいつも持ち歩いていた。古くからの親友であり詩人でもある武久富夫は大学院生や教授を対象にした理数学の専門雑誌を毎月発行しているかたわら、「ナグネ」という出版社を運営し、韓国文学の翻訳や在日の著作を出版していて、韓大権も数年前、詩集一冊と『韓国現代詩人集』五巻を出版したことがある。その武久富夫に詩集の出版を依頼したが財政上の事情から断られたのだった。それ以来、原稿のぎっしり詰まった鞄を持ち歩き、誰かれなしに酒席で原稿を見せては慨嘆していた。韓国の詩人は文学者の間でも一目置かれ、一般の市民からも尊敬される存在だが、日本では詩人はルンペンあつかいされる。詩人が尊敬されない国は文化水準が低いと嘆くのだった。

「ウリは韓大権だよ。この韓大権がなぜ大和くんだりに住まなければならないのか。なぜウリを大和くんだりに追い詰めたのか」

誰が追い詰めたわけでもないが、誰かに追い詰められたと思っているのだ。それは組織であり無知蒙昧な在日であり日本社会であり、ひいては文学の衰退であるというわけだった。詩に対する自信と情熱にはゆるぎないものがあった。詩集をガリ版で出版したいという熱意がそれを証明していた。けれども、いまどきガリ版で詩集を出版する者はいない。詩集を一冊出版している文忠明は韓大権の気持ちが痛いほどわかるのだった。

そこで文忠明はつい口を滑らせたのである。

「活版で詩集を出版するのに幾らかかるのですか」

文忠明の言葉に韓大権は目を輝かせた。

「二百五十万円もあれば出版できる」

大金だが集められない額ではなかった。

文忠明はすぐに金融業者の趙煕鍾を思い浮かべた。彼を口説けば五十万円ないし百万円は出すだろう。残りは友人たちにカンパをつのり、出版した詩集を買ってもらえば二百五十万円を捻出できるのではないかと文忠明は楽観的に考えた。ある意味で老詩人の心境に同情したこともある。

「二百五十万円はぼくが作りましょう」

言ってしまってから文忠明は後悔した。

何の見通しもないのに、二百五十万円の資金を作ると言ってしまった自分の軽率さを後悔した。だが、韓大権は文忠明のひとことに期待を膨らませ、

「そうか、資金を作ってくれるか。ありがたい。君に相談すれば、きっと力を貸してくれると思った。さっそくだが原稿を見てくれ」

と鞄から原稿の束を取り出してカウンターの上に置いた。

三年以上、鞄に入れて持ち歩いていた原稿はセピア色にくすみ、何度も推敲していたため原稿用紙が汚れていた。そして原稿を見せられた文忠明は自分が誤解していたことに気付いた。韓大権の詩はすべて朝鮮語であった。韓大権が原稿を鞄に入れて三年間、探し歩いても出版してくれる相手がいなかったのは当然だったといえる。朝鮮語の読めない文忠明は茫然と原稿を眺めた。

「約二百ページから二百二十ページくらいになる。装丁はウリの友人の画家に頼むことにしている。朝鮮語の活字は日本の印刷会社にはないから、組織の出版部に頼めばやってくれる。部数は初版千二百部くらいを考えている」

すべての計画は韓大権の頭の中で練られていた。しかも初版千二百部という。詩集の世界では初版三百部、有名な詩人でせいぜい五百部から八百部止まりである。それなのに韓大権は自らを過大評価して初版千二百部出版したいと言っている。文忠明は愕然とした。

「千二百部は無理です。いいところ六百部です」

出版できるかどうかわからない先の話なのに出版の話は独り歩きしていた。

「六百部……？　とんでもない。ウリの計算では千二百部でも少ないくらいだ」

プライドを傷つけられたかのように韓大権は言下に怒った。

そして鞄から一冊のノートを取り出し、文忠明に見せるのだった。

「この名簿を見てくれ。この名簿にはウリの友人、知人の名前が載っている。それから友人、知人が購入してくれるであろう部数も記入してある。この数字はウリが厳密に検討したものだ。この金丙信《キムビョンシン》はウリと四十年来の友人で、組織にいたころ、互いに苦労し、同じ釜の飯を食った仲だ。すくなくとも五十部は買ってくれるだろう。この李陽平《イヤンピョン》も三十年来の友人で、この男も四、五十部は買ってくれるはずだ。彼らはそれなりに商売をしていて資産もある。ウリの詩集を四、五十部買うのは、それほど難しいことではない」

ノートにぎっしり記入されている名前と購入してくれるであろう部数を見せられて、文忠明は内心、なぜ友人や知人たちに詩集の出版費用を頼めないのか疑問に思った。昔気質のプライドの高い韓大権は古い友人といえども、いやむしろ古い親しい友人だからこそ金にまつわることは頼めないのかもしれない。そう善意に解釈してみたが、どう考えてもノートに記入されている部数は多すぎる。名簿の最後尾に千四百部と記入されていたのだ。

「この部数はあくまで推測です。六百部と千二百部では予算が大幅にちがってきます。初版は六百部にして、もし完売したら増刷すればいいじゃないですか」

文忠明はさとすように言ったが、韓大権は頑として受け入れようとしない。

「君はこの部数を出鱈目だと言うのかね。この部数はウリが考えに考えた末の部数だ。増刷すればいいと言うが、時間の無駄だし、金も余分にかかる」

すったもんだの末、間を取って初版八百部で決着したが、定価をどう決めるのか。二百五十万円の予算から逆算すれば一部三千円になる。しかし、三千円の定価は高すぎると思った。定価は二千円にして、どのみち詩集を買ってもらうのだから、赤字は資金提供者に泣いてもらうほかなかった。

話がまとまると韓大権は上機嫌で豪快に飲みはじめ、

「君も三十部は買ってくれ」

とマスターの宋永椿に言った。

「ぼくは貧乏ですので二十部で勘弁して下さい。韓大権さんは、ぼくの臍の緒のような人ですから」

生まれる前から父親と親友の韓大権のことを臍の緒と表現する宋永椿が二十部をこころよく引き受けてくれたので韓大権の酒量はますます上がるのだった。そしてとうとう朝鮮の古い民謡を歌いだした。お世辞にもうまいとは言えないが、よほど嬉しかったのだろう。それに引きかえ文忠明は憂鬱な気分になっていた。口は禍のもとというが、つい口を滑らせてしまったがために重い荷物を背負うはめになったのだ。文忠明は二十年ほど前、韓大権の日本語の詩集を読んだことがある。現代詩とはほど遠い美文調の詩だったが、今回もてっきり日本語の詩集だろうと思い込んでいたのが誤算であった。

二日後の明け番、文忠明は韓大権と一緒に神田のナグネ出版を訪ねた。韓大権の詩集や『現代韓国詩人集』を出版してくれた親友の武久富夫に一任したいとの要請で詩集出版の予算や版元としての意見を聞くためであった。一階はレコード店で二階がナグネ出版だった。老朽化している木造二階建ての階段はかなりすりへっていて危険だった。以前、階段の途中から滑り落ちたことのある韓大権は一段一段、用心深く昇って行った。

武久富夫は頭が禿げ、円満な顔をしている。韓大権と同じ歳だが、若く見えた。

「お待ちしてました」

武久富夫は二人を歓迎した。

椅子に腰をおろすと三十代の女子事務員がお茶を運んできた。四人の従業員は韓大権と親しげだった。文忠明とは初対面の武久富夫は名刺を差し出し、

「話は韓さんから電話で聞きました。わたしに協力できることがあれば何でもおっしゃって下さい。ただ資金のほうは協力できないんです」

と言って笑みを浮かべ、韓大権の顔色を見た。

「ナグネの出版物は年に一回あるかないかで、わたしの趣味のようなものです。本業は大学の研究生や教授を対象とした理数学の薄っぺらな月刊誌を下請けしています」

武久富夫はそう言って側にあった薄い雑誌を文忠明に手渡した。

雑誌のページをめくってみると、まったくわからない数式がぎっしりと書き込まれていて別世界の雑誌だった。

「まあ、こんな雑誌でわたしと従業員四人が飯を食ってます。その合間にナグネ出版をやってるんですが、三年前に韓さんに頼まれて『現代韓国詩人集』を五巻出版しました。もちろん韓さんの翻訳ですが、それが売れなくて、いまも在庫が数百部残ってます」

武久富夫は女子事務員に指示して『現代韓国詩人集』を持ってこさせた。函《はこ》入りの豪華な詩集だった。日本の書店ではまずお目にかかれない貴重な詩集である。その詩集が売れないために借金を作って、いまだに尾を引いていると言うのである。

武久富夫の話によると、韓大権に友人、知人の名簿を見せられて誰それには三十部、誰それには二十部売れると言われ、それを信じて出版してみるとほとんど買ってくれなかったという。したがって韓大権とは長いつき合いだが、今回は、そういう条件では応じかねると前もって断った

のである。

「わかっています。今回はそういう条件じゃありません。予算を組み、お金を用意してから編集と印刷、製本にかかっていただきます」

「そうですか、それなら文句ありません。大いに協力させていただきます」

かつての失敗を暴露されて、臍を曲げ渋い表情をしている韓大権とは対照的に武久富夫は満面の笑みを浮かべた。

「韓大権さんの概算では二百五十万円ですが、もう一度、武久さんのほうで予算を組んでくれませんか」

と文忠明が事務的に言った。この際、感情移入は禁物だった。感情移入すると予算は狂ってくるのだ。

「わかりました。三日後に連絡します」

武久富夫がこころよく引き受けてくれたので詩集の出版は順調に運ぶだろうと思われた。問題は費用である。韓大権のノートにひかえてある名簿は頼りにならない。基本的には文忠明が工面しなければならないのだった。

渋い顔をしていたが、それでも一応詩集の出版が決まったので韓大権は気をよくして、マジックペンで原稿用紙に「カンパラン（寒い風）」とハングル文字で詩集のタイトルを大書した。

「ほう、寒い風ですか」

武久富夫は感心するように言った。

タイトルは詩集を出版したいと思っていた三年以上前から決めていたのである。

文忠明は翌日から費用の調達に奔走した。まず金融業者の趙熙鍾と新宿の喫茶店で落ち合い、韓大権の詩集を出版するために協力してほしいと頼んだ。西ドイツへ公演に行く金洋源に気前よく五十万円の小切手を切った話を淳花から聞いていたので五十万円はカンパしてくれるだろうと考えていた。しかし、もうひと押しして百万円のカンパを申し出た。しぶるかもしれないと思っていたら趙熙鍾は、

「わかりました。韓大権さんが詩集を出版するのでしたら百万円出します。韓大権さんはぼくらの大先輩ですから」

とすんなり百万円の小切手を切った。

これには文忠明も驚いた。在日も捨てたものではないと思った。

「ありがとう。きっといい詩集を作るよ」

文忠明はこころから感謝した。

何かの役に立ったときの人間の顔は美しく見える。このときの趙熙鍾の顔がそうだった。どこかおおらかで、やさしさに満ちていた。

とにかく百万円のカンパを手にした文忠明は勇気づけられ、友人たちに電話を掛け、詩集を十部、二十部、前金で買ってもらう約束をとりつけ、銀行に振り込ませたり、仕事の途中、タクシーを運転して、直接受け取りに行ったりして、百七十万円を調達した。しかし、あと八十万円の調達は難航した。そこで韓大権のノートにひかえてある友人、知人に協力してもらうよう頼んだ。ところが韓大権は自分から直接頼むのは物乞いのように思われるので、文忠明がハガキや手紙を送って打診してくれと言うのだった。自分のことをなぜ自分でやろうとしないのか。見栄を張っている場合じゃないだろう、と思いながらも文忠明は乗りかかった船から降りるわけにもいかず、何枚かのハガキや手紙を書いて送り、電話を掛けて要請した。しかし、みんなの返事は予

想以上に冷たいものだった。

「五十部を買ってどうするんですか。あげようと思っても、わたしの周辺には朝鮮語の詩集を読める人など一人もいませんよ。自分のために一冊は買います」

組織で同じ釜の飯を食った四十年来の親友であり、それなりの商売をやっていて資産もあるという金丙信は五十部はおろか一冊しか買ってくれなかった。三十年来の親友であるはずの李陽平も同じ口調で一冊だけ買うと言うのだった。その他、横浜の民族学校で教鞭をとっていたころの教師仲間で文学を志していた人物は文忠明の手紙に長い返書を送ってきた。自分は文学の世界から離れていて、もはや文学とは何の関係もない人間だからうんぬんと、自己弁護ともとれる内容をえんえんと綴り、結局一冊も買ってくれなかった。韓大権によると、この人物は北海道に行き、父の遺産で広大な牧場を買って経営し、億万長者とのことだった。だから百部は買ってくれるだろうと韓大権は確信していたのである。

無残だった。韓大権が親友と思って頼った人間はおしなべて買わないか、せいぜい一冊買ってくれるだけであった。韓大権の人間関係はいったいどうなっているのか。それにもましてカンパをしようとしない在日のケチぶりには失望した。

この事実を韓大権に報告すべきかどうか文忠明は迷った。だが、報告して、韓大権の人間関係、とりわけ三十年来、四十年来の親友と思っていた相手が一冊しか買ってくれない現実に向き合わせる必要があると思った。

文忠明の報告を聞かされた韓大権は茫然自失してひしゃげた左眼に涙を浮かべた。韓大権の関係で売れた部数はわずか七十部でしかなかった。ノートにぎっしり記入されていた友人、知人たちの名簿の最後に書き込まれていた千四百部という数字は妄想だったのだ。韓大権のあまりの落胆ぶりに文忠明は慰めようがなかった。人間関係の脆さとはかなさをつくづく思い知らされる出来事ではあった。その分だけ文忠明に負担が重くのしかかってきた。

資金調達は難渋した。わかっていたが考えていた以上にみんなの財布の紐は堅かった。韓大権の第一の弟子であると自称していた人物でさえ、いざとなると尻ごみして一冊しか買わないのだった。その大きな理由として詩集が朝鮮語であり、うわべでは韓大権の人柄に好意をよせていながら、実際は詩そのものを評価していなかったのである。

「ファティ」で飲んでいる文忠明に淳花が心配そうに言った。

「資金は集まりそう？　わたしも協力したいけど、やっぱり朝鮮語の詩集はなかなか買ってもらえないのよ。特に日本の友人に買ってもらうのは押しつけになって難しいわ。それにしても三十年、四十年の親友が、どうして協力してくれないんだろう。十部や二十部買ってくれたっていいじゃない。そんな話を聞くと悲しくなってくる。わたしにお金があれば全部買ってあげるのに。日ごろ、組織がどうのこうの、在日がどうのこうの、統一がどうのこうのと偉そうなこと言ってるくせに、お金の話になると知らんぷりするんだから」

「協力してくれてる人もいる。要はその人間のスタンスの問題や。日本人社会の中でひっそり暮らしているのに、何でいまさら在日のために何かをせなあかんのか、と考えてる人間が大勢いるということや。そういう連中にとっては在日という言葉そのものがわずらわしいのかもしれない。在日をやめたいわけや。在日とかかわりたくないのや」

「じゃあ、そういう人はさっさと日本に帰化すればいいじゃない。在日との人間関係や政治的な状況を断ち切って日本人になりすましていればいいじゃない。この店へ飲みにくる客の中にも、そういう奴がいるけど、へどが出るよ。韓大権さんの問題はわたしたちの問題よ」

怒りだすと目を丸くして歯ぎしりする癖のある淳花は誰かに口論をふっかけようとするかのように店内を見回した。そして大きなテーブルを囲んで飲んでいる男女四人の客に近づき、その中の一人に、

「ねえ、詩集を買ってくれない」

と言った。

相手はきょとんとして、

「誰の詩集?」

と訊いた。

「韓大権さんの詩集なの」

と淳花はなにがなんでも売りつけようと身構えた。

「いいよ。幾ら?」

「二千円。詩集は出版されてから送るから、前金でお願いしたいの」

客は淳花の気迫に押されたのか、気前よく承諾した。

どんな詩集なのかもわからず買わされるのも迷惑な話だが、客はポケットからくしゃくしゃの千円札を二枚出して淳花に渡した。

「あなたはきっと買ってくれると思ったわ。ありがとう」

礼を述べて淳花はつぎの標的に視線を転じた。

「あなたも詩集を買ってくれない」

淳花は挑発的な丸い大きな目で客を睨みつける。

「おれは金がねえんだ」

と客は恥ずかしそうに言った。

「じゃあ、ツケにしとくから買ってくれるわね」

出口に立ちはだかって逃がすまいとする淳花の態度はいささか強引だったが、

「ツケで詩集を買うのははじめてだよ。わかった、買うよ。買えばいいんだろう」

と若い客は焼けくそ気味に言った。

「ありがとう。みんないい人たちね。わたしがみんなに一杯おごるわ。兄貴、ボトルを一本開けてよ」

気前のいい淳花はウイスキーを一本プレゼントして、文忠明の側に引き揚げてきた。

「みんないい子なのよ、素直で。駄目なのはオヤジ連中ね。エゴイストで、我が強くて、文句ばっかし言うくせにケチで、最悪よ。わたしの親父はその典型だわ」

淳花は在日を語るとき、必ず父との関係をからめてくるのだが、それは在日の問題というより親子の問題であった。とはいえ淳花の指摘が在日の一側面を突いているのも確かであった。

資金調達は目標額に達していなかったが、文忠明は必ず調達するので詩集の編集と出版の準備を進めてほしいと武久富夫に頼んだ。資金調達が予定より遅れて韓大権から毎日のように催促の電話が掛かってくるのだ。文忠明は最後の決断をした。大阪の昔の友人を訪ね歩いて事情を説明し、資金を調達しようと考えた。大阪を出奔している文忠明は大阪での資金調達はしたくなかった。けれども東京での資金調達には限界があり、残された方法は大阪に行くことだった。大阪を出奔したのは十三年前だが、この二、三年の間に大阪の友人との関係は修復されていると考えて、文忠明は大阪行きを決断したのだった。しかし、気が重かった。韓大権には三十年来、四十年来の親友が何人もいるというのに、なぜおれがこんなことをしなければならないのか。確かに口を滑らせた責任はある。いいところを見せようと見得を切った軽率さはまぬがれないだろう。だが、韓大権の三十年来、四十年来の親友が何もしないのに、なぜおれがこんなことをしなければならないのか、という疑問と腹だたしさが何度も蘇ってくるのだった。

文忠明は自腹で新幹線の切符を買って大阪に向かった。久しぶりの大阪行きであった。金曜日のせいか、新幹線は満席だった。出張や用事で大阪へ行く人間もいるのだろうが、週に一度、実家へ帰る単身赴任のサラリーマンが多いのだろう。熱海に近づくとトンネルが多くなってくる。そしていくつもの短いトンネルを抜けると急に視界が開けて海が見え、熱海駅に到着した。しかし熱海駅での乗降客は少なかった。若者に敬遠されがちな温泉街はさびれる一方で、車窓から眺めるホテルや旅館の建物もおもいなしか古びていて侘びしい感じがした。熱海を過ぎたあたりから文忠明は座席を倒して眠りこけた。

新大阪駅に着いたのは午後六時ごろである。東京を発つ前、文忠明は親しい友人であり詩人の金基洙に電話を入れ、彼の奥さんが経営している居酒屋「すかんぽ」で午後七時に落ち合うことになっていた。文忠明は電車で梅田駅まで行き、タクシーで谷町六丁目の空堀商店街にある居酒屋「すかんぽ」に行った。一階は魚屋で二階が「すかんぽ」だった。この店には近くの大阪文学学校の講師や生徒や関西地域の文化人たちがよく立ち寄っていた。店に入ると金基洙の妻の姜寿《カンス》子《ジャ》は最近雇った若い板前と一緒に厨房で仕込みの最中だった。店を手伝っている金基洙の姪の美保が、のれんをくぐってのっそり入ってきた文忠明を見て、

「いらっしゃい」

と珍しい客でも迎えるように目を丸めて、厨房で仕込みをしている寿子に伝えた。

「早かったね。基洙は七時ごろくるわ」

と言って壁の時計を見た。

そしてカウンターのとまり木に座った文忠明に、

「お腹空いてるやろ。何か食べる」

と訊いた。

「とりあえずビールちょうだい」

と文忠明はおきまりのビールを注文した。

「倫仁さんと李寿良《イスリャン》さんもくるいうてた」

ビールを文忠明のグラスにつぎながら寿子は言った。

店の奥は座敷になっている。その座敷テーブルの一つで三人の客が飲んでいる。その中の一人が、

「やあ、久しぶりです」

と手を上げて挨拶した。

文忠明も思わず、

「久しぶりです」

と挨拶したが、誰だったか思い出せなかった。

「今日入ったばかりの新鮮なセンマイ（牛の胃の裏）です」

若い板前が気をきかせてセンマイとチョジャン（酢みそ）を持ってきた。

「ありがとう」

文忠明はビールをひと口含んで好物のセンマイにチョジャンをつけてうまそうに舌鼓を打っ

た。

待つこと三十分、金基洙より先に、安倫仁《アンユンジン》と李寿良が現れた。久しぶりに会うと、お互いに歳を取ったことがわかる。安倫仁も李寿良も白髪が目だち、皺が増え、記憶がぼやけてくるように顔の輪郭もぼやけてきている。いつ会ってもにこやかな表情の安倫仁と少し頑固そうな李寿良の対照的な二人は長い間、同じ会社の専務と社長を務めているのだった。かつては文学を志して同人誌に参加していた仲間である。

「おまえはいつも、突然やってくるからな」

テーブル席に移って向かい合わせに座った安倫仁は文忠明の気まぐれな性格を揶揄した。

「突然いなくなるし」

と李寿良が言った。

もちろん冗談だが、それが挨拶だった。

運ばれてきたビールでとりあえず三人は乾杯した。

「基洙は遅いな」

酒の肴を運んできた寿子に安倫仁が訊いた。

「六時前に、いまから家を出る言うてたさかい、もうくるのちがう」

と言っているところへ顎の張った額の広い金基洙が店に入ってきた。

「いやあ、渋滞に巻き込まれて、一時間以上かかった」

難渋したことを強調しながら金基洙は顔をしかめた。

「とにかく遠いところをよくきてくれた。たまには用事をつくって会わんと、いつ会えるかわからんからな」

酒好きの金基洙は腸を悪くして酒をひかえていたが、来阪した文忠明との邂逅にかこつけて、この機会にたらふく飲み溜めしておこうという魂胆がありありとうかがえる。その金基洙に妻の寿子の監視の目が光っていた。

和気あいあいとした雰囲気で話ははずんでいたが、金基洙がふと思い出したように、

「ところで韓大権が詩集を自費出版するという話だが、どうなってるんや」

と文忠明の来阪の目的について訊いた。

文忠明は韓大権とのいきさつを詳細に語り、協力を申し出た。

「朝鮮語の詩集か。売れるわけないわな」

と安倫仁が溜息をついた。

「はっきり言って朝鮮の韻文調の詩は、朝鮮でも通用しない。かと言って協力しないわけにもいかんやろ。詩に対する情熱と執念に敬意をはらう意味でも」

辛辣な批評と先輩への思いやりがにじんでいる安倫仁の言葉だった。

詩が衰退しているのではないと文忠明は思った。現実と意識が交錯する接点に楔《くさび》を打つ言葉の意志が見失われているのだ。肉体のない魂と魂のない肉体が互いを探し求めて彷徨しているのだ。言葉は変化するが、それは必ずしも進化を意味していない。言葉の進化は意識の突然変異的な合力によってのみ実現するのではないのか？　現実が意識にはるかに先行してしまっている、この世界の混沌の暗闇を照射する暗喩を発見できないとすれば、言葉はただ大海原に漂流している小舟のように翻弄されるだけなのだ。朝鮮語であれ日本語であれ何語であれ、言葉のもつ本質的な力学は同じはずである。もっとも原初的な言葉は何語だったのか？　そのときすでに人間存在の意味を問う内なる魂として詩の発語を宿していたのであり、それは母胎で育まれ、子宮から

胎外へ飛び出した嬰児が最初に見た世界と重なるのではないのか。日々見なれた風景はけっして同じ風景ではないのだ。十年が過ぎてみれば、あらゆる風景にほころびがあらわれるように、人もまた天体の運行とともに生命の旅を続け、朽ち果てる運命にある。詩の言葉に与えられた生命もまた一回性なのだ。韓大権の詩集がどうあれ、そして誰一人読まなかったとしても、言葉に与えられた生命の一回性を生きるだろう。詩集を一冊出版している文忠明は、漠然とそんなことを考えていた。

金基洙は三十部、安倫仁は二十部、そして韓大権と面識のない李寿良も二十部買ってくれることになった。三人合わせて七十部だが、これだけでは不足している八十万円にはほど遠かった。そこで金基洙に動いてもらうことにした。

「二週間ほどかかると思うけど、なんとか不足分は大阪で工面しよう」

と金基洙は言ってくれた。

これで自費出版に必要な二百五十万円は保証されることになったのである。文忠明は大阪にきたかいがあったと思ってひと息ついた。

「用事も終ったことだし、これからちょっと生野のスナックに行って飲み直すか。おれはスナックのママに口説かれてるんや。だからたまには行かないと怨まれるんや。おれ一人ではよう行かんしな。一人で行くと過ちを犯しそうで行けんのじゃ。こういう機会に四人で行くと、まさかママもおれ一人を誘うわけにもいかんやろ」

もてすぎる色男が女難に悩まされているような金基洙の言い草に安倫仁がげらげら笑った。

「彼は自分が女にもてているという幻想を持ってないと不安でしょうがないんや。実際はもてた例《ためし》がない」

みもふたもない安倫仁の言葉に金基洙は抗議した。

「あほなこと言うな。おれがその気になれば、いくらでも女は寄ってくる。ただ嫁はんを裏切りたくないだけや」

　すると側にいた寿子が、

「わたしに遠慮することないわ。そんなに口説かれてるんやったら、口説かれたらええねん。据膳喰わぬは男の恥いうやろ。わたしは基洙を口説いてるもの好きな女の顔を見たいわ」

　妻の寿子からくそみそに言われて立つ瀬のない金基洙は、

「そこまで言うたからにはあとで後悔するなよ。おれが男であることを証明してやる」

と意気込んだ。

「ほんまに男であることを証明してほしいわ」

　何やら意味深長な寿子の言葉に、

「え、もうあかんのかいな？」

と文忠明が金基洙に疑いの目を向けた。

「みんなからこうまで言われるとは世も末じゃ。おれの人生も終りだ」

はじめの勢いはどこへやら、金基洙は意気消沈して首をうなだれた。

それでも金基洙が口説かれているというスナックへ行くことになり、四人はタクシーで生野に向かった。

　韓国クラブの発祥の地である生野には食堂をそのまま韓国クラブにしている店もある。生野界隈に住んでいるアジュマ（おばさん）たちが、買物籠を提げて出店し、ホステスを務めていたりする。

舎利寺の細い道をいくつか曲がり、工場や家屋が混在している場所にスナック「君恋し」の看板の灯りがぽつんと立っていた。入り口のドアも店の内装も普通の造りで、カウンターの中に女が一人いた。客のいない店内に入るとカウンターの中の中年女が、

「金先生、いらっしゃい！」

と笑みを浮かべた。

その声に店の隅のボックスに座っていた五十歳くらいのママがゆっくり立って金基洙を迎えた。

「待ってたわよ、金先生」

ゆうに八十キロはあろうかと思われる堂々とした体軀のママに抱きすくめられて、金基洙は窒息しそうになりながら、

「ぼくの恋人は、いつ見てもいい女だ」

と子供のように甘えるのだった。

「そんなこと言ってくれるの、金先生くらいなものよ。嘘でも嬉しい」

「嘘じゃない。本当だよ」

どうやらこれが、この店の通過儀礼らしい。

文忠明は逃げ出したくなった。

「ここが基洙の隠れ家か」

茶化しながら安倫仁がとまり木に座った。

「さあ、今夜は大いに飲もう」

いつも妻の寿子に酒量を監視されている金基洙は解放感を味わっていた。

飲むほどに酔うほどに話は過去へ過去へと遡っていく。かつて組織と対立していたころに流行っていた遡行的前進というやつだ。ぼやけた記憶が大袈裟になり、ついには捏造されて新しい記憶の誕生となる。

「そんなことあったかな？」

安倫仁が疑問を呈すると、

「おまえはもう忘れたのか」

と金基洙は当時の出来事を微に入り細にわたって再現するのだった。だが、金基洙以外、誰も憶えていなかった。

金基洙がアカペラで歌い出した。四十年ぶりに聴く歌である。戦前、済州島にいたころ、皇国少年だった金基洙が日本人教師から教えられた日本の唱歌である。その歌い方は直立不動の姿勢で歌っている小学生のようだった。

歌い終った金基洙はひとしきり感慨深げになって、

「悲しいことや。小学生のころに教えられた日本の唱歌が、おれの体のどこかに居座っている。小野十三郎さんは、リズムとは批評だと言ったが、そのリズムが皇国少年だったおれの体の一部となっていまも蘇ってくる。どんなに日本帝国主義を批判し、否定しても、おれの体のどこかに日本の唱歌が宿っていて、無意識に唇からもれてくるリズムは日本の唱歌なんや。植民地とは、そのように下意識が身体化されることで、そこから逃れられない業の深さを持っている」

としみじみ語るのだった。

夜は更けていく。

店のママがカラオケで「君恋し」を歌っておひらきにした。

「宵闇迫れば、悩みは果てなし、乱れる心に、映るは誰が影、君恋し、唇あせねど、涙は溢れて、今宵も更けゆく」

顎と頬のたるんだ肉を震わせ、別れた恋人を思い出しているのか、目に涙が光っているように見えた。

その夜、文忠明は吹田に住んでいる金基洙の家に泊まった。


東京に戻ると、大阪で不足分の資金を調達し二百五十万円できたことを韓大権に報告した。

「ありがとう。ありがとう。君には感謝している。本当にありがとう」

韓大権は涙せんばかりに真底喜び、あのひしゃげた左眼がやさしく見えた。

編集も順調に進んでいるようだった。装丁も冬の空を象徴しているような薄いブルーを筆の先でさっと刷《は》いた味のある乾いた色調だった。朝鮮語のできない文忠明はゲラの校正を手伝えなかったが、韓大権はゲラを家に持ち帰り、一人で二枚、三枚と推敲していた。そして校正が終ったのではないかと思っていたところ、武久富夫から電話が入った。

「文さん、ちょっと話があるんですよ」

何かに苦慮しているような声だった。

「どうしたんですか。何かあったんですか」

と文忠明は訊いた。

「電話では長くなるので、一時間ほど会えませんか」

と武久富夫は言う。

文忠明は明日の勤務中にタクシーを神田方面に流しながら午後二時前後に事務所に寄ることに

した。

　何だろう？　組織の出版部の朝鮮語活字を使っているので上層部からクレームがついたのだろうか、と考えたりした。

　翌日、文忠明は神田方向の客を拾いながら、約束の時間通りにナグネ出版の事務所に着いた。

　文忠明を待っていた武久富夫は、

「近くの喫茶店に行きましょう」

と従業員を気遣うように席を立って近くの喫茶店に行った。

　コーヒーを注文すると煙草に火を点け、武久富夫は禿げた頭を撫でながら困った表情をした。

「どうしたんですか？」

　文忠明は電話と同じ質問をした。

「いやあ、韓大権さんが原稿を増やしてるんですよ。この際、昔の原稿も一緒に出したいと言って百五十枚増やしてます」

「百五十枚！」

　文忠明は仰天した。

　原稿が百五十枚増えれば予算も当然、増大する。いったい何を考えているのか。驚くと同時に怒りがこみ上げてきた。

「朝鮮語が読めないものですから、はじめはわからなかったんですよ。しかし、どうもおかしいと思っていたら印刷所から電話があって、原稿がかなり増えているので予算も増えます、と言われて驚いて、韓さんに問い質してみると、この際、昔の原稿も入れたいので印刷所に持って行ったと言うんです。予算が大幅に増えますけど、それはどうするんですかと訊いたら、いや、それは何とかなるの一点張りでね。わたしの手に負えないものだから文さんに電話したんです」

韓大権の性格を知りつくしている古い友人の武久富夫は、手に負えない子供を持てあましている親のように困りはてていた。実際、韓大権は大きな子供だった。欲しい物をねだり、だだをこねて道端に寝ころがって親を困らせている子供とそっくりだった。しかし、子供がねだる玩具とは値段がちがう。

「百万円はオーバーするでしょう」

と武久富夫は憂鬱な顔で言った。

「百万！」

文忠明は愕然とした。

二百五十万円を捻出するのにどれだけ苦労したか。大阪まで行って不足分の資金を調達してきた矢先である。これ以上の資金調達は無理だった。

「わたしに余裕があれば、とりあえず穴埋めしてもいいんですが、いまのわたしにはその余裕がまったくありません」

「追加原稿を引き揚げるしかないです」

と文忠明は言った。

「韓さんは頑固ですし、金銭感覚がまったくありませんから、応じるかどうか……」

「現実にお金がないんです。それは韓大権さんもわかってるはずです」

「それがわかってないんですよ。二百五十万円の資金が調達できたものだから、もっと調達できると思ってるんです。それに、いま原稿を引き揚げても追加された原稿の組版代は請求されると思います」

引き受けるのではなかった、と文忠明はいまさらのように後悔した。とにかく早急に韓大権と会って話し合う必要があった。

「韓さんとは連絡とれますか」

と文忠明は訊いた。

「三日に一度、事務所にきてますが、昨日見えたので、今日はこないでしょう。家にいるかもしれません」

「家の電話番号を教えて下さい」

韓大権の自宅の電話番号を教えてもらって文忠明は武久富夫と別れた。

腹の虫がおさまらなかった。文忠明は公衆電話から韓大権の自宅に電話を入れた。弱々しい女の声が聞こえた。たぶん奥さんだろうと思って文忠明は自分の名前を告げて韓大権の在宅を確かめた。

「ちょっとお待ち下さい」

奥さんは受話器を置いて韓大権を呼びに行った。
一、二分待たされて韓大権が電話口に出た。
「文忠明です」

少し不機嫌な声で言うと、

「おお、忠明か。いま詩集の校正をしているところだ。校正は順調にいってる。何か用でもあるのか？」

しらばっくれているのか、能天気なのか、韓大権は校正が楽しくてしようがないらしく浮き浮きしていた。

「いま武久さんと会って話を聞きました」

「話を？　何の話かね」

とぼけているとしか思えない韓大権が憎らしくなって、

「原稿を追加したらしいですね。印刷会社から印刷代の追加料金を請求されていると武久さんが言ってました。本当ですか」

と文忠明は韓大権を追及した。

「何を言ってるのかウリにはよくわからん。原稿の量は最初から変わってない」

「しかし、武久さんの話では予算が百万円くらい増えると言ってましたよ」

「それは印刷会社とウリとの話し合いであって、君には関係ない」

「本当ですね。ぼくには関係ないんですね。ぼくは約束通り二百五十万円を捻出して武久さんに一任しましたから、あとは韓大権さんと武久さんでしきって下さい。ぼくはこの時点で降ります」

文忠明は引導を渡した。

「何をそんなに怒ってる。この詩集はウリの最後の詩集になるかもしれないのに、君はウリの気持ちを無視するのか。この詩集はウリの集大成だ。それは君もわかっていると思ってた。なぜそんなにウリを糾弾するような言い方をする。資金もウリの詩集にみんなが協力してくれたから調達できたのだ。ウリの詩集でなかったら資金調達はできなかったはずだ」

もはや何をか言わんやであった。

文忠明は最後におもいっきり皮肉って電話を切った。

「ガリ版で詩集を出したいと言ったのは誰ですか。そのことをもう忘れたのですか」

電話を切ったあと、言い過ぎたと文忠明は反省した。韓大権はすべてを承知の上で弁明しているのだった。しかし、追加料金の百万円を韓大権はどこで工面するのだろう。詩集を一部ずつしか買ってくれなかった三十年、四十年来の友人から百万円を工面できるとは考えられなかった。

文忠明は武久富夫に電話を入れて、発行部数を半分にすれば追加料金を払わずにすむのではないかと聞いた。

「うむ！　部数を半分にしても組版の料金は同じですからね。四百部を削減したとして一部二千円ですから八十万円です。二、三十万円は持ち出しになるでしょうね。それに韓さんが部数を半分に削減するのを認めるとは思えませんよ。あの人の頭の中では立派な詩集が八百部出版されて、それを全部売りきって黒字になるという計画が成り立ってるんですから」

さもあろう。韓大権が後生大事に鞄に入れて持ち歩いていた、あの名簿録ノートを見れば、武久富夫の言っていることがよくわかる。

三日後、韓大権から文忠明に会いたいという電話が掛かってきた。三日前の高飛車な態度から低姿勢に変わっていた。ちょうど明け番だったので、文忠明は白楽のスナック「もず」で落ち合うことにした。開店したばかりの店内に韓大権一人がとまり木に座っていた。カウンターの中にいる宋永椿夫婦が韓大権の話し相手になっていた。

文忠明が店に入ってくると韓大権の斜に構えた目が相好を崩し、

「やあ、よくきてくれた。武久さんとも一緒に飲みたかったんだが、東京都内は遠くて」

と文忠明を迎えた。

「校正はほぼ出来上がった。君に見せたくて持ってきたよ」

宋永椿夫婦に見せていたらしく、校正のゲラはカウンターの上に置いてあった。それを韓大権は嬉々として文忠明に見せるのだった。宋永椿からつがれたビールを飲みながら文忠明はカウンターの上のゲラの束を漠然と見た。

「君から電話があったあと、ウリはすぐに武久さんと相談した。君と武久さんの言うことはよくわかる。そこでウリは決断した。発行部数を六百部にして定価を四千円にすればオーバーした百万円の予算を埋めることができる」

なんのことはない。先にもらった本代をもう一度もらい直してくれという話である。いわば二重取りである。

「四百二十ページのこの詩集は四千円の値打ちが充分ある。後世、貴重な詩集として残るとウリは自信を持っている」

反論したところで無意味だった。なにがなんでも四百二十ページの詩集を出版しようと決めている韓大権の熱情をくつがえす論理など存在しないのだった。海は宇宙の果てまで続いていると信じている詩人に万有引力の法則を説いたところで納得するだろうか？　詩人にとって万有引力の法則は何の意味もないのである。

文忠明は一から出直さねばならなかったが、大阪の友人たちに頼み直すのは、さすがに気が重かった。それでも、すったもんだの末、四ケ月後に四百二十ページの詩集は出版された。出版された詩集は装丁といいページ数といい、重厚で手ごたえがあった。その詩集を前にしたとき、それまでの苦労はふっ飛んだ。

「素晴らしい詩集です。いろいろありましたが、わたしも協力できて、こんな嬉しいことはありません」

ナグネ出版の事務所で編集にたずさわってきた武久富夫は乾杯の音頭を取り、事務所の編集者たちも一緒に祝杯を上げた。

「文忠明も武久富夫さんも、ウリのわがままを受け入れてくれて、本当にこころから感謝しています。ウリも歳だから、この詩集が最後になるかもしれない。もちろんウリは死ぬまで詩を書き続け、日本の詩人や朝鮮の詩人に異議申し立てをしていくつもりだが、なにせ在日では朝鮮語で詩を書いているのはウリ一人くらいなものだから、非力を痛感している。しかし、詩は世界の共通語であるとウリは信じている。そうであるなら、いつかきっとウリの詩もみんなに理解されるときがくる」

韓大権のひしゃげた左眼が姿なき敵を睨むように虚空を睨んでいた。

「これが最後の詩集だなんて、そんな寂しいことは言わないで下さい。韓大権さんはまだまだこれからです」

涙ぐんでいるような韓大権の言葉についほだされて文忠明は励ますように言った。

「君にそう言ってもらえるとウリは勇気がでる。そのときはまた力になってくれ」

文忠明は思わず武久富夫の顔を見た。武久富夫は目くばせして口にチャックしろと合図した。

「とにかく、おめでとうございます。近々みんなで出版記念パーティーをやりましょう」

武久富夫が話題を変えるように言うと、韓大権が鞄からノートを取り出した。文忠明と武久富夫は警戒した。韓大権が鞄からノートを取り出すとろくなことはないからだ。またしても名簿である。そして韓大権は武久富夫から言われるまでもなく、自分で出版記念パーティーの会場と日時を決め、その案内状の文章まで作成していた。

「呼び掛け人は十二、三人、あなたたち二人も呼び掛け人になって下さい。会費は七千円、場所は御茶の水の『山の上ホテル』を予約しておきました。一カ月後です。それまでに詩集を配って、読んでもらい、パーティーに参加してもらえるよう準備しておこうと思います。その日は悪いけど、文忠明は受付で会計をしてくれないかね。司会は武久さんにお願いしたかったが、朝鮮語のできる者でないと具合悪いので、ウリの教え子にやってもらいます。まあ、会場は『山の上ホテル』だから七千円は仕方ないでしょう。人数は七、八十人といったところかな。百人を超すと会場の整理が大変だから」

韓大権は名簿と案内状の下書きの文章を文忠明と武久富夫に見せた。

二人はその案内状と名簿を黙読した。

詩集が出版される前から、韓大権は出版記念パーティーの会場や案内状を準備していたのだ。これには武久富夫も苦笑して、

「いやあ、われわれの出る幕はないですな」

と頭を搔いた。

上機嫌の韓大権は紙袋に詩集を十冊入れて、

「今夜は新宿で祝杯をあげよう」

と立ち上がった。

日は暮れかかり、これから新宿界隈の店で飲むには頃あいの時間であった。文忠明は詩集の入った紙袋を持たされ、事務所を出て靖国通りでタクシーを拾った。仕事が残っているという武久富夫を韓大権は強引に誘って新宿をめざした。夕方のラッシュアワーにかかり、もっとも激しい靖国通りのラッシュアワーは一寸刻みの渋滞である。

韓大権がいらいらしだした。

「運転手さん、もう少し速く走れんのかね。これじゃ歩いたほうが速い」

嫌味たっぷりに言って運転手を急かせる。

「お客さん、わたしも速く行きたいですよ。しかし、この渋滞じゃ速く走れないでしょ」

同じタクシー運転手の文忠明は気が気ではなかった。韓大権のような悪態をつく客は途中で降ろしたくなるからだ。

「裏道はないのかね。君はプロだから裏道くらい知ってるだろう。ここにも一人プロがいる。君が知らないのなら教えてもいい」

タクシー運転手にとって一番嫌な客はプロとしての誇りを傷つけられることであった。

ここにも一人プロがいるとは文忠明を指しているのは明らかだった。助手席に座っている文忠明の額に脂汗がにじんできた。

「お客さんに言われなくても裏道くらいわかってます。後ろの席からあまり注文をつけないで下さい」

甚だしくプライドを傷つけられた五十前後の運転手はバックミラーで後部座席の韓大権を睨みつけた。韓大権もひしゃげた左眼で運転手を睨んでいる。一触即発の状態である。

神保町の交差点で停止したとき、

「ここで降りて、御茶の水から電車に乗ろう。この調子じゃ新宿に着くころには夜が明けてしまう」

と自分でドアを開けて韓大権はさっさと降りてしまった。そして御茶の水から電車に乗ると言っておきながら、韓大権は、あてつけのように後ろからきたタクシーに乗り換えるのだった。

「たまらんね。今日はこの調子で朝までつき合わされるよ。わたしは早々に引き揚げます」

タクシーからタクシーに乗り換える間に、武久富夫は音を上げていた。

最初に行った店は「ファティ」である。開店まもない「ファティ」に客はいなかった。カウンターの中で洗い物をしていたマスターが入ってきた韓大権を見て、

「いらっしゃい」

と低い声で呟くように言った。

店内を掃除していた淳花が、

「先生、お久しぶりです」

と明るい笑顔で迎えた。

「今日は忠明と一緒だ。嬉しいだろう」

そう言って韓大権は奥の大きなテーブル席に着いた。

「武久さん、お久しぶりです」

淳花は文忠明の手をそっと触って武久富夫に挨拶した。

「久しぶり。少し会わないうちに淳花さんはますますきれいになってくるね」

お世辞も含まれているが、淳花は嬉しくなって急いで掃除をすませ、韓大権の席に飲み物を運んだ。

文忠明が紙袋から詩集を一冊取り出してテーブルの上に置いた。ハングル文字(朝鮮のひらがな)を見た淳花が、

「先生の詩集ができたの。凄いじゃない! こんな厚い、素晴らしい詩集ができたのね。今日は記念すべき日よ」

と興奮して詩集をマスターに見せた。

「おめでとうございます」

無口で無愛想なマスターも顔をほころばせて祝福すると、あまり飲まれることのない棚ざらしになっているシャンパンをこの際とばかりに取り出し、気前よく栓を抜いて五つのシャンパングラスについで乾杯した。

感激した韓大権は、

「ウリはこれからも詩を書き続ける。死ぬまで詩を書き続ける。ウリは韓大権だ」

とシャンパンをいっきに飲み干したまではよかったが、興奮のあまり喉のあたりで詰まったかのシャンパンの炭酸が逆流し、鼻の穴から噴き出して上衣やシャツやズボンを濡らしてしまった。淳花があわてて布巾やタオルで濡れた衣類を拭いた。びしょ濡れになったが、韓大権は上機嫌だった。

「淳花、君も出版記念パーティーのときは忠明と一緒に受付を手伝ってくれ」

と韓大権は言った。

「もちろんよ。この店で詩集も売ります」

淳花はさっそく紙袋に入っている詩集をカウンターの上に積み、新聞の折り込み広告の裏の白紙にマジックペンで「韓大権先生詩集『カンパラン』、ついに出版なる！」と大書して壁に貼った。

一時間もすると客が一組、二組と入ってきて、九時ごろには満席に近い状態になった。忙しくなると同時に淳花の酒量も上がってくる。目を丸くし、小さな可愛い唇から容赦のない辛辣な脅迫じみた言葉が飛び出す。

「詩集を買ってちょうだい」

例によって淳花の押し売りが始まった。

勧められている若者は詩集のページをめくってみて、

「おれは朝鮮語、読めないよ」

と断った。

「読めなくたっていいじゃない。韓大権先生の朝鮮語の詩集を一冊持ってるってことだけで誇りじゃない。日本人だって買ってくれてるのよ。ましてやあなたは朝鮮人でしょ。朝鮮人が朝鮮語の詩集を買わなかったらどうなるのよ。わたしたちの未来は真っ暗だわ。そんな自分を恥ずかしいと思わないの」

飛躍した論理でねじ伏せようとする淳花に対して反論の余地はいくらでもあった。だが、淳花が相手の肩を抱きよせ、目をじっと見つめてなめらかな声で迫るとたいがいの客は抵抗できなかった。若者にとって四千円はかなりの負担だが、しぶしぶなけなしの金をはたくのだった。なかには酒代をツケにして本代を支払わされる者もいた。

売れた詩集に韓大権は威厳に満ちた表情でサインしながら言うのだった。

「君は幸運な読者だ。この詩集は書店では手に入らない」

自信を持って言われると、みんな何かしら特別なオリジナル商品を買ったような気になって、手にした重厚な詩集をしみじみと見入るのである。

三時間ほどで十冊の詩集を売り切り、四万円を手にした韓大権は、

「よし、これからウリの知ってる店に行って飲み直そう。淳花、君も一緒に行こう。みんな一緒に行こう。今夜はウリのおごりだ」

と誘った。

「韓さん、今夜はここで飲んで、終電車で帰りましょう」

四万円を手にして気が大きくなっている韓大権を武久富夫は必死に引き止めたが、いったんその気になった韓大権を止めることはできなかった。本来、売れた本代は資金を援助してくれた人たちに返さねばならない性質のものだが、韓大権にその気はなかった。売れた本代は利益だと考えていた。

マスターは渋い顔をしていた。ただでさえ人手が足りないのに淳花がいなくなると一人できりもりしなければならない。だが、そんなことはおかまいなしに韓大権は淳花を誘って店を出た。そして風林会館の斜《はす》向かいあたりのビルの二階にある韓国クラブに入った。

二十坪ほどの店内の右手に壁に沿ってソファーとテーブルが並べられ、左の一段高い舞台でエレクトーン奏者が韓国の歌謡曲を演奏していた。そのエレクトーンの演奏に合わせて中年の男性客が熱唱している。舞台と客席の間のホールでは五、六組の男女がダンスに興じ、乱痴気騒ぎの様相を呈していた。

韓大権一行を出迎えたマネージャーが空いている席に六人を案内した。

「ママを呼べ、ママを……」

マイクを通したエレクトーンの演奏と歌声で韓大権の声が聞きとれないマネージャーは韓大権の口もとに耳を近づけた。

「ママを呼べ、ママを……」

と韓大権はくり返した。

マネージャーは頷いて接客中のママを呼んできた。練り粉を塗りたくったような厚化粧をした四十過ぎのママは韓大権を見るなり、

「先生、生きてたんですか！」

と大根役者のような身ぶりとつくり笑いをして韓大権の前に座った。まるで長年探し続けていた肉親にでも出会ったように、ママは全身で喜びを表現して、

「もう今夜は韓先生に店を借り切ってもらいます。じゃん、じゃん、持ってきなさい」

とマネージャーに指示した。

「ウリはママが恋しくて会いにきたんだ。金持ちのおやじだけ相手にせず、たまにはウリのような貧乏詩人の相手もしてくれ。ウリはこの年になって、どうすればいいのか」

いったい何の話をしているのかよくわからない会話が二人の間で交わされたあげく、韓大権は体を乗り出してママの手をしっかり握りしめて引き寄せようとしたが、自分の力の反動で前のめりになってテーブル越しにママの上に倒れた。もちろん酒席に珍騒動はつきものである。エレクトーンの演奏に合わせて踊っている客や他のホステスたちにとって、韓大権の失態など毎日目撃する酔っ払いの姿の一つにすぎなかった。韓大権はよろめきながら立ち上がったが、なぜ前のめりに倒れたのか理解できないらしく茫洋とした眼差しで、色鮮やかな朝鮮衣装を着て踊っているホステスたちの姿を眺め、放心したように座った。前のめりに倒れてきた韓大権を受け止めるようにして後ろへ倒れたママは、

「この前も、といっても五、六年前になるけど、わたしの衣装を破って台なしにしたんですよ」

と怒ったように言って、

「とにかく今夜は朝まで飲み明かしましょ。先生とはいつ会えるかわからないから」

と媚《こび》を売ってから手を叩いた。

それを合図にビール、ウイスキーの水割り、朝鮮料理、果物などが三つのテーブルにぎっしり並べられ、六人のホステスが六人の客の間に割って入った。ホステスをはべらせた淳花は面白が

ってつがれるがままに水割りを飲み、一緒についてきた二人の若者もめったにない機会を喜んでいたが、文忠明と武久富夫は、この結末に立ち会いたくないといった顔をしていた。エレクトーンの演奏に合わせた客の熱唱がえんえんと続き、ホステスに誘われるがままにみんなは踊った。落下傘のような色とりどりの朝鮮衣装をまとったホステスが入れ代わり立ち代わりやってくる。そのたびに韓大権はホステスを抱きしめて口説いていた。そしてエレクトーン演奏も終り、客は気がつくと韓大権たちだけになっていた。

閉店の時間だった。

請求書を持ってきたママが言い訳でもするように、

「先生、本当にありがとうございました。今度はお一人できて下さい。わたしがちゃんとサービスしますから」

と側に座って韓大権の手をとり請求書を渡した。

その請求書を見た韓大権の顔から血の気が引いていった。

「二十四万円……？　いや、二万四千円か……？」

数字のゼロが一つ減ったりまた増えたりの読み間違えをくり返すうちに、韓大権の顔はしだいに怒気をおびてきた。

「なんでウリのような貧乏な人間に、こんな馬鹿げた金額を請求するんだ。二十四万円あれば、ウリは三カ月生活できる。ウリは四万円しか持ってない」

韓大権は懐から四万円を出してテーブルの上に投げた。

武久富夫をはじめ、あとの五人は針のムシロに座らされた気持ちだった。二人の若者は黙りこくったまままうつむいている。韓大権とはほとんど口をきいたことのない若者である。誘われるがままについてきたのが間違いだったのだ。それは武久富夫と文忠明にも言えることだった。後悔先に立たずというが、こうなることはわかっていたのだ。

「四万円じゃ、どうしようもないでしょ。どういうつもりでこの店にきたのですか。この店は新宿でも一、二を競う韓国クラブですよ。そこらの飲み屋とちがうんですから」

ママの声の調子ががらりと変わり、険悪な表情になった。

「お疲れさまでした」

着替えたホステスたちがつぎつぎと帰って行く。

驚いたことに、ついさっきまで声をあらだてていた韓大権は、ソファーにもたれたかと思うと首を後ろへがっくり折って口を開け、鼾をかいて眠ってしまったのである。脳梗塞で倒れた人間のようだった。ママの視線の鉾先が武久富夫と文忠明に向けられた。

「わたしがなんとかします。三日待って下さい」

たまりかねた淳花が言った。

「いや、わたしが払います。現金はありませんので、カードでお願いします。四万円は韓先生にもどして下さい」

社員四人の小さな出版社とはいえ、まがりなりにも社長である武久富夫以外に支払い能力のある者はいなかった。

武久富夫がカードを差し出すと恐ろしい顔付きをしていたママはとたんに猫撫で声になって、

「韓先生は悪い人じゃないんだけど、世間知らずなんですよ。それじゃカードをお預かりします」

とカードを受け取ってレジに行った。

「韓さん、韓さん」

と武久富夫が韓大権を揺り起こした。

韓大権は悪夢から醒めたように店内を見回し、目の前にいるママに、

「おお、ママ、勘定は済んだのか?」

と訊いた。

「ええ済みました。周りの人にあまり迷惑をかけないようにしなさいね」

ママは子供を叱る母親のように言った。

「ウリは誰にも迷惑をかけたことはない。公明正大に生きてる。だから貧乏してるんだ」

何ごともなかったかのように韓大権は欠伸《あくび》をして立ち上がり、

「ウリは疲れた。今夜はホテルに泊まって明日帰る」

と店を出た。

武久富夫は四万円を韓大権の上衣のポケットにそっと忍ばせた。

みんなの間にあと味の悪いざらざらした感覚が残っていた。二人の若者は大久保方面に向かい、韓大権は近くのカプセルホテルに入り、武久富夫はタクシーで帰った。文忠明と淳花が「ファティ」にもどってみると、「ファティ」は終っていた。

「今夜はわたしの家で泊まる?」

と淳花が言った。

「いや、帰る。明日仕事だから」

「そうね。あなたは妻子持ちだったわね。忘れてた」

皮肉たっぷりに言って淳花は自分の爪先を見て歩いた。

「すごくやりたい。通りすがりの男に声をかけてみようかな」

淳花ならやりかねないだろう。

「好きにしろ。ただし、おれにわからないようにやってくれ」

言葉はカミソリより鋭い刃を持っていた。

「あなたはそういう男よ。すごく冷たいんだから。わたしの気持ちを知っていながら、容赦のない言葉でわたしを打ちのめすのよ」

「君がそういう言い方をするから、おれもそういう言い方になるんだ」

「韓大権さんはあんなときに、どうして鼾をかいて眠ってしまえるのかしら。狸寝入りかと思ったけど、そうじゃないわ。本当に眠ってしまったのよ。わたしには人の心がわからない。あなたにはわかる？」

まるで深刻な悩みでも打ち明けるように淳花は切実に訴えた。

「おれにもわからん。わかりたくもない」

「じゃあ、わたしのこともわかりたくないのね」

「そうじゃない。君はどうして言葉尻を取って人を非難するんや。おれと君はわかり合ってるはずだ。いまさら、そういう言い方はやめろ」

感情の摩擦が生じるはずのないところから煙がくすぶっているのだった。淳花との口論は何から始まったのだろう。そうだ、彼女の家に泊まるか泊まらないかで始まったのだ、と文忠明は思い返した。韓国クラブでの精算のとき、韓大権が狸寝入りをきめ込むように鼾をかいて眠ってしまったことが淳花の思考と感情の回路のどこかでからみ合い、わだかまってよじれ、それが汗のようににじみ出てきたのだ。

結局、二人はホテルに泊まり、翌朝、文忠明はホテルから会社へ直行した。

継ぎ目のない日々。昼と夜が逆転しているタクシー運転手生活の中で文忠明は問題を先送りしていた。決断しなければならない問題を長年かかえている人間にとって決断することほど至難なことはないのだった。妻の陽子と同じ部屋にいる息苦しさから逃れるために夜な夜な外出しては飲み明かしている自分と訣別する日はくるのだろうか？　それは淳花と一緒に暮らすことだろうか？　おそらく、と文忠明は思った。ものごとは突然変異的に、自分の意思とはかかわりなく変貌するのだ。そうでなければ人生の進化などありえない。逆にいえば人生に進化などない。それが文忠明のいまの心境だった。周りの人間を見ていると、そう思わずにはいられないのだった。

韓大権の詩集出版記念パーティーの日がやってきた。文忠明はパーティーの一時間前に御茶の水の「山の上ホテル」に着いた。由緒ある古い建物の「山の上ホテル」は御茶ノ水駅から神保町に向かって坂道を下り、途中から右折して坂道を上った正面にある。大学、予備校が多く世界屈指の古本屋街でもある御茶の水と神保町界隈は学生たちで賑わっていた。文忠明は途中、立ち喰いそば店できつねそばを食べて腹ごしらえをしてきた。たぶんパーティーではあまり食べられないだろうと思ったからだ。

ホテルの玄関を入るとロビーの椅子に韓大権と武久富夫が座っていた。

「どうもご苦労さんです」

どちらからともなく挨拶して武久富夫と文忠明は握手した。

「ご苦労さん。今日は頼みます」

と韓大権が言った。文忠明が韓大権と武久富夫に会うのは韓国クラブ以来である。

さっそく係員に案内されて地下の会場に行った。会場は百二、三十人入れる広さで、縦にテーブルを並べ、白いテーブルクロスの上にグラスと小皿と箸、フォークとナイフが一人分ずつセッティングされている。文忠明はテーブルを一台入り口の廊下に置き、受付の準備をした。間もなくブルーのブラウスに黒いスカートをはいた淳花がやってきた。文忠明と淳花は昨日も一緒だった。

「遅れてごめん。美容院に行ってたの」

そう言われてみると、いつもはおさげの髪にパーマがかかってきた。

武久富夫の社員たちも詩集を五十冊持って応援に駆けつけていた。その詩集と数年前、韓大権が翻訳した『現代韓国詩人集』五巻をもテーブルに並べた。いわばデモンストレーションのようなものだった。

「そろそろくるな」

腕時計を見ながら韓大権はそわそわしている。

「韓さんはテーブルの中央に座って、でんと構えて下さい。あとはわれわれがやりますから」

落ち着かない韓大権を武久富夫はテーブルに座らせた。

淳花は用意してきた奉加帳二冊とマジックペン四本を受付のテーブルの上に置き、椅子に座って参加者を待った。

隣にいる文忠明に、

「ねえ、わたしたちも七千円の会費を出すの」

と訊いた。

「出さないと精算できなくなると思う」

と文忠明は言った。

「わたしたちは手伝ってるのよ。たぶんご馳走を食べる時間もあまりないと思う。馬鹿みたい」

不平を言いながら淳花は財布から七千円を出した。

韓大権の一番弟子と自称している司会役の洪在生《ホンジェセン》がグレーのスーツに身を包み、いかにも紳士然として現れた。そして奉加帳に名前を記入して会費を払い、テーブルの中央に座っている韓大権の隣に行って打ち合わせを始めた。最初の挨拶を誰にしてもらうのか、乾杯の音頭を誰にとってもらうのか。この人選と順序が難しいのである。

やがて参加者が二人、三人とやってきた。中には京都や名古屋から駆けつけてくれた者もいる。開宴時間の十分前になるとロビーは数十人の参加者で溢れた。手伝いにきている武久富夫の社員たちが、

「どうぞ、会場の中へお入り下さい。間もなく始まりますので、会場の中へお入り下さい」

と誘導している。

ホテルの従業員たちが厨房から料理やビールを運び、テーブルの上に並べていく。パーティーの準備が整い、開宴時間になったが、予定の人数に達していなかったのであと十五分待つことにした。

司会役の洪在生が受付に人数を確かめにきた。

「七十三人です。もう始めてもいいんじゃないですか」

と淳花が言った。

「そうですね……」

洪在生は顎をさすりながら思案している。

返信ハガキにより八十五人の出席が見込まれていたので、いまのままだと十人分ほどの空席ができるのだった。

「立食にすればよかったのよ。そうすれば空席を気にせずにすんだのに」

淳花は洪在生の不手際を責めるように言った。

「韓先生は立食は嫌いなんですよ。出席者の一人ひとりの顔がちゃんと見えるようにしたいと言うんです」
三十五、六になる神経質そうな洪在生は弁解した。それから会場の隅のマイクの前に立ち、緊張した面もちで話しはじめた。
「本日はお忙しい中を韓大権先生の詩集出版記念パーティーにご出席いただきましてありがとうございます。詩集『カンパラン』は実に十二年ぶりに出版されました、それこそ韓大権先生の長年にわたる苦闘と魂の昇華の結晶であります。わたしも不肖の弟子の一人としてこの記念すべき出版パーティーで司会役をおおせつかったことを光栄に思っております。それではまず最初に、韓大権先生とは四十年来の親友であります金丙信先生のご挨拶をいただきたいと思います。金丙信先生と韓大権先生は組織で同じ釜の飯を食ってともに闘った戦友であり、今回の詩集を出版するに当たりまして、おしみないご協力をたまわりました。この場をおかりして深く感謝いたします。それでは金丙信先生、お願いいたします」

拍手の中を金丙信は悠然とマイクの前に歩み寄った。

そして、四十年前出会って二十代の頃から志を同じくした韓大権と組織の活動家になり、戦後の在日朝鮮人運動を生き抜いてきた苦闘を語り、その中で韓大権が詩人としての矜持を貫いて今日にいたっている崇高な精神について語った。

「何よ、あいつ。詩集を一冊しか買ってくれなかったじゃない。朝鮮語の詩集なんか誰も読まないとか言って韓大権さんを馬鹿にしてたじゃない。なんの協力もしていないあいつが、なんで全面的に協力したことになるのよ。この詩集の最大の功労者は文さんと武久さんじゃない。許せない。韓大権さんは何を考えてるのかしら」

怒ると顔が頰紅を塗ったように赤くなる淳花は、いまにも会場に駆け込んで金丙信からマイクを取り上げかねない剣幕だった。

金丙信のあと、京都から駆けつけてくれた男が挨拶し、続いて三十年来の友人という李陽平が挨拶に立った。

「最低だわ。偽善者の集まりよ。よくもしゃあしゃあと、あんなふうに喋れるわね。良心が痛まないのかしら。ああいう連中が朝鮮民族を亡ぼすのよ。文さんは悔しくないの。あんな連中に好きなように喋らせとくの」

淳花は何の反応も示さない文忠明を責めるのだった。

「いいじゃないの。韓さんのパーティーだから、韓さんの好きなようにさせれば。韓さんを見てみろよ。嬉しそうな顔してるやろ。韓さんは古い友人たちに挨拶してもらいたかったんや。古い友人たちから認めてもらいたかったんや」

「古い友人より新しい友人の方が大事なんじゃないの。あんな下司野郎に認めてもらう必要がどこにあるのよ。悲しくなっちゃう。人間て、どうしようもないのね」

淳花は涙声になって受付の椅子にへたり込んでしまった。

次に武久富夫が指名された。武久富夫はグラスを片手にマイクの前に立って挨拶し、グラスをかかげて乾杯の音頭をとった。このときばかりは淳花も嬉しそうに会場の扉のところで乾杯した。

雑談の時間になった。淳花は二つの大皿に料理を盛って受付のテーブルの上に置き、ビールとワインも持ってきた。

「あんな汚い連中と一緒にいたくないよ。小心翼々としてるくせに、大物ぶって、でかい態度で話してる。あとでひとこと文句言ってやる。でないと腹の虫がおさまらないよ」

韓大権の両脇に座って歓談している金丙信と李陽平を淳花は扉の陰からのぞいてののしった。

司会役の洪在生がふたたび出席者に挨拶を求めた。ワインを飲み、料理をほおばっていた淳花が何を思ったのか立ち上がって司会役の洪在生のところへ行き、抗議でもするようにふたことみこと話してもどってきた。

「何を言ってきたんだ」

と文忠明が訊いた。

「あなたに絶対挨拶させないように言ってきたの。洪在生は馬鹿だから、あなたを指名するかもしれないじゃない。あなたは最初に挨拶すべきであって、途中でどさくさにまぎれて挨拶させられたら、たまんないわ。そうでしょ」

丸い可愛い目が怒りにめらめらと燃えている。いまにも裸になって会場内を走り出しかねない雰囲気だった。


淳花がひと騒動起こしそうな気配だったが、詩集出版記念パーティーは無事に終った。司会役の洪在生は大役を果たしてほっとしていた。

「みなさん、このあと新宿の『ファティ』で二次会を行います。二次会に参加できる方は出口で地図を受け取って下さい」

ナグネ出版の男性社員が退場していくみんなに声を掛け、出口で女性社員が地図を渡している。

会場から出てきた金丙信が、受付にいる文忠明に握手を求めて、

「君はよくやってくれた。わたしからも礼を言うよ」

と、どこか後ろめたい表情で言った。

「今日は出席して下さって、ありがとうございます」

と文忠明は握手した。

「淳花も受付を手伝って、ご苦労さん」

と慰労の言葉を述べると、淳花は挑発するように、

「五十冊持ってきた詩集が売れないんです。十冊買ってくれませんか」

と言った。

「重くて持って帰れないよ」

軽くあしらおうとする金丙信に、

「郵送します」

と淳花は食いさがった。

「無理に押しつけるのはよくない」

金丙信の顔色がさっと変わった。

「協力してくれてもいいじゃないですか。韓大権先生とは四十年来の親友なんでしょ」

淳花はむきになって詰め寄った。

「馬鹿なことを言うんじゃない！」

金丙信は怒って、さっさと足早に去って行った。

「いまさら言ってもしょうがないやろ。ああいう人間なんやから」

文忠明は淳花をたしなめた。

「だって悔しいじゃない。指一本動かしてないくせに、なによ、あの傲慢な態度は」

韓大権と談笑しながら退場していく李陽平に視線を転じた淳花は、今度は李陽平を標的にしようとした。

だが、混雑にまぎれて李陽平は足早に会場をあとにした。

会場のあと片づけはナグネ出版の社員にまかせて、文忠明と淳花はタクシーで「ファティ」に向かった。車の中で淳花は甘えるように、

「『ファティ』に行きたくない。あなたと二人きりになりたい」

と体をゆだねて文忠明にキスをした。

「そうもいかんやろ。韓大権さんが待ってる」

「それもそうね」

「ファティ」に着いてみると、大きなテーブルに韓大権を囲んで十人以上が席を詰めて座っていた。他のテーブルもカウンターも満席で文忠明の座る席がなかった。

「詰めると座れるよ」

武久富夫が自分から席を詰め、長椅子の端にやっと一人が座れる空間ができた。その長椅子の端に文忠明は少しお尻をはみださせて腰を下ろした。

淳花が毛嫌いしているマスターの恋人の敏江がカウンターの中に入って手伝っていた。淳花は

敏江を無視して仕事に従事した。紫煙とざわめきと人いきれに溢れた店内に軽快なジャズが流れている。ピアノとドラムとサックスの渾然一体となった音の妙味が雑談している客に陶酔感を与えていた。

しばらくすると片づけに残っていたナグネ出版の社員がやってきた。彼らは座る席がなく、立って飲むことになった。

「ここでもう一度、乾杯しましょう！」

韓大権の隣に座っていた洪在生が立ち上がって乾杯の音頭を取った。みんながいっせいにグラスをかかげた。

「それではここで、今回の詩集を出版するにあたって最大の功労者である文忠明さんに、ひとことお願いします」

気をきかせたつもりの洪在生に、トレーで水割りを運んでいた淳花が即座に嚙みついた。

「詩集出版の最大の功労者だったら、文さんにはパーティーの一番最初に挨拶させるべきだったのよ。二次会で挨拶させるなんて、侮辱よ」

洪在生は返す言葉がなく、ただ突っ立っていた。

「洪在生が悪いんじゃない。ウリが悪いんだ。ウリが洪在生に頼んだんだ。淳花、ウリの気持ちもわかってくれ」

韓大権からそう言われると、淳花はそれ以上、何も言えなかった。

文忠明は立ち上がって挨拶した。

「一冊の詩集を出版することの難しさを今回、身をもって体験しました。ぼくも詩集を一冊出していますが、近年、詩に対する関心はますます薄れていています。しかし詩は遠い昔から現代にいたるまで言葉の原点であり、美の発見であり、論理を超えた身体と感性の発露でもあるのです。長年、詩作に没頭し、ひたすら詩の言葉を信じてきた韓大権さんの詩集を世に問うことができたのは幸甚のいたりです。これはひとえに友人、知人、みなさんの協力の賜物です。ぼくはその仲介役をしたにすぎません。韓大権さんには韓大権さんの個人史があり、パーティーはその個人史の再確認のようなものだと思います。ぼくの出る幕はないのです。あらためてお祝いを申し上げたいと思います」

店にいたみんなが拍手した。

大きなテーブルの中央に座っていた韓大権が体を乗り出して手をさし延べ文忠明と握手した。

「君には感謝している。ありがとう。今度、ウリの家に招待したい。そのとき、ゆっくりパンソリでも聴きながら話し合おう」

続いて百万円の小切手を気前よく切ってくれた趙熙鍾が挨拶した。

「ぼくは文学や詩にうとい人間ですが、ぼくらのアボジである韓大権先生の詩集の出版に協力できたことを光栄に思っています。韓大権先生、死ぬまで詩を書き続けて下さい。微力ですが協力します」

禿げている額がてかてかと光っている丸い顔をほころばせて趙熙鍾は照れていた。韓大権が握手を求め、

「ありがとう。君の言葉を聞いて、ウリは勇気百倍だ。迷っていたが、あと一冊、詩集を出したいと決意を新たにした」

と言った。文忠明と武久富夫は目と目を合わせ、溜息をついた。

二次会に参加したのは二十人足らずだったが、どちらかというと若い層が多かった。韓大権と

同年輩か、それに近い年配者はパーティーのあと帰ってしまった。

楽しい時間はまたたく間に過ぎていく。特に議論をしていると時間のたつのを忘れてしまう。誰かが時間に気付かなければ、いつまでも議論しているにちがいない。

武久富夫が腕時計を見て、

「十一時過ぎです。わたしはこれで失礼します」

と腰を上げた。会社の経営者だけあって明日の仕事を気にしていたのだ。

「もう少し飲もうよ」

引き止める韓大権にみきりをつけて武久富夫は、

「今日は帰ります」

ときっぱり断った。

その態度にはこの前の韓国クラブの二の舞をしたくないといった気持ちがみえみえだった。

ナグネ出版の社員たちもいっせいに腰を上げ、それを合図に二次会に参加していた他の者も、二千円の会費を出して帰り仕度をはじめた。韓大権は帰るべきか、残るべきか迷っていたが、大和までの遠距離を考えると、帰宅するのに頃合いの時間ではあった。

韓大権は名残惜しそうに、

「じゃあ、ウリも帰るとするか」

としぶしぶ立ち上がった。

「それじゃ、今度家に招待するから、ぜひきてくれ」

飲み足りない様子の韓大権は、みんなに急かされるように店を出た。

残った客は文忠明を含めて三人である。

店の表まで韓大権を送ってきた淳花がカウンターのとまり木に座って、ひと息ついた。客が三人しかいなくなったので、手伝っていた敏江は淳花とのいさかいを避けるように、

「それじゃ、わたしもこれで帰ります」

とマスターに言って淳花とは視線を合わさずに帰っていった。

「兄貴、あの女を店で手伝わせないでよ」

敏江が店を出ると同時に淳花は兄のマスターを責めた。

「そんなこと言ったって、おまえがいないとき、おれ一人でどうしろって言うんだ。おまえは気紛れで、いつ店に出てくるのかわかんないし、おれ一人ではてんてこ舞いだし、おれの身にもなってみろ」

気紛れで情緒不安定な淳花の勝手な言い掛かりに、マスターは怒った。

「人を雇えばいいじゃない」

と淳花が言った。

「おれも人を雇いたいよ。だけど人を雇ってこの店がやっていけるわけねえだろう」

店の経営について何も理解していない淳花の気楽な考えを非難するようにマスターは言った。

「じゃあ、こんな店、やめちゃえばいいのよ」

口論になると淳花は過激になってくる。マスターは諦め顔で黙ってしまった。

そこへ金洋源と李明淑が入ってきた。いかにも仲むつまじそうだったので、文忠明と淳花は驚いた。いつも二人は旅公演をしていたり、稽古に忙しくてすれちがってばかりいて、なかなか会えず、ひところの金洋源は落胆して、李明淑とは縁がないのだと諦めかけていた。その二人が夜の十一時過ぎに現れたのだ。たぶん飲み歩いた帰りだろう。金洋源の顔に充実感がひろがってい

た。明淑のしなやかな容姿が一段と美しく見えた。

「こんな時間に二人おそろいでくるなんて、珍しいじゃない」

淳花の目が好奇心をあらわにしている。

「久しぶりです」

と金洋源は文忠明に挨拶した。

「今日は韓大権さんの出版記念パーティーがあって、この店で二次会をやってたけど、いまみんな帰ったとこだよ」

と文忠明は言った。

「あ、そうですか」

韓大権の出版記念パーティーなど金洋源の関知するところではなかった。それより明淑と一緒にいることのほうが金洋源にとっては重要な意味を持っていた。

淳花は二人に水割りを作って明淑の隣に座り、

「ねえ、何かいいことあったの？」

と訊いた。

「明淑さんが、ぼくらの劇団に参加してくれることになったんです」

金洋源が興奮気味に言った。

「本当！　よかったわね。乾杯しようよ」

淳花はグラスを高々とかかげた。

今日はなんて乾杯の多い日だろうと文忠明は思った。

「それで明淑は、劇団に参加するのをいつ決めたの？」

と淳花が訊いた。

「三日前の明け方、トイレに行きたくなって用を足したあと、突然、決めたの」

冗談のような本当のような話に、

「素晴らしい！　それこそケツダンだ！」

カウンターの隅で飲んでいた二人の中の一人が言った。

「あなたは人の話に口をはさまないで。あなたには関係ないんだから」

と淳花が男に注意した。

「そんなこと言うけど、淳花だって人の話にすぐ口をはさむだろう」

「わたしにはちゃんと理由があるの。いまのあなたを注意するように」

淳花はこの場の雰囲気を壊したくないために、そして明淑が劇団に参加する意思を固めた理由をもっと知りたいがために、他の無関係な人間の茶化すような言辞が許せなかった。

「それで明淑は、いまいる劇団はどうするの？」

「辞めることにしたの」

準主役を演じ、近い将来、主演を演じるようになるであろう劇団を辞めて、新しく立ち上げたばかりの劇団に参加するのは、ある意味で勇気のいることだった。大勢の人間が参加している劇団が必ずしもそりが合うとは限らない場合もある。以前から明淑は、いまいる劇団に不満を持っていた。その不満がしだいに明淑の演技を退屈なものにしていた。その理由の一つに主宰者の思想性がある。七〇年安保以後の左翼性を問い続ける主宰者の思想性は、在日の明淑にとってあまりしっくりするものではなかった。芝居を演じるたびに何かしら違和感を覚えるのだった。自分の居場所は別のところにあるような気がして、たぶん無意識に自分の居場所を探し求めていたのだ。

金洋源が立ち上げた芝居を鑑賞したとき、自分の居場所と新しい出発点はここにあると直感したのだった。しかし、気持ちの整理に時間がかかり、容易に決断できなかったのだ。

「今日、わたしがアルバイトしている荻窪の店に金洋源さんがきてくれたので、参加しますって、話したの。店が暇だったから、早めに閉めて、ここへきたのよ」

何かふっきれたように明淑は言った。

「これでぼくらの劇団も充実しました。あとは前進あるのみです。三カ月後の新しい芝居の公演に向けて、これから走ります。もちろん主役は彼女です」

宝物でも得たように金洋源は嬉しさを隠さなかった。

二人を結びつけたのは偶然だろうか、それとも必然だろうか。許万鳳と別れたあと、傷心の明淑に新しい恋人ができたという噂を聞いている。そしていま金洋源の劇団に参加した明淑は、その新しい恋人とも別れたのだろうか。淳花はそこのところを知りたいと思ったが、金洋源のいる前でそれを訊くことはできなかった。

役者同士が同棲したり、結婚したりする例はよくある。日常的につき合っている者同士が結ばれるのは自然ともいえる。けれども舞台の上と実生活との乖離は時間とともにひろがり、埋めることのできない溝をつくっていくのである。いわば現実と虚構の混淆した共同生活は、互いの裏の人格とつき合うことになり、期待を裏切られるのだ。まだ男女の関係はないにしても、金洋源と明淑との結びつきに文忠明はあやうさを感じた。しかし、在日朝鮮人と日本人による混成劇団ははじめてのことであり、未来を先取りするという実験的な意味を持っていた。

「幸運を祈るよ。芝居は必ず観に行く。君たちの劇団が日本の社会の中で活躍の場をひろげていくことは、とりもなおさず在日が受け入れられていく素地にもなる。おれたちは組織に頼らず、自前でやるしかない」

文忠明は先輩らしく二人を励ました。

「そうよ、自前でやるしかないのよ。在日の組織とか、オヤジに頼っていたんでは何もできないわよ」

わが意を得たりとばかりに淳花は文忠明の言葉を強調した。

なごやかな雰囲気の中で酒を酌み交わしながら夢はひろがっていく。マスターがレコードを取り替えた。新しい何かが始まる予感にみんなは酔いしれていた。未来はそこにある。手を伸ばせば鷲掴みにできるところに。だが、誰も未来を鷲掴みすることはできないのだ。未来を予見できても、未来を生きることはできないのだった。

眩しいばかりの光に彩られた新宿の夜を人びとはくらげのように漂っている。

閉店した「ファティ」を出て、マスターはゴールデン街にしけ込んだ。この時間から明け方までがマスターの憩いのひとときなのだ。

靖国通りに出ると明淑はタクシーを止め、

「それじゃ、お先に」

と金洋源を残して帰って行った。

取り残された金洋源は方向感覚を失ったようにしばらく佇んでいたが、やっと自分がどこにいるのかわかったらしく、

「もう一軒つき合ってくれませんか」

と文忠明と淳花を誘った。

明淑とそっけなく別れた金洋源は帰宅しても眠れそうもないのだろう。

「そうやな……」

文忠明は腕時計を見たが、

「兄貴が行ってる店に行こうよ」

金洋源と腕を組んだ淳花はおぼつかない足取りでゴールデン街に向かった。

居酒屋「わらじ」の引き戸を開けると五、六人しか座れないカウンターのとまり木に「ファティ」のマスターの朴建二が座っていた。酔っている淳花を見て建二は顔をしかめた。

「兄貴、仲良くしようぜ」

淳花は兄の隣に座り、自分の隣に金洋源を座らせた。金洋源を独占したいらしく、文忠明の存在は眼中にないかのようだった。危険な兆候である。

水割りを飲みながら淳花が言った。

「ねえ、洋源、一つ訊いてもいいかしら」

もちろん訊くなとは言えない。

「いいですよ」

金洋源はにこやかに言った。

だが、質問されるにちがいないことがらについて先刻承知している金洋源は気を落ち着けるかのように深呼吸をした。

「明淑は同棲している男と別れたのかしら。それとも同棲が続いてるの？」

「たぶん同棲してると思うよ」

「明淑が他の男と同棲していて平気なの。好きなんでしょ」

「ええ、好きです。でも、これぱっかりは仕方ないです。明淑の気持ち次第ですから」

「情けないこと言わないでよ。金洋源らしくない。好きだったら奪うのよ。奪えばいいのよ。ひょっとして明淑も奪われるのを待ってるかもよ」

「奪えって、どうやって奪えばいいんですか」

「やるのよ、強引に」

金洋源は笑ってしまった。

「馬鹿なことを言うな。おまえはいつからマッチョになったんだ。昨日までフェミニストだったくせに」

兄の朴建二が淳花の荒唐無稽な話を遮った。

「だって、わたしは文忠明と最初に会ったとき、考えるいとまも与えられずホテルに誘われて抱かれ、好きになったんだから。女って、そういうものなのよ。わかる、洋源。年増女とできてる兄貴は逆だけどさ。兄貴は年増女に強引に誘われて童貞を奪われたのよ。どっちにしたって結局同じことよ。やらなきゃ駄目よ」

淳花の話を真に受けて、

「本当ですか、最近、童貞を奪われたなんて」

と金洋源は好奇心をつのらせて肥満体の朴建二を見た。

百二十キロ近い巨体を持てあましている朴建二は、何かにつけて敏江との関係を持ち出して難癖をつけようとする妹の淳花にほとほと困っていた。

「おれが三十一歳のこの歳まで童貞でいるわけないだろう」

と朴建二は否定した。

「だけど、あの年増女に誘われてホテルに行ったのは本当でしょ」

すでに淳花は小姑根性まるだしだった。

「人のことをとやかく言う前に、自分のことを考えろ。文さん、こいつと一緒になったら大変ですよ。毎日こんな調子で責められたらたまんないですよ」

「どうして文さんにわたしのことをそんなふうに言うのよ。もし文さんに嫌われたらどうすんのよ。責任取ってくれるの。兄貴はひどいよ。あの女にたぶらかされてから、兄貴の人格は変わってしまったよ。妹のことなんかどうでもいいんでしょ。あの女と幸せになりなさいよ」

淳花は怒り狂ってカウンターに泣き伏した。しばらく泣いていたが、静かになったかと思うと眠ってしまっていた。

「いつもこれだよ。さんざん人に噛みついておいて、あとは眠ってしまうんだ」

淳花をかかえて帰らねばならない朴建二はうんざりしていた。

空が白みかけている。時計を見ると始発電車が動き出す時刻だった。文忠明と金洋源は電車で帰ることにして立ち上がった。

「ぼくはもう少し飲んで行きます」

と朴建二は言った。眠っている淳花の介抱を兄の朴建二にまかせて文忠明は店を出た。

新宿駅まで歩きながら明けていく空を見上げて金洋源が言った。

「文さんは淳花さんを愛してるんですか」

「もちろん」

と文忠明は答えた。

「うらやましいですね。そんなにはっきり答えられるなんて」

「明淑はいま男と同棲している。だけど、その男を愛してるかどうか疑わしい。許万鳳と別れたあと、心の空白を埋めようと同棲したのかもしれない」

「そうだとして、ぼくはどうしたらいいんだろう」

「おれにもわからん。しかし、とにかくこれから一緒に劇団をやっていくんだからチャンスはある」

「チャンス……そんな言い方は嫌いです。もっと別の何か、もっと自然で、互いの気持ちを分かち合えるような関係をぼくは望んでます」

「君の気持ちはわかる。ただ自然にそうなるとは思えない。ある意味では淳花の言うことが正しいかもしれない」

始発電車を待っていた大勢の酔客が歌舞伎町界隈から駅をめざしてぞろぞろと信号を渡っていく。文忠明と金洋源は駅構内で別れた。


北池袋のアパートに住んでいる金洋源は池袋駅で降りると歩きはじめた。明治通りと高速道路が交差する信号を渡って斜めに入って行くと、表通りとはまったくちがって古い木造家屋が立ち並ぶ入り組んだ路地がある。その路地と路地の空間に張りめぐらされた電線の間から、光を遮るようにおおいかぶさっている超高層のサンシャインビルが見える。戦後間もないころに建てられたと思われる木造二階建ての灰色のアパートは廃屋寸前だった。

階段を上がって六畳一間の部屋に入った金洋源は窓の汚れたカーテンを閉めて万年床に横になった。そして瞼を閉じて眠ろうとしたが眠れなかった。明淑が昨夜も男に抱かれていると思うと嫉妬で眠れないのだった。それまで知らなかった嫉妬というおぞましい感情にさいなまれ、翻弄されているみじめで哀れな自分を金洋源は自覚していた。明淑と話しているときの金洋源はうわの空だった。明淑のここちよい肉声にときめきながらも何かもの足りない欠落感が体の奥深くにあった。それは明淑との距離感だった。明淑が距離をとっているのではなく、金洋源が無意識に距離をとっていた。一歩踏み込めば明淑の中へ入れそうなのに、その一歩が踏み出せないのだった。それは明淑と同棲している男に対するこだわりであり、自分自身の見栄に対するこだわりでもあった。明淑を奪いたい、自分のものにしたいという欲望をいだく自分を何かよこしまな人間のように感じるのだった。

明日から舞台稽古がはじまる。明淑のイメージ作りがはじまる。明淑の清純さと妖艶さを引き出せるだろうか、と金洋源は思い悩んでいた。この芝居はすでに主役が決まっていたのだが、明淑が劇団参加の意思表示をしたので、急遽主役を入れ替えたのである。その後遺症が劇団の中にくすぶっていた。決まっていた主役を降ろして明淑を主役にした以上、失敗は絶対に許されなかった。明淑に対する個人的な感情が先行しているのは明らかだったが、それほどまでに金洋源の思い入れは強かった。

舞台稽古は午前十時から午後十時まで続く。団員たちはそれぞれ照明係であり音響係であり雑役係でもあった。それは明淑も例外ではなかった。テント劇団は土方八割、演技二割といわれる世界である。団員全員が何でもこなせるようにならなければ、この世界では生き残れないのだ。

「何やってんだ！　そこで音を出さないと、いつ出すんだよ！」

役者の一人が台詞を一行飛ばしたために音響係がタイミングを失ってワンテンポ遅れたのだ。

「タケさん、頼むよ。どうして同じところを飛ばしてしまうんだ」

劇団員で一番年配の武田孝行に金洋源は注意した。

「どうしてだか、ここにくると台詞を飛ばしちまうんだ。なんでだろう？」

武田孝行は首をひねって同じ台詞を何度も練習している。

明淑のまろやかな艶のある声がテント内に響いている。しかし、声のトーンと所作がばらばらだった。感情移入して台詞を喋ってはいるが身体表現の方がおろそかになっている。手の動きや足の運び方、背筋の伸ばし方や目線とまばたきの一つひとつの所作が全体のバランスを欠いているのだった。以前観た明淑の芝居では気付かなかった、より本質的な問題、身体表現にほかならない演劇の時空を明淑はまだ理解していないのだ。まろやかで艶のある声が不自然に聞こえるのはなぜだろう。手と足、声と表情が合っていない。

金洋源は何度も何度も注意し指導したが、うまくいかなかった。

「少し休憩しよう」

稽古は遅々として進まない。誰のせいでもないが、金洋源が明淑の演技指導に力を入れすぎていることも遅れている理由の一つだった。

「わたしは大根役者なんだわ、きっと」

何度やり直してもうまくいかない明淑は気力を失い悲嘆に暮れていた。

「そんなことはない。明淑はぼくらの劇団ははじめてだし、主役もはじめてだから気が張ってるんだよ。時間をかけてじっくり稽古すれば、ある日、突然、自分でも信じられないような素晴らしい演技をして、みんなをあっと言わせると思う」

金洋源は慰め励ました。

「本当にそうなるかしら。そうなればいいなあ」

「そうなる。そうなってみせるんだよ。君ならできるとぼくは信じてる。ぼくは誰よりも君を信じてるし、君を理解している」
金洋源は危うく、君を誰よりも愛していると言うところだった。

第四章

飯田橋駅とつながっているセントラルプラザ・ラムラの九階の会議室で「同時代批評」を主宰している岡田敬造が、毎月一回シンポジウムを開いている。すぐれた文芸評論家であり、Bテレビ局のプロデューサーでもある岡田敬造は、このシンポジウムでいろんな分野の専門家を招いて問題提起していた。政治、経済、人権、差別、公害などの今日的テーマを専門家たちに論じてもらい、参加している人たちと質疑応答しながら問題意識を共有し深めていた。「同時代批評」という季刊誌を軸に、文学、思想、社会学の論陣を張って、かなり広範な運動を展開していたのだ。既成の出版社に頼らず、すべてを自前で編集し、出版し、販売しているが、かなりの時間と労力を必要とする。もちろん数人の同志的スタッフの協力が雑誌の刊行を支えていたが、岡田敬造の精力的な行動なくして運動の推進はありえなかった。ラジカルで舌鋒鋭い岡田敬造の論理は論戦相手を容赦なく駆逐していく。したがって敵も多かった。ある意味では、それこそ岡田敬造の望むところであっただろう。

メガネをかけた髭面の岡田敬造は肥満の体を椅子にどっしりすえて、シンポジウムを進行させていた。四十人ほどの参加者の中に文忠明《ムンチユンミヨン》もいた。文忠明と岡田敬造は古い友人である。文忠明は別に編集を手伝っているわけではないが、「同時代批評」の編集会議には時間の許す限り参加していた。そしてシンポジウムにも毎回参加している。そこで論じられている内容は文忠明にとってもきわめて興味深いものであった。だが、不思議なことに、シンポジウムや、あるいは仲間たちの出版記念パーティーなどに参加して思うのは、在日朝鮮人が文忠明一人だけということである。たまには一人か二人の在日同胞と出会うこともあるが、それはまれであった。むろん在日同胞の諸問題、難民条約や国際人権規約の批准を日本政府に求めて運動している日本人の市民グループがいて、彼らは在日同胞とのつながりが深く、そこには多くの在日同胞も参加しているのだが、それは限られたグループである。在日の若者や多少なりとも市民運動的な意識を持っている日本人の溜まり場になっている「ファティ」以外で文忠明は在日同胞と出会ったことがない。詩人、作家、役者、画家などの溜まり場といわれている飲み屋でも在日同胞と出会ったことはないのである。新左翼の溜まり場といわれている酒場にもときどき出入りしていたが、そこでも在日同胞と出会ったことはない。彼らは人権、差別、政治、そして世界革命について論議していたが、在日朝鮮人問題についての論議は聞いたことがなかった。

その点、岡田敬造は在日朝鮮人を彼の思想の核をなす存在の一つとして認識していた。岡田敬造の思想の核は、身体と差別である。その差別の根底に在日朝鮮人問題は位置づけられていた。同時に、彼は戦後文学と思想が日本の高度経済成長と軌を一にして身体を捨象してきた実体を言葉と映像で鋭く暴いていた。反権力であると同時に戦後の左翼性についても忌憚のない意見を述べていた。

シンポジウムが終ると、そのあと必ず近くの居酒屋で二次会をやる。二次会では講師をはじめ参加者たちが互いに名刺を交換したり、紹介されたりする。岡田敬造がシンポジウムを主宰しているもう一つの意味は、そこから人間関係がひろがり、連帯の輪をひろげることにあった。

酒席では岡田敬造が製作し、放映された〝背曲がりハマチ〟が話題になった。汚染された海で養殖されたハマチに多くの奇形魚が発生したのだ。その原因を追っていくと養殖魚をかこっている網や漁船に塗られている塗料の化学物質に問題があるのではないかと疑われた。例によって塗料会社や行政や曲学阿世の学者は背曲がりハマチと海の汚染と塗料との因果関係は認められないと否定したが、テレビやマスコミで報道された背曲がりハマチを観た消費者はハマチや魚介類を買わなくなり、漁師や魚屋は大きな打撃を受けたのだった。

「いやあ、参りましたよ。海の汚染がいかに深刻かを訴えるために背曲がりハマチを取材して放映したんだけど、漁業組合や魚屋のおやじから抗議の電話が殺到して対応しきれない状態です。岡田さんは漁民の味方だと思ってたのに裏切られたとか、店の売り上げが半減した、どうしてくれるとか。消費者からも他の魚介類は大丈夫か、危なくないかという問い合わせが毎日数十本きてますよ。

一番頭にきたのは郵政省の役人と郵政族議員からの圧力です。農水産省の問題に、なんで郵政省が出てくるのか。郵政省は電波を管理してますから、テレビ局やマスコミに電波の規制をちらつかせて恫喝してるんですよ。要するに票が欲しいんです。この機会に漁村部の票を大量に獲得しておこうという魂胆が見え見えですよ。そして利権をむさぼろうとしている。問題の本質である海の汚染をどうすれば防げるのか、ということを考えるのが行政や政治家の仕事なのに、ただひたすら票と利権に群がるだけですからね。じゃあ官僚や政治家は背曲がりハマチを食卓に載せられるのかと言いたい。あの連中は自分たちの食卓には背曲がりハマチを絶対載せないですよ。しかし一般消費者には食えと言ってる」

髭もじゃの顔が怒りに満ちていた。よく飲み、よく食べ、よく喋る。岡田敬造の体型は会うたびに膨張しているように文忠明には思われた。

「水俣病はチッソが海に垂れ流した工場廃水中の水銀に原因があるのは明らかなのに、いまだに会社は工場廃水と水俣病の因果関係を認めようとしない。行政も認めようとしない。会社側の雇った学者はああでもない、こうでもないと言ってる。とてつもない犯罪ですよ。裁判所も犯罪の責任所在を明らかにしようとしない。いまの体制が続く限り、この国は亡びますよ。さらに深刻なのは、こうした問題に対して文学者やいわゆる文化人といわれている連中があまりにも鈍感すぎる。というより意識的に忌避しているところがある。いまのもの書きにとって、文学とは何か、という問いは無いも同然です。そもそも、そういう問いを発すること自体が馬鹿ばかしいというわけですから。文学が衰退しているのではなく、もの書きの意識が崩壊しているのです」

そう言われてみると、そうかもしれないと文忠明は思った。

岡田敬造の指摘は日本人に限った現象ではない。日本に在住し、日本的状況を共有している在日の意識も相対化されているのだ。

「文さん」

と岡田敬造があらたまった口調で言った。

「今度、黒田一喜さんに会わせてくれませんか。ぼくはまだ一度も会ったことがないんです」

黒田一喜を戦後詩の一つの頂点であると評価している岡田敬造が、今日まで会う機会がなかったのもうなずける。五〇年代後半に結核で倒れ、二度の大手術を受けて生死の境を彷徨い、それ以後、清瀬の自宅で療養生活を送っている黒田一喜は一歩も外出したことがなく、したがって会う人間も限られていた。文忠明は詩を書きはじめて間もない二十代の初めのころから黒田一喜とはつき合いがあり、自分の詩集の解説を黒田一喜に書いてもらってもいる。

「いいですよ。明後日《あさって》は明け番ですから、行きましょうか」

と文忠明はこころよく答えた。

「明後日でいいんですか。じゃあ、午後三時にタクシーで文さんの家に行きます。そのタクシーで黒田さんの家まで行きましょう」

「わかりました」

さすがはBテレビ局のディレクターである。タクシーで行くとかなり楽だ。駒沢から電車を利用するといったん渋谷に出て山手線で池袋に行き、西武池袋線に乗り換えて清瀬駅から黒田一喜の家まで十五、六分歩かねばならない。

小河健一郎がビールをつぎにきた。メガネをかけた髭もじゃの顔と体型は岡田敬造とそっくりである。みんなから兄弟と言われているが、実際、見間違えることがある。

小河健一郎は目を細めて嬉しそうに顔をほころばせながら、

「『同時代批評』六号がやっと出ました」

と鞄から出来上がった「同時代批評」を取り出して文忠明に手渡した。

原稿料なしの原稿を依頼し、編集を重ね、ゲラを校正し、印刷会社と支払い条件を交渉しながら出来上がった雑誌はひとしお愛着がある。文忠明も岡田敬造に勧められて「同時代批評」に短い文章を書いているが、この六号にも短い文章が掲載されていた。目次を見ると文壇的批評家は一人もいない。ほとんどが六〇年安保、七〇年安保を闘ってきた一匹狼的な猛者《もさ》たちである。それだけに批評の根底にある反権力主義はかなり過激であった。しかし、いまの日本の思想的状況の核心を突いている文章が多かった。

岡田敬造も嬉しそうだったが、遅れがちな発行日に苦言を呈した。

小河健一郎をはじめ若い編集者たちが岡田敬造の苦言にいちいち頷いている。

「来週中に次号の編集会議を開くから、そのつもりでいてくれ」

編集者たちはそれぞれ仕事を持っている。その仕事の合間をぬって雑誌を発行するのは大きな負担ではあった。しかし、テレビ局のディレクターというもっとも忙しい仕事をしながら文芸批評や社会批評を精力的にこなしている岡田敬造に不平を言うことはできなかった。実際、岡田敬造は朝方まで飲み、わずかな睡眠時間をおしみながら人の三倍くらいの仕事をしていた。カリスマ性の強い岡田敬造はみんなにとって心強い存在でもあった。他の雑誌には見られない個性的でゲリラ的な「同時代批評」は若者たち、特に学生たちの間でよく読まれていて毎号三千部を完売していた。したがって赤字にはならなかったのである。原稿料なしとはいえ、赤字を出さずに刊行を続けている硬派の雑誌は「同時代批評」くらいであった。

二次会が終ると三次会は新宿厚生年金会館近くの一方通行の道路を入った古い三階建てのビルの一階にある小さなバーで飲むのがおきまりのコースだった。昔、銀座で勤めていたママと友人の二人で経営しているバー「夢路」は天井が低く、カウンターのとまり木に七、八人座れば満席になる狭い店である。奥に四畳半の部屋があり、座談会などにときどき使っていた。

五十路を過ぎた和服姿の小柄なママは美人だった若かりしころの面影を残しているが、四十五、六になる共同経営の友人は男のような大柄な体格をしていて、

「わたし、みんなからオカマに間違えられるのよ」

と自分で吹聴していた。

言われてみればオカマに見える。いずれにしても岡田敬造がくると彼女たちは最大限のもてな

しをするのだった。この小さな店で気前のいい岡田敬造は最上客であった。岡田敬造は割り勘をしない。ほとんどの場合、自腹を切っていた。親分肌の岡田敬造にとって割り勘は性に合わないのだろう。それはまたサラリーマン的で小市民的な性根のいやらしさを生理的に嫌悪しているという意思表示でもある。もっとも岡田敬造を囲む仲間たちはみな素寒貧でろくに飲み代もないという事情もある。

カウンターのとまり木に座れなかった者は奥の部屋で飲んでいた。やがてカラオケが始まった。最初はきまって文忠明が歌わされる。つぎは小河健一郎が歌わされ、その他、何人かが歌ったあと岡田敬造が歌う。張りのある大きな声はマイクを必要としないほどである。お世辞にもうまいとはいえないが、それでも岡田敬造の歌は不思議な情感をかもしだす。ある種の自己陶酔を味わいながら歌っているのは確かだった。はじめは歌うのをためらっていた者も、一度歌うと今度はなかなかマイクを放そうとしないのだ。

カウンターで飲んでいる連中が気持ちよさそうに歌っていると、突然、奥の部屋で摑み合いの喧嘩が始まった。

「ちょっと岡田さん、止めてちょうだい」

青ざめているママをよそに、

「ほっとけばいいよ。どうせ酔っぱらったあげくの喧嘩だから」

と岡田敬造は歌い続けた。

岡田敬造の言う通り、周りの者が仲裁に入って喧嘩は一段落したが、侃々諤々《かんかんがくがく》の議論は大声で続くのだった。

そう言えば岡田敬造もよく喧嘩をしていた。どちらかというと喧嘩を売られることが多いのだが、気の短い岡田敬造は売られた喧嘩をすぐに買うのである。髭面の太った体軀にものをいわせて相手を威嚇し、殴り倒したこともある。

終電の時間が近づくにしたがって、一人立ち、二人立ち、残ったのは五人だった。「夢路」を出た五人は、すぐ近くの岡田敬造行きつけのすし屋に入った。六十になるおやじ一人が客の対応に追われていた。午前二時だというのに結構客がいる。明け方まで営業しているすし屋は他にないので遅くまで飲みほうけていた者にとっては都合のいい店だった。飲んべえには最後にラーメンかすしを食べたくなる習性がある。長時間飲むだけで何も食べていない胃袋がアルコールに刺激されて空腹を満たしたくなるのだ。いったいどれだけ飲めば気がすむのか。五人はすしや刺身を肴にまたぞろ飲みはじめ、気が付くと東の空が白みかけていた。

文忠明はこのまま会社の仮眠所で仮眠をとって仕事をしようか、それとも休もうか迷っていた。家に帰って眠ると出勤できそうもなかった。かといって会社の仮眠所で仮眠をとって仕事をするのはキツすぎると思った。迷ったあげく、結局仕事を休むことにした。妻の不機嫌面が頭をよぎった。文忠明は岡田敬造にタクシー券をもらい、家に帰った。

二日後の午後三時に約束通り岡田敬造がタクシーで文忠明を迎えにきた。昨日も仕事をさぼり、妻の陽子《ヤンジャ》とは何日も口をきいていない文忠明はそそくさと家を出てタクシーに乗った。

「奥さんは機嫌が悪そうでしたね」

と岡田敬造が言った。

「ぼくが仕事をさぼるもんだから金がなくて機嫌が悪いんだ」

「少しお金を貸しましょうか」

文忠明の家庭の事情を察して岡田敬造が申し出た。

渡りに舟とばかりに、

「悪いけど二十万貸してくれる」

と文忠明は遠慮せずに借金を申し込んだ。

「明日、銀行に振り込みます」

文忠明はさっそく口座番号を教えた。

二四六号線から環状八号線を右折して青梅街道に出て所沢街道を走り、清瀬駅に向かう途中で左折して消防署の近くで下車した。ところどころに畑があり、道路の両側に公営住宅の平屋が碁盤の目のように並んでいる。何度か訪れているが、同じような平屋が並んでいるので、文忠明はくるたびに迷うのだった。

道路沿いにある一軒の駄菓子屋を見つけた文忠明は、

「あ、ここだ」

と言って辻を曲がった。

黒田一喜の家の狭い裏庭には建て増しをしたプレハブの六畳の部屋がある。その部屋が黒田一喜の書斎をかねた応接室になっている。本来なら表玄関から入るところだが、黒田一喜の家は裏庭が玄関の役割を果たしていた。

「今日は……」

アルミサッシの引き戸を開けると、岡田敬造と一緒に訪問することを事前に伝えていたので、待っていたように奥さんの加代子夫人が、

「いらっしゃい」

と二人を迎えた。

六畳と四畳半の部屋があり、奥に台所と汲み取り式便所がある。表玄関から入ると右手が便所で左手が台所になる。六畳の部屋のベッドに黒田一喜は横たわっていたが、体を起こしてにこにこしながら、

「遠いところを、よくきてくれた」

と嬉しそうな顔をした。

肺の三分の二以上を切除していて、散歩したり、思索に没頭すると呼吸が苦しくなるので散歩はひかえているという。ミイラのような痩軀が痛々しかった。黒田一喜の端整な顔立ちと透徹した目には身体を蝕まれている苦悩の色がにじんでいた。長い闘病生活を送っていることもあって、黒田一喜はあまり人と会おうとはしなかった。もともとデリケートで頑固なところがあり、気に入らない相手とは口をきこうとしない気難しい性格だが、二十代の初めから知っている文忠明をなぜか弟のように可愛がっていた。加代子夫人も文忠明がくるとご馳走を作って一緒にワインを飲みながら歓談した。

ベッドからゆっくりと離れて黒田一喜はプレハブの書斎に向かったので、文忠明と岡田敬造も、その後に続いた。部屋に入ると、文忠明があらためて岡田敬造を紹介した。

「岡田敬造です」

少し緊張している岡田敬造はうやうやしく挨拶した。目上の人に対する岡田敬造の態度は、儒教的といわれる朝鮮人より儒教的であった。

二人は初対面だが、岡田敬造にはこれまで黒田一喜を論じた文章があり、黒田一喜も「同時代批評」に何度か執筆しているので、古い友人であるともいえなくもない。加代子夫人が文忠明と岡田敬造のために用意していた手料理とビール、ワインを運んできた。体調のいいときや機嫌の

いいときは黒田一喜もワインを少したしなむ。

加代子夫人からつがれたビールを文忠明と岡田敬造は遠慮なく飲んだ。二日酔いの余韻がまだ続いていて喉が渇いていたのだ。

「あー、うまい！」

文忠明は思わず声を上げた。

岡田敬造の髭にビールの泡がついている。黒田一喜もつがれたワインを一口ふくんでくつろいだ表情を見せている。会話は文忠明の面白おかしいタクシーの話から始まり、そのうち岡田敬造と黒田一喜が文学、詩、現在の思想の状況について語り合った。敗退を続ける左翼に二人は危機感をつのらせていた。

「日本の高度経済成長と左翼陣営の後退は見合ってるんですよ。いまの支配階級には観念の大きさがないですから、労働階級や総評や日教組を攻撃することに終始しています。それ以外に方法がないわけです。支配層にとって理想的な、いまの若者をつくりあげてきたのは日教組などの功績ですよ。これ以上のものはない。逆にいえば、反動的な右翼思想を教育していれば、むしろ若者は左へ左へと傾いていったと思います。ところが戦中戦後の激動期を生きぬいてきた民衆の身体にしみついた記憶が、いまの若者をつくったということです。だから支配体制にとっていまは理想的な状態だと思います。しかし、それを持続できるだけの支配力、観念の大きさ、思想の力がない。したがって天皇制というのはどうしても必要であって、それなしにはとうてい支配体制を支えきれないのではないかと思います」

民衆には天皇制という観念は見えない。見えないからこそ力を発揮するのだと黒田一喜は深刻な表情で言った。

「差別と同じことです。まあ、敵は見えるんですけど、なかなかやり口が見えない。わたしの仕事で言いますと、差別されている当事者が差別の存在自体を撮らないでくれという。理論はどうあれ、存在させる、と当事者自身が辛い思いをします。それをいやだというのは当然でしょう。そうすると結果としては――皮肉な言い方をするつもりは毛頭ありません――皮肉なことを言ってもいいテーマですけれども――差別されている当事者が、『差別は存在しないことにしてくれ』というふうに、差別の再生産に加担させられてしまうところがあります。

ところが、そうかといって露骨な差別がなくなったわけでもないのです。東京の日本橋で去年あった、免許証不携帯のドライバーの事件を覚えてますか」

文忠明はかぶりを振って知らないと答えた。

黒田一喜も知らなかった。小さな記事なので見逃していたのだろう。

「自家用車を運転していた男性が免許証を忘れてきて、警官も軽く取り調べていたんですけど、聞いているうちに在日の人だということがわかったら、突然態度を変えてしょっぴいたんです。それで家族が外国人登録証と運転免許証を届けてきたのに、三日間も留置場にぶち込まれたんですね。そういうことをやってますから、差別は存在しないんじゃなくて、歴然と存在しているけど差別は見えないようにしている。被差別対策も見えないようにしているのです。そのことで差別行為自体を見えないようにしているのです」

文忠明にも覚えがある。ある日、タクシーを路上駐車して友達の家で話し込んで一時間後に出てみると、タクシーは駐車違反で牽引されていた。文忠明は驚いて警察に行った。ところが外国人登録証を携帯していないという理由で夜の十時ごろまで電話も掛けさせてもらえず、結局一晩泊められたのである。

「差別のシステム化は限りなく広がっています。運転免許証を提示させて二、三分もあれば警官は携帯無線で身元確認できますからね。交通違反をチェックする前に、その人間がどういう人間であるかをチェックしているのです」

三人の中で煙草をふかしているのは文忠明一人だった。その紫煙が部屋に充満していたので岡田敬造は黒田一喜の体を気づかって窓を少し開け、文忠明に注意をうながした。鈍感な文忠明はそれでも煙草を吸い続け、ビールとワインをちゃんぽんで飲んでいた。

加代子夫人が手作りの料理をつぎつぎと運んでくる。岡田敬造は恐縮していた。

黒田一喜は山形の寒村に生まれ、小学校を卒業してすぐに東京のある卸問屋に丁稚奉公に出された。出されたというより売られたといった方がいいだろう。日本の敗戦で丁稚奉公から解放されるが、五年勤めた退職金替わりに、下駄一足と粗末な着物一枚が支給された。その後、黒田一喜は蒲田の旋盤工場の見習い工員として働き、十八歳のとき加代子夫人と知り合った。それ以来、夫婦として三十数年、共に暮らしてきたが、肺結核に倒れた黒田一喜を支えてきたのは加代子夫人であった。よく気のつく、やさしい女性である。

一応料理を作り終えた加代子夫人は部屋の隅に座ってワインのグラスをかたむけている。色白の顔がほんのり赤くなっていた。黒田一喜を見つめる加代子夫人の瞳に深い愛情がこめられていた。

「最近の文学状況はいよいよ末期的様相を呈していますが、行きつくとこまで行くしかないんでしょうか」

と岡田敬造が言った。

「文学だけでなく、すべての社会現象がおかしくなってます。文学もその反映でしかありません。戦前のようになるとは思いませんが、いまは支配者側のやり方は多様で多肢にわたっていますから、感性を支配するということでしょうね。日本の市民社会をつくっている本質は、それほど変わっていないと思います。権力は強い力を持ってますから、民衆は無意識に強い力を求めるところがあるのです。強い力に守ってもらいたいと思っているのです。しかし、日本は戦後、経済大国になったけれど、それを支える経済大国の自我というのが空虚だと支配者側は感じている。彼らは必死にその自我を形成しようとしているのですが、日本社会の自意識というか、戦後を支えてきた伝統的な自我が、いまや民衆に感性的な空虚さをもたらしているわけですよ。較差の小さかった生活水準が猛烈に不均衡になってきて、民衆と支配者側に危機感をもたらしているのです。このままいくと、どういうことになるのか、という危機感が両方にあると思いますね」

寡黙だが、いったん話に熱が入ると黒田一喜は饒舌だった。

「日本の戦後思想や文学は高度経済成長と現実の変化の速さについてこれなかったのです。腐りつつある支配者側は、あらゆる利権を持ってますから、それでもなんとか維持していますが、この先、自壊するでしょうね。資本の論理は、古い体質を許さないからですよ。日本人的自我というのは依然として古い体質に執着してますし、抜け出せないものだから、資本の論理に駆逐されるのではないかと思いますよ」

むろん、日本がこの先どうなるのか誰にもわからない。ただ現実を見ていると文学や思想が衰退し、政争に明け暮れている政治の世界は混迷を深め、腐敗が蔓延しているのは明らかだった。左翼という言葉そのものが、昔懐かしい響きを持つようになっていた。われわれの党派性はどこにあるのか？　どのような党をも支持していない無党派の若者と同じではないのか。

阿辺富夫が訪ねてきた。ずんぐりした体に乗っかった丸い円満な顔はどこか茫洋としていて大人を思わせる。阿辺富夫は黒田一喜と同じ山形出身の詩人である。そのせいか阿辺富夫も寡黙な男だった。文忠明と岡田敬造とも親しい友人で、今日二人が訪ねてくると加代子夫人から電話連絡を受けてやってきたのだった。

「ちょっとヤボ用ができたものですから、遅れてすみません」

阿辺富夫は一升瓶をぶらさげていた。文忠明と岡田敬造が飲んべえなのを知っているからだった。

「久しぶりです」

文忠明と岡田敬造が同時に挨拶した。

「一年くらい会ってないのかな」

と阿辺富夫が言った。

「いや、ぼくはもう三年くらい会ってないですよ」

岡田敬造は最後に会った時期を振り返りながら思い出しながら言った。

「ま、いずれにしても、ここで会えて嬉しいよ」

実際、黒田一喜の家で、こうして何人かの友人が集えるのは嬉しいことであった。それぞれ仕事を持っていて会う機会が少ないのだが、もう少し会う機会を意識的につくって問題意識を共有できるようになれば、左翼という言葉も血色がよくなるのではないかと文忠明は思った。岡田敬造の主宰する「同時代批評」は、そういう意味でも貴重な雑誌であった。けれども一家言を持っている自我の強い詩人や作家や批評家を結集させて一つの運動を展開していくのは至難の業だった。日常の中で仕事の合間をぬって雑誌の発行に協力できる者は限られていた。

「今度、『同時代批評』に詩を書いてくれませんか」

と岡田敬造は阿辺富夫に頼んだ。

「わかりました」

阿辺富夫はこころよく引き受けてくれたが、今日ここで会っていなければ、原稿を依頼できたかどうかわからない。

夜が更けてきた。何時間も文忠明と岡田敬造を相手に話していた黒田一喜は少し疲れたらしくベッドに横になりたいと言った。黒田一喜が疲れているのをどうして気付かなかったのか、と反省して、文忠明と岡田敬造と阿辺富夫は帰ることにした。

「黒田さんが疲れているのもわからず、長時間お邪魔しました。この次、また機会がありましたら、お会いしたいと思います」

岡田敬造が詫びるように言って三人が玄関を出ようとしたとき、横になっていた黒田一喜が上半身を起こして、

「このままでは左翼は全滅する。君たちに頑張ってほしい」

と悲痛な表情で言った。


黒田一喜の悲痛な表情と痛切で深刻な言葉に文忠明をはじめ岡田敬造と阿辺富夫も返す言葉がなかった。三人は奥さんに一礼をして庭先から外に出て駅に向かった。三人とも憂鬱な表情をしていた。低所得者用と思われるたたずまいの平屋が立ちならぶ路地をぬい、畑の間を歩いて広い道路に出ても、三人は黙々と歩いていた。五〇年代、六〇年代、共に雑誌を立ち上げ、論陣を張っていたかつての仲間たちは、いまではちりぢりばらばらになり、どこで何をしているのか定かでない。詩を書き続けている者もいれば、詩を捨てた者もいる。何よりも生活の糧を得るために

現実の中に埋没したとしても、それが彼らの罪になるだろうか？　文忠明も詩を捨てた者の一人であった。一冊の詩集を出版しているが、それらの詩は二十年以上も前に書いたものである。それ以後、一行の詩も書いていない文忠明にとって詩は捨てたも同然だった。

しかし、黒田一喜の言葉は重かった。おれは左翼だろうか。それとも何だろう。文忠明は左翼を自任しているつもりだが、左翼という言葉の語源や厳密な意味ではなく、左翼という共通語が包含する連帯意識が、何によって保証されているのか、その根拠が曖昧模糊としていた。共和国を支持している総連の活動家たちは左翼だろうか。それに対して朴正煕軍事政権を支持している民団は右翼になるのか。かたや民族的左派であり、かたや民族的右派であると言えなくもないが、左翼と右翼という概念規定は的を射ているとは思えなかった。そして日本の左翼と在日の左翼とでは立場がちがうので、その意味もちがってくるのである。総連系の活動家たちにとって共和国は、すでに社会主義体制を具現化している国であり、日本の左翼はいまだ社会主義体制を実現していないという、この落差が左翼という言葉の概念規定の落差を生んでいた。

文忠明は大阪にいたころ、組織の画一的な教条主義を批判し、サークル誌と同人誌を廃刊に追い込まれた経験を持っている。時を同じくして日本共産党から除名されたり離党したりした詩人たちとは同じ意識を共有していた。黒田一喜と文忠明の関係はそういう関係である。岡田敬造と文忠明との関係も、それに近い関係である。だが、組織を離れた人間がふたたび連帯していくのはきわめて困難であった。

「ぼくらはタクシーで帰りますので、阿辺さんの家まで送りましょうか」

方向は少しちがうが、岡田敬造は阿辺富夫を送るつもりで言った。

「いや、ぼくは東長崎ですから、電車で帰ったほうが早いです」

遠慮していることもあるが、実際、電車で帰ったほうが早いのだった。

「じゃあ、また会いましょう」

文忠明と岡田敬造は別れを告げて駅前に待機しているタクシーに乗った。

阿辺富夫はずんぐりした体を重そうにしながら駅の改札口に向かった。

「阿辺さんも入退院をくり返しているし、長谷川達夫さんもつい最近、退院したばかりだし、ぼくらの周りには病人が多いな」

と文忠明は言った。

「それだけ歳を取ってきたんですよ。時間は待ってくれないですからね。このままでは左翼は全滅すると言った黒田さんの気持ちもわかりますよ」

五〇年代、六〇年代を闘ってきた詩人たちは歳を取り、高度経済成長という幻想が世代的なギャップを生んでいるのは確かだった。

「民衆は無意識に強い力を求めている、強い力に守られたいという気持ちが働いていると黒田さんは言ってましたが、知識人はむしろ意識的に体制にすりよって利害関係をつくろうとしてますよ。歴史に対する意識的な改竄《かいざん》の動きが露骨になってきてます。日本の右翼や為政者に言わせれば、かつての朝鮮の植民地政策には良いこともあった、鉄道を造ってやったし、企業も興してやった、土地改革もしたし、教育制度も整備した、というわけです。こういう論理に在日同胞の間からも同調する者が現れている。かつての親日派と同じ体質を持った人間が在日の若い連中から現れていること自体、おぞましい話ですわ。右翼の中には、朝鮮は植民地状態ではなかったと主張する者さえいる。こういう主張に対して、植民地政策にも良いことがあったと同調している在日の若い学者はまったく反論できない。それどころか、こういう論調に反対している在日同胞を非難したりしている。いったい何だろうと思いますよ」

「体制側にいる知識人との利害関係が深まれば深まるほど、同じような論理になってきて、しまいにはもっと悪質になるでしょうね。時代が移り変わり、世代交替していく中で価値観も変わっているはずなのに、本質的には何も変わらない。というより別の論理で、よくある話ですが新しい価値観という名のもとでより悪質になってくるんですよ。左翼についていえば、大多数の人間は日常を生きてますが、七〇年安保のあと日常にもどってみると、居場所がなかったというわけです。そこを右からの攻勢に晒されて、どうにもならなくなった。ですから日常こそわれわれの闘いの場です」

駒沢に着くまで文忠明と岡田敬造は黒田一喜との話を深めながら議論していた。

駒沢公園で文忠明はタクシーから降り、

「このつぎのシンポジウムに行きます」

と言って岡田敬造と別れた。

家に入ると奥の部屋で家族がテレビを観ていた。妻と息子と娘に座卓を占拠されていて座る場所のない文忠明は、冷蔵庫からビールを取り出し、四畳半の机の前に座って飲みはじめた。二人の子供はテレビを観て笑っているが、妻の陽子の笑い声は聞こえなかった。陽子が奥の六畳の部屋でテレビを観ているとき、文忠明は四畳半の机の前に座って本を読み、文忠明がテレビを観ているとき、陽子はベッドで横になっていた。どちらもできるだけ顔を合わせないようにしているのだった。

電話のベルが鳴った。受話器を取った文忠明の耳に淳花《ソンファ》の声が飛び込んできた。

「すみません。文忠明さんはおられないでしょうか」

かなり酩酊している声だった。酔っぱらった勢いで直接電話を掛けてきたのだ。

「おれや……」

文忠明は奥の部屋でテレビを観ている陽子を気にしながら声を落として応えた。

「直接電話を掛けたりしてごめんね。だってすごく会いたいんだもの。三日も会ってないでしょ。わたしは三日間、あなたのことばかり考えてたのよ。あなたからの電話を待ってたのに、あなたからは何の連絡もないし。わたしのこと忘れてしまったんじゃないかと不安で眠れなかったの。あなたは奥さんと毎晩セックスしてるんでしょ。わたしはどうすればいいのよ。わたしも抱いてよ。抱いてくれなかったら、他の男と寝るから。ねえ、いますぐきてくれない。お願い。すぐきてくれないと頭がおかしくなりそう……」

酔っぱらったときの淳花は支離滅裂で、実際、何をやらかすかわからない。文忠明は電話の向こうで譫妄《せんもう》状態になっている淳花の姿を想像しながら腕時計を見た。午後九時だった。これから家を出ると今夜はたぶん帰れないだろう。だが、行かなければ、もしかすると酔っぱらった勢いで家へ押しかけてこないとも限らない。

電話を切ると、文忠明は黙って家を出た。自由通り沿いの樹木におおわれた廃屋のような古い大きな屋敷から感情の暗い襞を通り抜けて時空を彷徨しているようなヴァイオリンの音色が聞こえてきた。石垣の長い塀に囲まれた古い屋敷の前を通るとき、文忠明はいつもヴァイオリンの音色を聞きとろうと耳を澄ますのだった。低く高く、かすかに聞こえるヴァイオリンの音色は深い孤独を感じさせる。この古い屋敷の住人を見かけたことはないが、なぜか老いさらばえた老人の姿を思い浮かべるのである。荒れ放題の庭の雑草は塀の高さにまで伸び、鬱蒼と茂っている数本の樹木の葉におおわれた屋敷は、そこだけが外部と隔絶した世界に閉じ込められているようだった。そして文忠明はかすかに聞こえるヴァイオリンの音色を聞くたびに暗い気持ちになるのである。どういう曲なのかわからないが、ヴァイオリンの音色は文忠明の耳の底にいつまでも残っているのだった。

駒沢大学駅から地下鉄に乗って渋谷に出、山手線に乗り換えて新宿で降りた。途絶えることのない人波にもまれながら外に出た文忠明を、眩いばかりのネオンの光と雑踏と排気ガスとがなりたてるような音楽が渾然一体となって襲ってきた。あらゆる観念は吹き飛ばされ、巨大な坩堝《るつぼ》の中へ叩き込まれたようだった。大人のおもちゃ店、のぞき、キャバクラなどの風俗店が軒を並べているさくら通りを通り抜ける間、必ず二、三人のポン引きに声を掛けられる。ハエのようにつきまとうポン引きを文忠明は無視して「ファティ」に急いだ。

「ファティ」のドアを開けると、紫煙と人いきれでむせかえるような店内のとまり木に座っている淳花が、みんなに囃し立てられながら上衣を脱ぎ、ブラジャーをはずそうとしていた。兄のマスターが、

「やめろ！　淳花！」

と怒鳴った。

「いいじゃない、減るもんじゃなし。わたしは本当はストリッパーになりたかったんだよ」

兄の怒声などどこ吹く風の淳花がブラジャーのホックに手を掛けたとき、文忠明がその手を押さえて淳花の頰を平手で打擲《ちようちやく》した。

淳花の顔がぐらっと揺れて酔った目が大きく見開かれた。

「こんなショーを見せるために、おれに電話を掛けてきたのか。さっさと服を着ろ！」

文忠明は脱ぎ捨ててある上衣を淳花に投げつけた。満席に近い客は一瞬沈黙してなりゆきを見

守っている。淳花の大きな瞳にみるみる涙が溢れてきた。そして哀願するように、

「殴らないで。あなたの言うことを聞くから」

と上衣を着て泣きじゃくるのだった。

何が淳花をそうさせるのか。おそらく自分でもわからないのだろう。自由奔放さとはうらはらに、淳花は自分を誰かにゆだね、保護してほしいと願望しているところがある。文忠明が淳花の腕を引っ張ると、淳花はよろめきながら文忠明にすがりついた。文忠明はそのまま淳花を引っ張って外に出た。淳花は酔った足をふらつかせて、

「痛いよ。どこ行くのよ」

と抵抗したが、文忠明は黙ったまま淳花の腕を引っ張ってどんどん歩く。

通行人が二人を振り返る。

「放してよ。逃げないから」

泣いていた顔が今度は険悪になっていた。

「逃げる？　誰から逃げるんや。おれからか、それとも親父からか。おれが逃げたいくらいや」

つい口を滑らせた文忠明の言葉を敏感な淳花は聞き逃さなかった。

「やっぱりそうなのね。あなたはわたしから逃げたいんでしょ。わたしにはわかってる。逃げたければ逃げればいいのよ。わたしは死んでやるから」

怨念のこもった声と目で淳花は文忠明を非難した。

「ああ、死にたければ勝手に死んだらええねん。君一人死んだところで世の中何も変わらんわ」

「残酷なこと言うのね。あなたって残酷な男なのよ。それがあなたの本性なんだわ」

淳花の目にまた涙がにじんできた。

文忠明はかまわず淳花の腕を引っ張ってホテル街にやってきた。そして強引にホテルに入って受付で料金を払うと鍵を受け取り、エレベーターで三階に上がって部屋に入り服を脱いで裸になった。文忠明の物が青筋を立て勃起していた。それを口に含んで淳花も裸になった。

「わたしを一人にしないで。あなたがいないと気が変になりそうなの。わかる、わたしの気持ち……」

二人は組んずほぐれつしながら、まるで互いを責めるように抱き合った。そして、したたかに酔っている淳花は文忠明の腕の中で眠りについた。その無心な寝顔は少女のようだった。

一晩家を空けることはしばしばあるが、こういうことはそう長続きしないだろうと文忠明は思った。どこかで決着をつけなければならない。しかし、どこで決着をつけるのか？　金もなければ行くあてもない文忠明にとって決着をつけることは二重、三重の重荷を背負うことであった。かといって自分の腕の中で無心に眠っている淳花と別れることもできないのだった。

文忠明は目を閉じ、暗い思念の海を漂っていた。耳の底に残っているヴァイオリンの音色はどこか遠い見知らぬ土地の寒々とした荒野を吹き抜けていく風のようだった。もしかすると、あのヴァイオリンの音色は幻聴かもしれない。そうだ、あれはヴァイオリンの音色ではなく誰かが泣いている声なのだと思った。誰が泣いているのか。胸の奥で低く高く誰かが泣いている声がする。誰が泣いているのか。一瞬の眠りから覚めた文忠明の側で淳花が泣いていた。

「どうしたんだ？」

夢と現実が入れ子になって、淳花の泣き声がヴァイオリンの音色に聞こえたのだった。

「いま家に電話を入れたら、妹が出て、ついさっき入院している兄さんが亡くなったって言うの。これから病院に行かなくちゃ」

子供みたいに泣きじゃくりながら淳花は服を着た。

兄が亡くなった？　数時間前に「ファティ」で会ったマスターが急病で入院して亡くなったというのだろうか？　それに深夜の二時に酔って眠っていたはずの淳花が、どうして家に電話を掛けたのか？　夢と現実が入れ子になり、文忠明が淳花の泣き声で目を醒ましたように、淳花も夢と現実が入れ子になって錯覚しているのではないのか。

服を着て部屋を出ようとする淳花を引き止めて、

「兄さん？　誰のことや？」

と文忠明は訊いた。

「二番目の兄さんよ」

「二番目の兄さん？」

はじめて聞く話だった。

淳花の話によると、「ファティ」のマスターの下にもう一人の兄がいるとのことだった。その兄は父との折り合いが悪く、高校を卒業するとすぐに家出して、職を転々としたあとすし職人になり、半年前まで大宮のあるすし店に勤めていた。ところが風邪を引き、二、三日はアパートで静養していたのだが、三十九度から四十度の熱は下がる気配がなく、救急車で総合病院に運ばれて入院したのだった。そしてその翌日、意識不明の重体に陥り、そのまま植物状態になったのである。あらゆる検査をしたが、医者は首をひねるばかりで、結局、原因不明のまま半年が過ぎて昨夜の十一時に死亡したのだ。

「わたしは一度しか見舞いに行ってないのよ。ほんとに不実な妹だよ」

目を泣きはらした淳花は爪を噛み、自分を責めていた。

「夢を見たの。突然オーロラが現れて、笑いながら走って行った兄さんが大空に舞い上がって、おーい、ってわたしを呼ぶのよ。わたしは夢中で追ったけど大空に舞い上がれなかった。兄さんは天国へ行ったんだわ」

思い込みの強い淳花の夢だと文忠明は思った。しかし、その夢から醒めて家に電話を掛けると兄は亡くなっていたのだった。以前から巫女に興味を持っている淳花は、魂で奏でる伽倻琴の音色に死霊を感じると言っていた。生と死が渾然一体となって魂が昇華したとき、はじめて別の生命が弦に宿るのだと言っていた。

文忠明は亡くなった兄の病院まで淳花と一緒に行くべきか迷った。身内でもないのに身内のように振る舞うとかえって反感をかうのではないかと思った。

「一緒にきてくれない。怖いの。兄さんの死顔を見るのが怖いのよ。だってそうでしょ。あんなに元気だった兄さんが、半年前、風邪を引いて、二、三日後に植物人間になって、あっけなく死ぬなんて信じられない。まだ二十八歳なのよ。あまりにも可哀相じゃない」

ホテルを出ても落涙しながら歩いている淳花を見ていると拒否できずに文忠明はとりあえず病院まで一緒に行くことにした。淳花の兄とはいえ、なんの因果で一度も会ったことのない人間の死に立ち会わねばならないのか。おれが死んだときは、たぶん誰もきてくれないだろうと思いながら、文忠明はタクシーを止めた。

大宮駅近くにある総合病院に着くまで、淳花は車窓から外の暗い風景を眺めて物思いに沈んでいた。ときどきこみあげてくる嗚咽をこらえきれず、

「どうして兄さんは死んだのかしら。まだ二十八歳の若さなのに」

と諦めきれない口調で悔やんでいた。

「自分の店を持つのが夢だったのよ。アボジは一番上の兄貴に店を出してやったのに、亡くなった兄さんには店を出してやろうとはしなかった。店を出してやっていれば兄さんは死なずにすんだかもしれない」

またしても、めぐりめぐって淳花の怨念は父に向けられるのだった。

「あの日本人の女が悪いのよ。あの旅館の女が、アボジにお金を出させようとしないのよ。財産を独り占めしようとして」

ある日、突然、連れて行かれたことのある大久保の路地の奥の古い旅館の受付にいた女を淳花はののしりはじめた。

どこまでが事実で、どこまでが淳花の被害妄想なのか、文忠明にはさだかではなかった。ただいえることは淳花の中で父の存在が日ごとに歪み、正体不明の人間になっているということだった。そして父とつながる者も淳花にとってはいまわしい存在だった。

タクシーは総合病院に着いた。二人はいったん一緒にタクシーから降りたが、

「おれはここで待ってる」

と文忠明は病院内に入るのを避けた。

たぶん家族だけが駆けつけているところへ見知らぬ他者が顔を出すのは不自然だと思った。

「ここへくる途中、ファミリーレストランがあったでしょ。そこで待っててくれる。一、二時間で行くから」

淳花も文忠明の気持ちを察して言った。

文忠明は淳花が病院内に入るのを見届けてから、同じタクシーでファミリーレストランに行った。

深夜だというのに結構客がいた。五、六歳の子供を連れた家族もいる。幼い子供をこんなに遅くまで起こしておいていいのか、と思いながら文忠明は席についた。

女店員に、ビールとスパゲティを注文し、煙草に火を点けた。奇妙な気持ちだった。一度も会ったことのない淳花の二番目の兄の通夜になぜおれはつきそってきたのか。いまごろ家族は葬儀の相談をしているだろう。どこかの寺で葬儀を行うと思われるが参列したくなかった。

淳花は一、二時間でもどってくると言ったが、通夜を行っているのであれば一、二時間ではもどれないだろうと文忠明は思った。だが、一人で帰るわけにもいかず、気長に待つことにした。一時間もたつと客の数もめっきり減って、広い店内には三、四組の男女が残っているだけだった。

すでにビールを三本空けている文忠明は待ちくたびれ、体を椅子にあずけて仮眠の体勢をとっていた。明日は出番だが、この調子では出勤時間に間に合わないだろう。妻の陽子に渡すつもりだった金をタクシー代として使ってしまい、わずかしか残っていない。口論になるのは明らかだった。なるようにしかならない日々の暮らしの中で、糸が切れた凧のように文忠明は自分がどこにいるのかさえわからなかった。自分はどこにいるのか、そしてどこへ行こうとしているのか、考えたことがない。考えたところでどうなるものでもないのだ。腕時計を見ると二時間が過ぎている。店内に客は文忠明以外一人もいなかった。このまま夜が明けるまで待つことになるかもしれないと諦めているところへ淳花が現れた。

憂鬱そうな顔で席に座り、文忠明が飲みかけていたビールを飲むと、

「煙草を一本ちょうだい」

と言った。

煙草を渡して火を点けてやると深ぶかと吸い、

「最悪だわ」

とひとことぽつりと言った。

「どうした。何かあったのか？」

意外と冷静な淳花は煙草をぷかぷかふかし、何から話していいのか言葉を探していた。

「わたしが病院に入ったとき、すでに両親の喧嘩が始まってた。息子を殺したのはあんただと、オモニはアボジを責めたて、アボジはおまえが息子を殺したんだとオモニを責めたて、今度は医者に喰ってかかったの。なぜ息子は入院してすぐ植物人間になったのか。医者がやるべきことをやらなかったから息子は植物人間になったんだと、大変な剣幕で怒り狂って暴れだしたのよ。オモニはオモニで裁判に訴えてやるとわめき、その言葉を、アボジは自分を裁判に訴えてやると言ったのだと勘ちがいして、訴えるなら訴えてみろ、と今度はオモニに対して暴力を振るおうとしたから、仲裁に入った医者が殴られて、看護婦が一一〇番したの。そしたら間もなくパトカーがきて、事情聴取がはじまって、興奮した兄貴は警官に、病院のカルテを調べろと要求して警官ともめだしたの。妹が泣きだして、通夜だというのに、これじゃ死んだ兄さんが浮かばれないって叫んで外へ飛び出したので、わたしは必死で妹を止めて慰めた。そしたらそこへ、交通事故でけがをした人が救急車で運ばれてきて、医者は兄の死亡につき合ってるひまがなくて手術室に入ってしまい、もうなにがなんだかわからないうちに、また両親が喧嘩をはじめるのよ。お互いにののしり合い、しまいにアボジは側にあった灰皿でオモニの額を殴った。オモニの額が割れて血が噴き出し、気絶して別室に運ばれて手当てを受けるはめになって、アボジは警官に連行されてしまったわ。現行犯逮捕だから、一日くらいもどってこれないと思う。葬式は自分が出すと兄貴は言ってた。どうしてこんなことになるんだろう。兄さんが死んだというのに……」

涙も出ないのか、淳花は半分も吸っていない煙草の火を消して、また新しい煙草に火を点けた。

話を聞いていた文忠明は慰めていいのか励ましていいのかわからず、ひたすら聞き役に回っていた。死は何の解決にもならない。和解の契機になるどころか、新たな火種になるのだった。

「今日はわたしの家に泊まっていく?」

と淳花は訊いた。

「いや、仕事があるから帰る」

「そうね、あなたも大変ね。家族を養わなきゃ。わたしは家族を持ちたくない。結婚しても子供を産みたくない。だって子供が可哀相だもの」

暗に文忠明と結婚しても子供をつくらないと言っているように聞こえた。

文忠明にはすでに二人の子供がおり、それ以外に子供を欲しいと思ったことはない。子供に対する愛情は特別なものがある。しかし、だからといって子供が欲しいとは思わなかった。淳花は何年か前から年に一度、避妊手術を受けている。避妊手術といっても、子供が欲しいときは縛っている卵管を解けばいいのだが。

「あなたは二人の子供がいるからいいわね。可愛いでしょ。たぶん自分の子供って可愛いと思う。やっぱり他人とはちがうから。でも肉親だから嫌なのよ。可愛いから。愛情が憎しみに変わるのが嫌なの」

自分の家族のことを言っているのか、文忠明との関係を暗示しているのか、どちらともとれる言葉に淳花の抜きさしならない心情がこめられていた。子供は欲しいがいらない。子供はいらないが欲しい。淳花は、家族に対する思いとしがらみにからめとられて、この相反する感情から抜け出せないのだった。

「おれは子供はいらない」

文忠明は冷たく言った。

「あなたには子供が二人いるじゃない。わたしには子供がいないのよ。わたしは生涯一人ぼっちになるのよ。あなたがいなくなると、わたしは天涯孤独の身よ」

淳花は自家撞着に気付き、ふっと溜息をついた。

「葬式はどこでするのかしら。葬式でまた両親が喧嘩するかもしれない。葬式の日までに、警察はアボジを帰してくれるかなあ」

窓の外はいつしか雨になっていた。ときどき車が通り過ぎていく。手持ちぶさたの店員は、それでもレジや店の入口に姿勢を正して立っていた。

「両親が喧嘩してることもあって、兄さんの死顔は見れなかった。死顔なんか見たくない。氷のように冷たくなって、硬くなって、感情が凝固していて、嫌じゃない？　息をしていないのよ。目も開けられないし、わたしが誰だかもわからないし。どうしてあんな夢を見たのかしら。きれいなオーロラだった。オーロラを見たことある？」

「ない」

文忠明はぶっきらぼうに答えた。

「わたしも写真でしか見たことないけど、大空いっぱいに広がっているオーロラの光の変化がすごく美しかった。兄さんは光の雨の中を飛んでたわ。あんなに生き生きとした兄さんを見たのははじめて」

淳花は不思議な未知の世界を探すような目で遠くを見つめた。

それから淳花はやさしい声で、

「ねえ、今日はわたしの家に泊まらない？」

と文忠明を再度誘った。

苦悩をたたえている淳花の瞳の中に亡くなった兄の姿が映っているように文忠明には思えた。

再三誘われて文忠明は断れなくなり淳花の部屋に泊まることにした。会社には昼過ぎに出勤するか、あるいは欠勤してもかまわないと思った。行きがかり上、仕事のことも妻のことも忘れて、淳花と一緒に時間を過ごし、できれば家には帰りたくなかった。

文忠明は席を立ち、勘定をすませて外に出ると雨の中を道路に出てタクシーを拾った。ファミリーレストランの軒下で雨を避けていた淳花が小走りになってタクシーに乗り込み、続いて文忠明が乗った。

「練馬まで行ってくれ」

行き先を告げた文忠明に淳花は抱きついてキスをした。激しく迫り、文忠明の物をまさぐって握るとチャックを下ろして口にくわえた。

運転手がしきりにバックミラーをのぞいている。文忠明の視線と目が合った運転手は素知らぬふりをして運転を続けた。文忠明は淳花の頭を押さえつけ、爆発しそうになりながら横なぐりの雨に打たれている車窓の外の闇を見つめていた。大型貨物車とすれちがったとき、道路に溜まっていた雨水が岩に砕ける波飛沫のように跳ね、タクシーにおおいかぶさった。その音と震動に淳花は驚いて顔をあげた。興奮した淳花の瞳が文忠明を求めていた。文忠明が乳房に触ると、それだけで淳花は「ああー」と声をもらした。そして文忠明の首に両手を回し、体をシートに横たえて股を開き、素早く片脚だけパンティーを脱いだ。文忠明もたまらずズボンを半分下ろしてどしゃぶり状態の淳花の中へ挿入した。淳花は呻き声をもらすまいと歯を喰いしばっていたが、喰いしばっている歯の隙間から呻き声がもれてくるのだった。それは錆びた鉄の扉を開け閉めするときの軋みに似ていた。

突然、急ブレーキがかかり、その反動で抱き合っていた二人は床にどすんと落ちた。二人は車が衝突事故でも起こしたのかと思って驚き、あわてて晒していた下半身をおおい隠そうとした。

「タクシーはホテルじゃないんだから、やりたかったらホテルでやってくれ！」

頭の上から運転手に罵声を浴びせられて、二人はやっと自分たちの破廉恥行為に気付いた。

「すまん」

文忠明は謝って淳花のバッグから勝手に一万円を取り出して運転手に握らせ、

「車を道路の脇の暗がりに停めて、五分だけ降りていてくれないか」

と頼んだ。

運転手にとって一万円のチップは魅力的だった。ほんの五分か十分、見て見ぬふりをすればいいのだ。運転手は暗がりの中に空き地を見つけてタクシーを止めると傘をさして車から離れ、草むらに向かって立ち小便した。運転手がいなくなると淳花は大胆にも服を脱いで全裸になり、文忠明も裸になって中断していたセックスを続行した。五分だけといったのに、終ってみれば二十分が過ぎていた。運転手は渋い顔をしながらバックミラーをのぞいていたが、しかし、一万円のチップをもらった手前、黙っていた。

衝動的な感情がおさまったので、文忠明が淳花の部屋に泊まる必要はなくなった。仕事のことを考えると、やはり家に帰ったほうが楽だった。それに険悪な状態が続いている妻とのいさかいを避けるためにも、いったん帰宅して仕事に出ようと考えた。淳花も文忠明を引き止めようとはしなかった。兄の通夜に男を部屋に泊めるのは家族に対していささか気が引けるのだろう。

「二日後に電話してね。たぶん葬式が終ってると思うから」

家の前でタクシーを降りながら淳花は言った。そしてバッグから財布を取り出し、

「わたしはなんとかなるから」

と、有り金の七千円を文忠明に渡してドアを閉めた。

夜明けに近い時刻だったが、陽の光は厚い雲の層にさえぎられていた。すでに環状七号線は渋滞している。こういう雨の日の早朝はあちこちに乗客がいるのである。文忠明は本能的にここから会社へ直行して乗務しようと決めた。一晩家を空けている文忠明は妻の陽子と折り合いをつけるためにも早朝から働いているところを見せる必要があった。

時間はまたたく間に過ぎてゆく。文忠明は仕事の合間に淳花と会い、友人と飲み歩き、岡田敬造の主宰している「同時代批評」に短い文章を書いていた。将来、一冊の本にまとめようと思って書いているわけではなく、岡田敬造に頼まれるがままに書評やときには在日問題について書いていた。「ファティ」には在日朝鮮人がたむろしていたが、「同時代批評」に集まっている人びとの中で在日朝鮮人は文忠明一人だった。したがって文忠明の存在は何がしかの意味を持っていたのかもしれない。しかし、在日同胞の中にいるときも「同時代批評」の仲間の中にいるときも文忠明には何の違和感もなかった。日本に暮らしている文忠明にとって日本の友人たちはまったく自然な存在だったし、在日同胞もまた自然な存在であった。むろん歴史的な背景や、行きがかり

上、在日という存在が日本社会の底辺の、あるいは差別の、矛盾のふき溜まりのような存在になっているとはいえ、それはどこにいようと抑圧されている人間に共通しているものであり、生きるという前提において何ら変わりはないのだった。その意味でも「同時代批評」やシンポジウムは文忠明にとって貴重な集まりであった。そこでの問題意識は在日がかかえる問題と通底するものがある。というより在日の側であまり論議されることのない問題がしばしば論議されていた。

岡田敬造がテレビで取り上げた、いわゆる背曲がりハマチや環境汚染問題もその一つである。日常生活に深く潜行している環境汚染が暴露されたとき、人びとは驚く。この問題はその後も岡田敬造の番組製作にさまざまな形で困難を強いていた。問題意識をさらに深めるために岡田敬造はシンポジウムにゲストとして環境汚染に反対している今村智之をまねいた。

その日のシンポジウムでは五十席ある会場が満杯で、問題の深刻さを証明していた。司会と対論役をかねている岡田敬造がゲストの今村智之を紹介し、シンポジウムを進行させていく。中ごろから会場は騒然としてきた。ハマチを養殖している漁師たちが数人参加していたのである。公平を保つために岡田敬造が彼らを招待したのだが、その中の一人が途中から質問を投げかけてきたのだ。

日に灼けた顔に深い皺を刻んでいる髪の短い四十歳くらいの塩谷という漁師はテレビで背曲がりハマチを放映した岡田敬造の意図を質すのだった。

「岡田さんはわれわれの味方だと思っていたのに、どうしてあんな映像をテレビで放映するんですか。あんな映像を観ると誰だって驚きますよ。われわれの生活が脅かされているんです。もっと悪いことに、背曲がりハマチの映像を利用して原発（原子力発電）推進派と行政の人間がわれわれを攻撃してるんです。われわれの村に建設しようとしている原発に、われわれは長年反対してきました。その長年の原発反対運動が、あの映像のために行き詰まってるんです。原発推進派や行政は、あの映像を利用してわれわれの運動を潰そうとしています。岡田さんは原発推進派や行政の人間に利用されてるんです。それとも岡田さんは原発推進派なんですか」

背の低い、しかしがっちりした体格の塩谷は語気を強めた。

会場の雰囲気がいっきに緊張した。

「誤解です。ぼくが原発に賛成するわけないでしょう。ぼくは原発には以前から強く反対しています。確かに塩谷さんのおっしゃる通り、原発推進派や行政の人間はぼくの製作した背曲がりハマチの映像を利用していますが、彼らはいつも利用できるものは何でも利用してきた連中です。だからと言ってぼくを原発推進派だと決めつけないで下さい。ぼくは原発反対ですが、しかし養殖業が環境汚染の原因の一つになっているのも事実です。背曲がりハマチは何も興味本位に撮った映像ではありません。また背曲がりハマチはハマチだけの問題ではなく、他の生態系に対しても自然破壊がもたらしている深刻さを象徴している出来事として、あえて取り上げたのです。海も河も山も汚染され、魚介類はむろんのこと牛や豚や米、野菜、その他、あらゆる物が汚染されてわれわれの体内に汚染物質が蓄積されているのです。そのことは塩谷さんもご存知のはずです」

塩谷と一緒に参加していた別の養殖業者が手を上げて発言した。

「そんなことを言ったら、われわれに食べる物はないじゃないですか。何を食べろと言うんですか。第一、養殖業をやめたらわれわれは生活ができない。われわれは養殖をするか原発の仕事をするか、二者択一を迫られてるんですよ。養殖業をやめれば原発の仕事をするしかないんです。他に仕事は何もないんですよ」

切実な声で養殖業者は自分たちの置かれている立場を訴えた。あちらを立てればこちらが立たず、こちらを立てればあちらが立たないという問題ではなかった。岡田敬造は海を汚染し、背曲がりハマチを出現させるような養殖には反対であり、原発にも反対だった。養殖業者は原発こそ海を汚染する最大の危険をともなっていると反対し、原発推進派は養殖業者が海を汚染していると非難し、どちらも自分たちの立場だけを主張しているのが岡田敬造にはもどかしかった。

「ぼくは養殖をやめろとは言ってません。海を汚染せずに養殖はできないのか、問題提起しているのです。いま現在は、あなた方に困難を強いているかもしれませんが、長い目で見て海を汚染せずに養殖可能な方法を模索すべきではないでしょうか。それがあなた方の生活を保障してくれると思います。そしてその方法こそが原発反対の力にもなるのではないでしょうか」

しかし、この考えは養殖業者たちには受け入れられなかった。そもそも養殖によって海が汚染されているということが受け入れられないのだった。原発と養殖とを同一次元で論じられること自体が容認できないのである。

「重要なことは養殖と原発とでは次元がちがうということです。かりにわれわれが海を汚染しないで養殖できる方法を模索したとしても、原発が事故を起こさない保証は何もないのです。そしてもし原発が事故を起こした場合、その被害は計りしれない。それなのに原発推進派はわれわれ養殖業者を悪者にして原発を建設しようとしている。それが許せないのです。岡田さんは養殖ハマチを取り上げるより、原発の危険性を世論に訴えるべきだったのです。そうでないと、われわれだけが悪者になってしまいます」

議論は白熱し、ゲストの今村智之が間に入って意見の調整を試みようとしたがうまくいかなかった。

文忠明は途中から居眠りしていた。昨夜は仕事で四百キロ以上走行したので、その疲れが溜まっていて目を開けていられなかった。文忠明は小河健一郎に揺り動かされて目を覚ました。

「シンポジウムは終りました」

岡田敬造とそっくりの髭面の小河健一郎が笑顔で立っていた。

「いやあ、眠ってしまった。疲れが溜まってるんだ」

寝起きの赤い目をしばたたかせて文忠明は弁明した。

途中までは議論を聞いていたが、どう決着したのかわからずじまいだった。

会議室から出たみんながエレベーターの前で順番を待っている間に、隣にいた岡田敬造が、

「絶対矛盾ですよ」

と文忠明に呟いた。

「え、絶対矛盾？　ああ、そうだな」

議論が平行線をたどったまま終った不満を岡田敬造は述べているのだ。

「近くの居酒屋に予約してあります。そこで一杯飲みましょう」

小河健一郎はメガネの中の人なつっこい目を細めて言った。

矛盾のせめぎ合いの中から一つの整合性を導き出すのはきわめて困難な作業である。それは「同時代批評」を持続することでしかないと文忠明には思われた。しかし「同時代批評」を持続することはさらに困難をともなうのだ。なぜなら「同時代批評」は岡田敬造という強い牽引力を必要としていたが、さらに多くの同志を必要としていた。その同志が文忠明を含めてまとまりに欠けていた。一人ひとりの意思が不明確であり、全体としては漫然としているのだ。日常の中の意識と「同時代批評」の運動がどこかでずれていたが、そのことへの言及をみんなは避けようと

していた。

「結局みんなは、運動とは何かをわかっていない」

岡田敬造が突き当たっている壁は運動そのものではなく、彼をとりまく状況を誰もがやり過ごそうとしていることだった。

居酒屋でも背曲がりハマチと原発の議論がえんえんと続いた。しかし、飲み会での議論はややもすると軽薄になり、感情的になって得るところはあまりなく、時間だけが過ぎて、気がつくと閉店時間になっていた。

居酒屋を出たみんなは三々五々駅に向かって歩いた。

「文さん、これから『夢路』に行きますが、つき合いませんか」

と小河健一郎が訊いた。

「いや、おれは明日仕事があるから、ここで別れる」

実際、文忠明は疲れていたので帰るつもりだったが、頭の隅で「ファティ」に寄って淳花に会いたいとも思っていた。

「そうですか。じゃあ、ぼくらはタクシーで『夢路』に行きます」

シンポジウムの最中に居眠りしていたのを見ている小河健一郎は、文忠明は本当に疲れているのだと思って、それ以上誘わなかった。

岡田敬造たちが二台のタクシーに分乗して発進するのを見届けてから、文忠明は別のタクシーに乗って「ファティ」をめざした。

「ファティ」に入ると座る席がなくて何人もの客が立ち飲みしていて、お祭り騒ぎだった。何があったのだろうと戸惑って入口に立っている文忠明に淳花の声が飛んできた。

「いまごろまで、どこ行ってたの。みんなが家に電話を掛けたりして探してたのよ」

かん高い声で淳花は非難するように言った。

「『同時代批評』のシンポジウムに行ってたんや」

と文忠明は答えた。

「だってわたしと約束してたじゃない。今日は『星雲』のお芝居を観に行くって。わたしはテントの前でずっと待ってたのよ。忘れたの」

そう言われて、文忠明は新宿西口の住友ビルの広場に設営されたテントの前で淳花と落ち合う約束をしていたことを思い出した。

「すまん。シンポジウムと重なってたので、すっかり忘れてた」

文忠明は謝った。

「わたしとの愛は、そんなものよ。わたしは待ちぼうけを喰って、捨てられた女みたいにみじめな気持ちでお芝居を観てたわ」

淳花が泣きだしそうになっているところへ、

「どうしたんですか、遅いじゃないですか。今日は初日だったんですよ。淳花さんが待ちぼうけを喰わされたって、さっきから怒ってましたよ」

と金洋源《キムヤンウォン》が満面に笑みをたたえて近づいてきた。

「他に用があったもんだから、すっかり忘れてた。申しわけない」

大テーブルの真ん中には明淑が座っている。金洋源が上機嫌なのも無理はなかった。

「テントで打ち上げをやったんですけど、ファティにきたのはついさっきです」

金洋源が気をきかせて、とまり木に座っている劇団員に席を譲らせ文忠明にビールをすすめた。

カウンターの中にはマスター以外に劇団の女優二人が入って手伝っていた。劇団員たちは礼儀正しくきびきびした態度で客をもてなしている。

「素晴らしかった。最後は泣けちゃった」

感激屋の淳花は涙をこらえているような顔になって、

「あなたはいつ観るの。あなたが観るときはわたしもまた観るから」

となじるように言った。

「そうだな。最終日にでも観に行くよ」

「最終日は一週間後よ。仕事じゃないの」

文忠明は出番を計算して、

「大丈夫だ」

と言った。

金洋源は明淑のいる大テーブルにもどった。

飲み物の注文に追われているマスターが、

「この前は亡くなった弟の病院にきていただいて、すみませんでした」

と兄らしく言った。

「葬儀は無事にすんだの」

と文忠明は訊いた。

「ええ、なんとか無事にすみました」

マスターは急に顔を曇らせて水割りを作るのに専念した。

「葬式は無事にすんだけど、明日また裁判なの。家庭裁判所なんて意味がないわ。いつまでたってもらちがあかないんだから。いやになっちゃう」

肉親の葬儀のあと、離婚調停で母の代理である娘が父と対立しなければならないのだ。

「わたしは行かないつもり。父は絶対に妥協しないんだから。これ以上いがみ合いたくない」

淳花はグラスに入っている水割りを氷ごと飲み、氷を噛み砕いた。

「ねえ、わたしは韓国へ行って伽倻琴を習いたいんだけど、韓国へ行くとあなたに会えなくなるし。どうすればいいのかしら」

文忠明は返事に窮した。淳花は暗に妻と別れて自分と一緒に暮らしてほしいと言っているのだった。

「そうだな。そのうち行けるようになるやろ」

「そのうちって、いつなの？　そのとき、あなたも一緒にきてくれるの？」

「わからん。おれは朝鮮国籍だし」

「朝鮮国籍？　便利な言いわけなのね。朝鮮国籍を持ち出すなんて」

「しかし、現実なんだ。朝鮮国籍で韓国へ行くことはできない」

「行こうと思えば行けるわ。あなたには行こうという意思がないのよ」

「そういう問題とからめてくるな」

「あなたが言いだしたのよ」

淳花は唇を噛んで恨めしそうに文忠明を見やり、不意に立ち上がって言った。

「みんな聞いてよ。わたしは伽倻琴を習うために韓国へ行くかもしれない」

あたかも宣言するようにグラスを高々とかかげた。

「本当に……？」

明淑が驚いたような顔で文忠明を見た。

淳花が韓国へ行ったら文忠明はどうするのだろうと好奇心をつのらせている顔だった。

「淳花さんが韓国へ行ったら、『星雲』も韓国公演をめざそう！」

淳花の韓国行きを祝福するように金洋源は乾杯の音頭をとった。

みんながいっせいに、

「乾杯！」

と叫んだ。

伽倻琴への思いがつのって淳花は弦をつまびくようにカウンターの上に指を這わせた。店内に流れているジャズに合わせながら淳花は肩でリズムをとっていた。しばらくの間、店は華やいだ雰囲気につつまれ、みんな夜が更けるのも忘れ芝居について語り合っていた。

みんなが帰ったあと、いつものように淳花はカウンターにうつ伏せになって眠っていた。仕事を終えたマスターは煙草をふかしてひと息つくと、さて淳花をどうしたものか思案した。水割りを一口飲むと煙草をふかした。そのいかつい顔にどこか気弱そうな翳が宿っていた。

「ぼくは結婚するかもしれないです。アボジが敏江との結婚を許してくれたんです。弟が亡くなったものだから、気が弱くなったのです。あんなに反対していたのに許してくれました。そのことを淳花はまだ知りません。淳花が知ったら、たぶん店を辞めると思います。ぼくはいいんですが、淳花はまた家を出るかもしれない。それが心配です」

マスターは文忠明の意思を確かめるように言った。文忠明は妹の淳花をどうするつもりなのか、それをマスターは知りたがっていた。

「結婚したらぼくは練馬の家を出ます。そうすると練馬の家には淳花とその妹の二人だけになります」

どういう意味だろう。結婚するとマスターは家を出て敏江と別の家で所帯を持つので練馬の家に文忠明が淳花と一緒に住んでもいいということだろうか？

「敏江さんとはいつ結婚するんですか」

と文忠明は訊いた。

「来年の春に結婚しようと思ってます」

「来年の春……」

あと三カ月ほどしかない。三カ月の間に淳花との問題にケリをつけてくれということだろうか。

文忠明はカウンターでうつ伏せに眠っている淳花の無心な顔を見た。その無心な寝顔を見ていると、はたして一緒に暮らしていけるだろうか、という不安がよぎった。淳花は伽倻琴を習うために、いつかは韓国へ行くだろう。そのとき一緒に韓国へ行けるだろうか。それとも淳花は韓国へ行くのを断念するだろうか。それはあり得ない。自己実現をめざしている淳花の強い意志を阻止できる者は誰もいないのだ。淳花が韓国へ行こうとしているのは伽倻琴を習うためだけでなく、韓国人になろうとするためなのである。父から逃れるためであり、自分から逃れるためであり、日本人から逃れるためなのだ。

文忠明に答えはなかった。その日暮らしのなりゆきまかせに生きている文忠明にとって明日のことなどわかるはずもないのだった。

答えを期待していたわけではないマスターは煙草の火を水道の水で消し、

「帰りましょう」

と独りごとのように言った。

そして「淳花、淳花」と何度も起こした。淳花は意識不明になった人間のようにまったく反応を示さなかった。

「淳花、淳花、帰るぞ。起きろ！」

マスターが声を張り上げて淳花の頬を軽くたたいたとき、目を醒ました淳花が兄の建二を見て、

「あー」

と恐怖におののくような声を発した。

「どうしたんだ？」

と建二は酔眼朦朧としている淳花の頬をまた軽くたたいた。

「怖い夢を見たの。死んだ兄さんが生きていて、建二兄さんが死んだ夢を見たよ」

「おれはここにいる。文さんもいる」

建二は淳花の顔をのぞき込んだ。

「どうしてこんな夢を見るのかしら。わたしは一人ぼっちだわ。一人ぼっちになるのはいや」

「おまえは一人ぼっちじゃない。おれも文さんも、大勢の友達もいる。さあ帰ろう」

建二は妹の淳花を優しくいたわって立ち上がらせた。

「文さんは帰るの？」

と淳花は訊いた。

「文さんは帰る。明日仕事があるから」

と建二が言った。

「そうね。帰らなくちゃ」

足をふらつかせて淳花は入り口のほうへ歩く。そのあとを文忠明と建二がついて行き、建二が入口の鍵を掛けた。

外は冷たい風が吹いていた。それでも歌舞伎町にはまだ多くの酔客が方向感覚を失ったようにうろついている。淳花も他の酔客と同じようによろよろとよろめきながら歩き、体をこごめて、

「寒気がする」

と言った。

「風邪を引いたんじゃないのか」

文忠明が淳花の体を抱くようにした。

「大丈夫」

淳花は文忠明に甘えるように寄りかかり、

「兄貴、文さんとホテルに泊まってもいいかな」

と兄の建二に訊くのだった。

建二は黙っていた。

「ホテル代がないの。貸してくれる」

建二は困った表情で文忠明を見た。

「今夜は帰ろう。家まで送って行くから」

と文忠明は言った。

「じゃあ、家に泊まってくれる？」

駄々をこねる子供のように淳花は文忠明の体にしがみついて離れようとしない。

「とにかくタクシーに乗ろう」

靖国通りに出た文忠明は客待ちしているタクシーにドアを開けさせ、淳花を後部座席に押し込み、続いて建二を乗せるとドアを閉めて別れの手を振った。

「どうして帰るの。ねえ、どうして帰るのよ。わたしを一人ぼっちにする気」

タクシーの中で淳花は泣きわめくように言ったが、それを無視して文忠明は運転手に発進させた。リアウインドウに淳花の顔がいつまでも張りついていた。

その後も文忠明は靖国通りで立っていた。同じ会社のタクシーが走行してくるのを待つためだ。二十分もすると同じ会社のタクシーがやってきた。文忠明は手を上げてタクシーを止めると運転席をのぞいた。同僚のタクシー運転手が、

「文さんじゃないか」

と驚いていた。

「すまん。家まで送ってくれないか。タクシー代がないんや」

と文忠明が言った。

「タクシー代がなくなるまで飲んでたのか。しょうがねえなあ」

と苦笑いしながらドアを開けてくれた。

むろんエントツ（メーター不倒）である。

後部座席に乗り込んだ文忠明はすぐ横になり、

「駒沢交差点で起こしてくれ」

と言って目を閉じた。

「同時代批評」の編集会議は岡田敬造が勤めているBテレビ局内に、いくつかある会議室の空いている部屋を使っていた。何度か増築を重ねているBテレビ局の内部は複雑な構造になっていて、三階なのか四階なのかよくわからなかった。たいがいは受付のホールで待ち合わせたが、メンバーの誰かが迎えにこないときは文忠明は建物の中で迷い編集会議を行っている部屋にたどり着くのにひと苦労した。途中、女性の人気歌手や人気タレントに出会ったりするが、テレビと実際とではかなりちがう。

その日も文忠明は一人で局内をうろうろしたあげく、ようやく編集会議を行っている部屋にたどり着いた。

「いやあ、迷ってしまった」

言い訳でもするように文忠明は腕時計を見ると三十分遅れていた。

編集会議には十人のメンバー全員が参加していて、幕の内弁当を食べていた。

「文さんの分もありますから、どうぞ食べて下さい」

メガネの中の小さな目を細めながら小河健一郎が幕の内弁当を文忠明にすすめた。

「コーヒーがいいですか、お茶がいいですか」

編集者の一人である大学を出て間もない高井一浩が缶コーヒーと缶のお茶をすすめた。

文忠明はお茶を選び、幕の内弁当を食べはじめた。

食事が終ると六人は担当している原稿やゲラを出して検討に入った。

「小野寺さんの原稿はどうなってる」

岡田敬造は小河健一郎に訊いた。

「何度も催促してるんですが、最近はなかなか連絡がとれないんですよ」

と小河健一郎は言った。

「間に合わんぞ。来月の中旬までに原稿を書いてもらわないと没にするしかない」

厳しい注文をつけて岡田敬造は遅れている他の原稿をも編集者たちに催促した。それから次号の特集と編集内容について討論がはじまった。特集については岡田敬造が問題を提起し、雑誌全体の内容と筆者については編集者たちがそれぞれの意見を出し合っていた。

文忠明はみんなの討論を聞いているだけだった。「同時代批評」のメンバーだが編集者ではないので、あまり意見をさしはさむべきではないという意識もあった。

雑誌の発行には運転資金も重要であった。けれども運転資金の問題は岡田敬造と小河健一郎の二人だけで処理されていた。そして不足した金は岡田敬造が補塡していた。継続は力だが、岡田敬造にあまりにも負担がかかりすぎていた。

編集会議が終るのはたいがい夜の九時ごろである。ひと仕事終えたあと、みんなで赤坂界隈の台湾料理店で食事をしてからカラオケスナックで歌うのがおきまりのコースだった。そのあとまた新宿のバー「夢路」に流れていく。ここでもまたカラオケで歌う。岩崎光義はマイクを一度握って歌いだすと自分のレパートリーを歌い終えるまでマイクを放そうとしないので、マイクの奪い合いがはじまるのだった。

酒に強い岡田敬造はいくら飲んでもしらふのときとほとんど変わらない。食事のときもビールを飲みながら本を読み、原稿執筆中もビールを飲み、一日に八本ないし十本のビールをあおっているという。体力に自信のある岡田敬造は、それが習性になっていた。

今夜の岡田敬造はかなりいらだっていた。二カ月ほど前から、岡田敬造は公安委員会から広域暴力団に指定されている京都のE組の会長を取材していて、最近ようやく編集を終えて放映日にあと一週間と迫っていたのに、突然局の上層部の判断で放映中止になったのである。公序良俗に反するというわけだった。

「上層部は体制側からの圧力に屈したんですよ。背曲がりハマチの件もあるけど、ジャーナリストがお上の圧力に屈するなんて情けない話です。郵政省の族議員から電話でちょっと脅されると、すぐ腰くだけになってしまう。現場がいくら頑張っても上層部がこのていたらくでは日本の言論の自由、表現の自由はお先まっ暗です。上層部になればなるほど現場の声はほとんど届かない。それどころか、上層部の人間は、右翼的といわれているテレビ局であろうと左翼的と言われているテレビ局であろうとなんの差異もない。考え方も感性もほとんど同じです。ひたすら視聴率だけを追求している。視聴率という実体のはっきりしない幻想にすりよっていくのです。視聴率の仕組みはかなり恣意的な要素を持ってますから、操作しようと思えばできるんですよ」

岡田敬造は危機感をつのらせて、唇に付着しているビールの泡をぬぐった。

「ぼくはE組の会長を取材して組織暴力団の日常を描きたかったんです。彼らにも人権はあるはずです。ましてや彼らの家族は一般市民となんら変わることのない生活を営んでいるのですから、日常生活の中から彼らの姿をとらえるのが重要だと考えたんですが、それが上層部には理解できない。少し前まで警察と暴力団はある種の協力関係にあったのに、たとえば事件の情報提供や地域のトラブルの仲裁といった面ですが、状況が変わると今度は弾圧に回る。体制側の国会議員の中には暴力団と深いつながりを持っている者が何人もいますよ。そういう連中は利権と結びついている。けれども誰も文句を言わない。おかしな話です。ぼくがテレビ局に勤めながら、なぜ『同時代批評』を刊行するのか。いまのジャーナリズムは腐敗してるからです。事実や真実を追及できないシステムになってる。文学の領域も同じですよ。文壇というわけのわからないものがあって、そこへみんながすり寄っていく。作家としての社会的責任なんて薬にしたくてもない。何の自覚もないですよ。単なる物書きにすぎない」

岡田敬造の批判はとどまるところを知らなかった。それは自分自身に対する不満でもあった。

岡田敬造はE組の会長を取材するため、たびたび京都に赴き、組員たちとも接触して間接的な取材をしていた。食事は高級料亭に誘われるのだが、取材の範囲を越えるつき合いはいっさい断っていた。しかし、ときにはバーなどにつき合いカラオケを歌うことはあった。レスラーのような体格の武闘派の若衆はカラオケになると、フォークソングの「白いブランコ」や「あなたのすべてを」を歌うのだそうだ。見るからに凄味のある顔の武闘派若衆がフォークソングを歌うのを見ると、つくづく時代を感じさせられるのだった。

「いまの若衆は、わしらの時代とは人種が全然ちがう。女の歌を歌うなんて信じられん」

若衆のフォークソングを聴きながら会長はがっくりしていたという。

「今度の取材では、そういう場面もばっちり撮ってあるんですよ。彼らは裏社会に生きてるけど、一般的な若者と変わらないということです」

岡田敬造は残念そうに言うとマイクを握った。まるで焼けくそのような歌い方だった。

「夢路」を出るといつものようにすし屋に行くか、それとも別の店に行くかでみんなの意見がわかれたが、結局、靖国通りを渡ったお寺の隣にある古い深夜レストランへ行くことにした。これは文忠明が深夜の二時か三時ごろにときどき立ち寄る店であった。七人が入ると、五つのテーブルしかない店は満席状態になった。四十五、六歳の女店員が顔見知りの文忠明に笑顔で挨拶して注文を訊いた。かなり飲んでいるが、ビールを三本注文し、それぞれがメニューから好きな物を選んだ。三つのテーブルで食事をしていた客はみなタクシー運転手だった。食事のあと、ひとふんばりする運転手もいれば、帰庫する運転手もいる。

文忠明は親しみを込めて食事をしている運転手たちを眺めた。そこにもう一人の自分がいるように思えた。かなり酔っている。午前三時を回っていたが、新宿の街にはまだ大勢の人びとが徘徊しているのだ。文忠明はふと、自分が何も考えずに生きていることに気づき、自分の立つ地面の底が脱落していくような感覚を覚えた。

「どうしたんですか？」

隣に座っていた小河健一郎が文忠明の顔をのぞいた。

「いや、ちょっと気分が悪い。飲み過ぎた」

席を立ってトイレに行き、便器にしゃがみ込んだとたん吐瀉物が口から飛び出してきた。思わず声をあげて咳き込んだ。吐瀉物がつぎからつぎへと溢れてくる。棍棒で胃袋をかき回されているようだった。便器に溜まった吐瀉物でトイレの中に悪臭が充満している。水を流し、文忠明はしばらく呼吸を整えていた。目に涙がにじんでいる。胃潰瘍かもしれない、と文忠明は勝手に自己診断して、そのうち病院で検査してもらおうと思った。

トイレから出てきた文忠明をみんなは心配してくれた。

「大丈夫ですか」

岡田敬造が文忠明の顔色をうかがった。

「大丈夫、さて、飲み直そう」

席に着いた文忠明は小河健一郎にビールをつがせていっきに飲み干した。

「無理しないほうがいいですよ。最近、突然死が流行《はや》ってますから。体の中で何が起こっているのか誰にもわからないんですよ」

一番年下の高井一浩がしたり顔で忠告するのだった。

「君に忠告されるとは、おれもおしまいだ」

苦笑しながら文忠明はハンバーグにかじりついた。

「吐いたあと、また飲んだり食べたりできるんですから、まだまだ元気ですよ」

小河健一郎が持ち上げた。

しかし、文忠明の気分はすぐれなかった。

文忠明は席を立って、

「先に帰る」

と言った。

そのひと声でみんなも立ち上がった。

外に出ると岡田敬造が文忠明にタクシー券を渡しながら、

「これからゴールデン街に行こう」

とみんなを誘った。

岡田敬造はまだ飲むつもりらしい。文忠明は「おれは遠慮する」と言うと走ってきたタクシーを止めて乗り込んだ。

李明淑が主役を務めた劇団「星雲」の舞台は成功を収めた。そのあと一カ月の旅公演を終えて、つぎの舞台稽古に入った。明淑が入団してからというもの金洋源のイメージは大きく膨らんでいった。むろん劇団には十人以上の若い女優たちがいて、明淑一人に的をしぼるわけにはいかなかったが、それでも明淑の参加によって劇団に新鮮なイメージを与えられると信じた。演劇は一つの舞台を公演を重ねるごとに修正し、膨らませ、完成へと近づけていくが、しかし完成されることはない。主演女優が替われば舞台のイメージも変わり、多面鏡のように多様な解釈が生まれ多様な色彩をおびてくるのである。それは役者たちの成長にもかかわる問題であった。同じ芝居を一人の女優にだけ主演を続けさせるのではなく、他の女優にも機会を与えて切磋琢磨させることで成長を競い合わせたいというのが金洋源の考えだった。したがって、つぎの芝居の主演女優には李明淑ではなく別の女優を指名した。難しい選択だが、芝居のテーマとイメージに合った女優を選ぶのが演出家の責任であり、劇団の融和を図るための最良の方法だと金洋源は思った。

劇団員たちは昼間、仕事に従事しながら夜は舞台稽古に追われていた。そして芝居が始まると仕事を休むか、辞めて旅公演に出た。旅公演が終ると、また仕事を探さねばならない。演劇で生活できる者は一人もいないのだ。けれどもいつかは演劇で自立できる日を夢みているのだった。

「わたしは芝居だけで生活できるかしら」

不安げに言う明淑に、

「できるさ。君なら必ず自立できる」

と金洋源は励ますのだった。

しかし、その保証は何もない。金洋源自身、運送会社のアルバイトをしたり、建築現場の日雇い人夫をしたりして食いつないでいる。体が二つあっても足りないほど忙しかった。くる日もくる日も芝居のことで頭がいっぱいだった。それにもまして明淑への思いは深まる一方であった。劇団員同士の交際を禁じているのは金洋源である。その本人が明淑への思いをつのらせるのは自ら掟を破ることになるのだ。だからといって明淑への思いを断ち切ることができるだろうか？　明淑を見る目と他の女優を見る目にちがいはないだろうか。感情の流露がおのずから別の感情へと無意識に変化する心の動きに自分で気づくことがある。いっそ何もかも、心の扉を開いて風を通してしまったほうがすっきりするような気もした。しかし、明淑に男がいる以上、そんなことはできないだろう。そうだ、明淑には男がいるのだ。それが金洋源には信じ難いのだった。なぜ明淑に男がいるのか。それは計り知れない謎に思えてならなかった。明淑の内面を知るよしもない金洋源にとって、明淑は永遠の謎である。男とどのように愛し合っているのか想像もつかない。自分の中に侵入してくる男の影に金洋源はときどき激しい憎しみを覚えた。男の噂は聞いている。どこかで一、二度会ったことのある人物だった。ある劇団に所属していて、確かに二枚目だが、たいした才能もないありふれた男だと思った。どうして明淑は、そんな男と暮らしているのだろう。明淑がその男を愛しているとはとても信じられないのである。だが、その男を愛しているのかどうかを明淑に確かめる方法はないのだ。

金洋源の気持ちを明淑は痛いほど感じていた。しかし、金洋源の何げないしぐさや熱い眼差しに明淑は戸惑いを覚えるのだった。

「ねえ、明淑、あなたはいま一緒に暮らしてる人を愛してるの」

春の陽射しを浴びて新宿の街を散策したあとコーヒーを飲んでいるとき、不意に淳花に訊かれて明淑は返事に窮した。

明淑は無表情になってしばらく黙っていたが、

「わからない」

と答えた。

「もしかして愛してないんじゃない」

「そんなこと急に訊かれたって答えようがないわ」

「そうかしら。愛していればどんなときだって、すぐに答えられるはずだわ。わたしはいつでも文さんを愛してるって答えられる。迷ったり躊躇しているのは心のどこかにわだかまりがあるのよ。気持ちがはっきりしてないのよ。そうでしょ」

まるで強制的に愛していないという言葉を引きだそうとするかのように淳花は意地悪く言った。

「たぶん愛してると思う。でも、これから先のことはわからない。淳花だって、これから先のことはわからないでしょ」

「これから先のことは誰だってわからないわ。先のことがわからないから、いまが大事なのよ。わたしは文さんと一緒に暮らしたい。だけど一緒に暮らせるかどうかわからない。わたしだけの意思で決められないもの。文さんには奥さんも子供もいるから。でも、あなたは自分の意思で決められる。あなたは愛していると思い込みたいのよ。自分に対する言いわけだと思う。あなたを見てるともどかしいの」

店では何組かの恋人たちが楽しそうにお喋りしていた。街は恋人たちの広場であり、隠れ家であり、秘密の言葉を語り合う場所だった。どうしてあんなに多くの男女が恋を語り合えるのだろう？　たわいもない語らいに胸をときめかしている恋人もいれば、別れのつらさに涙している恋人もいるだろう。

淳花は明淑の意思を確認するように言った。

「あなたは金洋源をどう思ってるの？」

「どう思ってるって、何を？」

淳花は話を飛躍させる癖がある。だが、飛躍しているようで、じつは相手の心理を巧みに突いているのだ。一種の誘導尋問に似ているが、それを知っている明淑は少し警戒した。

「金洋源はあなたを愛してるわ。目を見ればわかる。あなたを見つめる目がすごく苦しそうなの。悩んでるのよ、きっと。それはあなたも知ってるでしょ」

「どう答えればいいのかしら。わたしは同時に二人の男を愛せないたちなの」

「それはちがうわ。あなたはいま一緒に暮らしている男《ひと》を愛してないんだもの」

「どうして淳花は人の心をそんなふうに決めつけるの。わたしと金洋源とは芝居でつながっているだけ。わたしたちは同志なの」

「同志ですって。まるで革命家みたいなことを言うのね。革命家だって恋をするわよ」

「そうじゃないの。劇団員同士のつき合いは御法度なの。それは金洋源さんが決めたことなのよ」

「そんな規則なんか、あってないようなものだわ。男と女の間に垣根なんか作れやしない。好きになったら、そんなの関係ないでしょ」

淳花はむきになって言った。

「淳花はわたしに何を言わせたいの。金洋源を受け入れろって言うの。そんなことできない。それはわたしが自分で決めることよ」

明淑もむきになって反発した。

二人はしばらく黙って街を流れゆく人びとや車を眺めていたが、淳花が大きな目をさらに大きくして驚いたように、

「あ、文さんのタクシーが止まってる」

と信号待ちしているタクシーを指差し、店を飛び出した。

タクシーの車窓を軽くノックすると、運転していた文忠明も驚き、

「どうしたんだ」

と言った。

「いま明淑と喫茶店でコーヒーを飲んでるの。凄い偶然だわ。一緒にコーヒーを飲まない」

だが、後部座席に客が乗っていた。

信号が青に変わろうとしている。文忠明は後部座席を振り返って、

「お客さん、悪いけどここで降りて、他のタクシーに乗り換えてくれないですか。料金はいりませんから」

と自動ドアを開けた。

信号が青に変わり、後続車がクラクションを鳴らして発進をうながした。

「けしからん！　乗客を途中で降ろすとは。訴えてやる！」
六十四、五歳になる男性客は怒り心頭に発して怒声を上げた。
客が降りるとドアを閉め、

「そのへんに駐車して、すぐに喫茶店に行くから」

と文忠明は車を発進させた。

淳花は面白がって、

「好きよ！」

と走行して行く文忠明の車に向かって叫んだ。

それから喫茶店の席にもどって、

「文さんがそのへんにタクシーを駐車してすぐにくるって。わたしとコーヒーを飲みたいために乗客を降ろしてしまったのよ。乗客はかんかんに怒ってた。こういうときって、すごく愛を感じるわ」

とナルシストの淳花はうっとりした。

「いいわね、淳花は幸せで」

「でも明日は幸せかどうかわからない。だから今日幸せでいたいのよ」

急に素直になって淳花はしょんぼりした。

「幸せって一瞬の永遠だわ」

文学少女みたいなことを言って淳花は窓の外の往来を眺めた。

「こんなに大勢の人の中で幸せな人は何人いるんだろう。もしかすると一人もいないかもしれない。あなたはわたしのことを幸せそうだと言ったけど、わたしは幸せじゃない。不幸の真っただ中にいると思う」

何か気にさわるようなことを言ったのだろうか、と明淑は思った。

「わたし、何か気にさわるようなこと言った？」

と明淑は訊いた。

淳花はかぶりを振って、

「そうじゃないの。嬉しかったのよ、文さんと偶然会えて」

「やあ、こんなところで会うとは偶然やな」

と言いながら文忠明が近づいてきた。いつ見ても美しい明淑に文忠明はみとれている。

「芝居は終ってしまったわ。観て欲しかったのに残念。このつぎはぜひ観にきてね。招待券を送ります」

最終日には必ず観に行くと約束していたが、その約束も仕事で果たせなかった。文忠明は、少し後ろめたい気持ちで、

「チケットは買うよ。貧乏劇団だから一枚でも多く売りたいんやろ」

と言った。

「嬉しい。じゃあ、つぎの公演にはあらかじめ予約しておきます」

「わたしの分も予約しておいてね。文さんと一緒に」

淳花がすかさず言った。

「もちろんよ」

明淑は文忠明の手を握って浮き浮きしている淳花をうらやましいと思った。

淳花のように自由奔放で自分に正直に生きたいと思った。エキセントリックでナルシストだけど正直なだけ意思がはっきりしていた。淳花から指摘されたが、いま同棲している半田俊明を愛していると明快に答えられない自分にいやけがさしていた。なぜ半田俊明と一緒に暮らしているのかよくわからないのである。許万鳳《ホマンボン》と別れたあと、S劇団に出演したとき半田俊明と知り合った。三十一歳になる渋い男優で、明淑が一番最初につき合った男とどこか似ていた。稽古を重ねているうちに仲間たちと一緒に飲みに行くようになり、一週間の公演を終えたあと打ち上げで下北沢の飲み屋を梯子して気がついてみると半田俊明とベッドを共にしていた。寂しかった。公演が終って、また一人になるのが耐えられなかったのだ。けれども半田俊明との同棲生活は味気ないものだった。同棲することで明淑の孤独は癒されはしなかった。それどころかむしろ孤独感を深めていった。花火のようなセックス。夜中に求められるがままに体をまかせる自分がいやだっ

か。

た。どうして同じ過ちをくり返すのだろう。男を見る目がないのだろうか。男運が悪いのだろう

「わたしは男運が悪いのよ」

いつか誰かにそんなことを言ったことがある。だが、男運が悪いのではなく意志が弱いのだ。

明淑は自嘲的にそう思ったりした。

金洋源の熱い眼差しを感じるようになったのはいつのころからだろうか。劇団「星雲」に入る

ずっと前からだったような気がする。半田俊明と出会うずっと前からだった。ひょっとすると許

万鳳とつき合う前からだったかもしれない。

コーヒーを飲みながら楽しそうに会話している文忠明と淳花の二人がこの先どうなるのだろう

と明淑は不謹慎な連想をした。かりに文忠明が妻子と別れて淳花と一緒になったとしても、自由

奔放な淳花はそれでおさまりそうもない。淳花は自分の意思通りに生きていく女であり、文忠明

もそのプロセスに登場する一人にすぎないのだ。一つ好きになればすべてを好きになり、一つ嫌

になればすべてが嫌になる淳花は、いつか文忠明の欠点——いい加減であまり責任感のない、い

わゆる破滅型の性格に気付くだろうと、明淑は思った。

「それじゃあ、わたしはここで失礼します」

楽しそうに会話を交わしている二人の邪魔をしないよう気づかってか、明淑は席を立った。

「あら、帰るの。これから文さんのタクシーでドライブしようよ。タクシーでドライブするのも

いいものよ。都内を熟知している運転手付きだから、めったにない機会よ。ねえ、ドライブしな

い」

しきりに引き止めようとする淳花に、

「これから人と会わなきゃならないのよ。二人でドライブを楽しんで」

と明淑は冷静に言った。

「おれは仕事中なんだ。ドライブなんかできるわけないだろう」

文忠明も淳花のわがままに釘をさした。

淳花は落胆して、

「じゃあ、また会いましょう」

と言った。

明淑が喫茶店を出たあと、淳花は噂話でもするように、

「この先、明淑と金洋源はどうなるのかしら。あなたがくる前、明淑と少し話し合ったけど、明淑はいま同棲してる男を愛してないのよ。女の勘でわかるわ。近いうちに別れると思う」

ときめつけるのだった。

淳花はときどき見てきたような嘘をつくのである。

文忠明は明淑と金洋源の関係がどうなろうとあまり興味がなかった。

「金洋源が明淑に惚れていても、明淑には同棲してる男がいるんだから、どうにもならんやろ」

文忠明はそっけなく言った。

「そうじゃないのよ。明淑は同棲してる男を愛してないのよ。だからそのうち別れるかもしれないの。そしたら金洋源にだって機会があるでしょ」

「かりに明淑が同棲してる男と別れて、そしてかりに金洋源と一緒になったからといって、うまくいくとはかぎらない」

「どうしてそんなことが言えるの？」

「明淑は別の男を求めてるんだ。芝居関係の人間ではなく、そういう世界とはまったく別の。だから金洋源とは合わないと思う」

「それはわたしたちのことを言ってるの。わたしたちの関係もそうだと言いたいのね。あなたは詩人だから、ものごとを暗示的に言ったりするけど、あなたとわたしは相性が合わないって言いたいのね」

淳花の目が険悪になっている。

「馬鹿なことを言うな。どうしてそんなふうにこじつけるんや。おれたちはおれたちだ。誰とも関係ない」

「でもあなたはそう思ってるんでしょ」

「そんなことはまったく考えてない」

いつもこうだ。淳花は突然、どんな話も自分との関係においてのみとらえようとする。自分と重ねて他者との関係をぬきさしならないことのようにとらえるのである。文忠明がてこずるのは、いつもその点であった。乱気流でも発生したように淳花の感情はどんなに晴れている天候のときでも気圧が急激に下がったりするのだ。

「一時間だけドライブしよう」

淳花の機嫌をとるためドライブに誘うと、

「ほんと、嬉しい！」

淳花はとたんにはしゃぎだした。

タクシーの助手席に淳花を乗せて文忠明は新宿通りを四谷方面に走行した。後部座席に座っているときはそうでもないが、助手席に座っていると映画のスクリーンのように街の景観の全体を見渡すことができる。

「タクシーの助手席に座ったのは、なんだかはじめてみたい。すごく臨場感があるわ」

大きな窓のようなフロントガラスが淳花の視界をひろげるのだ。街が流れてゆく。

四谷四丁目交差点を渡ったとき、一人の客が手を上げたので文忠明は反射的にタクシーを止めてドアを開けた。四十歳くらいのサラリーマン風の男が吸い込まれるように後部座席に乗ってきた。まさか客を乗せるとは思っていなかった淳花はどぎまぎしていた。

「銀座四丁目まで行ってくれない」

そう言って男は助手席に座っている淳花を不審そうに見つめた。後ろから見つめられ、淳花は居心地悪そうな戸惑った表情で前方を見つめていた。

「見習運転手なんです」

文忠明は不審そうにしている乗客に弁明するように言った。

「ほう、女性の運転手さんですか」

研修生は見習という腕章をしているが、しゃれたワンピースを着てバッグをたずさえている淳花は、研修生には見えなかった。

「最近、女性の運転手が増えてるんですよ」

文忠明は淳花をちらと見て言った。

淳花は冗談がすぎるといった表情でふてくされている。

「わたしは女性運転手のタクシーに乗ったことないですよ。こんな若くてきれいな女性運転手のタクシーに乗ってみたいですね」

乗客は後部座席から少し体を乗り出して淳花の横顔をのぞいた。

「でも夜は用心しないといけない。酔っぱらいが多いから、いたずらされるかもしれないですよ」

乗客はにやにやしながら言った。あらぬ想像をしているのだろう。

淳花の顔色が変わってきた。目がきつくなり、いまにも乗客に噛みつきそうだった。渋滞が淳花のいらだちをつのらせていた。無愛想な淳花に気付いて乗客はシートにもたれ鞄から書類を出して読みはじめた。

銀座四丁目交差点で乗客が降りると、

「どういうつもりなの。客なんか乗せて。わたしが困るのを面白がってるんでしょ。いけすかない奴。わたしはここで降りて電車で帰る」

と怒って淳花はタクシーを降りようとした。

「そう怒るな。めったにできない経験をさせてやったんだ。それに千五百円稼いだし、飯でも喰おう」

ドアを開けようとする淳花の手を押さえて文忠明はキスした。

「みんなが見ている銀座のど真ん中でキスなんかして、恥ずかしくないの」

淳花はまんざらでもなさそうに言った。

「別に……」

文忠明はまたキスをした。

「あなたって、本当に恥しらずな男《ひと》ね。だから好きよ」

どのボタンを押すと淳花の機嫌が直るのかを文忠明は知っていた。文忠明はアクセルを噴かして車を走らせた。

晴海通りから昭和通りを迂回して東京駅に出て大手町を走り、国会議事堂前を通って内堀をぐるっと一周した。

「こんなふうに国会や皇居を間近に見たのははじめて」

誰もが知っているはずの建物や場所を、東京に暮らしていながら実際には見たこともなければ行ったこともないことに気付いて淳花はショックを受けていた。

「皇居を一周すると五キロある」

「そんなにあるの」

淳花はまた驚いた。

皇居の周りを外国人の男性がジョギングしている。その他にも何人かがジョギングしていた。皇居を周回する道路がジョギングのコースになっているのだ。

靖国通りから市谷を経て新宿にもどる途中、富久町交差点にあるレストランに入った。この店はタクシー運転手たちの溜まり場である。タクシー運転手たちの行く店は、たいがい安くてうまい店が多い。

店内には強面のタクシー運転手が七、八人いた。淳花は場ちがいな店に入ったのを後悔するように、

「他の店に行こうよ」

と文忠明の袖を引っ張った。

「この店は安くてうまいんだ」

尻ごみしている淳花をよそに文忠明はテーブルに着いた。食事をすませて爪楊枝で歯の間の残滓をほじくっているタクシー運転手が淳花を興味深そうに見つめた。この店に若い女性はめった

にこないからであった。居心地の悪そうな淳花だったが、注文したシチューを食べはじめると、

「ほんと、おいしい！」

と顔をほころばせた。

文忠明がビールを注文すると、

「大丈夫？　仕事中なのに」

と淳花は心配そうに言った。

「大丈夫。一時間ほど仮眠したら、どうってことない」

運ばれてきたビールを淳花と自分のグラスについで文忠明は飲んだ。

一本のつもりが二本になり三本になった。

たらふく食べ、たらふく飲んで二人は店を出た。

「どこで仮眠するの？」

少し酔いの回った淳花が訊いた。

「ホテルで仮眠しよう」

体内をめぐるアルコールが二人の欲望を刺激していた。二人が会うこと、それは体を求め合うことにほかならなかった。

「ホテルで仮眠するなんて、すごく刺激的だわ」

淳花はすぐに発情して目を輝かせた。

文忠明は新宿のホテル街をめざしてタクシーを飛ばした。日は暮れかかっていたが空はまだほんのりと明るかった。ホテル街の狭い一方通行の道路を入った文忠明は適当なホテルの地下駐車場にタクシーを入れると受付に行き、料金を払って鍵をもらい、エレベーターで二階に上った。

部屋に入るやいなや二人は我慢しきれなくなった生理現象を放出するように互いの服を脱がせてベッドに倒れ、からみ合いむさぼり合った。

「すごく感じる。あなたに触られただけで濡れてくるの。わたしはきっと変態だわ。そうでしょ……」

馬乗りになった淳花はうわごとのように言いながら喘いだ。文忠明は淳花の弾力のある可愛いお尻をかかえ、乳房に手を這わせた。淳花は全身を痙攣させ、恐ろしい力で文忠明の体の一部をもぎ取るように爪を立てた。

「もう駄目。脚が痺れちゃった」

淳花はぐったりして仰向けになった。

二人ともうっすらと汗をかいていた。

文忠明の胸に顔を埋めていた淳花が、

「わたしたちはジプシーみたい。行くあてがないのよ」

とぽつりと呟いた。

行くあてがないとは哀しい話だ。文忠明は淳花を抱きよせた。繊細で、情緒不安定で、何かに怯えている淳花の体はいつまでも震えていた。

一時間ほどでホテルを出ると、淳花は店に行き、文忠明は仕事を続けた。

翌日は明け番である。いつものように文忠明は昼過ぎまで睡眠をとっていたが、枕元に誰かが座っているのに気付いて目を醒ました。妻の陽子が正座して、文忠明をじっと見つめていた。何時間も枕元に座って文忠明をじっと見つめていたような感じだった。

文忠明は驚いて、

「どうしたんだ?」

と訊いた。

陽子は思いつめた目をしていた。何日も、何十日も、そこに座って考え、悩み苦しみ、疲れ果て、涙も涸れて生きる力を失っているように見えた。体も枯れ木のように痩せ衰えていた。だが、陽子の思いつめた目の奥に憎しみの炎がめらめらと燃えている。孤独に蝕まれた不毛の絶望感が鋭い刃のようになっておのれを切り刻もうとしている。恐ろしい沈黙に閉じ込められた言葉が叫びとなって口から飛び出そうとしていた。文忠明は身動きがとれなかった。動くと周りの物すべてが瞬時に崩壊するような気がした。目に見えない重圧に文忠明は押さえつけられていた。

「わたしは家を出て行きます」

陽子は重い口を開いて言った。

この日がくるのはわかっていたのだ。それをどちらかが切り出すのを待っていたにすぎない。陽子から切り出されたいま、文忠明に返す言葉はなかった。

「おれが家を出る」

と言って文忠明は起床した。

「あなたは卑怯すぎる。わたしをここまで追い詰めて。わたしはもう耐えきれない」

陽子の頰に一筋、涙が流れた。

なぜこうなったのか、説明するのは不可能だったが、はっきりしていることはずっと前からお互いに愛情もなく、その日その日をやり過ごしてきたことだった。経済的に余裕のない生活が陽子を精神的にも肉体的にも蝕んでいったのだ。それに文忠明の女性関係がさらに追い打ちをかけた。陽子は淳花に会ったこともなければ電話で声を聴いたこともない。実際は電話を掛けてきた淳花の声を聴いたことがあるのだが、それが淳花だということは知らなかった。けれども文忠明に女がいるのは文忠明の態度でわかっていた。ときどきベッドに入ってきて抱こうとする文忠明に鳥肌が立つような嫌悪を覚えて拒否したのが始まりだった。それ以来、性の営みはまったくなくなった。陽子にとってセックスは何かいまわしいものに思えた。文忠明と自分との間に別の女の性が割って入っていると思うと、それだけで汚らわしかった。

「女のとこへ行くんでしょ、家族を捨てて」

「君が家を出る言うから、おれが出る言うてるんや」

「自分に都合のいいこと言わないで。わたしが家を出ると言い出すのを待ってたんでしょ」

文忠明は待っていたわけではないが、言い出す機会を失っていたのは事実だった。いまさら弁解してもはじまらないのだ。すべての非は自分にあると文忠明は認めないわけにはいかなかった。しかし、自分の非を認めて夫婦生活の修復を求める気にもなれなかった。このままずるずると何の意味もない夫婦生活を死ぬまで続ける必要があるだろうか？　別れることで一方が不幸になるとしても、別れずに二人ともがんじがらめに拘束し合って暮らしていくのは偽善ではないのか。だが、それこそ自分に都合のいい論理ではないのか？　陽子の指摘は正しいのだ、と文忠明は思った。心の隅で、この袋小路から抜け出したいと思っていた願望のような自己欺瞞を陽子に鋭く見抜かれていたのだ。

文忠明は起き上がり、服を着ると押し入れからボストンバッグを取り出し、下着類を詰めた。それから台所で洗顔して家を出ようとした。

「家にお金がないの」

陽子は文忠明の行く手を阻むように言った。そうだ、家には金がないのだ。金は文忠明をつねに拘束してやまない足枷の一つだった。

「今日中に金を工面して届ける」

「夕食までに届けて下さい」

まるで難問でもふっかけるように陽子は言った。

「わかった、なんとかする」

靴をはいて出て行こうとする文忠明に、

「本当に家を出るの……」

戸口に立って陽子は怨めしそうな口調で言った。そして、どうせまた家にもどってくるにちがいないとたかをくくっているようだった。不思議なことに、戸口に立って怨めしそうにしている陽子の細い体が性的な雰囲気を漂わせていた。

下着を詰めたボストンバッグを提げて文忠明は会社に行った。タクシーの出庫した会社は人気がなく、車を修理している板金の音が響いているだけである。事務所に入ると部長が難しい顔をして腕組みしている。

「何かあったんですか」

と文忠明は訊いた。

「事故だよ。乗客の一人が死んじゃったよ」

確かに頭の痛い問題である。

こういうときに金の話を持ち出すのはよくないが、せっぱ詰まっている文忠明は切り出した。

「こういうときになんですが、金を貸してくれないですか」

「何だって?」

部長は豆鉄砲を喰らった鳩みたいにきょとんとした。

「前借りさせて下さい」

「前借り？　明け番に会社へきて前借りさせろっ？　どういうことなんだ」

「女房と別れるんです」

「女房と別れる……？　おい、おい、そんな話、おれに振ってくんなよ。関係ないだろう」

「だから金がいるんです」

わけのわからない唐突な話に部長は禿げ頭を掻いて、それから煙草に火を点けると、

「いくらいるんだ」

と探るように訊いた。

「二十万円」

「二十万！　おまえは二十万円の前借りがあるだろう。その上、二十万円の前借りは無理だ」

部長は即座に拒否した。

「社長は二階にいますか」

「いる。だが、社長には言うな。いまご機嫌ななめだからよ」

「でも、どうしても金がいるんです。社長に直接頼んでみます」

社長に頼むのを部長がいやがるのはわかっていた。なぜなら、事務的に処理すべき問題にいちいち社長をわずらわせるのは部長の資格を問われるからである。

部長はブルドッグのような顔付きをしているが、お人好しで気の弱いところがある。

「参ったな。おまえにはてこずるよ。仕事はしょっちゅうさぼるくせに、前借りをさせろと言うし、今月は五出番しか出勤してないだろう。あと五出番しか残ってない。三出番欠勤してる。そ

んなことで前借りを返せるのか」

実際、月々二万円の返済を条件に前借りした二十万円は一年がたっても返済されていないのだった。

「会社の寮に泊まり込みで働きます」

と文忠明は言った。

「本当か」

部長はあまり信用していないようだったが、この際、理由づけが必要だった。

「わかった。二十万円貸してやる。ただし、この金は親睦会の金だ。親睦会の金は銀行に預けると利子がつく。だからおまえも銀行利子に見合う利子を払うんだ」

部長は金庫を開けて、紙袋の中の札を二十万円数えて文忠明に手渡した。

「わかりました。銀行並みの利子を払います」

文忠明は借用書を書き、拇印を押して二十万円を借りた。

その金を持って文忠明はふたたび家にもどって玄関先で陽子に十万円を渡した。

子供たちが夕食をとっているところだった。

「食事をしますか」

玄関先に立っている他人行儀な文忠明を誘うように陽子は言った。

「いや、いらない」

文忠明はそっけなく断って踵《きびす》を返した。

するど陽子があとを追ってきて、

「本当に家を出るのね」

と真剣な眼差しで言った。

「出るしかない」

「女と一緒に暮らすんでしょ。人でなし！」

去って行く文忠明の背中に陽子は罵声を浴びせた。

文忠明の足は自然に新宿へ向かっていた。新宿駅を出て雑踏にもまれながら、腕時計を見ると午後六時前だった。「ファティ」の開店時間まで少し間がある。文忠明はラーメンを食べ、居酒屋でいかの刺し身を肴にビールを飲み、六時半ごろ「ファティ」に行った。

ドアを開けると開店したばかりの店内でマスターと淳花が洗い物や掃除に追われていた。のっそり入ってきた文忠明を見た淳花はにっこりほほえみ、

「早いのね」

と掃除を続けながら言った。

洗い物をしているマスターが、

「昨日は遅くまで客がいたもんだから、あと片づけをしてなくて……淳花は途中で眠ってしまうし、体が二つあっても足りませんよ」

と掃除をしている淳花を横目でちらと見た。

文忠明がきたためか、淳花は陽気だった。

「来月、一週間ほどソウルへ行ってくるの。韓国一の伽倻琴の先生と会って弟子入りするのよ。素晴らしいでしょ」

淳花は肩でリズムをとって韓国舞踊を踊りながら掃除をしている。終わると淳花はとまり木に座っている文忠明の前にグラスを出し、ビールをついだ。

そして文忠明の隣に腰を下ろし、

「不機嫌そうね。どうしたの？」

と訊いた。

敏感な淳花は人の顔色を読み取るのが早かった。

うかぬ顔付きの文忠明の心の動きをふくろうのような大きな瞳で素早くキャッチした。

「家を出てきた」

文忠明はぼそっとひとこと言った。

「え、家を出てきたの。本当に？」

文忠明が座っているとまり木の下に大きなボストンバッグが置いてある。いつもは手ぶらの文忠明がボストンバッグを提げて店に入ってきたので旅行にでも出掛けるのだろうと思い、訊こうとしていたとき、文忠明の口からぼそっと「家を出てきた」という言葉が出たのだ。

「家を出て行くあてはあるの。どこへ行くの？」

淳花の瞳が妖しく輝いている。文忠明にすり寄り、手を握って頭髪を撫でた。

洗ったグラスを布巾で磨きながらマスターが聞き耳をたてている。淳花が難題をふっかけてくるのではないかと警戒している表情だった。

「ない」

と文忠明は首を振った。

「ホテルに泊まるの？」

「そんな金はない」

「じゃあ、どこに泊まるの？」

「当分、会社の仮眠所にでも泊まろうかと思ってる」

「当分？　当分って、いつまで」

淳花の執拗な質問に文忠明は、

「わからん」

と言った。

淳花は「わからん」という言葉を待っていたのだ。

「大丈夫、わたしがついてるから。わたしにまかせて。あなたは何も心配することないわ」

子供を庇護する母親のような強い意志をみなぎらせて淳花は兄のマスターに声を掛けた。

「兄貴、聞いたでしょ。文さんは家を出てきたのよ。奥さんと別れたの。わたしのために」

高揚してきた感情をそのまま兄のマスターに訴えるような口調だった。

黙々とグラスを磨いているマスターは困惑していた。淳花はいったい何を言いたいのか。

「しばらくの間、文さんをわたしの部屋に泊めてあげる。いいでしょ、兄貴」

切実な声で淳花は兄の建二に言った。

兄の建二は淳花の切実な訴えを拒否できなかった。妹が待ちに待った文忠明との同棲をどうして拒否できるだろうか。拒否すればたちまち淳花の罵詈雑言で建二は蜂の巣にされるだろう。それに淳花は、ことあるごとに父が長男の建二だけを寵愛していることを非難し、いま住んでいる家の権利の三分の一は自分にあると主張していた。確かに儒教的で家父長的な父親は長男を寵愛し、女を卑下していたが、そのことで兄の建二が非難されるいわれはないのだった。

「文さんさえよければ、おれはいいよ」

マスターの建二は苦笑いを浮かべた。

その苦笑いには、同棲生活がいつまで続くのかという皮肉さえ感じられた。

文忠明は泊まれるところがあれば、どこでもいいと思っていた。むろん淳花と一緒に暮らせるなら、それにこしたことはないのである。

「ありがとう。兄貴は話せるよ。今夜から文さんはわたしの部屋で泊まってちょうだい」

淳花は文忠明に抱きつき、

「それでいいでしょ。わたしたちは一緒に暮らせるのよ。そのうちアパートの部屋を借りましょ」

と夢見るようにうっとりした。

だが、憂鬱そうな顔でビールを飲んでいる文忠明を見て、一人ではしゃいでいるのを反省したのか、淳花は急に声を落として言った。

「わかるわ、あなたの気持ち。気が重いでしょうけど、仕方ないのよ」

六人の客がどかどかと入ってきた。

「いらっしゃい!」

と淳花は反射的に腰を上げて六人を奥の大きなテーブルに案内した。

静かだった店内が騒がしくなった。その騒がしさにまぎれて文忠明はほっとひと息ついた。淳花との同棲が、この先どうなるのか文忠明にはまったく予測がつかない。けれども家を出て淳花と同棲するのは避け難い必然のようにも思えた。淳花の強い磁場に引きつけられ、運命の歯車が大きく回転したのだ、と文忠明は自分に言い聞かせた。先のことは誰もわからないのだ。とどのつまり男女の関係は行き着くところまで行くしかないのだろう。それともなりゆきまかせなのか。

カウンターの隅で一人煙草をふかしてビールを飲んでいる文忠明に、客の注文に応じてグラスや水やウイスキー、ビール、そして乾き物を出したあと一段落したマスターが近づいてきて、大きなテーブルの客を相手におしゃべりしている淳花を見やりながら、

「文さん、淳花と一緒に暮らすのはいいけど、大変ですよ」

と意味ありげに言った。

「まあね」

文忠明は気のない返事をした。

「文さんならわかると思うけど、妹はいままでご飯を炊いたことがないし、おかずを作ったこともないいんです」

「それはたいした問題じゃない」

「そうですかね。一事が万事って言いますからね。妹は主婦に向いてないです。ましてや生活に縛られるなんて、妹には耐えられないと思います」

「何を言いたいのかよくわからない。おれは淳花を束縛しようとは毛頭考えてないよ。淳花は自由奔放な女だから、自分の意思のおもむくままに生きればいいんであって、おれはそういう淳花が好きなんや」

文忠明はきっぱり言った。

「ぼくは以前、妹をどうするつもりですかと文さんに訊きました。そのとき文さんは一緒になると言ってくれました。だからと言って、こういう形で一緒になるとは考えてませんでした。ぼくは妹の幸せを願ってますが、妹は幸せになれますか」

文忠明はビールを飲み、煙草をふかし、カウンターに肘をついて、客にビールをついで話して

いる淳花の明るい笑顔を見た。

「それはおれにもわからない。不幸になりたいと思ってる人間はいないと思う」

答えをはぐらかされてマスターは納得いかない顔をした。しかし、納得のいく答えがないのも明らかだった。

「誰かが誰かの幸せを保証できると思ってる人間がいるとしたら、そいつはおめでたい奴です。そのおめでたい奴がぼくです」

「マスターの言ってることが、おれにはよくわからない」

二人の客が入ってきた。画家の宋永椿《ソンヨンチュン》と映画助監督の金昌周《キムチャンジュ》だった。

「やあ、久しぶりです」

宋永椿が挨拶して文忠明の隣に座った。

「お久しぶりです」

若い金昌周は年配者の文忠明に敬語を使って挨拶すると宋永椿の隣に座った。

「久しぶり」

文忠明も挨拶して二人に出されたグラスに自分の飲みかけのビールをついだ。

「いただきます」

宋永椿と金昌周はつがれたビールを半分ほど飲んだ。そして宋永椿がいきなり文忠明に言った。

「金桂雲《キムゲウン》助教授と韓大権《ハンテグオン》さんが裁判をしてるんです」

文忠明は驚いて、

「どうして裁判なんかしてるんや」

と訊いた。

「韓大権さんがある雑誌に、金桂雲助教授のことを二重スパイと書いたんです。それで論争になって、組織の活動家も巻き添えを喰らって侃々諤々の末、金桂雲助教授が韓大権さんを名誉毀損で訴えたんです」

以前から金桂雲助教授と韓大権とはあまり仲がよくなかったが、ここまでこじれているとは知らなかった。しかも二重スパイとはただごとではない。そういえば宋永椿も金桂雲助教授のことを二重スパイかもしれないと言っていたことがある。確か李明淑の芝居を観たあとの打ち上げに参加して飲んだ帰りの電車の中でのことだった。

「君は以前、金桂雲は二重スパイかもしれないと言ったことがあったやろう。いまでもそう思ってるのか」

と文忠明は質した。

「ぼくもそう思ってます」

宋永椿は真顔で答えた。

「何を根拠にそう思ってるんだ」

「明白な根拠はありませんが、金桂雲助教授は裁判に訴えておきながら先日、ソウルに帰って行ったんです。おかしいと思いませんか。しかも聞くところによるとソウル大学の教授に就任してるんですよ」

「なるほど不自然やな。しかし、それだけで彼が二重スパイだとは言えんやろ」

「スパイというのは何も映画や小説に出てくるようなＣＩＡやＫＣＩＡといった工作員だけではないんです。金桂雲助教授は十四年前に日本にきて、大学の助教授になったんだけど、そうしていろんな文化人や事業家や学生たちと交流し、韓国へ誘っていたんです。ぼくも韓国へ行かないかと誘われました。ぼくが韓国へ行くことは転向を意味します。実際、韓国へ行った者は、ほとんどが韓国籍に切り替えて転向してます。これは切り崩しですよ。知らぬ間にぼくらの間に入ってきて切り崩していくのです。金桂雲助教授は韓国の内部情報を北側の人間に売りながら、その裏で朝鮮籍の人間の切り崩しをしていたんです」

実体のよくわからない話である。だが、もしそうだとすると在日の間にすくなからず影響をおよぼしているかもしれない。北を支持している者同士を内部で対立させ拮抗させて分裂を引き起こす。

「おれには誘いはなかった」

「金桂雲助教授がもう少し日本にいれば、誘っていたと思います」

「おれは北へも南へも行く気はない」

大きなテーブルで接客していた淳花がカウンターにきて文忠明の肩に手を掛けてもたれ、甘えるように、

「わたしたち今夜から一緒に暮らすの」

と言った。

それを聞いた宋永椿と金昌周は啞然としている。

淳花はうっとりした表情で文忠明を見つめていた。文忠明の目や鼻や唇や、存在そのものが淳花にとって他の何ものにも替えがたい、狂おしくもいとおしい愛情の対象であった。人がどう思おうと自分の感情に忠実な淳花は、長い間望んでいた夢がかなない、誰はばかることなく誇示するのだった。

「驚いた。本当に今夜から一緒に暮らすんですか？」

淳花の発言があまりにも唐突なので、酔った上でのざれごとと思ったらしく、宋永椿はあらたまって文忠明に訊いた。ときどき話が飛躍する性癖のある淳花の言葉が信用できなかったのだ。

「本当よ。どうして疑うの。宋さんは猜疑心が強すぎるよ。人を信じようとしない。金桂雲助教授が二重スパイだったなんて、誰かの作り話よ。もしかして宋さんの作り話じゃないの。わたしたちのことを疑ったりして」

淳花は疑り深い宋永椿を睨みつけた。

「どこで一緒に暮らすんですか」

と金昌周が訊いた。

「わたしの部屋よ。いけないの」

金昌周と宋永椿は二度驚いた。

「淳花さんの部屋というと、マスターの家でしょ」

兄妹が居住している同じ屋根の下で同棲生活をはじめるというのも二人には理解できなかった。

「兄貴の家だけど、わたしの家でもあるのよ。兄貴は承諾してくれてるんだから」

「妹さんも一緒に住んでるんでしょ」

宋永椿は興味深そうに訊くのだった。

「そうよ。わたしたちは家族だから。文さんも今夜から、わたしたちの家族の一員になるのよ」

宋永椿が思わず苦笑して、

「マスター、本当ですか」

と渋い顔をしているマスターに訊いた。

「淳花の自由だからさ。おれがとやかく言う問題じゃない」

自分で作った水割りを飲み、マスターは背を向けて話題から遠ざかろうとした。

「急だったから、とりあえず淳花の部屋で一緒に住むことになるが、そのうちアパートを借りるよ」

文忠明は、その場をとりつくろうように言った。

「奥さんと別れたんですか」

宋永椿から単刀直入に訊かれて文忠明は返答に窮した。家を飛び出してきたが、別れたわけではない。離婚までには、まだいくつか解決しなければならない問題がある。生活費や慰謝料や今後の見通しについてだが、それらをいっさい不問にしたまま家を飛び出したので、いまのところ何も考えていなかった。そして淳花との生活もまったくの未知数である。いわば一時的な別居生活といえるだろう。したがって第三者に妻と別れたと明確には言えないのだった。

文忠明が返答に窮していると、

「もちろん奥さんと別れたから、わたしと一緒に暮らすのよ。そんなこと、わかりきったことでしょ」

と淳花は宋永椿をなじるように言った。

淳花が攻撃的になりだしたので、宋永椿と金昌周は、それ以上、訊くのをやめた。だが、淳花は店にやってくる客に誰かれの区別なく、今夜から文忠明と一緒に暮らすことになったと喋りまくっていた。既成事実をつくろうとしているのか、それとも告白せずにはいられないのか、とにかく淳花は今夜から人生が一変するのだと言わんばかりであった。

文忠明は店にいる客の好奇の目に晒されていたが照れる様子もなく、それどころかはしゃぎ回っている淳花を愉快そうに見ていた。

「文さんも変わってますね」

と宋永椿が言った。

「どうして？」

ビールを飲み、煙草をふかしながら、文忠明は宋永椿の言葉の意味が解せないといった表情をした。

「ぼくなら恥ずかしくて、この場にいられないですけどね」

「どうして恥ずかしいんだ。好きな男と女が一緒に暮らすのが恥ずかしいことなのか」

文忠明はますます解しかねるといった表情をした。

「誰かれなしに言いふらすことはないと思うんだけど。それを文さんは楽しそうに見ている」

「ええやないか。淳花は嬉しくて仕方ないんや。自分の感情に正直なんや。それとも淳花の口を手でふさげばいいのか」

「そうじゃなくて、文さんも嬉しいんですか」

と宋永椿は反問した。

「もちろん。ただ、おれは妻子持ちだから少し複雑だけど、人生はあともどりできない。前進あるのみや。たとえこの先、淳花とうまくいかなかったとしても。そうだろう」

「そんなふうに言われると、何も言うことはないです」

「君はおれの人生を生きられないし、おれは君の人生を生きることはできない。人はみな自分の人生を生きるしかないという点では平等なんだ。不幸になるか幸福になるかは誰にもわからん。

だからといって、おれと女房が一生憎み合いながら暮らすわけにもいかない。君なら女房と一生憎み合いながら暮らしていけるのか」

「暮らしていけないと思いますけど、それが奥さんと別れて淳花さんと一緒に暮らす理由ですか」

文忠明は少し考えて、

「理由はいろいろある。しかし、一つひとつ説明はできない。結果的にはおれにすべての責任があると思うが、その責任をおれは投げ出してるんや」

と自嘲的に言って肩をすくめた。

文忠明のどこか投げやりな態度は宋永椿を戸惑わせた。嬉々としている淳花に比べて文忠明はなりゆきまかせな感じだった。

九時ごろになると店は満席になり立ち飲みする客もいたので、文忠明は気をきかせて店を出ることにした。

「いいのよ。気にすることないのよ。店が終るまで飲んでいてよ。一緒に帰ろ」

文忠明がどこか遠いところへ行ってしまうのではないかと不安そうに淳花は引き止めた。

「店が終るころ電話する」

と文忠明は言った。

「本当に電話してね。奥さんのところへ帰ったりしないでね。わたし待ってるから」

不安げな表情で淳花は文忠明を入口のドアまで送ってきた。そして抱きついて長いキスをした。

風俗店が軒を並べているさくら通りではいかにもやくざっぽい男たちが通行人に声を掛けてい

た。文忠明も声を掛けられたが、素知らぬ振りをして通り過ぎた。ボストンバッグを提げていたので、おのぼりさんに見えたのかもしれない。

「ファティ」の閉店時間までには数時間ある。おそらく午前二時、三時ごろになるだろう。その時間になると淳花は酔っぱらっているにちがいない。思い込みの強い感情過多な淳花とはたして一緒に暮らしていけるのか文忠明にはわからなかったが、突発的に家を出てきたので行くあてがなかった。

新宿の夜の底で人びとは軟体動物のように蠢《うごめ》いている。横に歩いている奴もいれば後ろ向きに歩いている奴もいる。くねくねと体をくねらせて這っている奴もいる。文忠明は斜に構えて歩いていた。しだいにわけのわからない黒い感情が盛り上がり、誰かを殴り倒したい衝動にかられた。文忠明は迷宮の回廊をたどるように新宿の街をうろついていた。

タクシー運転手仲間の間で「オカマ村」と呼ばれている新宿二丁目あたりで金洋源とばったり出会った。

「よう」

と出合い頭に文忠明が声を掛けると、四、五人の連れと立ち話をしていた金洋源が、

「文さん！」

と驚いたように振り向いた。

「芝居の打ち合わせをしてたんです」

金洋源は新しく参加した三人の役者と巡業先の神戸から上京している二人の後援者を文忠明に紹介した。

「これから荻窪に飲みに行くんですけど、一緒に行きませんか」

と文忠明は誘われた。

金洋源は明淑が勤めている店へ行こうとしているのだ。

「いや、おれは遠慮しとく」

荻窪まで行って、また新宿へもどってくるのが億劫だった。

「そうですか。じゃあ、ぼくらはタクシーで行きますので、ここで失礼します」

金洋源たちは二台のタクシーに分乗して荻窪に向かった。

一人とり残された文忠明はまた歩きだした。

文忠明には金洋源の気持ちが痛いほどわかるのだった。明淑が同棲しているのを知っていながら会わずにはいられないのだ。会ったところでどうなるわけでもない。おそらく金洋源は自分の思いを告白できないまま悶々と時を過ごすことになるだろう。

文忠明には何の感慨もない。今日、家を出てきたという実感がないのである。家へ帰ろうと思えば帰れるだろう。妻の陽子は家に帰ってきた文忠明を拒否したりはしないだろう。長い夫婦生活の中で、一度や二度の別れ話が出るのは珍しいことではないのだ。しかし、帰る気はなかった。優柔不断が事態をますます悪化させるのだと思った。

気がつくと文忠明は新宿警察署近くの飲み屋街にきていた。「ファティ」へ通うようになる前は、いつもこの界隈で飲んでいたのだ。

文忠明は久しぶりに訪れたスナック「果林」に入った。一階は不動産屋の事務所で二階が「果林」だった。

ドアを開けて入るとカウンターの中にいたマスターの村田光茂が、

「珍しいですね」

と懐かしそうに言った。

「久しぶり」

と言って文忠明がカウンターのとまり木を見ると岡田敬造が座っていた。

「噂をすれば影とやら、いま文さんの話をしてたとこですよ」

髭面の岡田敬造は相好を崩してメガネの奥の少し酔っている目を細めた。

「最近は歌舞伎町界隈を飲み歩いてるらしいけど、たまにはうちにも寄って下さいよ」

細面のマスターはビールとグラスを文忠明の前に置きながら言った。

「それは仕方ない。歌舞伎町には文さんの彼女がいるんだから」

岡田敬造はみんなの関心を引くように言った。

「彼女がいるんですか。それは知らなかった。うらやましいなあ」

ビールをつぎながらマスターは文忠明の顔色をうかがった。文忠明はにたにた笑っていた。

岡田敬造の隣にメガネを掛けた朴訥そうな男が腰掛けている。

「こちらは、ぼくとは古い友人でT出版社編集長の柳原長信さん。文さんの話をしてたんですよ」

柳原長信と文忠明は互いに会釈を交わした。

「文さんからタクシーの話を聞かされていたので、タクシーの小説を出版してみてはどうかと勧めてたんですよ。タクシーにはいろいろなエピソードがあるでしょ。それを小説にしたら面白いと思うけど」

確かに文忠明は岡田敬造にタクシーについての面白おかしいエピソードを話したことがある。しかし、小説を書いてみようと考えたことは一度もなかった。昨年、二十歳前後に書いた十数編の詩を薄っぺらな一冊の詩集にまとめて出版したが、それも偶然の好意で出版できたのであって、文忠明にとって文学はほとんど無縁の世界であった。したがって岡田敬造から小説を書いてみないかと言われても何をどう書けばいいのか皆目、見当もつかなかった。

「うむー、小説ねえ……考えたことがない」

急な話に文忠明は戸惑った。

「何も難しく考えることはないですよ。名編集長がついてますから大丈夫です」

岡田敬造は柳原長信を持ち上げた。柳原長信はまだ文忠明に小説を書かせようと思っているわけではなかった。

「書いてもらうかどうかは、まだ決めてないですよ。ただ、面白いとは思うけどどね」

柳原長信は牽制した。しかし、興味を持っているのも確かだった。

「とにかく書いてみましょうよ。そのうえで判断すればいいじゃないですか」

岡田敬造は結論を先取りして楽観的に言った。

「書いてみたらどうですか。チャンスかもしれない」

マスターもけしかけるように言う。

「アホなこと言うな。何がチャンスや。原稿で飯喰えるわけないやろ」

「原稿で飯が喰えなくてもいいじゃないですか。本を出すことに意味があるんです」

マスターはしたり顔で言った。

「その通り。マスターはいいことを言うね。最初はみんな書くことからはじめるんです。海のものとも山のものともわからないけど、とりあえず書いてみることですよ。書かなければ何もはじまらない。これで決まりだ。柳原さん、文さんは書きます。あとは面倒みてやって下さい」

岡田敬造はまるで判決を下す判事のように言った。

「昔のもの書きは飯が喰えなくても、せこせこと書いていたけど、おれはそんなタイプじゃない。それに文学は現実の一部でしかないのだから、文学を聖域化したり絶対視するような考えはない。それより金儲けを考えてるほうがおれの性に合ってる」

「でも、ぼくから見ると、文さんはかなりいい加減ですから。文さんは金に対する執着心があまりないけど、文さんは金儲けできるタイプじゃない。自分ではそう思ってるかもしれないけど、金儲けをしている人は金に対して凄まじいばかりの執着心を持ってます。そうでないと金儲けはできないんです。ぼくはテレビの仕事をしている関係上、金持ちを何人か知ってますが、彼らの金に対する欲望は普通じゃないです。しかも腐るほど金があるのに吝嗇家です。文さんが吝嗇家だとは思えないし、金に対して強い執着心を持っているとも思えない」

岡田敬造からいい加減だと言われて、文忠明はその点については肯定せざるを得なかった。このいい加減さは、私生活のすべてにわたって共通しているのだ。実際、文忠明は金儲けなど、どうでもいいのだった。その日をやり過ごせれば、一生タクシー運転手として働き続けることに何の抵抗もなかった。ときには投げ出したいと思うこともあるが、人間だれしも、そう思うときがある。

「考えとくよ。自信はないけど」

文忠明は岡田敬造の好意に内心、感謝して答えた。

柳原長信は出版するとも出版しないとも言わなかった。書き上がってきた原稿を見てから判断するつもりなのかもしれない。

文忠明が一応前向きに答えたので、

「それじゃ乾杯しよう」

と岡田敬造はビールをついでグラスをかかげた。

「まだ決まったわけじゃないんだから乾杯されると困るんだがなあ」

こころもとない言い方をして柳原長信もしぶしぶ乾杯に応じた。

思いもよらない岡田敬造のひとことで小説を書かされるはめになったとはいえ、文忠明は胸の中でにわかに何かが動きだすのを感じた。それは未知の世界へ一歩踏み出そうとする不安と畏《おそ》れと希望だった。二十歳前後のほんの三、四年詩を書いていた時期からすでに二十余年の歳月を経て小説を書くことになるかもしれない不思議なめぐり合わせに、文忠明は時の流れを感じずにはいられなかった。そして何よりも「同時代批評」に短い文章を書いていたのも文学への思いを断ち切れなかったからではないかとあらためて思った。

岡田敬造と柳原長信は終電車前に席を立った。

「それじゃ、原稿を期待してます」

と言い残して岡田敬造は店を出た。

「よかったですね。岡田さんと柳原さんに会えて」

マスターは差し歯の犬歯を抜いてうがいをした。

「気が重いよ。小説の書き方もわからないのに小説を書くのは」

と文忠明は憂鬱そうに言った。

「なんとかなりますよ。文さんは無手勝流だから、それでいいんじゃないですか。小説の書き方にとらわれることないですよ」

「それはそうだ。小説の書き方にテキストなんかない」

詩を書いていた二十二歳ごろまで文忠明は年に二百冊以上の読書をしていた。しかもノートに読後感を詳細に記入し、四年でノートは十五冊になっていた。その後、結婚し、事業をはじめ、三年後、事業に失敗して莫大な負債をかかえて大阪を出奔、仙台と福島を放浪したあと東京へきてタクシー運転手になったが、その間、ほとんど読書をしていない。文忠明にとって読書は詩を書く行為と連動していたのだが、詩を書かなくなったとたん、読書は何の意味も持たなくなったのである。

「君は読書をするのか」

文忠明はマスターに訊いた。

「週刊誌くらいは読みます」

「小説や教養本は読むのか」

「ほとんど読まないです」

「だろうな。生涯、一冊の本を読まなくても人は生きていける」

文忠明は腕時計を見た。午前一時を指している。「ファティ」へ行って淳花と一緒に帰らなければならない。淳花は泥酔して眠っているかもしれないと文忠明は思った。それとも首を長くして待っているだろうか。

「そろそろ店を閉めます」

とマスターが言った。

岡田敬造と柳原長信が帰ったあと客は文忠明一人だけだった。

雨が降っていた。文忠明は傘を借り、マスターと一緒に駅まで歩いた。大ガードから青梅街道沿いにかけて、地下鉄工事を表示している電灯が点滅している。工事のため一車線にせばめられている道路は渋滞していた。

「店をやめようかと思ってるんです」

傘の中に痩せた肩をすぼめているマスターが弱々しい声で言った。

「どうして？　そんなに暇なのか」

傘の中のマスターの顔はざくろのようだった。

「喰っていけないんですよ。家賃も二カ月滞納していて家主から追いたてられてるんです」

そんなにせっぱ詰まっているとは知らなかった文忠明はマスターの深刻な表情に溜息をついた。

「店をやめて、他にやることがあるのか」

「ないです」

「じゃあ、どうして喰っていくんや」

「ぼくもタクシー運転手になろうかと思って」

真面目に考えているらしいので文忠明は、

「あまりすすめたくないね」

と言った。

「どうしてですか。文さんもやってるじゃないですか。ぼくには務まらないと言うんですか」

「そうじゃない。できれば店を続けたほうがいいと思う」

タクシー運転手のつらさは実際に勤めてみなければわからないのだ。昼と夜が逆さまになり、否応なしに二十四時間労働を強いられる。さぼるとそれだけ収入が減るのでさぼるにさぼれないのである。

「二種免許を取得するのに、すくなくとも四十日はかかる」

と文忠明は言った。

「そんなにかかるんですか」

「四十日で取得できればいいほうだ。五十日、六十日かかっても取得できない者もいる」

「文さんは何日で取得したんですか」

「おれは四十日で取得した。練習生の中で一番早かった」

「練習生って、どういうことです？」

マスターの村田光茂は腰が引けてきたようだ。

「タクシー会社の養成所に入って教習所に通い、一カ月ほど勉強することになる。家から通うのは難しいだろうな。寮に住み込むことになると思う」

文忠明の話を聞いているうちに村田光茂の表情が暗くなってきた。

「一カ月も住み込みになるんですか」

「合格するまで住み込みになる」

村田光茂は吐息をつき、肩を落とした。

大ガードの前で二人は別れた。

村田光茂は電車に乗るために信号を渡り、文忠明は「ファティ」に向かった。

午前一時の雨の新宿はさすがに閑散としているが、さくら通りにはまだ数人のポン引きがたむろしていた。

「社長、いい娘がいますよ」

サングラスを掛けたポン引きの一人が文忠明に声を掛けてくる。

文忠明はポン引きを無視して「ファティ」に向かって歩いた。

店のカウンターには二人の客がいた。マスターの建二が浮かぬ顔をしている。淳花はいなかった。

淳花と一緒に帰るため店にもどってきた文忠明にビールを出しながらマスターが言った。

「一時間ほど前、ドイツ人と一緒に店を出ました」

「ドイツ人……」

「文さんとつき合う前につき合ってたドイツ人の新聞記者ですよ」

そういえば一度店で会ったことがある。背の高い知的でハンサムな男だ。

「もどってくるのかな」

と文忠明は訊いた。

マスターは気紛れな淳花の行動を保証しかねるといった表情をして、

「さあ、ぼくにはわからない。かなり酔ってたから」

と文忠明の猜疑心を煽るように言った。

別れたと言っていたはずのドイツ人と淳花はどこへ行ったのだろう。一時ごろにはもどってくるのをわかっていながらドイツ人とどこかへ出掛けて行った淳花を文忠明は腹だたしく思った。たぶん酔っぱらって忘れているのだろう。文忠明は一時間待つことにした。

「文さん、淳花はもどってこないかもしれないですよ」

店内に流れているジャズに合わせてリズムをとりながらマスターの建二は意地悪く言った。

「二時まで待って、こないときは帰るよ」

文忠明は半分、諦め顔だった。

「一緒に暮らすのはいいけど、こんな調子で一緒に住めると思いますか」

言葉のニュアンスからマスターは文忠明と淳花の同棲に反対のようだった。

「一緒に住まなかったら、淳花はどうなると思う？」

と文忠明は訊いた。

「たぶん淳花は頭がおかしくなるでしょうね」

マスターは肩をそびやかして水割りを飲んだ。マスターもかなり酔っていて目が据わっていた。

二人の客が帰った。時刻は午前二時になろうとしている。文忠明はこれ以上待つ必要はないと判断して席を立った。

「帰るんですか？」

とマスターが訊いた。

「帰る。明日の昼過ぎ、家の方に電話すると言っといてくれ」

「今夜はどこに泊まるんですか」

マスターは探るように訊いた。

「わからん」

つっけんどんに答えて、文忠明は大股で店を出た。

翌日の昼過ぎ、文忠明は淳花の家に電話を入れた。電話口に出たのは淳花の妹の福美だった。

「ちょっと待って下さい。淳花を起こしてきます」

淳花がなかなか電話に出ない。おそらく二日酔いで起きられないのだ。仕事の途中、公衆電話から掛けている文忠明はいらいらした。

二分ほど待たされて、ようやく淳花が電話に出た。普段の可愛い声が風邪を引いたようなしわがれ声になっている。

「もし、もし……」

まだ夢の中を彷徨しているような声だ。

「おれや。昨日はドイツ人と一緒だったらしいな。おれと店で待ち合わせてたんじゃなかったのか」

二日酔いと夢うつつの状態から覚醒させるために文忠明は毒づいた。

「ごめんね。あいつがよりをもどしたいってしつこく言うから、話し合うために『天の川』で飲んでたのよ。二時過ぎ、店にもどったんだけど文さんが帰ったあとだったのよ」

しわがれた声がしだいに高ぶってきた。

「ドイツ人と何をしてたんだ」

「何もしてないわ。わたしを疑うの。ひどいよ。文さんはどうしたの。『ファティ』を出てホテルに泊まったの。それとも奥さんのところへ帰ったの」

「会社に泊まった」

「嘘でしょ。奥さんのところへもどったんでしょ」

高ぶってきた声がヒステリックになりだした。

「馬鹿なことを言うな。もどるわけないやろう」

文忠明は抑えつけるように怒鳴った。

「だったら待っててくれたっていいじゃない」

「君がいつ帰ってくるかわからないのに待てと言うのか」

「帰るにきまってるじゃない。あいつと寝るわけないでしょ。わたしを信じないのね」

「どう信じろと言うんや。帰ってないのに、いつまでも待てと言うのか。馬鹿みたいに」

「そんな言い方しないでよ。わたしは何があってもあなたを信じてる。なのにあなたはどうしてわたしを信じてくれないの。悲しいよ。悲しすぎるよ。わたしを信じないんだったら、これから踏切に飛び込んで死んでやるから」

そう言って淳花は電話をガチャン！　と切ってしまった。

文忠明は頭の中が真っ白になった。淳花ならやりかねないのだ。

すぐに電話を掛け直すと淳花の妹が出た。

「悪いけど淳花に替わってくれへんか」

焦りながら文忠明は耳を澄まして、電話の向こう側で妹の福美とやりとりしている淳花のかん高い声を聴き取ろうとした。

「電話に出たくないと言ってます」

淳花にてこずっている妹の福美は電話を切ろうとする。

「とにかく電話に出してくれ。淳花は踏切に飛び込んで死ぬとか言ってる」

福美は舌打ちして、また二階へ上がって淳花を呼んでいる。その声が電話に響いてくる。電話ボックスの中の文忠明は通過する車輛の轟音を遮断して受話器に神経を集中させ、淳花を待ったが、返事に出たのはまたしても福美だった。

「布団をかぶって返事をしません。どうしますか」

福美はうんざりした口調だった。

「これから行くさかい、ぼくが着くまで淳花の外出を止めてくれ」

「でも、姉はわたしの言うことなんか聞かないと思います」

「二十分で行く。二十分だけ引き止めてくれ」

そう言って文忠明は電話を切ると電話ボックスのわきに停車していたタクシーを運転して淳花の家をめざし吹っ飛ばした。

桜台駅まで十五分できたが、踏切で上り線と下り線の電車を二本も待たされた。踏切を渡って曲がりくねった狭い道路を文忠明はまるでレーサーのように疾走した。そして畑沿いの通路に車を止めて淳花の家のチャイムを鳴らした。

ドアを開けた福美が血相を変えている文忠明を滑稽そうに見つめて、

「姉は鼾をかいて寝てます」

と言った。

「鼾をかいて寝てる?」

文忠明は福美に案内されて二階へ上がり淳花の部屋をのぞいた。淳花はぐっすり眠っていた。

「どういうつもりなんだ。ひとを脅しておいて……」

淳花の子供のような寝顔にひと安心すると同時に無性に腹が立った。

「姉は文さんに甘えてるんですよ。電話で死ぬとか言ったら文さんが心配して飛んでくるなんて、うらやましいな」

福美は含み笑いを浮かべて文忠明を揶揄った。淳花の性格をまだよくわかっていないと言いたいらしい。しかし文忠明にしてみると淳花ならやりかねないと思ったのだ。淳花の性格がどうあれ、何かちょっとしたことが引き金になって事態が悪化しかねない雰囲気をいつも感じていたからだ。

一階の応接室のソファに座って、文忠明はひと息ついた。隣の部屋で眠っていた兄の建二が起きてきてトイレに行ったあと、応接室にいる文忠明に気付いて、

「どうしたんですか？　いまごろ……」

と不思議そうに訊いた。

文忠明が事情を説明すると、

「ああ、そうですか。それじゃあ、ぼくはもう少し寝ますので、ゆっくりしていって下さい」

と別に驚いた様子も見せず、建二はふたたび眠りについた。

出掛ける用意をしていた福美はバッグを持って応接室にいる文忠明に、

「わたしは二、三日出掛けます。文さんは今夜からこの家に泊まるんでしょ。姉と喧嘩しないでね。姉は目を醒ましたら、たぶん電話のことは忘れてると思います」

と微笑して家を出た。

午後二時に近い時刻だが、明け方まで起きていた建二と淳花にとってこの時間帯はまだ睡眠の時間であった。タクシー運転手の生活も不規則だが、水商売をしている建二と淳花の生活も不規則なのだ。妹の福美は恋人のところで二、三日過ごすのだろう。ときには一週間帰ってこないときもあると聞いたことがある。

文忠明は二階に上がって淳花の部屋に入り、無心な寝顔をのぞき込んだ。

文忠明の息づかいを感じたのか、うっすらと目を開けた淳花が、

「やっぱりきてくれたのね。嬉しい……」

と両腕を伸ばして文忠明の首に巻きつけた。

淳花は裸だった。裸の体をくねらせ、文忠明の顔に豊満な乳房をあてがって、ズボンの上から

ペニスを握った。すでに文忠明のペニスは垂直に勃起している。

「きて……」

吐息とともに淳花の舌が文忠明の口に入ってきた。淳花の体臭と性の匂いが文忠明の口中にひろがった。

文忠明はベルトを解き、服を脱いで裸になり、ベッドにすべり込んで淳花のすべすべした柔らかい弾力のある体を抱きよせた。そして淳花の体の隅々に舌を這わせ、互いに唇を激しく奪い合った。

「今日から一緒に暮らすんでしょ。仕事が終ったら、この部屋に帰ってきてね」

喘ぎながら淳花は切なそうな声で言った。

「帰ってくる、必ず……」

愛液が溢れている膣の中へ文忠明はペニスを挿入しながら言った。淳花は体をのけぞらせて痙攣し、

「わたしを放さないでね、絶対に……」

とうわごとのように言うのだった。

淳花のよがり声が大きすぎるので、下にいる兄の建二に聞こえるのではないかと文忠明は淳花の口を手で押さえた。それがかえって淳花を興奮させ、淳花は体をよじって、まるでいままさに赤ちゃんを出産しようと陣痛に耐えている妊婦のように歯を喰いしばって呻いた。胞子状の羊歯《しだ》のような膣に締めつけられた文忠明のペニスはたまらず射精した。

セックスのあと文忠明は一瞬眠りに陥ったようだった。外でクラクションが鳴っている。

階下から建二が、

「文さん、文さん、タクシーを移動して下さい」

と呼び掛けている。

文忠明は急いで服を着て階段を下りた。

「貨物車が通れないんで、近所の人が警察に通報してパトカーがきてますよ」

参ったな、と思いながら外に出てみると厳しい表情のお巡りが文忠明を睨みつけた。貨物車の運転手や警察に通報した近所のおやじも迷惑顔で文忠明のマナーのなさを非難している。

「すみません」

文忠明は素直に謝った。

「こんな狭い道路に車を駐車したら、他の車が通れないだろう。プロだったら、それくらいのことはわかるはずだ」

四十歳前後のお巡りはプロという言葉を強調した。そして免許証の提示を求めた。

文忠明が免許証を提出すると、お巡りの目に悪意のようなものがよぎった。

「外人登録は持ってるか」

いつもは免許証と一緒に携帯しているのだが、先日、ある用事でスーツを着て出掛けたとき、外国人登録証だけを所持して外出し、スーツの内ポケットに入れたままになっていた。うかつにも文忠明は外国人登録証を所持していなかった。

「家にあります」

と文忠明は言った。

「外人登録は携帯が義務づけられている。ちょっと本署へきてもらうか」

まるで別件逮捕のような感じだった。

服を着て様子を見にきた淳花が、理不尽なお巡りに喰ってかかった。

「誰だって忘れることはあるでしょ。忘れることが犯罪なんですか。免許証があるんだから外人登録もあるってことでしょ。それなのにどうして本署まで連行するんですか。越権行為です」

淳花は目を大きくして怒りをあらわにした。

「外人登録は携帯が義務づけられてるんですよ。外人登録を携帯していなければ確認するのがわれわれの務めです。運転免許証と外人登録とは性質がちがうんです」

もう一人のお巡りが、

「あなたはこの運転手さんとどういう関係ですか」

と訊いた。

「友達です」

淳花は公衆の面前で文忠明との関係を問われて一瞬言葉に詰まった。

「とにかく本署で調べて外人登録が確認できれば問題ないわけです。このまま帰しますとわれわれの職務怠慢になります」

うまいことを言う、と文忠明は内心歯ぎしりした。二人のお巡りは何がなんでも本署へ連行して取り調べようとしている。

「外人登録は家にあるから、取り寄せれば確認できる。心配ない」

文忠明が説得するように言うと、淳花は目にうっすらと涙を溜めていた。家に連絡をとった場合、外国人登録証を持ってくるのは文忠明の妻ではないのか。いざというとき頼れるのは妻であり、そして釈放されたあと文忠明は妻と一緒に帰ってしまうのではないのか。淳花の涙は警察に拘束される理不尽さに対する悔し涙というより、外国人登録証を持ってきた妻と一緒に帰ってしまうのではないかという不安による涙だった。

連行される文忠明に、

「こっちへ帰ってきてね。待ってるから」

と淳花は不安を隠しきれない表情で言った。

実際、文忠明も憂鬱だった。外国人登録証を警察へ届けてもらうためには妻の陽子に連絡しなければならなかった。昨日、家を出たばかりの文忠明が、警察へ外国人登録証を届けてもらうと、そこに何かしら夫婦の情感のようなものが介在するのではないかと恐れた。もし妻の陽子から帰ってきてほしいと乞われたら拒否できるだろうか。文忠明はタクシーを運転してパトカーのあとをついて行った。

練馬警察署の車庫にタクシーを入れて署内に入ると交通課ではなく外事課に連れて行かれた。パトカーに乗っていた二人の警官が上司に報告したあと、机の前に座らされている文忠明の前にきて、

「家族に連絡とれますか」

と訊いた。

「ええ、家内がいると思います」

もちろん昨日家を出たことは言わなかったし、言う必要もなかった。

「じゃあ、奥さんに電話を入れて外人登録を持ってくるよう言って下さい」

警官はボールペンを走らせて運転免許証のナンバーを調書に記入していた。

「家内に外人登録を持ってこさせないと駄目ですかね。家内は神経質なものですから、嫌がると思うんです」

妻の陽子と会いたくない文忠明は牽制した。

「事情が事情ですから、とにかく外人登録を持ってこさせて下さい。なんでしたら、わたしから連絡してもいいですが」

警官は文忠明の内心を見透かすように言った。

外国人登録証を持ってこなければ帰さないつもりらしい。

仕方なく文忠明は妻の陽子に電話を掛けた。

「もし、もし……」

陽子の陰気な声が受話器の中にこもっている。

「おれや……」

文忠明の声に陽子は一瞬黙っていた。

「じつは駐車違反で警察にきてるんやけど、外人登録を家に忘れてたさかい、悪いけど警察まで持ってきてくれへんか」

昨日家を出たばかりの夫から外国人登録証を警察へ届けてほしいと頼まれて陽子は、

「馬鹿みたい……」

と呟いた。

「どこの警察ですか」

陽子は冷ややかに訊いた。

「練馬警察や」

「練馬警察……」

東京の地理にうとい陽子は億劫そうに言った。

「タクシーできてくれ。駒沢からだと、環七を練馬方面にきて千川通りを左折したあたりや。タクシー運転手なら知ってると思う」

簡単に地理を教え、電車でくると二回乗り換え、一時間以上かかるのでタクシーを利用するよう言った。

「タクシー代がありません」

陽子はあらたまった口調で拒否するように言う。

「タクシー代はおれが出す。外人登録はおれの茶色のスーツの内ポケットにあるはずや。時間がない。すぐきてくれ」

急かせて電話を切ろうとする文忠明に、

「どこで駐車違反したんですか」

と陽子は質した。

「どこでもええやないか」

車を運転している者にとって駐車違反はつきものである。文忠明は何度も駐車違反をしているが、陽子から駐車違反の場所を訊かれたことなど一度もない。それなのに今日に限って、なぜ駐車違反の場所を訊くのか。電話線から陽子の鋭い直感がひしひしと伝わってくるのだった。

「女の家の前ですか」

直感とはいえ、あまりにも正確な指摘に文忠明はどぎまぎして、

「中華店でラーメン喰ってたとき、駐車違反でやられたんや」

邪推も甚だしいと言わんばかりに、文忠明は言い逃れをした。

「嘘ばっかし……」

嘲るような声で非難して陽子は電話を切った。

妻の陽子がはたして外国人登録証を届けてくれるのかどうかわからないまま電話を切られて、文忠明はおいてけぼりを喰ったような気持ちになった。

電話の様子をうかがっていた警官が、

「持ってきてくれるんですか？」

と訊いた。

「ええ、持ってきます」

文忠明は悠然と構えてみせた。

「日本生まれですか」

と警官は訊く。

「ええ、日本生まれの日本育ちです」

「生まれはどちらですか？」

「大阪です」

「ああ、大阪ですか。わたしは埼玉です」

警官は無表情に何の関係もないことをくどくどと訊く。

手持ちぶさたの三、四十分が過ぎたころ、口を固く結んだ不機嫌な表情の陽子が現れた。

そして文忠明の取調官のところへきて、

「主人がご迷惑をお掛けして申しわけありません」

とバッグから外国人登録証を出して手渡し、まるで保護者のように頭を深々と下げて警官に謝るのだった。

警官は外国人登録証の写真と文忠明を見比べ、さらに運転免許証の写真とも比較して本人であることを確認したあと、

「これからは必ず携帯するように。外人登録の最後のページに注意事項がありますから、よく読んで下さい」

と事務的に述べて外国人登録証と運転免許証を返却し、

「この書類にサインして下さい」

と先程から記入していた調書を文忠明に差し出した。

その調書にサインして文忠明は立ち上がり、さっさと外に出た。そしてあとから追い掛けるようについてきた陽子に乗ってきたタクシー代を渡し、

「家まで送って行く」

と言った。

陽子が助手席に乗ると文忠明は駒沢をめざした。無言の二人の間に緊張感が漂い、互いにどちらかが言葉を切り出すのを待っていた。

言葉を切り出したのは陽子だった。

「昨日の午前三時ごろ、家に女の無言電話が二回もあった」

「女の無言電話？　無言やのに、どうして女だということがわかる」

「わたしにはわかります」

唇を歪めて冷笑を浮かべる陽子の横顔が怒気に満ちていた。

「アホなこと言うな。間違い電話や」

「ちがいます。女の匂いがしたわ」

「女の匂い？　電話で匂いがわかるのか」

「わかります」

文忠明はずるずると陽子の誘導尋問に引っ掛かっていくような気がした。陽子は文忠明の口から女がいることを確かめたいと思っているのだ。文忠明は警戒して口をつぐんだ。

「本当に別れるつもり？」

「君が家を出る言うさかい、おれが家を出たんや。ちがうのか」

「あなたは自分のことしか考えてないのよ。子供やわたしがどうなろうと関係ないんやわ。いままでさんざん好き放題やってきて、あんまりやわ。子供はどうなるの。子供のことは考えないの」

話をむし返しながら身勝手な文忠明を激しく糾弾する陽子はいつしか涙声になっていた。

子供を引き合いに出されて文忠明は返答に窮した。長男の世賢《セヒョン》は民族学校の高等部（高校）を卒業しているが、長女の梨花《リファ》は日本の高校に在学中である。まだ一人前とはいえない。自前で生きていくにはしばらく時間を必要とするだろう。だが、家を出ることは父親としての役目を放棄するのに等しいのだった。

「あなたには父親の資格なんかないわ」

「君に母親の資格があるのか。おれに対しても子供に対しても、いつもヒステリックになって、金切り声を上げてるやろ。子供もたまらんで」

「誰がそんなふうにさせてるのよ。わたしもヒステリックになんかなりたくない。でも、あなたがそうさせてるでしょ」

「なんでもひとのせいにするな。自分の問題や。自分の問題をおれに押しつけるな」

売り言葉に買い言葉というが、二人の口論はあまりに虚しく、傷つけ合うだけであった。

「ここで降ろして。あなたの顔なんか二度と見たくない」

涙をこぼしながら陽子は車のドアを開けて飛び降りようとした。

文忠明が驚いて急ブレーキを掛けたので陽子は反動で前のめりになってフロントガラスに額をぶつけた。ゴツン！　という音がして元の姿勢にもどった陽子の額にうっすらと血がにじんでいた。文忠明は暴力を振るったような気持ちにさせられた。実際、陽子は暴力を振るわれたような怨念のこもった表情で文忠明を睨み、唇をわなわなと震わせ、いまにも大声で泣きださんばかりに駆けて行った。

上馬交差点の近くだったので家まで歩いて帰れる距離ではあった。痩せ細った体をこごめて歩道を足早に去って行く陽子の後ろ姿を見送りながら、おれはなんてひどい奴なんだ、と文忠明は自責の念にかられた。額を打った痛みと傷は陽子の胸の奥で生涯消えることはないだろうと文忠明は思った。へどが出そうなほどの自己嫌悪にかられて文忠明はタクシーをふっ飛ばし、何かに激突してしまいたいほどであった。

文忠明はあまり車の走っていない道路にタクシーを止めて高揚している感情を静めるため座席を倒して横になり瞼を閉じた。ここまでこじれた夫婦関係を修復するのはもはや不可能に思われた。お互いに話し合うべきことがあったはずだが、すぐに感情的になり、口論の末、何日も口をきかない状態が続き憎しみだけが残るのである。人間の理性ほどあてにならないものはない。冷静になろうとしながら、自分の立場を相手に押しつけようと口論になるのだった。同じことのくり返しである。

座席で横になっていた文忠明はいつしか眠り込んでしまった。目を醒ますとあたりは暗くなっていた。車内灯を点けて時計を見ると午後十時だった。四時間も眠っていたのだ。文忠明は売り上げを計算した。午後十時でノルマの五分の一にも達していない。朝まで休憩せずに仕事を続けてもノルマの達成は困難であった。文忠明は仕事を諦めて帰庫することにした。

上町にある会社に帰庫した文忠明は宿直の課長に体の不調を訴えた。

「しょうがねえなあ」

午後十時から午前一時までの稼ぎどきに帰庫してきた文忠明の中途半端な売り上げに課長は渋い顔をした。タクシー一台を遊ばせた勘定になるからだ。

「どうも調子が悪くて。吐き気がするんですよ」

文忠明はいかにも疲れた様子で肩を落として体をだらりとさせた。

タクシー運転手のさぼるときの言い訳の定番は「体の調子が悪い」であった。したがって課長は文忠明の言い訳を疑っているのだった。だが、本人が仕事を投げ出している以上、強制はできなかった。

早退した文忠明は仮眠所に置いてある下着を詰め込んだボストンバッグを取って会社をあとにした。それから「ファティ」に電話を入れた。

電話に出たのはマスターの恋人の敏江だった。

「淳花さんはついさっき店を出て、たぶん『天の川』にいると思います」

敏江とそりの合わない淳花は店を抜け出して「天の川」へ飲みに行き、そこでくだを巻いているのだろう。

文忠明は電車を乗り継いで「ファティ」の裏あたりの入りくんだ路地裏のバラック小屋のよう

な飲み屋街の一角にある「天の川」に行った。五人が座ると満席になるカウンターだけの小さな店で淳花が飲んでいた。

「あいつがいるから店を出てきたの。忙しくないのに手伝いにきたりして。わたしを店から追い出そうとしてるのよ。あいつが店を手伝うんだったら、わたしは辞めてやる」

文忠明が隣に座るなり淳花は憤懣をぶちまけた。

「天の川」のママはいなかった。

「ママはいないのか」

と文忠明は訊いた。

「またどこかへ飲みに行ってるのよ。商売になりゃしない」

「天の川」のママは商売そっちのけで毎晩、この界隈を飲み歩き、話にはずみがつくと腰をすえて帰ってこないのである。今夜も何時に帰ってくるのかわからない。

二人の客が入ってきた。すると淳花が、

「いらっしゃい」

と席を立ってカウンターの中に入り客を迎えた。

淳花と顔見知りの客は、

「またママはいないのか。だけど淳花さんが接待してくれるんだったら、そのほうがいいや」

と冗談まじりに言って笑った。

少し酔いの回っている淳花は艶然と笑みを浮かべ、

「今夜はわたしがこの店のママなの」

と冷蔵庫からビールを二本取り出してグラスについだ。

こういうときの淳花はじつに魅力的だった。嫌悪をこめて敏江をののしりながら、目が急にきらきらと輝き、艶っぽくなるのである。その表情の変化は、まるで舞台女優のようであった。そのとき、そのときの状況に応じて淳花の内面の変化は表情の隅々にあらわれる。自分の感情に忠実なだけでなく、相手の感情にも敏感に反応する淳花はいつも人の顔色をうかがっているところがある。かといって付和雷同なのではない。気に入らないときの淳花は辛辣で苛烈で、ときには破滅的な行動をとったりする。

「わたしは文さんの女房なの。文さんはわたしの旦那なのよ」

淳花がからかうように言うと、

「え？　そうなんですか」

と二人の客は驚いて文忠明を見た。

文忠明はにやにやしていた。

誰かれなしに吹聴する淳花を文忠明は受け入れていた。あまり実感がないので淳花が吹聴するたびに文忠明は他人ごとのように思えるのだった。

一時間が過ぎたころ、へべれけになった「天の川」のママがもどってきた。カウンターの中で客をもてなしている淳花に、

「本当に親孝行な娘だよ」

と厚化粧が溶けだしている顔を皺だらけにして喜んだ。

「ママ、店を空けて、どこを飲み歩いてんだ」

客の一人が言うと、

「わたしは趣味で店をやってんだ。気に入らなかったら帰りなよ」

と男のような口調で突っぱねた。

「趣味でやるのもいいけど、おまんまの喰いあげだろう」

ともう一人の客が言った。

店を空けたまま飲み歩いているので店にきた客は冷蔵庫から勝手にビールを取り出して飲み、適当に飲み代をカウンターに置いていく。どうみても商売にはならないはずだが、ママはわれ関せずであった。

「お金なんかいらないわよ。わたしがおごるからさ」

もちろん誰もママからおごってもらおうとは思っていない。いつものように啖呵を切る気前のよさを面白がっているのだった。

ママは酔った目をふらつかせて文忠明に視線を転じ、

「文さん、この前、淳花が泣いてたわよ」

と言うと、

「ママ、その話はやめて」

と淳花は遮った。

「あなたは黙ってなさい。言わないと男はわからないんだから」

酔った勢いでからんできているのかもしれないが、ママの真剣な目つきは娘をかばう母親のようだった。

淳花が不安そうにしている。二人の客は、これからどういう話が始まるのか興味津々だった。

文忠明は壁にもたれてビールを飲み、ママの話を聞く態勢に入った。

「淳花は子供を堕《お》ろしたのよ」

青天の霹靂だった。

ママの声が文忠明の脳天に振り下ろされたハンマーのようだった。居合わせた二人の客も唖然とした表情で文忠明を見た。

淳花がうつむいている。何かとり返しのつかない失態でもしたように深刻な顔でうつむいている。

「ほんまか」

文忠明は淳花を質した。だが淳花は黙っていた。

「文さんがタクシー運転手をやりながら原稿を書くのは無理だから、自分が働いて文さんには原稿だけ書いてほしいと淳花は思ってる。だから子供を堕ろしたのよ。そういう女の気持ちが文さんにはわからないでしょ」

ママはアルコールで潰れたがらがら声で女ごころを知らない身勝手な文忠明を非難した。

もしママの話が本当なら、それまでになんらかの徴候があったはずだと文忠明は思った。淳花は思ったことをはっきり言う性格である。ましてや妊娠という重大な出来事を黙っているはずがないのだ。

いつだったか淳花は避妊手術をしていると言っていたのを文忠明は思い出した。避妊手術は一年ごとに受けなければ子宮に問題が発生する可能性があるので、近々手術を受けなければならないと憂鬱そうにしていた。ということは避妊手術を受けなかったのか、それとも避妊手術を受けたことを堕胎手術をしたと錯覚しているのか、いずれにしても淳花の話は嘘にちがいないと文忠明は思った。

二人の客は興味を示しながら、あまりにも私的でこみ入った男女のしがらみにこれ以上立ち会

うことを遠慮したのか、

「おれたちは帰る」

と席を立った。

「いいじゃない。もう少し飲んでいきなさいよ」

酔っぱらっているとはいえ、ママの無神経さに文忠明は怒る気にもなれなかった。

「いや、これ以上、人さまの下世話な話を聞くのは遠慮しとくよ」

と客の一人が勘定を払った。

二人の客が去ったあと、三人の間に沈黙が続き、気まずい雰囲気につつまれて息苦しいほどであった。

「わたしは男に二度捨てられたことがあるのよ。一人の男との間には男の子が生まれたけど、犬や猫じゃあるまいし、ある日、男はわたしと子供を捨ててどこかへ消えちまったのさ。路頭に迷ったわたしは、そのとき子供と一緒に死のうかと思った。それ以来、わたしは男を信用しないことにしてるの。文さんは淳花に責任をとれるの」

まるで自分を捨てた男を糾弾するようにママは煙草をふかしながら文忠明に迫るのだった。

「ママ、やめてちょうだい」

と淳花が制した。

「胸がむかむかする。もう一杯飲んでくる。この際、はっきりしたほうがいいわよ」

文忠明をかばう優柔不断な淳花を叱咤するように言ってママは店を出た。

ママが店を出て二人きりになると淳花はうるんだ目で、

「ごめんなさい」

と謝った。

「なんでママに、あんなことを言うたんや」

文忠明はできるだけ理性的になろうと努めた。

「避妊手術を受けたあと、すごく悲しくなって、本当はあなたの子供を産みたいのに、避妊手術を受けた自分がいやでたまらなかった。まるで堕胎したような気持ちになって、ついママに嘘をついてしまったの」

大粒の涙がこぼれ落ちた。

最近の世論調査では、子供を産みたくない女が増加しているというのに、どうして淳花は子供を産みたがるのか。それが愛の証だと思っているのだろうか。もしそうだとすればすでに二人の子供がいる文忠明にとって厄介な問題であった。いまいる二人の子供を文忠明は何ものにもかえ難いほどいとおしい存在だと思っている。子供のために自分にできることがあればどんなことでもするだろう。だが、子供が愛の証とは必ずしも思っていないのだった。妻と子供は別の存在なのだ。文忠明には避妊手術を受けた女の体にどんな変化が起きているのか知るよしもない。

「一緒に暮らさないなんて言わないでね。みんなわたしが悪いんだから」

そう言って淳花は水割りをいっきに飲み干し、涙で光っている大きな瞳で文忠明を見つめた。贖罪意識を引き受けることで、この場をとりつくろおうとしているのだ。

「おれはどう思われてもええけど、嘘はつくな」

と文忠明もビールを飲んで言った。

「嘘じゃない。子供は一度堕ろしたことがあるわ」

淳花は今度は敵愾心を燃やして文忠明を睨んだ。

「いつのことや」

「二年前。それから避妊手術するようになったのよ」

「二年前のことなんか、おれには関係ない」

「そうよね。あなたには関係ないわよね。男はみんなそう言うんだから。おれには関係ない。そう言って逃げるのよ。男は敵よ。汚い卑怯者よ！」

淳花は文忠明を一般化された男の一人とみなして嫌悪した。

いつものことだが思考の回路がもつれて論理が飛躍するのだった。二年前の堕胎の記憶が文忠明との関係の中で蘇ってくるのだ。

「もしわたしが本当に妊娠していたら、あなたはどうする？」

淳花は文忠明の本心を探るように訊いた。

「産みたければ産むさ」

「突き放した言い方するのね。本当は産んでほしくないんでしょ。正直おっしゃい」

「どう答えれば納得するんや。産むなと言えば納得するのか。それとも産めと言えば納得するのか、どっちなんだ」

「選択をわたしに押しつける気なのね。それは責任逃れよ」

「産む産まないは女の権利じゃないのか」

「そうやって逆手にとってわたしをいじめるのね。どうしてわたしをいじめるの」

淳花はまたしても涙を浮かべて怨めしそうに文忠明を見つめた。

入れ子のように箱の中に箱があり、その箱の中にまた箱があり、きりがなかった。

文忠明はママがもどってくる前に店を出たいと思っていたが、かなり酩酊してきた淳花を、このまま残していいものか迷った。残して帰れば妻の陽子に電話を入れるおそれがあった。それだけは避けたかった。

「ねえ……」

と淳花が急に声色を使って言った。

「一緒に帰りましょ」

珍しく淳花は自分から帰ろうと言いだした。それは休戦協定のようなものだった。言い争ってみても結局、何一つ結論が出るわけではないのを淳花は少し学習しているようだった。

「そうだな……」

文忠明は少し疲れた様子で腰を上げた。

「可哀相に。あなたは奥さんから責められ、わたしから責められて立つ瀬がないのね。わたしがもっと大人の女だったら、あなたの面倒をみてあげられるのに。あなたには女を見る目がないのよ。でも、この世であなたを一番愛してるのは、このわたしだってことを忘れないでね」

淳花はカウンターから出てきて文忠明を抱きすくめしみじみと顔を見つめると、

「疲れた顔してる。働きすぎよ。どうしてあなたはこんなに働かなきゃならないの。あなたにはやるべきことがあるはずなのに、奴隷みたいに働いて」

と哀れむのである。

「みんな働いてる。君も夜遅くまで働いてる。そうだろう……」

「そうね、働かないと生きていけないもの」

淳花は文忠明のポケットを探って、

「お金ある？」

と訊いた。

「タクシー代くらいはある」

と文忠明は言った。

すると淳花は冷蔵庫の上に置いてある小さな金庫を開けて有り金を取り出した。

「それはこの店の売り上げだろう」

と文忠明が言った。

「いいのよ。どうせママは飲んでしまうんだから」

淳花は悪びれる様子もなく、わずかな売り上げを自分のバッグに入れた。子供が親の目を盗んで金をせしめる感覚に似ている。

淳花は陽気になって、

「お腹空かない？」

と訊いた。

「少し空いてる」

「じゃあ、ラーメン食べようよ。餃子も」

淳花は文忠明と腕を組んで歩き、風林会館近くのラーメン店に入った。

ラーメンと餃子を二人前とビールを注文し、煙草に火を点けた。それから運ばれてきた餃子を肴にビールを飲み、ラーメンを食べていると、淳花が文忠明に目くばせしながら、

「ねえ、あそこに座ってるオヤジが、さっきからわたしを見てるの。たぶんわたしとやりたいんだわ。一時間ほどつき合ってお小遣い稼ごうかな」

と茶目っ気たっぷりに言った。

「アホなこと言うな」

二脚離れたテーブルに座ってビールを飲んでいる五十過ぎの薄汚いジャンパー姿の男だった。どう見てもうだつの上がらない貧相な男である。その男が席を立って、すーっと店を出た。

しばらくして店員が、

「やられた。無銭飲食だ」

と男のあとを追ったが、男は姿をくらましていた。

店の責任者らしい男と店員が不注意だったことを悔やんでいる。

「無銭飲食でよかったよ。君が誘ってたら乗り逃げされてたで」

文忠明は皮肉をこめて言った。

「無銭飲食するくらいだから、よっぽど困ってたのよ」

文忠明の皮肉を気にするどころか、むしろしきりに同情して、

「明日はわが身かもしれない」

と淳花は言った。

「おれのことか」

文忠明はある意味でぎくっとした。

タクシー運転手になって十年以上になるが、その間、タクシー運転手以外の仕事にはつけなかった。できればタクシー運転手以外の仕事で多少ゆとりのある生活を、と望んだこともあった。しかし、何をやるにしても先だつものが必要だった。その日暮らしの素寒貧の文忠明に金銭的な余裕はまったくなかった、といえばそれまでである。実際は、この十年以上の時間をただやり過ごしてきたのだ。それを認めないわけにはいかなかった。望みもしない人生を生きているとして

も、それは自分が選んだ人生なのだ。誰かに文句を言える筋合いのものではない。文忠明は人生を諦観もしていなければ、絶望もしていなかった。そして淳花との生活にも期待していなかった。淳花の過剰な性格——熱情、情緒不安定、孤独。淳花は自分の思うがままに生きようとするだろう。たとえ破滅が待っているとしても、その破滅を生きずにはいられないのだ。

ラーメンと餃子を食べた淳花はうとうとしだした。このまま眠りこけてしまうと連れて帰るのにひと苦労するので、

「淳花、帰るぞ」

と文忠明は淳花を起こして腰を上げた。

朦朧とした目で淳花は離れまいとして文忠明のベルトにつかまった。足をふらつかせ、うつむき加減になっている。

文忠明はタクシーを止めて淳花と一緒に乗った。文忠明にもたれてぐったりしている淳花に、

「淳花、家に着くまで眠るなよ」

と話しかけた。

「どうして無銭飲食したんだろう。だってしょうがないじゃない、お金がないんだもの」

夢うつつの淳花は無銭飲食の男を気にかけて、

「わたしいま、無銭飲食の男が捕まって、店員に殴られてる夢を見たわ。殴られてる男の顔があなただったの」

淳花は、一瞬、眠りに落ちて夢を見ることがある。ときどき、夢と現実が入れ替わって、夢が現実なのか現実が夢なのか混乱したりする。このときも淳花は混乱していた。

「おれが無銭飲食して殴られたのか」

と文忠明は訊いた。

「そうじゃない。あなたにそんなことあるはずがないでしょ」

「じゃあ、どうしてそんな夢を見たんだ」

「すごく不安なの。わたしはあなたのすぐ側にいて、あなたの体温を感じてるけど、あなたはいつも遠いところにいて、わたしを見つめているような気がする。冷静で冷ややかな視線がわたしを不安にさせるの」

文忠明の生き方そのものが淳花には不安なのだ。まるで筏《いかだ》に乗って海を漂流しているようであった。この先、どこへ行こうとしているのか二人にはまったく見えないのだった。淳花はあれこれと計画を立て、実行しようと考えていたが現実はままならなかった。すべてが中途半端で何一つ実現しないのではないかと思われた。文忠明にいたっては何を考えているのかよくわからないのである。

桜台の家に着いた二人はタクシーを降りて玄関の鍵を開け、階段を上がって淳花の部屋に入った。脱ぎ捨てた服や下着類がベッドや椅子の上に散らばっている。それらを淳花は丸めて押し入れに放り込み、

「今日からここがわたしたちの部屋よ」

と嬉しそうに言った。

「この机はあなたが使ってね。あなたが原稿を書くときは、わたしは邪魔しないように下の応接室に行ってるから」

書棚には淳花の読書ぶりを示す本がぎっしり並んでいた。淳花は読んだ本の中で気に入った個所は諳《そら》んじられるほど憶えていた。ロシア文学の長ったらしい人名がすらすらと口をついて出て

くるのである。暗記しようとして暗記しているのではなく、淳花の集中力と好奇心が無意識に暗記させるのだ。だが一方で、素晴らしい暗記力と記憶力がどこかで一歩間違えるとなかなか修正できないのである。独断専行しがちな性格が修正を許さないのだった。

七畳ほどの部屋の壁には夥《おびただ》しい数の写真が貼ってある。ビートルズの写真と並んでプレスリー、そしていま夢中になっている映画「ウエストサイド物語」の写真が十数枚、物語の進行を追って貼ってあった。その他にも四国の冤罪事件に関する資料や関係者や支援者の写真、家族や友人の写真がところかまわず貼ってあった。

「これらの写真はわたしの人生なのよ。でも一番肝心なあなたの写真が一枚もないの。いままであなたと写真を撮る機会がなかったのね。店ではいろんな人と写真を撮ってるのに」

そう言われてみると文忠明も「ファティ」で何度か誰かと一緒に写真を撮っているのに淳花と撮ったことはなかった。

「今度、一緒に写真を撮ろう。なんだったら写真館へ行って撮ってもいい」

文忠明は淳花の機嫌をとるように言った。

「そうね。そうだわ。写真館へ行って結婚記念写真を撮ろうよ。わたしは韓国の花嫁衣装を着る。あなたも韓国式の花婿衣装を着てよ。二人だけの秘密の写真。誰にも見せない。考えただけでわくわくしちゃう」

淳花は服を脱いで裸になりベッドに入った。タクシーの中では眠りかけていた淳花が、部屋の壁の写真を眺めているうちに蘇ってきたさまざまな記憶と過去に思いを託し、それらにいま一度新しい色彩で輝きを与えようとしているかのようであった。新しい色彩――それは淳花が夢みている韓国式の花嫁衣装と花婿衣装による結婚記念写真である。

淳花は花嫁衣装と花婿衣装の色や花柄や装飾品にいたるまでのデザインをどうすべきか夢中に語り、

「貸衣装店にあるかなあ」

と溜息をついた。

できれば自分のイメージ通りの花嫁衣装を特注したいところだが、手の届く値段ではない。

文忠明はなま返事をしながら、韓国式の花嫁衣装にこだわる淳花をわずらわしく思った。一般的にはウエディングドレスに憧れるものだが、淳花は韓国式の花嫁衣装でなければならなかった。それが淳花のアイデンティティの復権に深くかかわっているからである。

文忠明はいまさら韓国式の花婿衣装をまとって結婚式をあげる気などまったくない。みんなの前で結婚式をあげるのは恥を晒しているピエロと同じなのだ。淳花は結婚式を望んでいるわけではないが、自分が韓国人であるという証明として、そして文忠明と永遠の誓いを立てた象徴として結婚記念写真を望んでいた。

「女房と別れたいま、そんな写真は何の意味もない」

文忠明は淳花の少女趣味的な嗜好を一蹴した。

「あなたにとって何の意味もないかもしれないけど、わたしには意味があるわ。思い出を作るのが、どうしていけないの。あなたは思い出を作ろうとする前に思い出を否定しようとしてる。それはわたしとの関係は一時的な、あとになってみればわずらわしい出来事でしかなかったってことよ。奥さんと別れたいま、結婚式の写真なんか何の意味もないなんて、奥さんが可哀相よ。奥さんにだって、あなたに対して思い出があるはずだわ。それを否定する権利はあなたにはないと思う」

文忠明と妻の陽子が別れようとしているのは夫婦の長い葛藤の末の結果であり、淳花のあずかり知らぬところだが、この時点で淳花が文忠明を陽子から奪おうとしているのは確かであった。しかし女の心情をあまり理解しようとしない文忠明の態度に淳花は陽子に同情した。

「結婚記念写真を撮るのは反対しない。君が韓国式の花嫁衣装を着たい気持ちもわかる。しかし、おれが韓国式の花婿衣装を着るのは勘弁してくれ。この歳になって、そんなのお笑いや」

「どうせそうでしょ。あなたにとってはすべてがお笑い種《ぐさ》よ。わたしとこうしている時間もあなたには無意味なんでしょ」

淳花はさっと起きて裸のまま階段を下りて応接室に行き、飾り棚からウイスキーの瓶とグラスを二つ取り出した。

そこへ仕事を終えた兄の建二が帰ってきた。玄関のドアを開けて入ってきた建二の前をウイスキーとグラスを持った裸の淳花が、

「お帰りなさい」

と言って二階へ上がって行ったので、建二はただ啞然と裸の淳花を見ていた。

それから建二はおもむろに、

「下着くらい着ろよ。裸で家ん中をうろうろすんなよ」

と嫌悪をあらわにした。

すると階段の上から淳花が見下ろして、

「兄貴は妹の裸を見て欲情するの。やりたかったらやらせてあげるよ」

と挑発するように言った。

文忠明は帰るべきか泊まるべきか迷っていた。しかし、ここで帰ればひと波瀾起きるのはわかりきっていた。

淳花はベッドの上に胡座《あぐら》を組み、

「飲まない？」

とグラスを一つ文忠明に差し出した。

文忠明がグラスを取ると、そのグラスにウイスキーをつぎ、続いて淳花は自分のグラスにもウイスキーをついで、

「乾杯！　もう結婚記念写真を撮りたいとか韓国式の花嫁衣装を着たいとか言わないから」

と嘲るような笑みを浮かべてウイスキーをいっきに飲み干した。

「兄貴！　二階へきて一緒にお酒を飲まない」

無邪気な子供のように声を張り上げて、淳花はけらけら笑った。

はちきれそうな眩いほどの裸身が水槽の中で泳いでいる熱帯魚のようだった。

「あなたも裸になりなさいよ」

世の中でこれ以上幻惑的なものがあるだろうか？　淳花の小柄な体の中にひそんでいる不可解な生きものが淳花の呼吸とともに息づいている。文忠明は裸になって勃起しているペニスを口に含ませた。淳花は水飴でもしゃぶるように舌先を巧みに動かしながら、

「おいしい……」

とみだらな声を上げた。

「わたしたちはいつもセックスしてるみたい。セックスしないとどうなるの？　奥さんとはセックスしてなかったの？」

「くだらんことを聞くな」

「でも知りたい。いつかあなたとわたしはセックスしなくなるの？」

「セックスだけがすべてじゃない。セックスしなくても仲のいい夫婦やカップルはいくらでもいる」

「そんなの信じられない。わたしはいつもあなたに抱かれたいし、あなたもわたしを抱きたいでしょ。あなたはいつもわたしの求めに応じてくれるじゃない。いまもこうしてわたしを抱いてくれてる……」

淳花は自分の中に文忠明のペニスを入れて、耐えきれずに呻き声を上げた。

「兄貴に聞こえるぞ」

文忠明は興奮している淳花に注意した。

「兄貴は毎晩、明け方まであの女と電話で話してるからいいのよ」

会話の間も互いに刺激し合いながらしだいに淳花は昇りつめていった。

翌日、淳花は早く起きて、かいがいしく朝食の用意をしていた。そして寝ている文忠明を起こしにきた。

「朝ご飯ができたから起きてちょうだい」

明け番の日は午後一時ごろまで眠っている文忠明は午前九時ごろに揺り起こされたので、

「もう少し寝かせてくれ」

と言った。

「駄目よ、みそ汁がさめるから。それにわたしはこれから沈美香《シムミヒャン》先生のところへ行かなくちゃ」

一カ月後にひかえた伽倻琴の公演の稽古が始まっているのだ。

無理に起こされた文忠明が服を着て一階のダイニングキッチンに行くと、食卓に食事の用意がしてあった。ハムエッグに豆腐のみそ汁、焼き魚と漬物が並べてある。

「メニューが少なくてごめんね。そのうち料理学校に通って料理のメニューを増やすから、いまはこれで我慢してね」

淳花は午前三時ごろに帰宅してきた兄の建二を起こしてきた。

「なんなんだよ。どうしたんだよ」

眠そうな目をこすりながらダイニングキッチンにきた寝間着姿の建二は食卓の上に並べてある料理を見て夢でも見ているような顔をしている。

「わたしが作ったの。これからできるだけ朝食を作るようにするから、兄貴も一緒に食べましょ。わたしたちは家族だもの」

淳花はにっこりほほえみながら茶碗にご飯をよそった。

「マジかよ」

寝呆け眼《まなこ》の建二は狐につままれたように椅子に腰を下ろし、それまで食したことのない奇妙な朝食に見入って絶句した。

「結婚式をあげたら兄貴はお嫁さんの朝食を食べられるわね。これが妹の作った最後の朝食かもしれない」

文忠明と建二は淳花から半強制的に食事をすすめられて食べざるを得なかった。

水加減が多すぎてご飯は粥のようになっていた。みそ汁もさめている。焼き魚とハムエッグは焼きすぎて、まるでセンベイのようだったが、それでも淳花が一大決心をしてはじめて作った料理だった。

「朝食をしっかり食べておかないと健康に悪いっていうから、これからわたしは文さんのために朝食を作ることにしたの」

「無理することはない。日ごろやらないことをやるとリズムが狂って、かえって体の調子がおかしくなる。おれはいつも昼過ぎに朝食をとってる」

一緒に暮らすことはとりもなおさず朝食を作ることだと思い込んでいる淳花の強迫観念に縛られたくないと文忠明は思った。

「いままではそうだったかもしれないけど、これからは規則正しい生活を送らなくちゃ。文さんの健康が心配なのよ。だって文さんはわたしより二十一歳も年上なのよ。文さんがわたしより早く死ぬのはわかってるけど、少しでも長生きしてほしいのよ」

淳花は二十年か三十年先のことを心配しているのだった。

「明日のこともわからないのに、二十年、三十年先のことなんか誰にもわからないよ」

建二はあきれ顔で言った。

「兄貴は敏江さんが面倒みてくれるからいいけど、文さんの面倒をみるのはわたししかいないのよ」

何かにつけて婚約者の敏江を引き合いに出されて建二は苦い表情をした。

「さあ、急がなくちゃ」

淳花は腕時計に視線を落とし、

「あと片づけは帰ってきてからするから」

とあわただしく玄関へ向かった。

「五時には店にきてくれ。仕込みがあるから」

玄関を出ようとする淳花の背中に建二は大声で言った。

「わかった」

はずむような明るい声で返事して淳花は玄関のドアを閉めた。

「どうせ長続きしないですよ」

椅子にもたれて煙草をふかしながら建二は言った。

「式はいつあげるんですか?」

と文忠明は訊いた。

「もっと先の予定だったんだけど、彼女が妊娠してるものだから、予定を早めて来週にしたんです。彼女は三十六ですから、早く出産したほうがいいと思って」

「妊娠してるんですか。そのことを淳花は知ってますか」

「知ってると思います。敏江に店を手伝ってもらったとき、体の調子が悪かったのを見て、妊娠してるんでしょ、と言われたそうです。淳花は勘が鋭いから見抜かれたんですよ」

淳花が妊娠にこだわる理由の一つがわかるような気がした。

文忠明は立ち上がってあと片づけをはじめた。


食事のあと片づけをしてから、文忠明と建二はもう一度睡眠をとることにした。

文忠明は二階に上がって淳花のいないベッドにもぐり込んだ。だが、なかなか眠れなかった。家を出て淳花の部屋で寝ていることに違和感があって、おれはいまどこにいるのだろう、とおのれの存在のあまりにも曖昧な不安定さに自己嫌悪を覚えた。なるようにしかならない人生だが、それにしても淳花との生活に実感がないのである。淳花を愛していることと一緒に暮らすことの落差は何によって埋めることができるのか、それがわからなかった。妻の陽子と別居したいま、陽子の生活を保障する必要がある。そのめどもまったく立っていない。経済的に追い詰められるのは目に見えていた。胸の奥にもやもやとしたわけのわからぬ感情の襞がわだかまっていて、いつも何かに追われているようだった。頭の芯ははっきりしていたが、体は金縛り状態になって身動きがとれなかった。夢うつつの中で電話のベルが鳴っている。遠い意識の底から鳴り続けている電話のベルがしだいに近づき耳鳴りのように響いている。文忠明は筋肉と関節を解きほぐし、やっと体を起こしてベッドから降り、机の上の受話器を取った。電話の相手が黙っている。文忠明は耳を澄まして相手の声を待ったが、相手は押し黙ったままだった。無言電話だった。文忠明は間違い電話だろうと思って電話を切った。あるいは淳花の友達からの電話だったのだろうか。そうだとしたら文忠明が出るのは不自然だった。半睡状態だった文忠明は体をほぐし、首を二、三回左右に回転させて横になった。また電話が鳴った。淳花の友人からの電話だから取るべきではないと思いながら、鳴り止まない電話のベルに、つい手を伸ばして受話器を取ると、またしても無言電話である。

いらだちと不快感で、

「どなたです?」

と文忠明は相手を確かめた。

「やっぱりそこにいたのね」

陽子の声だった。

不意を突かれて文忠明はどぎまぎした。どうして陽子は淳花の電話番号を知っているのか? そして何よりも自分がここにいるのを陽子はなぜ知っているのだろう? 女の勘にしては正確すぎる。

「用があってここにいる。君こそなんでこんなところまで電話を掛けてきたんや」

しどろもどろの言い訳をしながら、文忠明はその場をとりつくろおうとした。

「あなたをたぶらかした泥棒猫みたいな女の声を確かめたかったの」

陰にこもった声がかすかに震えている。文忠明には陽子の表情までが読みとれた。おそらく陽子も文忠明の動揺している表情を読みとっているにちがいない。

「おれと君のことは彼女に関係ない」

文忠明は淳花をかばうように言った。

「そんなに彼女を愛してるの。そんなにわたしが憎いの。あんまりやわ」

今度は涙声になっていた。

「そういう話はしたくない。おれは君から家を追い出されたんや」

「いつわたしがあなたを追い出したの。自分から勝手に出て行ったんでしょ。なんでもわたしのせいにして……。みんなわたしが悪いわけ？　あなたは悪くなかったの！　いつも責任逃れして、ひとのせいにするんやわ」

陽子の激しい口調にたじろぎながら、文忠明はうかつに受話器を取ったことを後悔した。だが、もし淳花が電話を取っていたらどうなったのか。いつもそうだが、しだいにヒステリックになってくる陽子とこれ以上会話をしてもお互いに傷つけ合うだけで何の意味もなかった。

「電話を切る」

文忠明は電話を切ったが、陽子はまたすぐに掛けてくるだろうと思った。案の定、またベルが鳴った。文忠明は電話を見つめて鳴り止むのを待ったが、ベルは執拗に鳴り続けるのだった。鳴り止まないベルの音に陽子の怨念がこもっているように思えた。自分が家を出たのは淳花との関係が原因ではない。淳花との関係があろうとなかろうと、いずれは家を出ることになっただろう、と文忠明は自分にいい聞かせていた。しかし、陽子は文忠明が家を出たのは女ができたからだと思っているのだ。

電話のベルはいったん止んだが、また鳴りはじめる。文忠明は電話の上に座布団を二枚重ねて押さえつけた。それでもベルの音は座布団の綿の中にこもって鈍く重苦しく鳴り続ける。そして一時間以上、鳴ったり止んだりして、いったん諦めたかのように止まった。だが、いつまた電話のベルが鳴りだすかわからない。あまり睡眠をとっていない文忠明は、しかし身じろぎもせずに耳を澄ましていた。目に見えない陽子と睨み合っているような息苦しい時間が過ぎ、とうとう文忠明は二階から一階に降りて、応接室の隣の部屋で眠っている建二を揺り起こした。鼾をかいて眠っていた建二は呼吸を止めて目醒めるのに抵抗していたが、突然跳ね起き、

「どうしたんです？　何かあったんですか？」

と文忠明を見た。

「いや、起こして悪かった。ちょっと話があったので……」

気持ちよさそうに眠りこけている建二を起こした文忠明は罰の悪そうな表情で話しかけた。

「何ですか、話って？」

夢と現実の境で戸惑っている建二に文忠明は陽子からの電話について話した。

「ぼくがつい電話を取ったのがまずかった。また掛かってくると思うけど、そのときは君が取って、ぼくはここにはいないと、はっきり言ってほしいんや。そうしないと電話のベルは鳴り止まない。もし淳花が電話を取ったらののしり合いになって最悪の状態になる。だから君からぼくの女房に二度と他人の家へ電話を掛けてこないようきつく釘をさしてほしいんや」

一階と二階の電話は親子電話になっている。普段は淳花がよく使うので電話は二階に切り変え

ていたが、文忠明は一階に切り替えた。

文忠明の言っている意味を理解しているのかいないのか、半分まどろんでいる建二の半開きの瞳孔がまばたきした。

「電話を掛けてこないように言っても、今度はこの家へ押しかけてくるかもしれません。そうしたらどうします」

それはありうることだった。しかし文忠明は否定した。

「そこまではしないと思う」

厄介な荷物を背負わされたように建二は寝起きのはれぼったい目を何度もしばたたかせて頷き、大きな体を横たえてふたたび眠りに入った。

文忠明は眠れなかった。いつまた電話のベルが鳴りだすのか、それが不安だった。しかしまるでベルが鳴るのを待っているかのようでもあった。建二が言うように陽子がこの家に押しかけてきたときはどう対応すべきか、そのことも気掛かりだった。文忠明はまんじりともせずに電話のベルが鳴るのを待っていたが、ベルはそれっきり鳴らなかった。

朝早く起こされ、陽子の電話のこともあって、文忠明は睡眠不足に悩まされながら、いつしか眠りについていたが、目を醒ますとあたりは暗くなっていた。灯りをつけて時計を見ると午後八時を指していた。寝過ごして、せっかくの休日を無駄に終らせたと思いながら文忠明は腹ごしらえのため台所に降りていったが冷蔵庫は空っぽだった。応接室の隣の部屋に寝ていた建二はすでに店へ出掛けたあとだった。

電話のベルが鳴った。文忠明はぎくっとした。この時間だとたぶん文忠明が部屋にいるかどうかを確かめるために淳花が掛けてきたにちがいないのだが、文忠明は受話器を取れなかった。電話は五分間隔で何回か掛かってきては切れた。

文忠明は洗顔して外に出た。この家の鍵を持っていないので文忠明は鍵を掛けずに外出した。泥棒に入られても奪《と》られる物などないのだ。桜台の駅前にきた文忠明は中華飯店に入って食事をした。そこからどうすべきか考えた。陽子の電話に怯えながら淳花と一緒に暮らすのは情けなさすぎる。陽子と会ってじっくり話し合うべきではないか。そういえば陽子とじっくり話し合ったことがない。顔を合わせると口論になり感情がわだかまったまま憎しみを増幅させていた。考えてみると憎しみ合う理由などないのだった。だが、長い歳月の中で積もり積もった不満がヘドロのようになっているのだ。

昔、詩を書いていたころに文忠明は陽子と出会ったのだった。一歳年上の陽子はケミカルシューズのミシン工をしていた。美人ではないが清楚で明るい女だった。何ごとにも潔癖で隠しごとや曲がったことが嫌いな性分だった。どちらかといえばルーズでいい加減な文忠明とは対照的であったが、なぜか憎めない文忠明を陽子は愛したのだ。性格のちがいはあっても結婚生活にそれほど大きな問題はなかった。どちらかというと仲のいい夫婦だったといえる。もし文忠明が中途半端な野心を持たずに真面目に働き、おのれの人生を凡庸に生きていれば、陽子もまた良妻賢母にふさわしい生き方をしていたにちがいない。陽子は平凡な家庭の主婦として生きるのが望みだったのだ。文忠明は詩を書いていたが、詩人になろうと思っていたわけでもない。文忠明にとって詩は青春の一時期に垣間見た精神のカオスだった。生活に何の足しにもならない詩を書き続けるのは困難であり馬鹿げた行為であった。何よりも生活が困窮していた。そのことは避け難い事実ではあったが、現状を打破するにはとりあえず金儲けに専念することだった。文忠明は事業を始めた。経営のなんたるかもわからない文忠明は無謀ともいえる事業の拡大に奔走し、わずか三年で数億の負債をかかえて倒産し、大阪を逐電したのである。もし事業を始めていなければ、その後の人生は変わっていただろうか？　と文忠明はときどき自問してみることがある。事業を始めていようといまいと、たぶんおれの人生は変わっていないだろう、と文忠明は思う。いまある自分の姿はなるべくしてなった姿であり、その意味でも陽子に対して責任があると文忠明は思うのだった。

気がつくと新宿の街を歩いていた。強い磁場を持つ新宿は人びとを魅了し、引きつける夜の魔窟である。きらめく星空の下で眠りを知らない新宿の街に寄生している怪しげな男女が、うつむきかげんに歩いている文忠明にそっと寄ってきては声を掛けて離れていく。鬱屈した文忠明の暗い表情を警戒しているのだろう。実際、文忠明は誰かに喧嘩を売りたい心境だった。相手を思いきり殴り倒すか、あるいは殴り倒されたい気持ちだった。

足は「ファティ」に向いていたが「ファティ」に行くのはいやだった。「ファティ」に行くと淳花は嬉々として迎えるだろう。政治や文化を肴に飲んでいるいつもの常連客と会うのもいやだった。何一つ変わりばえのしない常套句で世の中を批判しながら指一本動かそうとしない日和見主義者と同じテーブルで飲んでいる自分がいやだった。彼らと自分はどこがちがうのか？　文忠明は「ファティ」を迂回し、居酒屋を梯子しながら新宿の街を徘徊した。変幻自在な街。文忠明は東京へきてからずっと新宿を飲み歩いているが、一度として同じ顔はなかった。新宿は、刻々と変貌し肥大し、何もかも呑み込んでは吐き出す巨大な胃袋なのだ。

飲み疲れ、歩き疲れて文忠明は結局「ファティ」には寄らずに帰った。帰ってみると家の灯りがついていた。腕時計を見ると午前一時だった。こんな時間に「ファティ」を閉めて淳花が帰ってくるはずはない。妹の福美が帰ってきたのだろうか、と思いながらドアをそっと開けると鍵は

掛かっていなかった。玄関に淳花が立っていた。待ちくたびれたような浮かぬ表情で、

「どこへ行ってたの、店で待ってたのに。電話くらいくれたっていいじゃない」

とむくれた顔で言った。

「ちょっと友達と飲んでたんや」

昨夜から泊まっているとはいえ文忠明は場ちがいな感じを受けて玄関に突っ立っていた。

「上がりなさいよ。ここはあなたの家なのよ」

と淳花に言われた。いつだったか、ずいぶん昔になるが、大阪にいたころ、深酒して自分の家を間違えて鍵の掛かっている隣の家に入ろうとして入れずにいる文忠明に、

「ここがあなたの家なのよ」

と言った妻の陽子とそっくりだったので文忠明は一瞬錯覚した。声までが妻の陽子のようだった。

「鍵を持ってなかったので、鍵を掛けずに家を出た」

文忠明は弁明した。

「あなたらしいわ。泥棒が入ったらどうするの。明日、合鍵を作ってあげる」

文忠明が帰ってきたので安心したのか、淳花は嬉しそうに、

「一杯飲む……」

と冷蔵庫から氷を出した。

二階の部屋に上がって昨夜のグラスをそのまま使ってウイスキーを氷で割った。文忠明はオンザロックを含んで舌の上にころがし、喉仏を通過させ、

「今夜は早かったな」

と言った。

「早く引き揚げてきたのよ」

不機嫌なときの淳花は感情がすぐ表情に出る。

「何かあったのか」

文忠明は聞き役に回った。こういうときは聞き役に回るのが得策なのだ。

「兄貴が一週間後に敏江と結婚式を挙げるんだって。東京大飯店で。頭にきちゃった。親父とは二カ月も前に会場をきめて招待状まで作ってるのに、わたしには今夜まで何も知らせてくれなかったのよ。同じ屋根の下に住んでる実の妹に結婚式の日取りを何も言わないなんて信じられる？許せないよ。結婚式には絶対に出ない。出てやるもんか」

淳花はオンザロックを飲み干し、またグラスにウイスキーをそそいだ。

「君に知らせなかったのは、そのうち自然にわかると思ったからじゃないのか」

「そんなことないよ。親父も兄貴も敏江もみんなグルになって、わたしをのけ者にしてるのよ。わたしがオモニの代理人になって離婚調停をしてるから、親父はわたしのことをけむたがってるし、兄貴は敏江に気がねしてわたしに日取りの変更のことを言えずに黙ってたのよ」

「そうカリカリするな。君が結婚式に出て兄夫婦を祝福してやれば、すべてが丸くおさまる。それだけのことや」

「あなたは簡単に言うけど、家族って、そんなに簡単なものなの。あなたにも家族がいるでしょ」

昨日までは文忠明のことを自分たち家族の一員であると強調していたのに、今日は文忠明の家族をからめて非難するのだった。確かに文忠明には二人の子供がいる。それはかけがえのない家族である。そして淳花が言うように文忠明が淳花たち家族の一員だとしたら、文忠明の立場は股裂き状態になるのではないか？　文忠明は淳花と建二の間に入って仲裁したくなかった。

翌日から「ファティ」はマスターの結婚式の話題でもちきりだった。店にくる常連客から「おめでとう」「必ず出席するよ」と祝福されたり、

「とうとうマスターも年貢の納めどきがきたか」

と冷やかされたりしていたが、

「結婚相手は誰なんだ？」

と常連客ですら知らない者が多かった。

「敏江さんよ」

と淳花は冷ややかに言った。

「敏江さん……？」

客の一人が首をかしげると、

「ときどき店を手伝ってる女よ」

淳花は突き放すような態度で兄の建二を振り返った。

「あー、あの女か。本当にあの女なの？」

別の客が勘ちがいでもしていたかのように驚いてマスターに訊き返すと、マスターは唇の端を歪めて苦笑いを浮かべるのだった。

店が忙しかったり、淳花がさぼっている日に手伝っていた敏江の印象は薄かった。淳花という強烈な個性を前にしてかき消されていたのだ。むろん淳花と敏江が不仲であることを知っている者はほとんどいない。しかし、淳花の邪険な言いまわしや態度、マスターの苦笑いから察することはできた。

《結婚》という言葉は、淳花にとって憧憬と妬ましさを呼びおこす響きを持っていた。淳花は結婚したいという気持ちとはうらはらに破綻するかもしれないという畏れをいだいているのだった。淳花は誰かれなしに文忠明と結婚すると宣言しているのだが、それがいつになるのか、はたして実現するのか誰にもわからないのである。同棲しているが結婚という形式を経て入籍するまでの距離は短いようでもあり長いようでもある。しかもその後、結婚が破綻するかもしれないとしたら、何のために結婚しなければならないのか。それでも淳花にとって結婚は一種の神聖な儀式であり、永遠の愛を誓う場なのだ。店の中で客たちがマスターと敏江の結婚を話題にしているのをよそに淳花は何かしら孤立感を味わっていた。結婚にひそかな憧憬を抱いている自分が兄の結婚に反対を唱えるわけにはいかないのだった。

「わたしたちはいつ結婚できるのかしら」

文忠明の隣のとまり木に座っていた淳花が呟くように言った。

「結婚したいのか」

と文忠明が訊いた。

「あなたはわたしと結婚したくないの？」

淳花は文忠明の意思を確かめるように言った。

「結婚してもしなくても、おれたちは愛し合ってるやないか」

と文忠明は言った。

「そうね、そういう言い方もあるわね。結局あなたは結婚したくないんでしょ。それがあなたの本心なんだわ」

「そんなこと言ってない」

「じゃあ、どういう意味なの。兄貴と敏江さんの結婚にわたしは反対だけど、それが二人の愛の証だったら、わたしの介入する余地はないよ。だからわたしは反対しないことにしたの。あとになって、反対されたからうまくいかなかったなんて言われたくない。結婚は二人の問題なのよ。あなたとわたしも結婚するかしないかは二人の問題だわ」

時と場合によって淳花の論理は逆転してくる。固定観念にとらわれない自由奔放な淳花だが、兄の建二の結婚に刺激されて結婚という一夫一婦制の戸籍主義にこだわっているのだ。もとより文忠明はどちらでもよかった。結婚しようとしまいと別れるときは別れるのだから。親類縁者や友人、知人に祝福されて盛大な結婚式を挙げても別れるときは修羅場になるのだ。文忠明が直面しているのはまさにそれだった。それでも人は結婚しようとする。それは人類の長い間の習慣以外の何ものでもないのだ。

文忠明には淳花の気持ちが痛いほどわかるのだった。離婚調停をしている両親の間に立って悩み、兄の結婚に反対しながら文忠明とは結婚したいと望んでいる自家撞着から抜け出せないもどかしさにいらだちがつのっているのだ。

マスターはにこにこしている。照れながら客からつがれたビールを飲み、上機嫌だった。店が満席になってきたので淳花はとまり木から離れて手伝った。

男三人、女一人の客が入ってきた。昨日、沖縄から所用で東京へきたという男女四人は店に入ってくるなり、つぎつぎ淳花と抱き合って挨拶した。

その中の一人の男が、

「ついさっき、ゴールデン街の店で噂を聞いたんだけど、淳花が結婚するんだって！」

店中の客に聞こえるほど大きな声で、淳花と挨拶交わしたあと驚いたように言った。

「わたしじゃないよ。兄貴だよ」

早合点している男に淳花ははにかみながら言った。

「そうだろう。おかしいと思ったんだ。淳花が結婚したら、おれはどうなるんだ。三年前、おれと淳花は結婚しようと誓い合ったんだ。だからおれは今日まで他の女に目もくれずにきたんだ。それなのにもし淳花が他の男と結婚したら、おれはどうなる。生きていけないよ」

男の大袈裟な表現に店の客が笑った。

「嘘ばっかし言って。どうせあちこちで女を泣かせてるんでしょ」

淳花はとまり木の文忠明をちらと見て得意そうに、そして店の客の前で、兄の建二の結婚に続いて自分も文忠明と結婚すると言い出しかねない雰囲気で近づき、文忠明の首に腕をまわし、

「彼は昔、わたしの恋人だったの」

と囁いた。

文忠明は顔色も変えずに黙ってビールを飲んだ。

「嘘よ。あなたはわたしを疑ってるでしょ。その冷静な目がわたしを疑ってる」

それから四人の客を奥のテーブルに案内して酒の用意をすると、彼らの中に交じって歓談をはじめた。

この日は午前一時ごろまで客の出入りが激しかった。やがて二時を過ぎ、閉店時間がきた。店を閉める時間まで居残って飲み続けるのは疲れる。文忠明は大きな欠伸をした。

「ごめんね、遅くまで待たせて。兄貴はこのあと敏江さんとデートだから、今夜は二人で帰りましょ」

酩酊している淳花の白い肌がうっすらとピンク色に染まっている。二十四歳とは思えない妖艶

な色香が匂っていた。文忠明は淳花の肥沃な腰を抱きよせ、膝の上に座らせてキスした。長々とキスをしている間、マスターは黙々と洗い物をしていた。

結婚式の日、親類縁者、友人、知人、そして店の客などが東京大飯店の宴会場に集まってきた。新郎と新婦は普通のスーツ姿の胸に赤い花と白い花をつけていた。花嫁は一生に一度のウエディングドレスや高島田に憧れるものだが、敏江は年齢をおもんぱかって遠慮したのか、結婚式の費用を節約したのか、グレーの地味なスーツ姿だった。結婚パーティーは会費制で行われ、立食だった。建二の友人がパーティーの司会を行い、順次仲間たちに挨拶をさせた。建二の人柄やエピソードや、つい一週間前まで結婚式を知らなかったことを口々に語り、歌を歌う者もいた。新宿界隈で流しをしている「金ちゃん」と呼ばれている男のギターの伴奏で何人もの友人、知人が歌い、ひところ流行った歌声喫茶のような雰囲気だった。

新郎新婦の両親も出席していたが、ほとんど言葉を交わすことはなく、会場の隅のテーブルに座っていた。新郎の父親は何人かの親戚や友人とテーブルを囲んでいたが、母親は父親から一番遠いテーブルに三人の娘に囲まれて座っていた。息子の結婚式に立ち会わないわけにもいかず、顔見せのために出席しているだけだった。

立食している文忠明に淳花が寄ってきて、「ねえ、オモニに紹介したいんだけど」と言った。こんな場所で淳花の母親に紹介されるのは気が重かったが、淳花は文忠明を母親に紹介したがった。文忠明は応じた。

母親の前に行くと淳花はぎこちなさそうに、

「文忠明さん」

と紹介した。

「文です。よろしく」

文忠明はいささかばつの悪そうな後ろめたい感じで挨拶した。

母親は座ったまま文忠明を見上げ、黙って頷いただけだった。どうやら淳花からいろいろ話を聞かされているらしかった。その目付きからは文忠明を容認しているとは思えなかったが、拒否しているようにも見えなかった。高校生のころから家出をくり返し、自由気ままに生きた淳花に干渉したくないようだった。

元のテーブルにもどって飲みさしのビールを飲んでいる文忠明の側にきて、

「この機会にあなたをオモニに紹介しないと、いつ会えるかわからないでしょ」

と淳花は弁解するように言った。

「君のオモニは黙っていたけど、気に入らなかったのかな」

と文忠明は言った。

「そんなことない。初対面の人にオモニはいつもああなのよ。無愛想だけど、見るべきところはちゃんと見てるわ」

「君はおれたちのことをオモニに話したのか」

「ええ、少し……」

「なんて言ってた」

「おまえの好きにしなさいって言ってくれた」

母親の言葉にどんな意味がこめられているのか知るよしもないが、淳花は意を強くしていた。

隣のテーブルでは韓大権を囲んで宋永椿、姜善愛《カンソンエ》、金昌周たちが金桂雲のスパイ事件について論議を交わしていた。韓大権と金桂雲の裁判は凍結されたまま進展していない。金桂雲が突然韓国に帰ったので、韓大権は欠席裁判を主張しているのだが、裁判所が受け入れないからだった。

「金桂雲がスパイだって証拠があるんですか」

若い金昌周は皿に盛った料理をぱくつきながら疑問を呈した。

「彼はウリのことをスパイだと言ってるんだ。そしてウリが裁判を起こすと不利だと判断してソウルに逃げてしまった。しかもソウル大学教授として迎えられている。全斗煥軍事政権の最中にソウル大学の教授に迎えられるのは以前から何らかの約束があったからだ。その地位は報奨として与えられたとしか考えられない。これ以上の証拠がどこにある」

韓大権はいくどとなく問われたであろう証拠について状況論を展開したが、あまり説得力があるとは思えなかった。

「そんなの証拠にならないですよ。確かな物的証拠がない限り……たとえば無線機とか暗号とか」

「君は映画の観すぎだ。スパイは必ずしも無線機とか暗号とかを必要としない。われわれの人間関係や思想や日常の情報を収集するだけで大いに役立つんだよ。韓国に留学した学生たちが、ある日、突然スパイ容疑で逮捕される。なぜか？　おそらく日本にいたときの学生たちの日常が韓国の情報部に詳細に報告されていたからだと思う。君は証拠、証拠というけど、なんだったら韓国へ行ってみることだ。韓国で半年も暮らしていると、ある日、突然逮捕されるにちがいない」

どこか無知で能天気な金昌周をなじるように宋永椿は言った。

「そんなこと言うけど、ぼくの友達も何人か韓国の大学へ行ってるけど、別にどうってことないですよ。宋さんは考えすぎですよ」

「考えすぎじゃない。君こそ能天気で状況を何もわかってない」

年長の宋永椿は頭から押さえつけるように言った。

「わたしは一年の半分はパリで過ごしてるからよくわからないけど、どうしてスパイ事件なんか起こるのかしら?」

姜善愛は黒のドレスに赤いポシェットを提げ、ワインを片手に優雅な姿で自らの存在をひけらかすように透き通った声で議論に割って入った。

「君のようなお嬢さんには関係のない話かもしれない。しかし、君も在日同胞の一人だから少しは在日について考えてはどうかね」

水をさされて韓大権は情けなさそうな表情をした。

「わたしは絵のことを考えてます。絵のことを考えていれば当然、在日のことを考えるようになりますわ」

「君は自分のことしか考えてない」

美意識について真っ向から意見がちがう宋永椿は、香水の薫りを漂わせている姜善愛を軽蔑するように見た。

「あら、自分のことを考えてはいけないんですか」

「いけないとは言っていない。ただ在日であるという意識が希薄すぎるんだ」

宋永椿はこのときとばかり姜善愛を攻撃した。

「在日である前に、わたしはわたしです」

宋永椿の攻撃を軽く受け流して姜善愛は小馬鹿にしたように、その美しい唇の端に煙草をくわえて火を点けた。まるでパリの街角でディートリッヒが自慢の脚を組んで煙草をふかしているようだった。

「そういう個人主義が在日を駄目にするんだ。君は自分が何者なのか、まったくわかっていない」

「じゃあ訊きますけど、わたしは姜善愛以外の何者なの？　教えてほしいわ」

「君は在日以外の何者でもない」

悠然としている姜善愛の高慢な態度に宋永椿はいらだった。

「そんなの答えになってないわ。人は個人的な存在です。組織や団体や国や民族のために存在しているわけではないわ。わたしはアメリカ国籍でもフランス国籍でも日本国籍でも選べます。国籍はその人が選ぶのであって、国や民族や、誰かに強制されて選択するもんじゃないと思う。わたしは将来、フランス国籍を選ぶかもしれない。フランスは自由なんです」

自由という言葉に宋永椿は反発した。自由に反対しているわけではないが、自由という言葉がさも自分の存在理由を保障してくれるかのような姜善愛の尊大な言い草が宋永椿は頭にきたのである。

「自由が聞いてあきれる。フランス国籍を選ぶのは君の勝手だが、フランスが自由だというのは君の幻想だ。いい加減なことを言うんじゃない。フランスにフランス人はいてもフランス民族はない。フランス革命の自由、平等、博愛という標語は結局のところ他の民族を排斥するための口実にすぎないのは、いまでは常識だよ。そんなこともわからずにフランスは自由だとかなんとか夜郎自大のお為ごかしもいいとこだ。論語読みの論語知らずとは君のことだ」

速射砲のように宋永椿は姜善愛を批判したが、

「夜郎自大って、どういう意味ですか」

と涼しい顔で訊かれて、

「そんなことも知らないのか。在日もおしまいだよ」

と宋永椿は匙を投げるように言った。

そのとき、とまり木で聞き耳を立てていた淳花が、

「わたしは善愛さんの意見に賛成。在日、在日って、まるで水戸黄門の印籠みたいに、これが目に入らんか、なんて台詞はもう古いよ。宋さんは社会主義者だか進歩主義者だか知らないけど、単なるオヤジじゃない。家に帰れば独裁者でしょ。マッチョの典型よ。女を馬鹿にしてるのよ」

と酔った目をふらつかせて嚙みついた。

「女を馬鹿にはしていない。君は日ごろ、在日を主張してるじゃないか。君の気紛れにもあきれる」

「おれは在日なんか関係ないって男には在日、在日っていうけど、あなたみたいに在日を押しつけてくる人には在日なんかどうでもいいって言いたくなるのよ。たぶん善愛さんもそういう気分なんだわ」

「そうよ、淳花はいいこと言ってくれたわ。わたしもそれを言いたかったの。女の本当の敵は男だわ」

涼しい顔をしていた姜善愛が急に険しい顔になって助け船を出してくれた淳花の尻馬に乗った。

「男と女の問題についてはウリはわからん。この歳になってもわからん」

スパイ事件から議論がフェミニズム問題にそれていったので、韓大権は君子危うきに近寄らずといった調子で二人の若い女性の追及をかわそうとした。

「韓先生、フェミニズム問題は二十世紀の大きなテーマの一つなんです。社会主義より大きなテーマかもしれません。だって人類には男と女しかいないんですもの」

淳花は手ごわい相手だった。何しろみんなの中で淳花は読書家として知られており、逆らうと、その果敢な論理に振り回されるだけでなく、最後は罵詈雑言を浴びせられるのがおちだったからである。

店内がわーっとどよめき拍手が起こった。花婿のマスターは店の開店に合わせて早くからきていたが、化粧直しをしていた花嫁が花束をかかえて入ってきたのだった。

花嫁の敏江を見たとたん淳花は文忠明の横にきて、

「ここを出ようよ。こんなとこ、いたくない」

と腕を引っ張った。

「みんなが祝福してるんやさかい、君も兄貴の結婚を祝福してやれよ」

と文忠明は言った。

「わたしはいや。兄貴はあの女に騙されて結婚したんだから」

「じゃあ、どうして結婚式に出席したんだ」

「仕方ないでしょ。兄妹だから」

「だったら、みんなの前で店を出たりしないで少しは陽気になって、みんなをもてなしたらどうだ。兄妹だろう」

兄妹という言葉が藪蛇になって、淳花はめそめそしだした。

「わたしはどうなるの？　そのうちあなたはいなくなるし」

泣き上戸の淳花は大きな瞳に涙を浮かべて文忠明を見つめた。

「おれがいなくなるわけないだろう。君と一緒に住んでいるし」

「でも、あなたはいつかいなくなる。わたしにはわかるのよ」

文忠明はてこずって、

「わかった。店を出よう」

と席を立ちかけると、

「いいのよ。あなたの言う通りにするから。いい子にしてる」

と今度は借りてきた猫のようにおとなしくなるのだった。

結婚式は無事に終った。二次会の会場である「ファティ」までは歩いて二、三分である。まだ飲み足りない出席者の半分以上の六十人ほどが二次会に集まってきた。

流しの金ちゃんがギターを弾きながら店に入ってきた。みんなからやんやの喝采が起こり、誰かがギターに合わせて歌いだした。店内には座る場所がなく、後からきた者はカウンターの中にまで入って立ち飲みしていた。客の一人がビールを花婿の頭から浴びせると、周囲にいた二、三人の友人もビールを振って泡を立て、今度は花嫁の頭から浴びせた。今夜は無礼講だった。花婿と花嫁はビールでずぶ濡れになりながらも嬉しそうだった。

ドアを開けて六十歳前後の恰幅のいい人物が入ってきた。どんちゃん騒ぎをしている店内を見回し、とまり木を譲ってもらって、そこに腰を下ろした。マスターと淳花の父親だった。ずぶ濡れの花嫁が義父にビールをついでいる。義父は上機嫌でビールを受けていた。

立ち飲みしている客と客の間からとまり木に座っている淳花の父親の姿がちらと見える。奥の大きなテーブルに座っている文忠明は、淳花の父親の様子をうかがった。でっぷり肥えた顔色の悪い淳花の父親は長男を結婚させて満足しているようだった。戦前日本に渡ってきて在日同胞の例にもれず、土方をはじめとしてあらゆる仕事に従事し、いまでは新宿と池袋に三軒のラブホテルを経営している資産家である。そのあくの強い顔がほころんでいた。韓国人の父親にとって長男を結婚させるのは誇りなのである。たとえ日本国籍を取得していても気持ちは韓国人に変わりなかった。

淳花は父親と顔を合わせるのがいやで文忠明の陰に隠れるように座って顔をこわばらせていた。午前零時を過ぎても宴は終る気配がない。花嫁はいつの間にか着替えていた。しかし、最終電車の時間に近づくにしたがって三分の二以上の客が帰って行った。それでも店はまだ満席状態だった。

「ぼくはそろそろ帰りますが韓先生はどうしますか？」

腰を上げながら宋永椿が訊いた。

「そうだな、ウリも帰るとするか」

重い腰を上げて韓大権は立ち上がり、とまり木に座っている淳花の父親に挨拶していた。そうしているうちに二人は意気投合したらしく、肩を並べて店を出て行った。たぶん別の店で飲むのだろう。

テーブルとカウンターにはビール瓶やグラスや皿が乱雑に散らばっている。それらを花嫁の敏江が片づけていた。

とまり木に座っていた一人の客が、

「新婚旅行はどこ行くの」

と訊いた。

洗い物をしていた新郎のマスターは、

「新婚旅行には行かないよ。行ったってしょうがない」

と自嘲気味に言って新婦の敏江を振り返った。

敏江はただほほえんでいるだけだった。

父親がいなくなったので、文忠明の陰に隠れるようにしていた淳花はようやく気を持ち直して普段の姿にもどり、

「兄貴、わたしは今夜で、『ファティ』ともおさらばだけど、あとは頑張ってね」

と言った。

結婚後、店は新婚夫婦が経営していくことになっているのだった。それは父親の意向でもあったし、建二の意思でもあった。結婚した以上、夫婦で店を運営し、生活を支えていくという意思である。

淳花は淳花でこの機会に「ファティ」から離れ、伽倻琴に打ち込みたいと考えていた。

新婚夫婦の住まいとして、すでに高幡不動駅近辺に五十坪の庭付きの二階家を父親から買い与えられていた。そのことが淳花には気に入らなかった。長男を溺愛し、妻や娘を、つまり女をさげすむ父親の極端な男尊女卑が淳花の反抗心をますます刺激するのだった。

兄の建二が高幡不動の新築家屋に引っ越せば、桜台の家は淳花と妹の福美の二人だけになる。妹の福美は恋人のところへ行くと四、五日、あるいは一週間以上帰ってこないときがあり、実質的には淳花一人が住むことになるのだ。それは文忠明との同棲に好都合であった。問題は両親の離婚調停の行方だった。母親は離婚の条件として富山の土地・家屋、月々の生活費、そして淳花と福美が住んでいる家屋を要求していたが、将来、富山の不動産を売却して桜台の家に引っ越してくるのではないかと懸念している父親は、桜台の家は譲らないと主張しているのだった。長男

の建二には五十坪の庭付きの新築家屋を買い与えながら、娘たちには家屋を譲らないと主張する父親が淳花には理不尽に思えてならなかった。それに、もし母親が富山の土地・家屋を整理して桜台の家に住むようになれば同じ家で文忠明との同棲はできないだろう。それも頭痛の種だった。いずれにしても桜台の家での同棲は一時的なものであり、淳花が文忠明に対して、いつかあなたはいなくなる、としきりに不安がるのも、こういう事情が重なっているからであった。

新婚旅行には行かないともらしていたが、実際は明日から三日間店を休業して新郎新婦は沖縄へ旅行することになっている。結婚式のあとパーティーをかねて店で普段の数倍の客を接待して、さすがに疲れたマスターは、

「そろそろ閉店にします。みなさん、ありがとうございました」

と、まだ飲み足りなさそうな客やぐでんぐでんに酔っぱらっている客に閉店を告げた。

「もう閉店するの？　今夜は朝まで飲もうよ」

へべれけになっている金昌周が不満そうに言った。

「もう午前二時だよ。疲れたよ」

新郎のマスターが弱音を吐いて酔眼朦朧としている金昌周を牽制した。

「そうね。新郎新婦はお疲れの様子だわ。帰りましょ」

最後まで残っていた姜善愛が気を使って席を立った。彼女に呼応して残っていた客たちもいっせいに立ったので、へべれけの金昌周もしぶしぶ腰を上げ、

「文さん、別の店で飲み直そうよ」

と執拗にせがむのだった。

「あなたはもう帰りなさいよ。かなり酔ってるじゃない。自分の帰る家がわかるの？」

金昌周と同じくらい酔っている淳花が追い出しにかかった。

「帰りのタクシー代がないんだ。だから朝まで飲んで始発電車で帰るつもりだ」

「タクシー代もないのに、飲み代はどうすんのよ」

「誰かにおごってもらうつもりさ」

金昌周は足をふらつかせてへらへら笑っている。

「あきれた。タクシー代をあげるから帰りなさい」

淳花はバッグから五千円を出して金昌周に手渡し、

「このお金で飲んじゃ駄目よ」

と、まるで姉のように忠告した。

「わかったよ。帰りゃあいいんだろう。帰りゃあ……」

淳花より五歳年上の金昌周は姉に説教されている弟のように振る舞い、タクシー代を受け取って店を出た。

「あいつがタクシーで帰るわけない。別の店で飲むにきまってる」

安易にタクシー代をくれてやって姉御ぶる淳花を文忠明は非難した。

「そうよ、甘い顔を見せると昌周はすぐにつけ込むんだから」

姜善愛は文忠明の言葉を引き継いでやんわりと言うと、

「じゃあ、またね……」

とゆるやかに踵を返して、舞うようにしなやかな体を回転させて店を出た。

「いけすかない女。あなたは善愛さんのような女が好みでしょ」

淳花は皮肉をこめて文忠明を横目で睨んだ。

「悪くないね。一度くらいなら寝てもいい」

まんざらでもなさそうに文忠明は目尻を下げた。

「あなたはわたしと正反対の女が好きなんでしょ」

冗談を本気にして淳花は真顔で怒るのだった。

「そんなことはない。君と善愛は共通した面がある」

「聞き捨てならないわ。どういう面が共通してるのか言ってちょうだい」

「勝ち気なところや。勝ち気な女は魅力的や」

「あなたって、本当に差別的ね。女を馬鹿にしてる」

「おれはマッチョだけど、君を馬鹿にはしていない。女も馬鹿にはしていない。むしろ尊敬しているくらいや」

「そういう言い方がずるいのよ。すぐにわたしを言いくるめようとして。わたしはあなたを愛してるから、すぐにあなたにたぶらかされるんだわ」

二人の会話を聞きながらマスターはうんざりした顔で洗い物を続けていた。

敏江は黙々とあと片づけをしている。淳花が小姑となったいま、敏江は難を避けるように淳花と視線が合うのを避けていた。

「兄貴……」

と淳花が声を掛けた。

兄の建二は何か言い掛かりをつけられるのではないかと肩をひくと動かした。

「金昌周に渡した五千円をちょうだい。あいつを店から追い出すためにタクシー代を渡したんだから」

建二はポケットから五千円を出して黙って淳花に渡した。

「ごめんね。財布には小銭しかないんだ。店が忙しいとき手伝いにくるから」

そう言って淳花は文忠明の手を取って店を出た。

「今夜から家にはわたしたち二人だけ。なんだかすごく解放された感じ」

外に出た淳花は胸を張って大きく大気を吸い文忠明の腕にもたれた。

文忠明は奇妙な気分を味わっていた。妹の福美は恋人と一緒に結婚式に参加し、「ファティ」にも顔を出していたが、早々に帰っていった。妹は恋人の家で半同棲しており、姉の淳花は家に文忠明を連れ込んでいる。

タクシーで家に帰った淳花は浮き浮きしながら応接室のソファに寝そべり、

「兄貴の部屋も空いてることだし、今夜から、この部屋で寝ようかしら」

と猫のようにじゃれつき、文忠明を建二の万年床に誘って仰向けになった。

「君の部屋はどうする？」

と文忠明が言った。

「あの部屋はあなたの書斎にするわ。あの部屋で素晴らしい小説を書いてちょうだい」

淳花は両腕をひろげ、

「きて……」

と悩ましげな視線を投げかけ、胸をふくらませた。

文忠明が淳花に重なり抱きすくめると淳花は吐息をもらした。

「わたしを放さないで。あなたはわたしの命だから」

切ない声で身悶え、淳花は服を脱いで裸になった。

どのくらいの時間が過ぎたのか、二人はセックスのあと眠ってしまったが、文忠明が重苦しさを感じて目を醒ますと淳花が文忠明にまたがっていた。勃起している文忠明のペニスを体の奥深く呑み込み、咀嚼していた。文字通り眠っている子を起こされた文忠明は淳花の肉づきのよい尻を両手でかかえて責めた。二人は上になり下になり、エネルギーの続く限り抱き合った。

終って腕時計を見ると正午を過ぎていた。裏窓のすりガラスから射し込む明るい陽光に部屋全体が白い絹でおおわれたようになっている。

「昼下がりの情事って、すごく興奮する。浮気してるみたい。でもわたしたちは浮気じゃないよね」

軽口をたたいたつもりだが、つい無意識にことの本質を露呈させてしまった淳花は、後ろめたさを隠すように、

「ねえ、奥さんとは本当に別れるんでしょう」

と文忠明に迫るのだった。

「もう別れてるやろ。だから君とこうして一緒にいるんや」

だが、文忠明の言葉は、その場をとりつくろっているにすぎない。たとえ文忠明が妻と別れたとしても、それが淳花にとって愛の証になるわけではないのだった。淳花はただひたすら文忠明との一瞬の愛を生きているかのようであった。文忠明が妻と別れようと別れまいと、自分の胸に燃えている愛の炎が、いつか消えるのではないかという不安と怯えをぬぐい去ることはできないのだ。

二人は服を着替えると散歩をかねて駅前の商店街へ買い物に出掛けた。淳花はういういしい若妻の役を演じていた。往き交う人びとの視線を意識しながらはじらうように文忠明と腕を組んで歩いた。途中、駅の近くに住んでいる伽倻琴の沈美香先生の家に寄り、今後の日程を手帳にひかえた。それから夕食のメニューをあれこれ考えながら豚肉や野菜や果物を買い、喫茶店でコーヒ

ーを飲んだ。

「何かアルバイトをしなきゃ」

妻と別れた文忠明は今後、仕送りをしなければならないだろう。それを考えると淳花はじっとしていられなかった。淳花との同棲に踏み切った文忠明に負担をかけたくないのだ。

「当分はのんびりしとけよ」

と文忠明は言った。

「そうもしてられない。お金がないんだもん」

金の話になると文忠明は弱かった。タクシー運転手の稼ぎなどたかがしれている。これまでも家賃、電気代、ガス代、水道代、そのうえ近所の酒屋や米屋にまでつけを溜めて、その日暮らしに追われていた。この先、収入が二倍になる可能性はないのである。かといってタクシー以外の仕事につけるはずもなかった。

「大丈夫、わたしにまかせて。こころ当たりがあるから」

淳花は気丈に言って文忠明を安心させるのだが、こころ当たりなどないのだった。


友人、知人に借金しながら当座をしのいでいたが、そのうち借りる当てもなくなり、淳花は新聞広告を見て練馬駅近くのバーに勤めだした。家から歩いて通勤できる距離でもあったし、なによりも「ファティ」での経験がものをいって客の受けも上々だった。

「店にくる客はほとんどが近所のオヤジで、みんな助平なのよ。すぐに体に触ってきたりして、ホテルに誘われるから、口実をつくって断るのが大変。でもチップをくれるからオッパイやお尻くらいは触らせてあげるんだ。ほら、今日もチップを二万円稼いじゃった」

淳花は悪びれる様子もなく店での出来事や客とのやりとりを無邪気に話し、

「お小遣いを一万円あげる」

と文忠明に気前よく一万円を渡すのである。

その金を受け取らないと、不純な行為で報酬を得ているから受け取らないのだと淳花に思われかねない。実際、淳花はオッパイやお尻を触らせることが不純な行為とは思っていなかった。そして文忠明もバーに勤めている以上、客からエッチな行為を強要されるのは当然だろうと考えていた。文忠明は一万円をポケットにしまった。

淳花は文忠明の二倍以上、稼いでいた。その金で二人は飲んだり食べたり、ときには旅行を楽しんだ。その一方で淳花はせっせと金を蓄え、韓国へ行く準備をしていた。どうしても韓国へ行って高名な先生のもとで伽倻琴を修業したいという望みを捨てきれずにいた。沈美香先生もすぐれた伽倻琴の演奏者だったが、本場の韓国で伽倻琴を習得して箔をつけたかったのである。日本でどんなに修業しても本場の韓国では通用しない。本場の韓国で認められない舞踊や伽倻琴は所詮趣味の域を出ない素人の遊びでしかないのだ。韓国の高名な先生のもとで修業を積み、認められ、師範の免許を賜ることではじめて一人前とみなされる。その免許を短期間で取得するには百万円ほど必要だった。

建二が結婚してから一カ月ほどたったある日、文忠明は「ファティ」に寄ってみた。開店間もない六時過ぎだったので客は一人もいなかった。建二と敏江はカウンターの中で時間を持てあますように手持ちぶさたの状態で突っ立っていた。

久しぶりにやってきた文忠明をマスターの建二は弱々しい微笑で迎えた。

カウンターのとまり木に座って文忠明は敏江から出されたビールを飲んだ。

「どう、新婚生活は」

文忠明は冷やかすように言った。

「家が遠いので、ちょっと疲れます」

「高幡不動だっけ」

「高幡不動の駅からバスで四つ目の停留所で降りて、それから七、八分歩くんですよ」

マスターは難渋している様子だった。

「遠いな。もっと近くの家を買えばよかったのに」

「親父が決めたもんだから、文句言えないですよ」

家父長として絶対的な権力を持っている父親には逆らえないのだ。

妊娠五カ月の敏江のお腹が少し膨らんでいる。

「敏江さんも大変でしょ」

文忠明が同情するように言うと、

「いいえ、お父さまには感謝してます。家まで買っていただいて」

と遠慮がちに言った。

何もかも父親の采配に従っている二人は言葉少なにひかえめに話すのだった。

「淳花とはうまくいってますか」

とマスターが訊いた。

「うまくいってる。淳花は練馬駅の近くのバーで仕事してるよ」

「バーで仕事してるんですか。ぼくはあまり賛成できないな」

「どうして？　淳花は客あつかいも上手だし、ママにも気に入られてるらしい」

「不安じゃないですか」

「不安……別に……。おれが辞めろと言っても淳花は辞めないし、それに淳花は韓国へ行くため金を貯めてるよ」

もともと文忠明は干渉するのも干渉されるのも嫌いで、淳花に対しても放任主義的なところがあるが、マスターから見ると何か諦観している感じがした。

マスターはそれ以上、何も訊こうとはしなかった。

ジャズが流れている。大きな肥満体といかつい顔に似合わず、ジャズをこよなく愛しているマスターは、数時間たっても客のこないがらんとした店の中で、もの思いにふけっていた。客がきたら、それを契機に帰ろうと思っていた文忠明も、帰るに帰れなかった。

「二人で店をやるようになってから、午前零時に店を閉めるようにしてます。電車がなくなるとホテルで泊まることになりますから」

結婚するまでは客がいると明け方まで店を開けていたが、身重の敏江を明け方まで働かせるわけにいかず、二人は電車で帰宅しているのだった。それが急に客足のとだえた原因の一つかもしれなかった。しかし、もっと大きな原因は淳花が辞めたからであった。良かれ悪しかれ「ファティ」にくるほとんどの客は淳花に会いにきていたといっても過言ではなかった。わがままで情緒不安定で気分屋だが、淳花の強烈な個性と可憐で、ときには妖艶な魅力がみんなを引きつけていたのは確かだった。淳花が店にいるだけで、何かしら全体の雰囲気が活気づくのである。淳花の自由奔放な気質がみんなに乗り移り、アルコールがすすみ、会話がはずむのだ。

その淳花がいない店には、まるでもぬけの殻の空虚さが漂っていた。淳花がいたときマスターの建二は毎日、何が起こるのかはらはらしていたが、淳花がいないいま、マスターは何もやることがなく、空気の抜けたタイヤのようにぺしゃんこになっていた。

いったん途絶えた客足をもどすことはできなかった。かといって淳花に店を手伝ってもらうこともできなかった。身重の敏江を家に置いて以前と同じように兄妹で店を運営すればよさそうなものだが、マスターは最終電車で帰らねばならない。そのあと店を淳花にまかせると、何が起こるのか不安だった。そして淳花も「ファティ」にもどる気はなかったのである。

文忠明は月に一度くらいの割合で「ファティ」へ飲みに行っていたが、店は閑古鳥が鳴いていて、極端なときは一人の客もこない日が二、三日続くらしく、鷹揚なマスターの表情に苦悩の色がにじんでいた。それは諦めに近い表情だった。傍目《はため》にも今後店を経営していくのは困難だろうと思われた。大勢の客で賑わっているときは客同士の会話もはずみ、寡黙なマスターは注文や洗い物をこなすだけでよく、客の機嫌をとるような会話をする必要はなかった。閑古鳥の鳴いているいまはそれではすまないのだが、カウンターのとまり木に座って飲んでいるとマスターとの会話は途切れがちで、客はつい腰を上げてしまうのである。

ある日、マスターは憂鬱そうな顔で、

「近々、店をやめようと思ってます」

と言った。

「店をやめるの……」

そのときも店には文忠明一人で、店をやめるのもやむを得ないだろうと思ったが、

「店をやめてどうするの」

と訊いた。

「敏江の出産も間近だし、店も暇だし、この際、転職しろと親父に言われて、虎ノ門で韓国と貿

易している親父の友達の会社に勤めることにしました」

またしても父親の意向かと文忠明は舌打ちしたくなったが、見通しのたたない赤字続きの店を続けて、これ以上父親に迷惑をかけたくないというマスターの気持ちはわからなくもない。

しかし、大学を出てからこの方、定職についたことはなく、父親に店を出してもらってこの数年水商売をしていたマスターが、はたして貿易会社のサラリーマンとして勤められるだろうか、と文忠明は思った。昼と夜が逆転していた生活を正常にもどして規則正しい生活をしなければならない。水商売は夜の仕事であり、昼と夜が逆転していても、それはそれで規則正しい生活であるといえなくもない。だが、昼と夜の生活は生理的にちがうのである。そもそも寡黙で、ジャズや芝居や文学好きのマスターの感性がサラリーマンに向いているとは思えないが、これから妻子を養っていかねばならないマスターにとって選択の余地は残されていなかった。父親の判断は正しいのであり、拒否できないのだった。そのことがマスターを憂鬱にさせ、何一つ自分の意思で決められない無力さをあらためて噛みしめているように文忠明には感じられた。しかし結局、月が変わると店は友人に貸して、マスター建二はサラリーマンに転職した。

建二から店を借りて営業を始めた友人の園田百世は役者をしていてつき合いも広かった。したがって店も繁盛するだろうと思われていたが、それははじめだけで二カ月もすると暇になりだし、園田百世はあっさり店をやめた。続いて経営にたずさわったのは店の客としてきていた山辺和子である。だが山辺和子も二カ月と続かなかった。

かくして店の借り手は誰もいなくなったのである。そこでいよいよ最後の切り札として淳花の出番となったが、淳花はかたくなに断るのだった。店の経営にたずさわると必ず一月に一度は父と会って収支報告をしなければならない。母親の代理人として離婚調停をすすめている淳花が父と会うと口論になるのは明らかであった。

「じゃあ、店はどうするんだ。売るのか」

練馬近くのバーに勤めている淳花の生活はあまり健全とはいえなかった。店を閉めたあと客に誘われて飲食につき合って明け方ごろ帰宅してくる日が多い淳花に文忠明はいささかうんざりしていた。かと言って「ファティ」の経営にたずさわったところで不規則な生活は変わらないだろう。ただ、他人の店で働くのと自分の店を経営するのとでは意識のちがいがあるだろうと思ったのだ。だが淳花はあくまで父と顔を合わせるのは嫌だと言って断るのだった。結局、店は閉められ、売りに出された。そして一ヵ月もしたころ、「ファティ」は「夜の友」という名前で新規開店したが、それまでとはまったく客筋のちがうサラリーマンや自営業者を相手にする店に変貌していた。

「親父の女がやってるのよ」

淳花は自分の勘が正しかったと言わんばかりに嫌悪に満ちた言葉で父を非難した。

「店をわたしにくれたっていいじゃない。それなのに、あの淫売女にくれてやるなんて、許せない！」

店の経営はやりたくないとかたくなに拒否していた淳花は、新しい経営者が父の女だと判明すると露骨なまでに父と女をののしるのである。

こうして「ファティ」は短期間に何人もの手を経て、やはり売却された。在日の文化人と日本の文化人の溜まり場であった「ファティ」はなくなったのである。

淳花はバーに勤めるかたわら昼は沈美香先生の家に通って伽倻琴を熱心に稽古していた。へべれけになって帰ってきても、翌日は朝八時に起床して伽倻琴の稽古をしていた。なにがなんでもソウルへ伽倻琴の修業に行くのだという執念を感じさせた。韓国では三歳、四歳ごろから伽倻琴を習いだし、十年、二十年の修業を積んでようやく一人前になれると言われているが、二十二歳を過ぎてから習いだした淳花は、そのハンディキャップを克服するために何倍もの努力を要求されるのだ。淳花にはいくつかのハンディキャップがある。身長が低いというハンディキャップ、二十二歳から伽倻琴をはじめたというハンディキャップ、大学を中退したというハンディキャップ、そして最大のハンディキャップは自分の意思とはかかわりなく、日本に帰化していることである。それらのハンディキャップを淳花は一つひとつ克服しようと考えていた。韓国へ伽倻琴の修業に行こうとしているのもそのためであり、できれば韓国へ伽倻琴の修業に行ったついでにソウル大学に外国人留学生として入りたいと願望していた。

ある日、文忠明は仕事で霞が関あたりを走っていた。タクシー運転手の仕事は会社を出庫して乗客を拾うと、たいがい中（虎ノ門、霞が関、大手町）あたりが多いのである。したがって午前中は中で仕事をすることになる。

虎ノ門あたりを走っていた文忠明はふと虎ノ門近辺の会社に勤めている建二を思い出した。時計を見ると正午の十分前だったので、どんなサラリーマン生活をしているのか久しぶりに会って訊いてみようと思い電話を入れた。するといきなり建二が電話口に出た。

「おれや、文忠明や」

建二は文忠明の声を忘れてしまったかのように、

「どなたさまでしょうか」

と馬鹿丁寧な言葉で応答した。

「文忠明だよ。おれの名前と声を忘れたのか」

建二はやっと気がつき、

「文さんですか。久しぶりです」

と照れたように言った。

「もうすぐ昼食の時間だろう。虎ノ門の近くにいるんやけど、会わないか」

文忠明はつとめて気軽に誘った。

「そうですね。じゃあ、十分後に虎ノ門駅の近くにあるC喫茶店で会いましょうか」

文忠明は駐車違反を警戒してタクシーを駐車場に預け、少し歩いてC喫茶店に行った。カレーライスやオムレツやサンドイッチなどを出している喫茶店はすでに満席に近い状態だった。建二は道路沿いの窓際の席に大きな図体をこごめて窮屈そうに座っていた。いままで見たこともない紺のスーツとワイシャツを着て縞柄のネクタイを締めている姿がじつに滑稽だった。眉をひそめ、なぜこんな恰好をしているのかわからないといった情けない顔をしていた。

二人はコーヒーを注文した。

「この店は食事もできるんやろ」

文忠明が食事をうながすと、

「いや、ぼくは昼食を抜いてるんです」

と言った。

「昼食抜き？　そんなに節約してるのか」

大食漢の建二が昼食を抜いているとはただごとではない。サラリーマンに転職したものの薄給のため生活を切り詰めているのかと文忠明は同情した。

「そうじゃなくて、二カ月前から減量してるんです」

と言って減量の効果を示すようにかつては巨大な脂肪の塊だった腹を見せ、はいているズボンに少し余裕があるのを強調した。

「一カ月前まではキツくて苦しかったんですが、いまは指二本入ります」

建二は減量の証に二本の指を入れたり出したりして悦に入っていた。

「あまり痩せたようには見えないけど」

文忠明は意地悪く言った。実際、以前となんら変わらないように見えたのである。

「これでも五キロ減ったんですよ」

減量を認めてくれない文忠明に建二は不満顔で言った。

「目標は五十キロ減量です」

「五十キロ……そんなに減量できるのか」

「できますよ。五十キロ減量した人はいくらでもいます」

百二十キロの体重を七十キロにしようとしているのだ。

「ところでサラリーマン生活はどないや」

と文忠明は訊いた。

すると建二は浮かない顔をして、

「ぼくには向いてないです。それに高幡不動からキツイです。片道二時間半かかりますから」

と言った。

「二時間半はキツイな。往復五時間か」

「仕事が終って家に帰ったら八時半ですよ。たまには新宿で飲みたいときもあるんですが、寄り道できないです」

店をやっているときは、ある程度、自由気ままな生活を送っていたが、いまは時間にがんじがらめに拘束されて身動きとれない状態らしい。

「かといって他にやることもないし、ぼくはまったく無能な男です」

建二は急にしょげかえってコーヒーをすすった。そのコーヒーのすすり方がいかにも侘しかった。

「子供は生まれたのか」

と文忠明は訊いた。

「ええ、先月、女の子が生まれました」

「敏江さんは元気にしてるか」

「ええ、元気です。高齢出産だったので心配でしたが帝王切開もせずにすみました」

店にいたころはジャズや文学や美術や、ときには政治の話をしたものだが、サラリーマンになった建二にとって、それらの話は遠い昔のことになってしまったようだ。

二人は四十分ほど雑談を交わして別れた。

別れ際に建二は、

「今度ゆっくり飲みたいんだけど、時間があるかなあ……店にきていた連中とは誰とも会ってないんです」

と寂しそうに言った。

その日の午後九時ごろ、文忠明は十二社《じゅうにそう》の中華店で遅い夕食を取ったあと休憩をかねて新宿警察署の近くにある行きつけのスナック「果林」に行った。その時点で文忠明は仕事を放棄していた。無性にビールが飲みたくなったのも仕事を放棄したいという要求のあらわれであった。月に

一、二度、仕事を放棄して飲んでしまうことがある。昼間、虎ノ門で建二と会ったのが仕事を放棄させるきっかけになったのかもしれない。いずれにしても文忠明は「果林」のとまり木に座って飲みはじめた。常連客が三、四人いてみんな気さくに話し合える連中だった。何杯かビールを飲んでいるうちに文忠明はすっかり仕事を忘れていた。この店には在日朝鮮人の客は一人もこない。みんな日本人だが、文忠明には「ファティ」と別な意味で居心地のいい店であった。岡田敬造もこの店の常連の一人である。文忠明は岡田敬造と会えるのをひそかに期待していたが岡田敬造は現れず、そのかわり東大のドイツ文学教授・佐倉英正が四人の友人と一緒にやってきた。何かの集まりの帰りに別の店で飲んできたらしく、佐倉英正と連れの四人は酔っていた。佐倉英正はとまり木に座っている文忠明を見ると、

「文さん、兄貴、会いたかったよ」

と素っ頓狂な声を上げて抱きついた。

日ごろはいくら飲んでも変わらない佐倉英正が、今夜は別人のように泥酔していて文忠明に抱きつくとほっぺたにキスした。佐倉英正の唾液が文忠明の頬にべったりついた。

「気持ち悪い。どこでそんなに飲んできたんや」

文忠明は辟易して佐倉英正を押しのけた。

「文さんはおれの兄貴だろう。いいじゃないの」

いつだったか、文忠明より三カ月遅い生まれの佐倉英正に、朝鮮の儒教的な慣習からすると弟になると言って以来、佐倉英正は文忠明を兄貴と呼ぶようになったのである。

連れの四人は、酔っているとはいえ佐倉英正教授がタクシードライバーの文忠明を兄貴と呼んで抱きついている奇妙な光景を好奇の目で見ていた。ひとしきり親愛の情を交わした佐倉英正は

連れの仲間の席にもどって飲み、店内はいつになく賑やかな雰囲気だった。文忠明も気をよくして飲み続け、気がつくと午前二時を過ぎていた。佐倉英正が連れてきた四人の友人はとっくに帰っており、店に残っている客は文忠明と佐倉英正と自営業の浅井という男だけになった。

「そろそろ店を閉めます」

とマスターの村田光茂が言った。

飲み疲れてカウンターに顔を伏せていた自営業の浅井は頭をもたげてゆっくり立ち上がった。ところが佐倉英正は泥酔しているにもかかわらず元気だった。笑い上戸の佐倉英正は目を細めてにこにこしている。四人の友人が帰ったあと文忠明の隣のとまり木に座っていた佐倉英正は体をすり寄せてきて、

「文さん、お願いがあるんです」

と言った。

「何ですか?」

文忠明もかなり酩酊している。

「ぼくは一度、タクシーを運転してみたかったんです。タクシーを運転させて下さい。こうみえてもぼくは二十年間、無事故・無違反なんです」

終始目を細めてにこにこしている人の良さそうな佐倉英正に頼まれて、酩酊しているせいもあるが、文忠明はつい、

「よし、わかった」

と承諾した。

文忠明と佐倉英正は店を出て墓場の塀沿いに駐車してあるタクシーのところまできた。そして

ドアを開けた文忠明は、

「本当に大丈夫……」

と念を押した。

泥酔している人間に大丈夫かと訊く文忠明も判断力が麻痺している証拠だった。

「大丈夫です」

佐倉英正は嬉しそうに文忠明からタクシーのキーを受け取って運転席に座った。

助手席に座った文忠明は一応タクシーの構造を説明した。

「わかりました。では発進します。出発進行、発車オーライ！」

駄洒落を言って佐倉英正はエンジンをかけ、発進させた。

墓場と墓場の狭い道を、前後に目をこらして慎重にゆっくり運転して青梅街道に出た。目の前は新宿警察署である。ここは右折禁止になっているが、そんなことはおかまいなしに佐倉英正はいきなりアクセルをふかして右折した。危うく直進車と接触するところだった。

「いいなあ、タクシーは。ぼくは子供のときから一度タクシーを運転してみたかったんです。本当のことを言うと、ぼくはタクシー運転手になりたかったんですよ」

子供のころから有名校に学びエリートコースを歩んで東大のドイツ文学教授になった佐倉英正は、運転しながら大学教授がいかにくだらないかをえんえんと話すのだった。

「教授の席が空いていたから、ぼくはドイツ文学を選んだんです。ただそれだけですよ。まったく、くだらない人生です」

世田谷の松陰神社付近に住んでいる佐倉英正は環状七号線を左折し、淡島通りまで一気に吹っ飛ばした。

「文さん、今度ぼくの車でドライブしませんか。ぼくはポルシェに乗ってます。普段は乗らないし、文さんにはじめて言いましたが、ぼくがポルシェを持ってることは誰も知らないです」

「へえー、ポルシェを持ってるんですか。ぜひ一度、運転したいもんだ」

酔っぱらっている文忠明は佐倉英正の話を半分聞きながら、孤独を癒すために、ときどきポルシェを運転して高速道路を吹っ飛ばしているのだろうと思った。他人の孤独に関心のない文忠明はとにかく早く帰って眠りたかった。

環状七号線から淡島通りに入り、近道を選んで狭い裏道に入ったとたん電柱に接触してバンパーとサイドミラーを引っ掛けた。

「佐倉さん、気をつけて！」

文忠明が注意を喚起すると、

「大丈夫です。ぼくは運転に自信がありますから」

と酔った目をふらつかせて運転を続け、世田谷区役所に出る道を右折したとき、今度は止めてあった自転車を引っ掛け、右ドアに傷をつけた。

本来ならここで運転を交替すべきところだったが、文忠明の神経も麻痺していて、

「いけ、いけ！」

むしろ佐倉英正を煽るのだった。

文忠明に煽られた佐倉英正は調子に乗り、いろんな物に接触しながら狭い曲がりくねった道を走り、最後に門構えの家に突っ込んだ。ドン！　という音とともに門が壊れタクシーは玄関先で停まった。

「ここがぼくの家です」

やっと家にたどり着いた佐倉英正は嬉しそうに車から降りて玄関を開けた。一人の老女が驚いた様子で立っていた。佐倉英正の母親だった。

「どうしたんですか、こんな夜中に……」

佐倉英正の母親は泥酔している息子と門に突っ込んだタクシーと助手席に座っている文忠明を見て絶句した。

「ぼくの兄貴分の文さんです。文さん、ぼくのお袋です」

ろれつの回らない佐倉英正は母に文忠明を紹介すると、その場にへたり込んだ。

「この子がタクシーを運転してきたんでしょうか」

母親はおそるおそる文忠明に訊いた。もしそうだとすれば由々しき事態である。東大教授が泥酔のうえタクシーを運転した。それだけで新聞記事になりかねない。しかも家の門に突っ込んだとなればスキャンダルとして懲戒免職はまぬがれないだろう。それは同時に家の恥でもある。

母親の心配をよそに文忠明は愉快そうに、

「ええそうです」

と答えて車から降り、

「車が台無しだ」

と言った。

実際、車はかなり破損していて、帰庫すれば会社から大目玉を喰らうのはわかりきっていたが、

「しょうがないですよ。ぼくが運転させたんだから」

と諦めたように言った。

「本当に申しわけありません。どうしてタクシーなんか運転したのか、この子の気がしれません。修理代は全額、わたしどもがお支払いしますので、何卒《なにとぞ》穏便にお取り計らい下さいますよう、お願いします」

母親は息子の不祥事が表沙汰にならないよう文忠明に何度も頭を下げて懇願した。

文忠明が気楽に言って佐倉英正を見ると、佐倉英正はへたり込んだまま眠っていた。

「別にどうってことないですよ。タクシーには事故がつきものですから」

帰庫した文忠明は予想通り、部長から大目玉を喰らって修理代の全額を給料から差し引くと言われた。

「それはないでしょう。給料から一度に差っ引かれると喰っていけないよ」

だが、文忠明の言い訳も抗議も通じなかった。部長の逆鱗《げきりん》に触れた文忠明は三出番自宅謹慎処分になった。これにはさすがの文忠明もこたえた。酔ったうえでの行為とはいえ、泥酔している佐倉英正にタクシーを運転させたことを後悔した。

それから一週間後、自宅謹慎処分が解けて出勤してみると部長が上機嫌で文忠明を迎えた。薄気味悪いほど上機嫌だった。

「事故にもいろいろあるけど、おまえの事故はいい事故だよ。禍転《わざわい》じて福となすとはこのことだ」

何のことだかわけのわからない文忠明は、

「禍転じて福となすとはどういうことです?」

と部長に訊いた。

「佐倉英正の母親が訪ねてきてさ、新しいタクシーを一台弁償するってんだ。社長は大喜びだ。

あの車は廃車寸前だったんだ。それからおまえに慰謝料として五十万円くれたよ。金持ちはケチだけど、息子の不始末には金を惜しまないんだな」

部長は金庫から五十万円の入った封筒を出して文忠明に手渡し、

「今度、一杯おごれ」

と言った。

文忠明は金を受け取っていいものかどうか迷ったが、受け取らなければ部長が懐にするにちがいないと思って受け取り、佐倉英正に返そうと「果林」に行って預けたが、それ以来、佐倉英正は二度と店に現れなかった。東大教授としての面目が立たないのだろう。母親と二人暮らしの佐倉英正は四十を過ぎてなお独身だったこともあって世間知らずだったのだ。

「せっかくあなたにくれたんだから、このお金で散財しようよ。こういうお金はぱーっと使ってしまうに限るよ」

文忠明も淳花の意見に賛成だった。

二人はさっそく街に出てショッピングを楽しんだ。文忠明は以前からロレックスの腕時計が欲しいと思っていたが薄給の文忠明にとっては高嶺の花だった。だが五十万を持っているいまなら中古のロレックスを買うことはできる。文忠明は質流れ品店に入ってウインドーに並べてあるロレックスに何度も見入っていた。中古とはいえ二十万円以上の値札がついている。買うべきか買わざるべきか、躊躇している文忠明に、

「ロレックスが欲しいんでしょ。思いきって買いなさいよ」

と淳花はけしかけた。

五十過ぎの店員が思案している文忠明にウインドーからロレックスを取り出して手渡した。ず

っしりと手応えのある重量感と昔からデザインの変わらない風格が文忠明の美意識と虚栄心を刺激した。

「よし、これを買う」

文忠明は一大決心をしてロレックスを二十五万円で買い、腕にはめた。晴れがましい気持ちだった。欲しい物を手に入れたときの満足感に文忠明の顔が思わずほころんだ。

淳花はデパートでお揃いのハンドバッグと靴と服を選び、試着室で着替えて鏡の前に立ってうっとりして、

「どう、似合うかしら」

急に女らしくなってはにかんだ。

「似合うよ。淳花でないみたいだ」

「皮肉なの。わたしって、こういう恰好は似合わないんだよ。やっぱりやめとく」

文忠明は皮肉のつもりで言ったわけではなかった。自分だけ高価なロレックスの腕時計を買った手前、淳花にも欲しい物を買い与えなければと思っていたのだが、あまのじゃくな淳花は文忠明のひとことにへそを曲げてショッピングを諦めた。

「どうせわたしは何を着ても似合わないんだよ。チビだし、肥えてるし、あなたはわたしのようなタイプの女はあまり好きじゃないでしょ。正直に言ってよ」

このときとばかり、淳花は文忠明の真意を確かめようと迫った。

「似合ってる言うてるやろ。君はどうしていつも自己卑下するんや。君は可愛いし、みんなから好かれてるし、自己卑下する理由はどこにもない」

「自己卑下なんかしてないよ。ただあなたに愛されたいだけ」

「愛してるがな。これ以上、どうしろというんや」

何かあるたびに愛を誓わされるが、そのたびに、愛という言葉の真実が逆に疑わしくなってくるのである。それが淳花を不安にさせ、さらに愛の誓いを求めるのだった。淳花にとって愛の破局ほど恐ろしいものはないのだ。人間は誰しもみんなから愛されたいという欲望を持っているが、淳花はその欲望が人一倍強かった。裏返せば、自分は人から愛されていないのではないかという不安が強かったのである。

文忠明は淳花をなだめすかし、結局、淳花も女性用ロレックスの腕時計を買った。二人はお揃いのロレックスをこれ見よがしにかざして、

「お揃いのロレックスをはめてる恋人はわたしたちだけだわ」

と嬉しさを隠しきれずに子供のように喜んだ。

それからホテルに行き、日ごろ食べたことのない高級イタリアンレストランで食事をした。淳花は値段などおかまいなしに高いワインを注文し、フルコースの料理をたいらげた。

「なんだか急にお金持ちになった気分だわ。お金持ちって、毎日こんなおいしいワインを飲み、こんなにおいしい料理を食べてるのかな。そのうちいやにならないかしら」

「高級料理が必ずしもうまいとは限らない。おれはこの店のパスタより、喫茶店のケチャップがたっぷり入ったナポリタンのほうが好きだ」

「わたしも焼肉のほうが性に合ってる。わたしたちって所詮貧乏人なのよ」

それを証明するかのようにイタリアンレストランの会計を精算すると文忠明の財布にはわずかな金しか残っていなかった。タクシーで帰るつもりだったが、二人は電車を利用して帰宅した。

悪銭身につかずというが、労せずして手に入った五十万円は中古の男性用と女性用のロレックスを買い、イタリアンレストランで高いワインを飲むと終りだった。二人は腕にロレックスをはめているものの素寒貧だった。ロレックスをはめてほんのひとときいい気分になって文忠明と淳花は仕事を休み、夜は新宿ゴールデン街や池袋界隈を飲み歩き、三日もするとほんのわずか残っていた金も使い果たし、インスタントラーメンでしのぐ日が続いた。

「やっぱりロレックスなんか買うんじゃなかった。こんなのはめたって、わたしたちには似合わないよ」

金もないのに見栄でロレックスをはめているのがむしろ後ろめたく、淳花は後悔した。文忠明も後悔していた。というのも文忠明はこれまでにもロレックスを三回購入し、三回とも質草にして手放していたからである。そして今度も質草になるのは時間の問題であった。何度も同じ轍を踏む懲りない性格にわれながら厭気がさした。

結局、二人は相談して、とりあえず文忠明のロレックスを質草にすることにした。ロレックスを買った同じ店に行き質に入れた。いくらの値がつくのか。せいぜい十万円前後ではないかと思っていたが、さすがにロレックスは人気が高く十五万円の値がついた。予想以上の値がついたので得したような気になって、

「やっぱりロレックスは値が張るのね」

と淳花ははしゃいでいた。

気をよくした二人は、その金でまたぞろ飲み食いの散財をして一週間仕事を休んでしまった。考えてみると、わずか四日で十万円を質屋にくれてやったようなものである。

散財して金が無くなると淳花はまた反省し、落ち込むのだった。

「やっぱりわたしたちは、どうしようもない浪費家なのよ。資本主義に飼いならされた豚なんだわ。貯蓄意識がゼロよ。お金を使い果たさないと気がすまないのね」

ひとしきり反省して、二人は仕事をはじめたが、月の半分近く休んでいたので生活費に追われるはめになった。しかし、もう一つのロレックスがあるという意識があって、いざとなれば、それを質草にすればしのげると思っていた。そして反省したのもつかの間、淳花のロレックスも十二万円で質草にした。

「わたしは絶対、ロレックスを流さないから。必ず取りもどしてみせる」

反省のかわりに強い決意を込めて淳花は言った。だが、それはいつのことなのか。十二万円を手にした淳花は靴を買い、文忠明はシャツを買った。

街が闇に沈みはじめるころ、二人は新宿の雑踏の中にいた。二人はネオンの光がつくりだす影の中にいるのが好きだった。あるいは闇がつくりだす光の中で派手に着飾っている厚化粧のホステスやポン引き野郎や酔漢や、さまざまな表情で往来している人びとにまぎれているのが好きだった。

住友ビルの最上階にあるバーで飲んでいると、淳花はクリスマス・ツリーのように灯りのまたたいている下界を見下ろしながら、

「あなたとこうしていると夢のようだわ。明日はどうなってもいいの。だって明日のことなんて誰にもわからないもの」

と、まるで今夜限りの時間を過ごしているように呟いた。実際、淳花にとって明日は遠い未来のようだったし、文忠明にとって明日は過去の続きでしかなかった。いわば二人は過去と未来の交錯する一瞬を刹那的に生きていたのだ。そのことが淳花の不安をかきたてるのだった。

「ねえ……」

と淳花は話をむし返すように言う。

「来年の春には、どうしてもソウルへ行きたいの。あなたはどうする?」

難題を持ちかけられて文忠明は答えを探しあぐね、

「そうだなあ……」

と言葉を濁した。

「生活のことが心配なんでしょ。でもソウルではわたしが頑張るから。あなたに苦労はさせない」

何の裏付けもなく、だが淳花は自信に満ちた口調で文忠明の同意を得ようとする。

「頑張るからって、ソウルで何をやるんや」

「考えてないけど、なんとかなると思う」

「どうなんとかなるんや」

淳花の切実な思いを断ち切るように文忠明は現実的な対処を問い質した。

「あなたはどうしてわたしをいじめるの。やればなんとかなるじゃない。わたしはわたしのやりたいことをやりたいだけなの。あなたに、そんなふうに言われると、わたしは何もできなくなってしまう」

「やりたいことがやれないのは、おれのせいなのか。だったらおれのせいにせず、君の好きなようにやればええやないか」

文忠明は淳花を突き放した。

「ひどいことを言うのね。あなたはわたしを愛してないんだわ。愛していたら、そんなひどいこと言わないはずよ」

怒りに満ちた淳花の目に涙が浮かんでいた。大きな黒い瞳に浮かんでいる涙が照明を反射して美しく輝いている。純粋で情熱的で自己主張を貫こうとする意志に満ちていた。何ごとにも鷹揚な文忠明だが、淳花と一緒にソウルへ行くのは難しいと考えていた。まず第一に言葉もできないソウルで生活の糧を得るのはきわめて困難である。つぎに別居状態にある家族の生活費をどうやってみるのか。自分一人の生活費を稼ぐのさえ困難なのに、家族の生活費を仕送りするのはさらに困難である。そのことを淳花は考えているのだろうか。

「おれには家族がいる。女房と別れても当分は家族の面倒をみなければならない。君と一緒にソウルへ行って、おれたちの生活費と家族への仕送りができるだけの稼ぎができるのか」

「そうね。それがあなたの心配なのね。でも中国人やヴェトナム人や韓国人には一人でアメリカへ行って働き、家族に仕送りしてる人だっているわ」

「おれにそうしろというのか」

「そうじゃない。でもこのままでは、わたしは駄目になってしまう。世の中からわたしはおいてけぼりを喰うのよ」

お互いの立場に大きな隔たりがあり、その隔たりを埋める方法が見つからず、二人はいつしか感情的になって口論し、傷つけ合うのだった。

「もう少し考えよう。おれに何ができるのか、君に何ができるのか、もう少し見きわめよう。そのためには時間が必要や。女房とケリをつけるためにも」

その言葉に淳花は落ち着きをとりもどし、

「ごめんね、わたしが悪いんだから」

と言った。最後に、自分が悪いんだから、というのが淳花の口癖だった。

超高層ビルの最上階から眺める夜の街の灯りは星屑のようにきらめき、店内にはピアノの演奏が流れていて恋人たちは楽しそうに語り合っている。中には抱き合って長いキスをしている恋人もいた。

そのカップルに刺激されたのか、

「ねえ、今夜はこの近くのホテルに泊まろうよ。たまには豪華なホテルの一室で夜を過ごしたい」

と淳花は甘えるようにねだった。

「そうだな、ホテルに泊まるのも悪くないな」

このまま家に帰るとふたたび口論になるのを懸念して、文忠明は淳花の希望を受け入れた。どのみち金は今夜か明日でなくなるのだから。

二人はバーを出て近くのセンチュリーハイアットに向かった。新築間もないセンチュリーハイアットのロビーの天井には一基一千万円のシャンデリア三基が吊るされ眩いほどの光をちりばめて燦然と輝いていた。こういうホテルに馴染みのない二人は光の粒子が奏でる音楽のような巨大なシャンデリアを見上げ、

「素晴らしい!」

とおのぼりさんみたいに感嘆の声をもらした。

「なんだか、わくわくしてきた。すごく上品だけど、セクシーな感じ」

淳花はくすくす含み笑いをして文忠明の手を握り、小用を我慢しているみたいに腰をくねくねさせてはやくも欲情していた。

[illegible]行くと男の係員が二人の様子を瞥見して、

「いらっしゃいませ」

と言った。

「部屋は空いてますか」

文忠明が訊くと、係員は恐縮した表情になって、

「申しわけありませんが、ただいまスイートしか空いておりません」

と答えた。

本当は普通の部屋も空いているのに足元をみてスイートを押しつけようとしているのではないかと文忠明はいぶかったが、

「スイートでいいよ」

と淳花は喜んでいる。

「一泊いくらですか」

宿泊料が気になって訊くと、

「一泊七万円です」

と係員はこともなげに答えた。

文忠明は尻ごみした。眠ってしまえば、たとえ小さな部屋であろうと同じことではないか。一泊七万円も支払って泊まる必要などないと思ったが、

「泊まろうよ。一度スイートに泊まりたかったんだよ」

と淳花はせがんだ。

「よし、泊まろう」

文忠明は清水の舞台から飛び降りる覚悟で宿泊料を支払って六〇五号室の鍵をもらった。六〇五号室に入ると、そこは応接間になっていて、二人掛けのソファと一人掛けの椅子と、その他に、テレビ、冷蔵庫、グラス、茶器などが置いてあり、赤ワインが一本サービスについていた。そして寝室はツインベッドだった。

「ダブルがいいのに。別々に寝るなんていやだよ」

期待はずれのツインベッドに淳花は少し不満げだったが、それでも二部屋あるスイートが気に入ったらしく、さっそく冷蔵庫から缶ビールを取り出して文忠明に渡し、自分はワインを開けてグラスについだ。

カーテンを開け、夜景を眺めながら、

「今夜はわたしたちの新婚旅行ね」

と淳花は感慨をこめて言った。

文忠明が後ろから抱きすくめると淳花は文忠明に体をあずけて、いまにも崩れそうになった。

「ソウルにはわたし一人で行く。離ればなれになるのはつらいけど、一カ月か二カ月に一度、あなたがソウルにきたり、わたしが東京へもどってくればすむことよ。そうでしょ。あなたなしでは生きられないけど、あなたはいつもわたしの中にいる」

独特の哀感のこもった声で淳花は訴えるように言った。

文忠明は淳花を抱きすくめたまま黙っていた。おれは卑怯な男だろうか？　淳花の温かい体温を感じながら文忠明はいまさらのようにおのれの無力さを痛感した。できることなら淳花と一緒にソウルへ行きたいが、すべてを捨てる勇気がないのだった。家族に対する道義的な責任のためだろうか。家族に対する道義的な責任はとっくの昔に放棄しているのだ。そのことが逆に文忠明

に道義的な責任を意識させるのである。

二人は狂おしく求め合い、眠りについたのは明け方だった。そして午前十時にフロントから電話で起こされ、シャワーを浴びる時間もなくチェックアウトしてホテルのラウンジでコーヒーとサンドイッチの軽食をとり、家に帰った。


電話のベルが鳴っている。いったん切れたがまた鳴り続けた。

文忠明は陽子からの電話ではないかと腰が引けた。淳花がベッドから起きて電話を取った。

電話を取った淳花の顔が青ざめていくのがわかった。

「本当なの？　どうして？　どうしてそんなことになったの？　信じられない。いつ……いつ亡くなったの」

淳花の目から涙がこぼれてきた。

「病院はどこ？　どこなの。よく聞こえない。もっとはっきり言って。泣かないで、はっきり言ってよ」

そう言いながら淳花も声を詰まらせ、唇を震わせて泣いていた。

「明大前の病院……何て名前の病院なの。山岡病院……えっ、病院じゃないの？　家にもどってるの？　どっちなのよ、はっきりしてよ」

電話の相手は妹の福美だった。動転して混乱しているらしく話の前後のつじつまが合わないのである。淳花はもどかしげに何度も同じ質問をくり返し、やっと電話を切ると、その場に泣き崩れた。

「どうしたんだ？」

肩を震わせ泣きじゃくっている淳花に文忠明は声を掛けた。

淳花は涙でぐしゃぐしゃになっている顔を上げた。

「兄貴が死んだの」

こみ上げる嗚咽で呼吸が止まるのではないかと思えるほどだった。

「なんやて！　ほんまか！」

建二の突然の訃報に文忠明は愕然とした。

いったい何があったのか。交通事故だろうか、それとも何かの事件に巻き込まれたのか。虎ノ門の貿易会社に勤めだしてまだ数カ月しかたっていないというのに……。

「何があったんや。なんで死んだんや」

「よくわからない。明大前駅のトイレで死んだって言ってる」

「トイレの中で……」

信じられない奇っ怪な死に方である。

「なんでトイレの中で死んだんや？」

「よくわからないのよ。妹も動転していて、ちゃんと説明できないのよ」

なぜトイレの中で死んだのか、文忠明は想像をめぐらせたが見当もつかなかった。

建二と最後に会ったのは虎ノ門駅近くの喫茶店である。「ファティ」をやめて夜の仕事から昼の仕事に替わり、高幡不動から二時間以上すし詰め状態の電車に揺られて通勤するのが苦痛だと弱音を吐いて自嘲するように薄ら笑いを浮かべていたが、それが原因で、もしかして自殺したのではあるまいかと文忠明は不謹慎なことを考えたりした。いかつい顔に似合わず気の弱い建二は神経症に陥っていたのかもしれない。

淳花は洗面所で涙に濡れた顔を洗い、呼吸を整え、覚悟を決めたように、

「一緒にきてくれる？」

と言った。

「もちろんおれも行く」

ショックで混乱している淳花を一人で行かせるわけにはいかなかった。

帰ってきたばかりの二人は家をあとに駅前通りに出てタクシーを拾い、京王線の明大前駅に向かった。

タクシーの中で淳花はまた涙ぐんでいた。

「わたしが『ファティ』をやめなければよかったのよ。店を続けていれば、こんなことにはならなかったと思う」

淳花は後悔の念にさいなまれて自分を責めていた。

「わたしは兄貴を愛してたのよ。誰よりも兄貴が好きだった。兄貴に無理難題を押しつけて困らせたけど、兄貴はわたしに寛大だった。どうしてわたしは兄貴の結婚を祝福できなかったんだろう。子供もできたというのに……」

明大前駅に着くまでの間、淳花はタクシーの中で自分を責め続けた。

「君の責任じゃない」

手を握って、自分で自分を呪縛している淳花に平常心をとりもどすように文忠明は言ったが、
淳花はかぶりを振って、

「わたしが悪いのよ」

と泣くばかりだった。

運転手は文忠明が淳花をいじめていると思ったらしく、バックミラーで後部座席にいる二人をちらちら見ていた。

明大前から京王線に乗り、高幡不動で降りるとタクシーを利用した。建二の家は高幡不動駅前からバスで四つ目の停留所の近くにあると聞いていた。二人は、その停留所でタクシーを降りた。そこから七、八分歩いたところに庭付きの建売住宅が四、五軒建っていた。その中の一棟が建二の家だった。

家に入ると、すでに何人かの友人が集まっていて、沈痛な雰囲気に包まれていた。一階の八畳の居間には祭壇が組み立てられ、顔の部分だけが開いている柩の中に建二の遺体が横たわっていた。その側に憔悴しきった父親が暗い表情で座っていた。親戚の者か、父親の友人なのか、文忠明にはわからない三人の男も座っていた。

居間に入った淳花は錯乱したように大声で泣きながら、

「兄貴！　兄貴！　どうして死んだのよ！」

と柩にしがみつき、建二の死顔をいとおしそうに愛撫し、

「どうして兄貴は死んだのよ！　言ってよ。これであなたは満足でしょ。あなたの愛する二人の息子は死んだのよ。あとは女しか残ってないんだから」

と父親に向かって叫んだ。

「黙れ！　おまえにわしの気持ちがわかるか！　わしは……わしは……」

と父親は言葉を詰まらせ、唇を嚙みしめた。

部屋の中には異様な緊張感が走り静まりかえった。

父親の向かい側の柩の側に子供を抱いた敏江が針のむしろにでも座らされている罪人のように

黙ってうつむいていた。

「姉さん、いまさらそんなこと言ってもせんないことよ。兄さんは死んだんだから」

目を泣きはらした妹の福美が淳花をさとすように言って二階の部屋に連れて上がった。

二階に三つある六畳の間の一つ、南側の部屋に母親と中学生の末娘がいた。窓際に座っていた母親は怒りに満ちた表情で空を睨んでいた。隣の部屋で建二の四人の友人たちが出前のすしを肴にビールを飲んでいた。文忠明はその部屋に入った。

建二の友人であり、常連客でもあった園田百世が、

「文さんは建二の死因を知ってますか」

と言った。

「いいや、知らない」

どうやら四人は建二の死因について話し合っているらしかった。

「建二は会社の帰り、明大前で途中下車して駅のトイレに入ったんです。そのあと清掃係のおばさんがトイレの掃除をしにきたんですが、一つだけドアが開かないので、誰かが使用してるんだろうと思ったそうです。ところが二回目の掃除のときも三回目の掃除のときも開かないから、おかしいと思って駅員に通報して内側から掛かっているドアの錠を壊して開けてみると、建二が便器に座ったまま死んでたそうです。病院で調べた結果、くも膜下出血だって。おそらく建二は気分が悪くなり、明大前で下車してトイレに駆け込み、便器に座ったとき、くも膜下出血を起こしたんじゃないかと病院側は説明しています」

脳溢血や脳梗塞やくも膜下出血は時と場所を選ばないし自覚症状もあまりない。園田百世の説明で、建二がなぜトイレの中で死んだのか、文忠明は納得した。それにしても三十三歳という若

さで亡くなるとは不運というほかない。文忠明は園田百世からつがれたビールを飲みながら複雑な気持ちになった。淳花の言うように、「ファティ」をやめずに、それまでと同じ日常を送っていればくも膜下出血で倒れることはなかっただろうか。極端な環境の変化に建二は耐えられなかったのかもしれない。

淳花の両親は一階と二階に分かれて座り、顔を合わそうとしない。その間を妹の福美は気をもみながら行ったりきたりしていた。

「呪われてるんだよ、あの男は。家族をないがしろにして、ほかの女をつくって好き勝手をしてきた罰が息子たちにふりかかってきたんだよ。なんの罪もない二人の息子が死ぬなんて、あまりにもひどすぎる。あの男が二人の息子を殺したようなもんだ」

呻くような声で母親は子供たちの父親を呪っていた。離婚調停がいっこうにはかどらないのも夫のせいにしていた。

隣の部屋から聞こえてくる母親の毒々しい声にみんなは陰鬱になった。

園田百世が隣の部屋に聞こえないように声を落とし、

「じつは……」

と秘密めいた話でもするように前かがみになった。

「建二は会社に勤めだしてから減量するためにダイエットをしてたんだ。文さんは山形豊明という気功師を知ってますか。『ファティ』にもときどき飲みにきてましたよ。三十四、五歳で、顎鬚をたくわえた坊主頭の男ですよ。いつも作務衣を着て、いかにも気功師ですといわんばかりの宗教がかった人物です。建二と山形は昔からの友人で淳花もよく知ってます。敏江さんとも親しかったですよ。その山形に敏江さんが建二の減量を頼んだんですよ。サラリーマンになって高幡不動から虎ノ門まで満員電車に揺られ二時間以上かけて通勤するのは大変だし、外回りの仕事も多いので、減量して体の負担を軽くしたいと本人も思ったんです。それで敏江さんが山形に減量を頼んだんですが、かなりハードな減量メニューをこなし、一カ月に五キロ痩せたそうです。目標は五十キロ減量して七十キロまで落とすと言ってた。二週間ほど前に会ったとき、二十キロ痩せたと言って喜んでましたよ」

手伝いにきている中年女性がビールと肴を持って部屋に入ってきたので園田百世はいったん話を中断し、女が出て行くと話を続けた。

「ところが建二の死因を調べていた病院側が、周りの状況から判断して急激な減量がくも膜下出血の引き金になったのではないかと言うんです。それを聞いた母親は敏江さんを責めたんです。見かねた父親が間に入って敏江さんを擁護したので母親は怒り心頭に発して摑み合いの大喧嘩ですよ。親戚の人が割って入ってことなきを得たけど、険悪な雰囲気です。淳花が知ったら、またひと波乱起こるんじゃないかな」

そこまで喋ると園田百世はグラスに残っていたビールをいっきに飲み干し、つぎに起こるであろう騒動を待っているかのように口をつぐんだ。

急激な減量がくも膜下出血の引き金になったのかどうかは別にして、この話が淳花の耳に入ればひと波乱起こるのは間違いない。文忠明は気が重くなって、煙草をふかしながらひたすら飲み続けた。通夜の弔問客がしだいに増えてきて、文忠明の部屋も十人以上になった。みんな席を詰め合い、黙々と煙草をふかしビールを飲んでいる。

突然、淳花のかなきり声が重く沈んでいる空気を引き裂いた。

「あんたと敏江が兄貴を殺したんだよ。どうして減量なんかさせたのよ。あんたにどんな資格があるの。医師の資格もないし、鍼灸の免許もないし、気功師とか言ってるけど、ただの山師じゃない。それなのに人の命をもてあそぶなんて許せない。警察に訴えてやる。責任を取りなさい。これは犯罪だよ。わたしは黙ってないからね。絶対に許さない。責任を取りなさい！　責任を！」

淳花の激しい剣幕に、二階にいた者がいっせいに母親のいる部屋に行ってみると、顎鬚をたくわえた坊主頭の山形豊明が部屋の真ん中で土下座していた。そして立っている淳花から罵詈雑言を浴びせられていた。淳花は怒りで顔を真っ赤にさせ、興奮のあまり土下座している山形豊明を足げにせんばかりであった。母親と妹の福美の目にも憎悪がこもっている。

「誤解です。ぼくはよかれと思って建二さんの減量を手伝ったんです」

どう言えば誤解が解けるのか声に苦悩をにじませて山形豊明は頭を垂れていた。

「言いわけは聞きたくないよ。弁解しても駄目。気功師を気どったりするから、こんなことになったのよ。兄貴を返して！」

淳花の語気はますます厳しくなる一方だった。

「兄さんを返して！」

追い打ちをかけるように福美が言った。

「ぼくは何も悪いことはしていません。誤解です」

土下座している山形豊明は落涙している。

「誤魔化さないで！　わたしたちには通用しないんだから」

相手の弁明や言いわけを許さない淳花の追及は傍《はた》で見ていて息苦しくなるほどであった。

「病院側は急激な減量がくも膜下出血の引き金になったと言ってるのよ。それを否定する気！」

文忠明は何も言えず、ただなりゆきを見守っているしかなかった。淳花の気迫に圧倒されて誰もが黙っている。

「ぼくは建二さんとは親しい友人です。ぼくは誠心誠意、協力してきたつもりです。建二さんが亡くなられたのは残念ですが、ぼくは何も悪いことはしていません」

いたたまれなくなった山形豊明は立ち上がり、深々と一礼して、みんなの視線を避けながら部屋を出て階段を降りると逃げるように立ち去った。

「卑怯者！　人でなし！」

淳花は窓から去って行く山形豊明の後ろ姿に罵声を浴びせた。

それから淳花は肩の力を落とし、畳に座り込んで悲しみに暮れた。虚しさが胸にひろがり、みんなの前で醜態を晒した自分を責めるのだった。

「わたしって、どうしてこうなんだろう。いまさら責めたってしょうがないのに。でも許せないよ、兄貴が死んだんだから」

怒りと憎しみが交錯し、やり場のない悲しみにじっとしていられないのか、淳花は、一階の台所に行くと一升瓶から日本酒をグラスになみなみとついでいっきにあおった。

「やめなさい」

側にいた親戚の中年女性が制した。

「飲ませてよ。飲まずにいられないよ」

淳花はまた日本酒をグラスにつごうとしたが、親戚の中年女性と手伝っている建二の女友達が日本酒とグラスを取り上げた。

台所では飲めないとみた淳花は、今度は二階の文忠明のいる部屋に入り、

「今夜は死ぬまで飲んでやる」

と座卓の上にあったウイスキーをラッパ飲みした。

「やめろ！」

文忠明がウイスキーの瓶をもぎ取った。

「どうして飲ませてくれないの。飲まずにいられないでしょ。兄貴は殺されたのよ。あのインチキ気功師と敏江がグルになって兄貴を殺したのよ。これが犯罪でなくてなんなのよ。目の前で犯罪が起こっているのに、どうしてみんな黙ってるのよ。あんたたちは左翼でしょ。正義の味方でしょ。正義面して、何よ！　何もできないの！　偽善者！　臆病者！　オポチュニスト！」

淳花は熱にうなされたように支離滅裂になって、部屋にいる十数人の弔問客を罵倒した。

「やめるんだ！　少し頭を冷やせ」

文忠明が譫妄《せんもう》状態の淳花を母親のいる隣の部屋へ連れて行こうとしたとき、いつの間にか二階へ上がってきていた父親が、いきなり淳花を打擲した。

「この恥しらず！　兄が死んだというのに酒を飲んでくだまいたりしやがって！　女のくせにカンペ（やくざ）みたいな真似するんじゃない！」

父親に殴打された淳花は逃れようとして障子に当たり、廊下に倒れた。だが淳花はひるまなかった。それどころか目に憎しみの炎を燃やし、切れた唇から流れる血を舌舐めずりしながら、

「あんたこそ兄貴を殺した張本人だよ！」

と喰ってかかった。

「なんだと、きさま！　言葉に気をつけろ！　ここからすぐに出て行け！　けがらわしい奴！」

文忠明が羽交い締めにし、二人の男が両脚をかかえて制したので身動きがとれなくなった父親は、娘の淳花にさんざんののしられて歯ぎしりしていた。

父親をやっとなだめて一階に降ろしたものの二階にいる母親や淳花との確執は一触即発の状態だった。腹にすえかねている父親は酒をがぶ飲みし、いつまた不意に二階を襲撃するかわからない険悪さである。そこで建二の友達二人が階段に座って見張り、別の二人は淳花を見張っていた。この調子では通夜を無事に過ごせるかどうか弔問客は不安になっていた。

通夜の客は一時間もすると帰っていった。なかには、これ以上いると家族の確執に巻き込まれるおそれがあるので、それを避けるために早々と引き揚げる者もいた。

先程から帰る機会を見計らっていた園田百世が腰を上げた。

「今夜は泊まってくれませんか？　床を用意しますから。人がいなくなると何が起こるかわかりませんから。お願いします」

福美に引き止められて、園田百世は仕方なく腰を下ろした。

「今夜は泊まるつもりできたんじゃないのか」

敵前逃亡をきめこもうとする園田百世の友達甲斐のなさを文忠明は言外に指摘した。

「いや、明日、ちょっと用があるんだけど、どうしようかな」

さも困ったように園田百世は文忠明と福美の顔色をうかがった。

「明日の葬儀には参加しないのか」

と文忠明は訊いた。

「午前中、用があるんだ」

「だったら明日早くここを出て、用事をすませて午後一時にきたらええねん」

文忠明は強制するように言った。

「わかった。そうする」

園田百世は観念して飲み直しはじめた。

通夜に残ったのは十二、三人である。

ビールを飲み続けている文忠明は一時間おきに一階のトイレに行き、ついでに祭壇のある部屋の様子をそれとなく窺った。

しかめっ面をした父親は線香が絶えないよう新しい線香に火をつけていた。その姿が哀れに映った。敏江は子供を抱いて毛布にくるまり、海老のように体を丸めて眠っている。父親の親戚と思われる老人が腕組みをして首をうなだれ舟を漕いでいた。手伝いにきている四人の女性は台所でひそひそ話をしている。そしてトイレを使うために降りてきた文忠明を見ると口をつぐんで、淳花の男である文忠明を好奇の目で見るのだった。

夜が更けるとさすがに疲れてきたのか、みんなおもいおもいの場所で眠りについたが、園田百世と建二と親しかった女友達の山辺和子と文忠明の三人は飲み続けていた。文忠明が淳花の様子を見にいくと、あれほどいきまいていた淳花は母の側で子供のように眠っていた。

福美がそっときて、

「まだ飲みますか」

と訊いた。

「いや、ぼくらも寝ます」

と園田百世は答え、壁にもたれて瞼を閉じるとすぐに鼾をかきだした。

翌日、早朝から台所は忙しかった。手伝いの女たちは、昨夜たまっていた洗い物を片づけるのに追われ、朝食の用意にも追われていた。

午前三時ごろまで飲んでいた文忠明は二日酔いで起きづらかったが、運ばれてきた朝食を食べた。

一階では葬儀屋が葬儀の手順と進行について父親と打ち合わせをしていたが、建二の遺影を誰が持つのかで母親と父親の意見が対立していた。父親は未亡人である敏江に持たせるべきだと主張しているのに対し、母親は長女の淳花に持たせるべきだと主張して譲らなかった。対立した意見は調整のつかないまま葬儀の時間がきた。

友人代表が弔辞を読み上げ、それからお坊さんの厳かな読経の声が流れる中、葬儀屋の指示に従って家族と親族の焼香が始まり、そのあと一般の弔問客の焼香が一時間ほど粛々と続いた。そして読経が終り、葬儀屋が哀歓のこもった声で、最後のお別れをして下さいと述べると、母親をはじめ淳花と福美が死化粧をほどこした建二の遺体に花束をそなえ、柩にしがみついて号泣した。そのあまりの号泣に淳花は失神するのではないかと思えるほどであった。

父親は空《くう》を睨んで涙をこらえ、敏江は遠慮がちに花束をそなえて隅のほうに佇んでいた。そして遺影の件は敏江が固辞し、淳花が持つことになった。父親は気持ちを持ち直して前へ進み出て弔問客に謝辞を述べた。途中から涙声になり、言葉がとぎれがちになった。父親の後ろに建二の遺影を持ってひかえていた淳花の嗚咽は止まらなかった。

家族と親族は二台のハイヤーに分かれて乗り、弔問客も小型バスで火葬場へ行くことになったが、文忠明は遠慮した。ハイヤーとバスが出発すると百人ほどの弔問客は解散し、残ったのは七、八人であった。午前中、用事があると言っていたにもかかわらず園田百世は最後まで残っていた。

「虚しいなあ。これで建二も灰になったのか」

園田百世は感慨深そうに言った。

「でも早すぎる。淳花の口惜しさがわかるわ。奥さんも子供をかかえて、これから大変だと思うわ」

同世代の山辺和子はしきりに同情した。

「だけどさ、建二が死ぬと、この家のローンは保険でチャラになるんだろ」

と園田百世は不謹慎なことを言った。

「不謹慎なこと言わないでよ。生きてるほうがいいにきまってるじゃない。あなたって本当に無神経なひとね」

山辺和子に非難されて園田百世はばつが悪そうに頭を掻いた。

「運命や。誰が悪いのでもない。明大前駅のトイレの中が、建二の命運つきる場所だったんや」

と文忠明が言うと、園田百世が、

「まるで占師みたいな言い方をしますね。それこそ無神経な言い方ですよ」

と山辺和子からの非難を文忠明に振った。

「じゃあ訊きますけど、文さんの命運つきる場所はどこですか」

「そんなことはわからん。誰にもわかるはずがない。明日、タクシーで事故を起こして死ぬかもしれないし、君は今日の帰りに魔がさして、電車に飛び込み自殺するかもしれない。要するに一寸先は闇だってことよ」

文忠明得意の命運つきる場所論に煙にまかれて、園田百世は、

「まあね、ぼくはいつ死んでも悲しんでくれるひとがいないから関係ないけどね」

と開き直るように言った。

「園田さんには家族がいないの？」

と山辺和子が訊いた。

「いるけどさ、ぼくは独りぼっちなんだ。家族とは十年以上、会ってない」

どこか投げやりな言い方が自分に甘えているように聞こえる。

葬儀の祭壇は手際よく片づけられ、そのあと座卓が並べられてすしと飲み物が用意された。三時間後、火葬場に行った家族や親族、それに弔問客が帰ってきた。

淳花が遺影を持ち、敏江が遺骨を持っていた。深い悲しみに暮れた淳花はいまにも倒れそうだった。涙ではらした目でその悲しみを文忠明に訴えているようだった。文忠明は駆け寄って淳花を支えてやりたいと思ったが、周囲の視線を気にしてただ見守っているしかなかった。

突然、表で、

「アイゴー！　アイゴー！」

と泣き叫ぶ声が聞こえた。

地面に倒れた母親が大地を掻きむしり、天を仰いで呪い、両の拳で砕けよとばかりに胸を叩いていた。

「呪われてるんだ、あの男は！　呪われよ、呪われて地獄へ落ちよ！　なんの罪もない二人の息子がなんで死んだのか！　わたしは命なんか惜しくない。息子のかわりに、わたしが死ねばよかった。アイゴー！　アイゴー！　日本の女を囲って家族を捨てた罰が当たったんだ！　二人の息子は犠牲になったんだよ！　この怨みを誰がはらしてくれるのか！　呪われて地獄へ落ちよ！」

昨日から鬱積していた怨念が、ここにきていっきに爆発し、母親はみんなの前で半狂乱状態になった。昨日は淳花が譫妄状態になっていたが、今日は母親が半狂乱状態になっているので、見かねた淳花が母親をなだめる始末であった。

みんなの前でののしられた父親は怒りに体を震わせ、地面に横臥して足をばたつかせている母親の髪をわし摑みにして引きずった。

母親は「ひー」と悲鳴をあげ、

「殺せ！　殺せ！　わたしは死にたい！」

と泣き叫んだ。

周囲の者が間に割って入り、髪をわし摑みにしている父親の手を解き放そうとしたが、憎しみを込めて満身の力で握りしめている手を解き放すことができなかった。

「おまえに母親の資格があるのか。息子たちの面倒をみたこともない奴が。何をぬかすか。わしは家族を養うため必死に働いてきた。そのわしにいつも毒づきやがって。おまえみたいな女に、びた一文くれてやるつもりはない。おまえにくれてやるくらいなら、金をドブへ捨てたほうがましだ。おまえこそ呪われて地獄へ落ちろ！」

みんなの前で淳花の両親は互いの内臓をわし摑みして引きずり出すようにののしり合った。やっと三人がかりで髪を摑んでいた手を解き放したが、父親の怒りは収まらなかった。

親族の長老が、

「もうやめるんだ！　息子の魂が浮かばれん！」

と厳しい声を発した。

その厳しい声に父親は崩れるように地面にひざまずき、さめざめと泣きだした。

「わしは何のために生きてる。わしは何のために生きてるのだ。二人の息子を亡くしたわしは何のために生きてるのだ。わしにはもう何もない」

嗚咽まじりにそう言うと、父親はその場にうずくまり慟哭《どうこく》した。

座卓にはすしとビールが用意してあったが、飲食できる雰囲気ではなかった。父親と母親は激しくののしり合い、摑み合いの喧嘩をした手前、お互いに顔も見たくないらしく帰ってしまった。

一階の部屋の座卓の上に白い布を敷き、その上に遺影と遺骨を載せ、果物と食事と酒をそなえて線香をたき、合掌したあと、みんなは三々五々帰宅していった。

敏江は子供を抱いて遺骨の前にしょんぼり座っていた。

「元気だしてね」

女友達の一人が励ました。

「ありがとう」

敏江は消え入るような声で答えた。

「おれはこれで帰る」

文忠明が淳花に言った。

「わたしも帰る。ここにいたってしょうがないもん」

悲しみと憎しみがないまぜになっている淳花は、気が抜けたように力なく言った。

妹の福美は、あと片づけをするために残った。

家の周辺にはあちこちに畑があり、建二の家を含む五棟の建売住宅も畑に囲まれていた。葬儀の最中に大声で、聞くに堪えない罵詈雑言を浴びせ合い、泣きわめき、あげくに摑み合いの喧嘩をしたおぞましい光景を弔問にきていた近所の人たちはどう思っただろうか。終ってみれば滑稽なほど虚しい感情だけが残っていた。

淳花は歩きながらしきりに髪を直し、バッグから手鏡を取り出して顔をのぞき、

「ひどい顔。わたしでないみたい」

と自己嫌悪に陥って自分を責めた。

「わたしって、どうしようもない奴だよ。いやになる。どこか遠いところへ行ってしまいたい。親も兄妹《きょうだい》もいないところへ。人間関係がわずらわしいよ」

バスに乗るつもりだったが、一時間に一本しかこないバスを待つより歩いたほうが早いので、二人は駅まで歩いていた。

「あんなに泣いた親父を見たのははじめて。二人の息子が死んだんだもの。哀れだと思う。親父はもう何もないと言ってたけど、血のつながりがぷっつり途絶えたのよ」

「君も妹もいるやないか」

と文忠明は言った。

「女は血のつながりと無関係なのよ。親父はそう思ってる。古い人間だから、ものごとを平等に考えることができないのよ」

淳花は文忠明と腕を組み、疲れた体をもたせかけた。

日が暮れようとしている。どこからともなく鐘の音が聞こえてきた。

「不思議だわ。兄貴は死んだのかな。まだ生きてるような気がする。死んだ者は年をとらず、永遠に生き続けるのね」

そして涙ぐみ、

「だって、生きてる者は死んだ者をすぐに忘れてしまうんだもの」

と言葉を詰まらせた。

「死んだ者は空気のようなものだ。日ごろ、おれたちは空気を吸って生きていることを意識していない。死んだ者のことも空気と同じようにおれたちは意識していない。しかし、空気がないと、記憶がないと、おれたちは生きてはいけない」

それは本当だった。死んだ母や姉や妹を思い出すことはないが、それらの記憶が文忠明の意識の下層で折り重なっていて無意識の世界を形成しているのは確かだった。誰もが、時代の変遷の中で失ったものを新たに探し求めながら生きているのだ。

「うまいこと言うのね。でもわたしにはわからない。わたしは二度自殺未遂したことがあるけど、死ぬってどういうことなのかわからない。それは生きるって、どういうことなのかわからないのと同じでしょ」

「おれにもわからん。たぶん死ぬまでわからんよ。人はどんな生き方をしても、たぶん大差ないと思う。おれが一生タクシー運転手で終ったとしても、アラブの大金持ちとおれは孤独を癒す方法を知らないという点では一致すると思う」

「あなたは孤独なの？」

「いまは孤独じゃない。君がいるから」

「本当は孤独なんでしょ」

不安げな眼差しで淳花は文忠明の内面をのぞくように言った。

「わからない。孤独なのか、孤独でないのか。この歳になっても、まだ自分のやるべきことがわからんのや。情けない話だが」

二人の会話は一つの軌道を堂々めぐりしていた。羅針盤のない船で大海原を漂流しているのに似ている。

駅に着いた二人は喫茶店で熱いコーヒーを飲んだ。

淳花はほっとひと息つき、蒼白かった頬に生気が蘇ってきた。ときおり悲しみを払拭しようとするかのように微笑をたたえてみせた。そういうときの淳花はいじらしいほど可愛かった。

駅前には「高幡不動明王」という大きな看板がかかげられ、広場に数台のタクシーが客待ちしている。

「あなたはあんなふうに客待ちしてるの？」

と淳花が訊いた。

「いいや、おれは客待ちしない。待つのが嫌いなんや」

「そうね、あなたは待つのが嫌いな性分だわね」

待つという言葉に意味をこめて、淳花はこれから先のことを考えているようだった。淳花にとってソウルへ行くことは待つことではなく自己実現をめざすことだが、それは文忠明を待たせることになるのではないのか？

電車に乗って新宿に着いた二人は、ネオンに輝く街と雑踏の中で、ようやく精気をとりもどした。排気ガスで汚れた大気や大勢の人間の吐息やスピーカーから流れる音声と音楽と下水溝の悪臭が渾然一体となっている。都会の雑踏の中でもまれながら歩いていると何もかも忘れるのだ。

二人の足は自然に「ファティ」に向いていた。そして「ファティ」の前にきて看板がないのに気づき、「ファティ」がとっくの昔になくなったことをいまさらのように思い出した。

「『ファティ』も兄貴もなくなってるんだ」

寂しそうに言って、淳花はまた悲しみに暮れるのだった。

二人は新宿をあとにして舞台女優の李明淑が勤めている荻窪の店に行った。家に帰ればいいものを二人はなぜか帰りたくなかったのだ。文忠明は帰って二人だけになったときの頼りなさ、動揺している心の隙に忍び込んでくるかもしれない冷たい感情から遠ざかりたいと思っていた。淳花は帰って二人だけになれば、唐突に、別れましょ、と言いかねない自分を畏れていた。兄の建二の死は、淳花をますますソウルへかりたてるのである。

店は暇だった。カウンターに三人の客がいるだけだった。カウンターの中で腕組みして煙草をふかしている明淑の姿が妖艶に映った。少し見ぬ間に成熟した女になっていた。

二人の姿に目を留めると、

「お久しぶり」

と明淑はにっこりほほえんだ。

「少し見ない間に、明淑はすごくきれいになった。誰かと恋をしてるの?」

淳花は冷やかすように言ってとまり木に座った。

「久しぶりに会ったから、そう思うのよ」

明淑は否定も肯定もせず、曖昧に答えてビールと水割りの用意をした。

他の客と話していたママが、

「いらっしゃい。二人おそろいで、似合ってますわ」

とお世辞を言って文忠明をちらと見た。

「葬式の帰りなんです」

ママの卑猥な目を牽制するように文忠明は言った。

「どなたかお亡くなりになったんですか」

アイシャドーを濃いめに塗っているママの目が自分とは関係のない他人の死に好奇心をつのらせている。

「二日前、わたしの兄が亡くなったんです」

淳花はあらためて兄の死を確認するように言った。

「え、『ファティ』のマスターが……」

明淑が驚いて訊いた。

淳花がうなずくと、

「どうして、どうして急に亡くなったの？　どこかの会社に勤めてるってことは噂で聞いたけど」

「くも膜下出血で死んだんだ」

文忠明が死因を伝えると、

「まあ、怖い。くも膜下出血はなんの前ぶれもなく起こるんでしょ」

とママ体をこわばらせた。

「どうして知らせてくれなかったの」

建二の死を知らされなかった明淑は不満げに言った。

「ごめんね。あまりにも急で動転してたから、わたしは誰にも知らせてないの。妹が連絡をとってくれたけど、妹も動転していて誰に連絡していいのかわからなかったのよ。洋源さんには連絡したらしいけど、大阪に行ってるって事務所の人に言われたので、明淑もてっきり旅公演に行ってると思ったのよ」

「それにしても突然、死ぬなんて、信じられない」

明淑は沈痛な表情をして煙草の火を消した。そして安易な同情は淳花の過敏な感情を刺激すると思ったのか、それ以上は何も訊かなかった。

ママは他の客のところへ行き、くも膜下出血を話題にしていた。

男が一人入ってきた。明淑の顔がにわかに上気して、落ち着きのない態度になった。

文忠明とは反対側のカウンターの一番隅のとまり木に座り、男は明淑に熱い視線を送った。明淑は棚からウイスキーのボトルを取り出し、男の前で水割りをつくってひとことふたこと話をしてすぐに文忠明と淳花の前にもどってきた。まるで男を無視しているかのように装いながら、煙草に火を点けてふかし、男の視線を気にしていた。

その様子を淳花が見逃すはずはなかった。静かに飲んでいる男を観察しながら、

「あの人は役者さん？」

と淳花は訊いた。

不意に訊かれて明淑はちらと男を横目で瞥見し、

「ええ、S劇団に所属している半田俊明さん」

と無表情に答えた。

「ときどきテレビドラマにも出てる人じゃない」

「ええ、まあ、ときどき出てる」

「どこかで見たことがあると思った。店にはよくくるの？」

「ときどき……」

葬儀の話で落ち込んでいた淳花が臭いをかぎつけた犬のように俄然鼻をひくひくさせた。明淑と半田俊明との間に、ただならぬ空気を感じとったのである。

こういうときに限ってものごとは重なるものだ。金洋源が勢いよくドアを開けて入ってきた。

そしてカウンターにいる文忠明と淳花を見て、

「やあ、しばらくです」

と元気な声で挨拶し、握手した。

「大阪に行ってたんじゃないのか」

と文忠明は訊いた。

「ええ、三日前からつぎの芝居の仕込みに行ってました。いま大阪からの帰りです。ビールが飲みたくて、東京駅から中央線で直行してきました」

ビールなら駅構内でも飲めるはずだが、わざわざ東京駅から荻窪まで直行してきたというのは明淑に会いたかったということだろう。

「ご苦労さまです」

一カ月後に迫っている大阪公演の準備に追われて奔走している座長の金洋源を明淑はビールをついでねぎらった。

その様子をカウンターの隅に座っている男がそしらぬふりをして見ていた。

「今度の芝居はスターの桜井友二郎さんを迎えて千五百席もあるK劇場でやります。相手役の女優は明淑ですよ」

思い入れの強い金洋源はいとおしげに明淑を見た。

大役をおおせつかった明淑は誇らしげに笑みをたたえた。すっくと立っている明淑の美しい容姿は、それだけで絵になっていた。

「原作は窪井陽介の『流浪の民』です。この小説は在日のぼくらにも重なるものです。半年前からK劇場と交渉して実現したんです。千五百席の劇場で芝居をやるのははじめてですから、なんとしてでも一週間の公演を満席にしたいと張りきってます。この芝居で明淑は大女優の道を歩むことになると思います。期待して下さい」

得意満面に金洋源は一カ月後、公演する大舞台の構想について語り、語るにつれて熱をおびてきた。

「素晴らしいじゃない。人気作家の原作をK劇場で公演するなんて、めったにない機会よ。いまから楽しみだわ」

そう言いながら淳花は、カウンターの隅に座っていた男が声も掛けずに、すーっとドアの外へ消えて行くのを見た。

「あら、半田さん、もうお帰りなの」

ママは店を出て行く半田俊明を呼び止めるように言った。

明淑は一瞬、半田俊明の後ろ姿を見ただけだった。

いつもそうだが、話に夢中になりだすと、声のトーンがしだいに高くなり、静かに話している他の客の声を圧して金洋源の独壇場になるのだった。金洋源は舞台の進行と展開について語り、そこで果たすべき明淑の役割をことこまかに説明してみせた。明淑は舞台のどの位置に立ち、どういう動きをするのか。舞台が暗転して中央に立っている明淑にスポットライトが当たる。場面を盛り上げる音楽が奏でられ、ひと呼吸おいて明淑が歌いだす。金洋源は明淑の替わりに歌いだし、恍惚とした表情になって、まるで明淑自身になったかのように情感をこめて歌うのだった。歌い終ったとき、店内にいたみんなから拍手が起こった。

金洋源は照れながら、

「いや、まあ、ざっとこんな調子で舞台は終盤を迎えます。たぶん素晴らしい舞台になると思います」

と頭を掻きながらビールを飲んだ。

「いい歌ね。すごく感情がこもってた。洋源さんの気持ちが伝わってきたわ」

明淑に歌わせることで金洋源自身の気持ちを伝えようとしているかのようだった。音もなく黙って店を出て行った男をちらと見た明淑の心の奥を読み取ろうと、淳花は金洋源の思いを代弁したつもりだったが、明淑は冷静だった。演出家としての金洋源の言葉に耳を傾けていたが、それはあくまで女優としての立場をわきまえてのことだった。金洋源の思い入れを明淑はどこかで排除していた。

明淑は話を切り替えて、建二が亡くなったことを話した。

建二の急死を知らされて、

「え、本当ですか」

と金洋源は驚き、舞台の話を打ち切った。

すると淳花が急にしょげかえり、

「葬儀の帰りなの。最後まで見届けたかったけど耐えられなくて……」

と涙声になった。

「親父は見るに堪えなかったよ。次男を亡くしてまだ間もないのに、今度は長男を亡くしたんだからな」

と文忠明は言った。

「そうですね。不幸は重なると言いますけど、よりによって建二さんが急死するなんて信じられないですよ」

どう言って慰めればいいのかわからず、金洋源は言葉を濁した。

「親父が悪いのよ。自分だけ長生きして」

まだ五十代後半の父親に対して長生きしていると淳花はなじるのだった。

「運命や。そう考えるしかない」

と文忠明は言った。

「運命なんかじゃない。兄貴は殺されたのよ」

淳花の激しい言葉に、金洋源と明淑は、

「え、殺されたんですか」

と口をそろえて言った。

「そんな言い方はよくない。みんなに誤解される」

文忠明は死因と気功師の指導による減量について話し、すべては良かれと思ったことが裏目に出た結果であると言った。

「わたしは絶対、そう思わない。兄貴は殺されたようなものだから」

淳花はあくまで未必の故意であると主張して譲らなかった。

淳花はやさしかった兄・建二との思い出を長ながと話すのだった。いつも建二に無理難題をふっかけたり、小遣いをせびったり、店のつり銭を盗んでも文句一つ言わず許してくれた。好きな女性がいたが、気弱な建二は気持ちを打ち明けることができず悶々としているうちに、その女性は他の男性と結婚してしまい、敏江を選んだと言った。そして、ジャズが好きで、一時は本気でギターを習ってジャズマンをめざそうとしたが、父親から自立をすすめられ、結局ジャズを諦めて「ファティ」を経営するようになり、それが逆に建二の自立心を奪ったと父親を非難した。なにもかも父親のせいであり、その父親から逃れるために淳花はソウルへ行くのだという。かりにそうだとしても淳花の心は父親とソウルの間を大きく揺れ動いていた。裏返せば淳花は父親の愛を求めているのだった。文忠明にはそうとしか思えなかった。

文忠明は腕時計に視線を落とし、明淑に会いにきた金洋源の邪魔をしないよう気づかって腰を上げた。

「帰るんですか」

金洋源が名残惜しそうに言った。

「昨日からあまり眠ってないんや」

それは事実だった。通夜から葬儀にかけてひと波瀾もふた波瀾もあったので疲れていた。まだ飲み足りない淳花は腰を上げようとしない。文忠明は淳花の腕を引っ張った。ようやく文忠明の意図に気付いた淳花は、

「じゃあ、またね」

と二人に挨拶して腰を上げた。

店を出て狭い通路を右に曲がると青梅街道である。文忠明はタクシーを止めた。ドアが開き、後部座席に座ると淳花がすぐに切りだした。

「S劇団の半田俊明が明淑と同棲してる男じゃないの」

タクシーの中の薄暗い空間で淳花の大きな瞳が好奇心をつのらせている。

「そうかな。おれにはそう見えなかったけど」

文忠明は否定した。

「絶対そうよ。明淑の半田とかいう男を見る目が全然ちがうもの。わたしたちがいるから明淑は男と話そうとしなかったでしょ。まるで無視したように男に近づこうとしなかった。わたしたちに悟られまいとして近づかなかったんだわ」

「君は『ファティ』で人の目もはばからず、おれにつきっきりやったやないか」

文忠明が「ファティ」に行くと、淳花は他の客を無視して文忠明の横にべったり座り込んで動こうとしなかったものだ。

「わたしはそうだけど、明淑はそうじゃないのよ。美人だし、女優だから、みんなから注目される手前、特定の男にべったりできないのよ。そうでしょ」

淳花はやっかむように言った。

「女にはわかるのよ。明淑とあの男は恋人関係だと思う。洋源が店に入ってくると、あの男はそわそわして、黙って店を出て行ったでしょ。気まずかったんだわ」

「ということは三角関係ということか」

鈍感な文忠明に淳花はいらだち、

「そうじゃないよ。洋源は明淑に片思いしてるけど、明淑とあの男は恋人関係だと言ってるの」

と腹だたしげに言った。

「二人はできてるってことか」

即物的な言い方に、

「どうしてそういう言い方しかできないの。オヤジなんだから」

男女関係を性的な関係でしかとらえようとしない文忠明の通俗性に淳花は抵抗を感じて反発したのだが、しかし、淳花が考えていることも性的な関係にほかならなかった。

「洋源は明淑の手も握ってないと思う。切ないじゃない」

淳花はしきりに金洋源に同情するのだった。

「しょうがないよ。人にはそれぞれ好みがあるから。洋源は明淑の好みじゃないいんやろ」

文忠明のそっけない反応に疲れたのか、淳花は文忠明の肩にもたれて眠りはじめた。

二人は日常生活にもどった。何出番かさぼって金銭的に逼迫している文忠明は明け番を返上して勤務した。淳花も練馬のバーで夜遅くまで働いた。文忠明は朝早く出勤して翌日の朝に帰ってくる。淳花は夕方に出勤して夜遅く帰ってくる。二人が顔を合わせられるのは二日に一度、午後二時ごろから夕方までである。だが、淳花は伽倻琴の稽古や指紋押捺反対のための会合や署名運動、その他、Y事件の冤罪を晴らす活動、友人、知人との雑用に追われ、多忙であった。

文忠明も「同時代批評」の編集会議に出席したり、短い文章を書いたりして、二人はすれちがいの生活を送っていた。

ある日、淳花は机に向かって原稿を書いていた。在日同胞のある季刊雑誌から在日の若者の思いや生き方を書いてほしいと依頼されたのである。

「文章なんか書いたことがないから、何をどう書いていいのかわかんない」

と頭を悩ませている。

「自分の思ってること、考えてることを素直に書いたらええのや」

と文忠明は助言した。

「でも頭の中がごちゃごちゃで整理できないよ。わたしはきっと、文章書くのに向いてないのね」

夜遅く店から帰ってきて机にしがみつき原稿用紙と睨めっこしている淳花をベッドに横になって煙草をふかしながら文忠明は愉快そうに見ていた。

淳花はペンを投げだし、

「体の中がもやもやして、頭がすっきりしない。すごくいやらしいことを考えちゃうのよ。あなたとのセックスの情景を浮かべてみたり、客に触られた手の感触が蘇り、虫酸《むしず》が走ったり、欲求不満になったりする」

と言って裸になり、ベッドにもぐり込んで文忠明に抱きついた。

そのうち淳花は店を休んで原稿を書いたり、朝、文忠明が仕事から帰ってみると、徹夜で原稿を書いていることもあった。

四苦八苦しながら淳花は二週間かけてようやく二十枚の原稿を書き上げ、恥ずかしそうに文忠明に見せた。文忠明は興味深そうに原稿に目を通したが、あまりの悪筆に何が書いてあるのかよくわからなかった。

「字が読めない。もう少し、ちゃんとした字を書いたらどや。これじゃ何が書いてあるのかようわからん。文章以前の問題や」

文忠明の厳しい批判に淳花は赤面して、

「ごめん。わたし字がへたなの」

と叱られた子供のようにうなだれた。

誤字も多かった。意味をまったく無視して同音の漢字をでたらめに当てているのである。したがって意味不明の文章になるのである。それを指摘されると淳花はまた羞恥心に打ちひしがれて泣きだしそうになった。

「根気よく辞書を引くことや。それから文章の基本は、てにをは、やけど、これが難しい。おれも偉そうなこと言うてるけど、てにをは、はいまだに難しい」

少しばかり文章を書いている文忠明は、まるで師匠のように講釈を述べて書き直すことをすすめた。

「断ろうかしら……」

自信を失くした淳花は自己嫌悪に陥って悔しそうに唇を嚙みしめた。

「いまから断ったら、雑誌に穴が開くんちがうか」

文忠明はさんざん批判しておいて、今度は脅迫するように言うのだった。

「でも書けないよ。どう書き直せばいいの？」

「いまからでも遅くない。まずペン習字を練習したらどや」

「ペン習字……？　そんなことできないよ。この先、字なんか書く機会ないもん。ペン習字を練習したようなきれいな字で書いた友達の手紙を読んだことあるけど、あんなきれいな字、気持ち悪いよ」

文章を批判されるならまだしも、まずペン習字を練習しろと言われて、淳花はいたく自尊心を傷つけられたらしい。

「じゃあ勝手にしろ。ただし、こんなへたくそな字は誰も読めないぞ」

文忠明は突き放した。

「どうしてわたしをいじめるの。わたしが嫌いなの」

淳花はバーで接客しているような身のこなしで文忠明にしなだれかかって甘えた。いつもの手である。

文忠明は淳花を抱きしめ、

「おれが全部教えてやる」

とパンティーに手をすべり込ませた。

こんな調子で淳花は原稿の書き直しに集中した。一週間ほどかけて書き直した原稿には、かなり神経を使った跡がうかがえた。一字一字を丁寧に書き、読み取ることができた。辞書を引き、誤字もほとんどなくなっていた。そして生い立ちから家族関係、在日でありながら日本国籍になっている自己矛盾を繊細な感性で書き綴っていた。

「ええがな。悪くない」

はじめはくそみそにけなしていた文忠明から誉められて、

「本当に……？　嬉しい！」

と淳花は目を輝かせた。

それから淳花は現実的になって、

「原稿料はくれるのかなあ……」

と言った。

もちろん原稿料をあてにしていたわけではないが、ふと思い出したように机の引き出しを開け、原稿依頼の手紙を取り出して読んでいた淳花の顔に喜びの色が湧いてきた。

「一枚三千円くれるんだって。二十枚で六万円よ」

声をはずませ、淳花は原稿依頼の手紙を大事にしまって、

「もし原稿料がもらえたら、あなたにご馳走してあげる。あなたはいろんな意味で、わたしの師匠だもの」

と急に中年女のような色っぽい目をして笑みを浮かべた。

一カ月半後、掲載誌が送られてきた。淳花は雑誌の表紙をまじまじと見つめ、大切な宝物がしまってある箱でも開けるように表紙をめくり、真新しいインクの匂いをかいで自分の文章が載っているページを探した。そしてへたな字で書かれた原稿とはちがう活字の文章に淳花は他人の文

章を読んでいるような新鮮さを味わった。

「生原稿で読むのと、活字で読むのとでは、全然ちがう」

と淳花は笑みをこぼし、充足感を嚙みしめていた。

淳花はあちこちの書店で雑誌を十冊買い漁り、その雑誌を友人たちに配送した。すると間もなく友人たちから電話が掛かってきて感想を聞き、意見を述べ合い、ときには一時間以上の長電話が続いたりした。

淳花はますます忙しくなった。友人たちと頻繁に会い、伽倻琴の稽古に励み、めざす目標に向かって精力的に動いていた。しかし、雑誌に短い文章を発表したことで淳花の内面的な問題は、整理されるどころか、むしろ混乱をきたしていた。自分とは何か、自分とは誰なのか、という自分探しの欲求が日ごとに高まってくるのである。韓国の伝統芸能である伽倻琴を通して、自分の本来あるべき姿、本来いるべき場所を知りたい、という思いがつのって淳花は混乱をきたし、その答えを得るために、どうしても韓国へ行かねばならないと、以前にも増して強く思うようになっていた。そう思うと日本で無駄な時間を過ごしているような気がして、すぐにでも韓国へ飛び立ちたいと文忠明に訴えるのだった。

「わたしはどうすればいいの」

淳花は文忠明を問い詰める。

「君の思い通りにやればいい」

文忠明は面倒臭そうに答える。

「いつもそんな言い方をするんだから。あなたはどうすんのよ」

と淳花は文忠明の曖昧な態度にいらだち、さらに詰め寄ってくる。

「おれはどうもしない。君を見守ってるだけや」

「それだけなの。一緒に韓国へ行かないのね」

「行けるわけないやろ。どうやって生活するんや」

文忠明もつい声を荒らげる。

そして答えが出ないまま、会話はとぎれがちになるのである。

両親は済州島出身だが、文忠明にとって韓国は見知らぬ土地であった。もって生まれた血が韓国のものであり、それだけで充分だった。祖国という概念は抽象的な観念でしかなかった。それなのに、どうしても韓国へ行くという淳花の気がしれなかった。韓国へ行って得るものはあるだろう。だが、韓国の人びとにとって在日朝鮮・韓国人はまったく異質の存在なのだ。韓国で自らのアイデンティティを確認することはできないだろう。在日朝鮮・韓国人のアイデンティティは自らの内部において確認するほかないのだ、というのが文忠明の考えだった。淳花のアイデンティティ探しはまるで、捨てられた子供が親を探し求めているようなものである。しかし、生まれてこの方、一度も会ったことのない親と出会って、はたして失った時間を埋めることができるのか。

「結局、あなたとわたしは考え方がまるで反対なんだわ」

「そうじゃない。君が韓国へ行きたいという気持ちは痛いほどわかる。君には韓国へ行く必要性があるけど、おれには韓国へ行く必要性がない」

「偽善よ、詭弁だわ。わたしを一人で韓国へ行かせるつもりなのね。わたしと別れたいのね」

淳花の論理は極端から極端へと飛躍していく。韓国へ行きたいという気持ちと文忠明と別れたくないという気持ちが表裏一体になって、淳花は強迫観念にとらわれていた。

食事のあと、文忠明が台所で洗い物をしていると、それまでほとんど洗い物をしたことのない

淳花が、

「わたしが洗います。男を台所に立たせるなんて、わたしは主婦として失格よね」

と文忠明を押しのけて洗い物をはじめたかと思うと、つぎの瞬間には文忠明の胸でさめざめと泣くのだった。淳花の口から突然、主婦という言葉が飛び出したので文忠明は唖然としながらも、肩を震わせて泣いている淳花を抱きしめるのだった。

何かが分裂していくのだった。文忠明と別れたくないという欲求と韓国で伽倻琴を習得したいという欲求が分裂していくのである。

泣いていた淳花は涙を手でぬぐい、

「ごめんなさい。わたしはいつも、あなたを苦しめているのね。みんなわたしが悪いんだから」

と涙ぐみながら笑顔になって、

「もう無理を言わない。あなたはあなただし、わたしはわたしだから」

と言った。

その夜、淳花はいつになく文忠明を激しく求めた。

「愛しいよ、あなたが愛しいよ」

この世の別れの前に、すべてを燃やしつくそうとするかのように、淳花はあらん限りの情熱で文忠明にしがみついた。

長い夜だった。二人は放心状態になって、いつまでも眠れなかった。そして文忠明は一睡もしないまま朝を迎え、出勤した。

街はすでに一寸刻みの渋滞である。バス停には長い行列ができ、歩道橋を渡って行く人びとの動きがからくり人形の機械的な動きに見えた。

文忠明は歩道に立っている一人の乗客を見つけて素早くバスレーンに入って止まり、ドアを開けた。車内をのぞいたのはバスレーンの取り締まりをしているお巡りだった。

「何してるんだ。早くバスレーンから出なさい！」

文忠明は一瞬錯覚して、

「お客さんがいたんですが」

と言った。

「お客なんかいない。早くバスレーンから出るんだ！」

とお巡りは怒鳴るように追いたてた。

文忠明は無意識に淳花のことを考えていたのだ。『おれはどうかしている』と思いながら文忠明はバスレーンから出て渋滞の中に入った。信号待ちしているときや走行しているときも淳花のことを考えていた。頭の中が空白になり、まったく前方を見ないで運転していて危うく追突しそうになった。非常に危険だった。文忠明は神宮外苑の絵画館前あたりの路肩に停車して煙草を一服ふかし、頭の中に消えては現れる淳花を払拭しようとした。昨夜、というより明け方までしがみついてきた淳花の狂おしいまでの熱情には文忠明のすべてを奪いつくさずにはおかない情念がこもっていた。しかし同時に、それは、二人の同棲生活が破局に近づいていることを予感させるものでもあった。熱望すればするほど遠のいていく二人の距離を淳花は感じているのだ。いつかわたしたちは別れるんだわ、と口癖のように言っていた淳花のジレンマが、韓国へ行かねばならないという時間的な制約とあいまって淳花を呪縛していた。

文忠明は自分の優柔不断な態度が淳花を追い詰めていると思った。自分は入口が出口であったり、出口が入口であったりするような逃げ道をつねに用意しているのではないのか。それを淳花は直感しているのではないのか。入口と出口をはっきりさせるか、いっそのこと出口を塞いでしまうかしない限り、二人は底なし沼のような破局に向かってずるずると沈んでいくだろう。

午後八時に遅い夕食をとった文忠明は車の中で仮眠することにした。昨夜睡眠をとっていないせいもあって二時間ほど眠ってしまった。タクシーは深夜メーターになる午後十一時から最後の稼ぎどきとなる。これから午前二時ごろまで追い込みをかけて売り上げを伸ばさなければ、その日のノルマは達成できない。だが、文忠明は仕事を放棄した。胸の底に溜まっている澱《おり》のような感情の塊がゆっくりと逆流してきて、何もかも投げ出してしまいたいという衝動にかられた。すべてが虚しく思われた。四十五年間、中途半端な生き方しかできなかった自分に対してへどが出そうなほど嫌悪を覚えた。

文忠明は車を発進させ、新宿に向かった。色とりどりのネオンが輝き、真昼のような明るさだった。靖国通りには二重駐車している空車のタクシーが行列している。群衆の黒い塊が横断歩道を渡っていく。文忠明はゴールデン街裏の一方通行の狭い道路脇の小学校の塀沿いにぴったり駐車してタクシーを降りた。この場所なら駐車違反で牽引される心配はあまりない。なぜなら、一方通行の狭い道路に駐車してある車を牽引するのはやっかいだからだ。

文忠明は少し歩いて「天の川」に行った。いつも留守がちのママが、その日は珍しくいた。焼酎の水割りを飲みながら煙草をふかしている。

店に入ってきた文忠明に、

「久しぶり。淳花と一緒じゃないの」

と訊いた。

「いや、おれは仕事中や」

と文忠明は答えた。

「仕事中なの。じゃあ飲んだら駄目じゃない」

ガラガラ声のママは忠告するように言った。

「昨日はあまり眠ってないので、今夜は仕事を切り上げたんだ。深夜は車を吹っ飛ばすから、居眠り運転をして事故を起こすと大変だからさ」

文忠明は言い訳をした。

カウンターの隅に先客が一人いた。三十五、六のどこかで会ったような男だった。短髪で顎の張った癖のありそうな顔付きをしている。

「淳花は元気にしてる？」

とママが訊いた。

「元気にしてる。近いうちに韓国へ行くと張りきってる」

実際は張りきってるわけではない。韓国へ行くか文忠明と日本に残るか、葛藤しているのだが、文忠明は話のつじつまを合わせるように言った。

「淳花は前から韓国へ行きたいと言ってたからね」

ママは焼酎の水割りをぐっと飲み干して、

「一杯もらっていい？」

と文忠明に言いながら勝手に焼酎の水割りを作った。

奇妙な雰囲気だった。文忠明と男の間に四つの空席があり、その空間から男の挑発するような感情が文忠明に伝わってきた。文忠明はなるべく男と視線を合わさないよう斜に構えてママと話していた。

黙っていた男がはじめて口を開いた。

「この前、淳花が男と新宿のホテル街に入っていくのを見たと、おれの友達が言ってた」

男は文忠明と淳花の関係を知ってか知らずか、悪意に充ちた声で言った。

淳花と一緒にホテル街に入った男は自分かもしれないと思い、文忠明は記憶をたぐりよせたが、新宿のホテル街に行ったのは一年も前のことである。

「出鱈目を言うな！」

文忠明は男を睨みつけた。

男は唇の端を歪め、

「出鱈目かどうか、本人に訊いてみたらどうだ」

と嘲るように言った。

「言っていいことと悪いことがある。おまえこそ、その友達をおれの前に連れてこい！」

どこかで会ったことはあるが、一度も言葉を交わしたことのない男からあからさまに淳花を中傷されて文忠明はカッとなった。陰にこもった男の言葉には文忠明を意識している響きがあった。

文忠明は持っていたグラスを男に投げつけた。男は素早く体をかわすと同時に目の前にあったビール瓶を文忠明めがけて投げつけた。反射神経の鈍い男だった。ビール瓶は文忠明の肩をかすめて壁に当たって砕けた。

「やめてちょうだい！　店の中で喧嘩するのはやめて！　わたしが許さないから。喧嘩するなら、外へ出てやってちょうだい！」

ママの男のようなガラガラ声に二人は睨み合ったまま対峙した。

なぜこの男はおれの前で淳花を中傷するのか。もしかすると新宿のホテル街に入った友達というのは、この男ではないのか。文忠明が疑心暗鬼になっていたたまれなくなり、席を立とうとしたとき、男が先に席を立って二千円を放り投げると店を出た。

「どこかで見たことあるけど、とんでもない奴だ」

興奮している文忠明の声は震えていた。

「左翼だったのよ。以前はたまに淳花と一緒にきて七〇年安保がどうのこうのとか言って朝まで議論してたわよ。淳花を口説いてたけど、振られたのよ。あいつは誰彼なしに議論をふっかけて毛嫌いされてるから、わたしも迷惑してんのよ」

そう言ってママは文忠明の顔色をちらと見て焼酎を飲んだ。

「それにしても失礼な奴や。根も葉もないことを言いやがって」

腹の虫がおさまらない文忠明は、しかし一度胸に刻み込まれた男の言葉にこだわっていた。

「淳花は誤解されやすい子なのよ。酒に酔うとあと先のことがわからなくなるから」

ママは淳花をかばうように言った。

「一週間ほど前、店にきて泣いてた。文さんを支えていきたいけど、自分にはその力がないって。伽倻琴をやめようかどうしようか、迷ってるとまで言ってた。だからわたし言ってあげたの。淳花はまだ若いんだから、この先、やりたいことは何だってできるって」

ママの話は暗示的だった。

文忠明は「天の川」を出て、新宿西口界隈で二、三軒のスナックを梯子し、かなり酔っぱらって帰庫した。そして仮眠所で眠った。淳花のもとへ帰る気がしなかったのである。

翌日の昼過ぎ、文忠明が昨日の売り上げの歩合を精算してもらうために事務所へ行くと、部長が怖い顔で睨んだ。女子事務員がちらと天井を見上げた。二階に社長がいるという合図である。

「ちゃんと仕事をしろよ。午後十時ごろからさぼったんじゃ、どうしようもないだろう。これから忙しくなるって時間帯に仕事を放棄して何してたんだ。社長から文句言われて、おれの立場がないよ。そんなことで前借りが返済できるのか。真面目に仕事するって言うから前借りさせたんだ」

社長は毎朝事務所にきて、前日の売り上げの一覧表を見て、運転手たちの成績を分析する。その結果を部長は問われるのである。

「すみません。体の調子が悪かったもんですから」

文忠明はふてくされながら弁明した。

「きまり文句を言うなよ。どうせどこかで飲んでたかマージャンでもしてたんだろう」

「おれはマージャンはしないですよ。賭けごとは嫌いですから」

それは本当だった。賭けごとが嫌いというより面倒臭いのだった。

「じゃあ飲んでたんだろう。酒の匂いがする」

部長は匂いをかぐように鼻の穴をふくらませた。

「計算してやれ」

女子事務員に言って、部長は二階へ上がって行った。

二十八歳になる女子事務員の伊藤ひろ子は部長が二階へ上がったのを確かめてから、

「部長はさっきまで社長からしぼられてたのよ。昨日は事故車が二台に、文さんと谷山さんが早退したから平均売り上げが十パーセント落ち込んだのよ」

と言いながら計算した歩合の金を封筒に入れて差し出した。歩合は一万八千円の売り上げの四十五パーセントである。文忠明はそのわずかな金をわし摑みにして事務所を出た。

近くのラーメン店で腹ごしらえをしたあと、文忠明はあてもなく歩いた。淳花に電話を入れてみようかと思ったが、弁解がましくなるのでやめた。しかし、行くあてのない文忠明の足は自然に練馬に向かっていた。帰ったら何も言わずに淳花を抱きしめようと思った。たとえ明日別れることになっても淳花を抱きしめることで、一日を過ごせるのではないのか？　そう思うと文忠明は足早になった。上町駅から東急世田谷線に乗って終点の下高井戸で降り、京王線に乗り換えて新宿に、そこで山手線に乗り池袋で西武線に乗り換えて桜台に着いた。

駅前の雑然とした商店街を抜け、狭い道をたどって家に着いた。玄関のドアを開けて入ると妹の福美とばったり出会った。紙袋を提げた福美は出掛けようとしているところだった。

「あら、文さん。ちょうどよかった。わたしはこれから出掛けますけど、姉さんは二、三日大阪に行ってます」

普段はあまり化粧をしない福美が化粧していて別人のように見えた。そしてあらためて見ると淳花とちがって細面の美形だった。

「大阪？」

文忠明はおうむ返しに訊いた。

「ええ、大阪で沈美香先生の公演があるので、それを手伝いに今朝出掛けました」

淳花がいないので拍子抜けしたが、なぜか文忠明はほっとした。

福美が帰宅したのは建二の葬儀以来だが、

「友達の結婚式なんです。留守をお願いします」

と言い残して、あわただしく出掛けて行った。いつもそうだが、おそらく当分帰ってこないだろう。

福美が家を出たあと、文忠明は冷蔵庫を開けてみたが、空っぽだった。確か二日前には冷蔵庫に五、六本の缶ビールがあったはずだが、その缶ビールはテーブルの上に散らかっていた。仕方なく文忠明は駅前に行って缶ビールを五本とインスタントラーメン、卵、豚肉、その他、酒の肴になるような惣菜を買ってきた。それから豚肉と野菜をいため、卵を四個ゆで、応接室のテーブルに並べてテレビを点け、缶ビールを飲みはじめた。時間をやり過ごす最良の方法は何も考えないことだった。それにもっとも適した媒体がテレビである。何も考えずにテレビを観ているだけでいいのだ。気に入らなければチャンネルを切り替え、それでも気に入らなければつぎのチャンネルに切り替えて好みの番組を探し、全部気に入らなければテレビを点けっぱなしにしておく。ただ画像と音声だけで少しは気が紛れるのである。ソファに座って缶ビールを飲みながらテレビの画像をぼーっと見ていたが、缶ビールを三本空けたあたりから瞼が重くなってきた。けだるい疲労感の中で体と意識が分裂していく。テレビの画像と音声が遠くなり、泥のような沼沢地をさまよいながら、文忠明は眠りに落ちた。

どのくらいの時間が過ぎたのか、不意に電話のベルが鳴り、文忠明は体をびくっとさせて瞼を開いた。分裂している体と意識があがき、電話を取ろうと必死に腕を伸ばすのだが、電話までの距離がつかめないうちに切れた。夢の中の電話だったのか、現実の中の電話だったのか、文忠明が判然としないままふたたび瞼を閉じたとき、またベルが鳴った。今度はすぐに電話を取って耳にあてた。

「寝てたの?」

淳花の声だ。しかもかなり酩酊している声だった。

「ソファでうつらうつらしてた」

文忠明は飾り棚の置き時計を見た。午後十一時半だった。

「いま大阪にいるの。知ってた?」

二日顔を合わせていない淳花は秘密の場所でも教えるように言った。

「福美から聞いた。いつ帰ってくるんや」

「わかんない。わたしに帰ってほしい? わたしに会いたい? わたしがいないと寂しい? あなたはわたしがいなくても寂しくないわよね。知ってる? あなたの目。ときどき、わたしを冷淡な目で見るの。わたしの心の奥をのぞくように、わたしを突き放すように見るの。いまも電話口で、そんな目をしてるでしょ」

「おれがいつ、そんな目をした。アホなこと言うな」

「そうでしょうね。あなたは自分がわかってないのよ。あなたは知らぬ間に人を傷つけてるのよ」

「そんな言い方をしたら、誰だって知らぬ間に人を傷つけてることがある」

「そうじゃないよ。あなたはわたしを傷つけてるの。何げない言葉で、無言で、冷淡な目で……」

いまになって、それも大阪から深夜の電話で、淳花はなぜこんなことを言い出すのか。酔うと淳花はからむ癖がある。しかし、今夜の淳花は酔ってからんでいるようには思えなかった。日ごろから鬱積している欲求不満がアルコールの力を借りて言わせているのだ。文忠明は言わせるだけ言わせて、胸の中の汚穢《おわい》を吐き出してしまえば気持ちがすっきりするだろうと思った。

「あのね、わたしの隣に誰がいると思う?」

思わせぶりな口調で淳花は謎かけをした。

「わからん」

文忠明はぶっきらぼうに答えた。

「辛碩訓《シンソクフン》社長がいるの。大阪でパチンコ店を五店舗経営してる大金持ち。今夜、社長を誘惑しちゃおかな。誘惑してもかまわない？」

挑発的な言葉で文忠明を困らせようとしているのはわかっていた。だが、淳花の性格では冗談が本気になったり、意地を張って実行しかねないあやうさがある。

辛碩訓は五十五、六歳で、大阪でパチンコ店だけでなく焼肉店の経営や金融業などを手広くやっている人物である。以前一度、「ファティ」で会ったことがあるが、そのとき辛碩訓は在日の若者たちの文化活動を支援したいとかなんとか大言壮語を吐いていた。しかし、辛碩訓が在日の文化活動に援助したという話は聞いたことがない。おそらくポーズだけでチケット一枚買おうとはしない在日の資産家によくあるタイプだろう、と文忠明は思った。

大阪のどこかのバーかクラブにいるらしく、ピアノの伴奏で歌っている女性の歌声や笑い声や雑談が電話から聞こえてくる。

「君が誘惑しなくても、相手が誘惑してくるんじゃないか」

文忠明が忠告のつもりで言うと、

「じゃあ、誘惑されてもいいの？」

と淳花は訊くのだった。

たわいもない話だが、あくまで文忠明の意思を確認しようとする淳花の執拗さに、

「そんなことはおれに訊くな。自分で判断しろ」

と電話を切った。

淳花は文忠明に、やめろ、と言ってほしかったのだろうか？　文忠明は電話を切って、もう少し気のきいた別の言葉はなかったのか、と後悔した。嘘でも、寂しいから早く帰ってきてくれ、と言えば、淳花は明日にでも帰ってくるにちがいないのだ。電話を切って後悔したが、心の隅では勝手にしろ！　と淳花を突き放していた。

そしてビールをあおり、テレビの画像に見入っていると、また電話が鳴った。淳花だった。

「どうして電話を切るの。わたしがどうなってもいいのね。わたしに無関心なのね。はっきり言ってよ」

「アホなこと言うな。誘惑するとか、されるとか、愚にもつかない話をして、そんなことをなぜおれに訊く。おれを試してるのか、それともおれをからかってるのか。どっちにしても、おれはうんざりや」

「そう、そういうことね。わかった。わたしはもう帰らないから」

今度は淳花が電話を切った。

胸の奥で何かが砕ける音がした。電話を強く切られた音かもしれない。張りつめている部屋の空気を引き裂くような超音波に鼓膜が振動した。キーンと耳鳴りがしてテレビの音声が聞こえなかった。文忠明はしばらく瞑目して落ち着きをとりもどしたが、一人で家の中にじっとしていられなくなった。缶ビールを五本とも空けていた。文忠明は缶ビールを買いに駅前まで行ったが、そのまま電車に乗って新宿へ出た。

午前零時を過ぎているのに新宿はまだ宵の口だった。サラリーマン風の泥酔した中年男がふらつきながら大声でわめいている。

「こら！　おまえら文句あるか！」

夜の街に向かって吠えている声がいかにも虚しかった。通りかかった四、五人の若者がわめいている中年男を取り囲み、

「どうしたの、おじさん。大丈夫、おじさん」

と声を掛けながら、いきなり殴りつけたかと思うと、もんどり打って倒れた中年男の懐から財布を抜き取り、鞄をふんだくって逃げた。殴られた中年男は道端に大の字になって倒れ、喘いでいる。一瞬の出来事に通行人もそしらぬ顔で、鼻血を流して顔面血だらけになっている中年男を見過ごして通り過ぎた。若いアベックが笑っている。誰も介抱しようとしなかったし、警察に通報する者もいなかった。文忠明も無関心を装って通り過ぎた。夜の新宿では一人の酔っぱらいが殴られて財布と鞄をひったくられたからといって大騒ぎするほどのことでもないのだ。

文忠明は大ガードをくぐり、お寺の裏の墓地と墓地の間の細い暗い道を抜けてスナック「果林」にきた。階段を上がって店のドアを開けるとカウンターのとまり木に岡田敬造とT出版社の編集長・柳原長信がいた。

とまり木に座った文忠明に、

「タイミングがいいですね」

とマスターの村田光茂がビールとグラスを出しながら言った。

「タイミングがいいって、何のことや？」

とまり木の後ろのテーブルには作家の柴崎彰弘と恋人の江波亜希子が飲んでいた。

「いいところへきてくれた。文さんにちょっと頼みがあるんだけど……」

恋人と一緒に飲んでいる柴崎彰弘がにやけた表情で文忠明の側にきた。

「頼みって、何ですか？」

やぶからぼうに言われて文忠明は柴崎彰弘を見た。

「これから女房に電話を入れるんだけど、ぼくが話したあとぼくと一緒に飲んでるって女房に話してくれないか」

要するに恋人と一緒に飲んで遅くなっている柴崎彰弘はアリバイ工作をしたいのだった。

「いいですよ」

文忠明は軽く引き受けた。

柴崎彰弘はさっそく自宅に電話を入れ、妻に、いま文さんと飲んでいると告げ、文忠明と電話を交替した。文忠明はまだ一度も会っていない柴崎彰弘の妻に挨拶し、夫の柴崎彰弘と新宿のスナックで一緒に飲んでいることを話した。柴崎彰弘の妻は丁重な言葉で、わざわざお電話をいただき、ありがとうございます、と述べて電話を切った。

みんなにやにやしている。恋人の江波亜希子も照れ笑いを浮かべていた。

「そんな電話を掛けても、奥さんは先刻、お見通しだよ」

柴崎彰弘の妻を昔から知っている岡田敬造は無駄なアリバイ工作を嘲笑《わら》った。

「タイミングがいいとは、おれのアリバイ工作が必要だったたってわけか」

アリバイ工作のダシに使われた文忠明は肩をすくめた。

「原稿は進んでますか」

岡田敬造が急に真面目な口調で言った。

「原稿？　いや、まだ手をつけてない」

文忠明は原稿のことをすっかり忘れていた。

「これだもんね。早く書いたほうがいいですよ。出版社は気が変わりやすいですから」

岡田敬造は忠告するように言う。

「何をどう書いていいのか、わからんのや」

文忠明は弁解するように言った。

「出版できるかどうか、わからないですよ」

柳原長信は言質を与えないよう牽制するのだった。

「ほら、もう牽制されてる。とにかく一度書いてみることですよ。現物があれば、それを叩き台にして書き直せばいいんだから」

この機会に書かせて既成事実を作ろうとする岡田敬造の友情に文忠明は感謝したが、あまり乗り気ではなかった。

淳花との電話で憂鬱になっていた文忠明の気持ちは晴れなかった。

この前会ったとき、気軽に引き受けたものの、根なし草のような生活を送っている自分に小説が書けるだろうか。いったい何を書けばいいのか？　何のために？　書くという行為そのものが、ギリシャ神話のシジフォスのように永遠に答えを見出せずに苦行を強いられるにちがいない。いまの文忠明にとって文学は何の意味もないのだった。詩に熱中していた二十歳前後のころの文忠明は多くの書物を乱読していたが、二十五歳で結婚してからこの方、ほとんど読書をしていない。たまに雑誌を読むか、興味本位のくだらない本を読むことはあっても、熱情をこめて読んだことはなかった。この二十年間、読書をしてこなかったからといって人生に何の不都合もなかったのだ。多くの人間は読書と無縁の人生を送っている。したがって誰のために書くのかという問いは、自分のために書くという答えに結びつかないのである。一つの表現にこめられた言葉が喚起する想像力は確かに人びとを感動させる力を持っている。作家は言葉の力を信じている人間だが、同時に言葉に深い疑いを持っている人間でもある。想像力の欠如した、確信のない、言葉の陥穽《かんせい》に陥った文学ほどみじめなものはない。文忠明には確信がなかった。どうして確信が持てるだろう。生きることにきゅうきゅうとしているのに、どうして文学という野放図な世界に足を踏み入れることができるのか。それは破滅をともなうかもしれない賭けに等しかった。

柴崎彰弘と江波亜希子が席を立ち、

「そのうち、また……」

と言って店を出た。

「あの二人の恋の行方はどうなるのかな」

と柳原長信が興味深そうに言った。

「二人とも子連れだから、大変だよ。真剣だから、なおさらしんどい」

岡田敬造は案じた。

文忠明には他人ごととは思えなかった。まるで自分のことを言われているような気がした。

「なるようにしかならんよ」

文忠明は自分に言い聞かせるように言った。

どこか諦めにも似た口調であった。淳花は大阪で男に抱かれているだろうか。そう思うこと自体、いやしい邪推だったが、「天の川」で同席していた男の言葉がまたしても鎌首をもたげてきて、むらむらと嫉妬の感情にかきむしられた。いや、嫉妬というよりもっと別なもの、二人の関係に終止符を打とうという意思のようなものだった。

閉店の時間がきたので、店にいた五人の客は階段を降りて外に出た。二人の客は青梅街道へと歩いて行ったが、岡田敬造と柳原長信と文忠明は飲み足りなさそうに顔を見合わせた。

「もう一軒、行きますか」

と岡田敬造が言った。

酒豪の岡田敬造は夕方から飲み続けている。灯りの消えた狭い道路にとろんとした目をこらし、開いている店を探した。だが、開いている店はなかった。

「今夜はお開きにしよう」

少し疲れ気味の柳原長信が言った。

「おれはこの足で会社へ行く。家に帰って出勤するのは面倒だから、会社に泊まるよ」

午前三時である。これから練馬に帰って午前七時に出勤するのは無理だと文忠明は判断した。

「じゃあ、タクシー券を使って下さい」

気前のいい岡田敬造は文忠明と柳原長信にタクシー券をくれた。

タクシーに乗った文忠明は運転手に会社のある世田谷を指示したが、途中で練馬へ行ってほしいと変更した。なぜか淳花が家に帰っているような気がしたのだ。

家に着いた文忠明は鍵を開けて入った。応接室は出たときと同じようにテーブルの上にビールの空き缶五本と食べさしの肴があり、そしてテレビが点けっぱなしになっていた。テーブルの上の空き缶と食べさしの肴を片づけ、テレビを消して二階の淳花のベッドにもぐり込んだが眠れなかった。淳花のいないベッドは冷えびえとしていた。淳花はどうしているのだろう。酔い潰れて男に介抱されているのかもしれない。幻聴のように淳花の電話の声が聞こえる。留守の間、淳花から電話があったかもしれない。いまにも淳花から電話が掛かってくるのではないかと耳を澄ませていたが、電話のベルは鳴らなかった。そうしているうちに窓の外が明るくなってきたので、文忠明は眠るのを諦めて跳ね起き、台所で洗顔してから出勤した。

一昨日、さぼっていた分を取り返すため、文忠明は食事以外、車から降りずに稼働した。一睡もしていなかったが神経は刃物のように研ぎ澄まされていた。

深夜、遠距離の客を乗せて中央高速道路の山間部を疾走していたとき、中央車線をはみだして正面から大型貨物車が突進してきた。文忠明は瞬間的にハンドルを切って大型貨物車を回避した。後部座席で眠っていた客は、車が大きく左右に揺れたのを知らなかった。文忠明はまばたきしてバックミラーをのぞいた。ガードレールに激突した大型貨物車が、宙に浮いたかと思うと崖っ縁から谷底へ落下していくところだった。文忠明はブレーキを踏み、いったん車を停めてバックし、大型貨物車がガードレールを突き破って落下した場所に駆けつけた。そして車を降りて崖っ縁から真っ暗闇の谷底をのぞいたとき、爆発音とともに赤い巨大な炎が噴き上げ、文忠明は火だるまになった。

夢だった。硬直した全身に汗をびっしょりかいていた。一睡もせずに仕事をして帰ってきた文忠明は自分がいつ眠りについたのかさえ覚えていなかった。昼なのか夜なのか、それも定かではない。しばらくぼんやりしていた文忠明の目に、窓のカーテンからもれている光がうっすらと映った。

三日が過ぎているのに淳花はまだ帰ってこない。電話も掛かってこない。何かあったのだろうか。何度も家出をしている淳花は糸の切れた凧みたいなところがある。久しぶりに大阪へ行ったので友達と会うのに忙しくて滞在日程を延長しているのかもしれない。それとも……男と……くだらない妄想にふり回されている自分を文忠明は嫌悪した。

一週間後の夜、応接室で缶ビールを飲みながらテレビを観ていると玄関のドアを開けドタバタと足音を響かせて帰ってきた淳花が、伽倻琴と大きなボストンバッグを廊下に放り出してトイレへ駆け込んだ。そしてトイレから出て淳花は放り出した伽倻琴と大きなボストンバッグを片づけようともせず応接室に入ってきてテレビのチャンネルを切り替えた。切り替えられたチャンネルでは「ウエストサイド物語」が放映されていた。

ソファに座った淳花はテーブルの上の缶ビールを取って栓を開け、ひと口飲んで、

「『ウエストサイド物語』を観たかったのよ」

と言って画面に見入った。

「ウエストサイド物語」は世界の若者から熱狂的に歓迎され、大ヒットしたミュージカル映画だが、文忠明には面白くもなんともなかった。ミュージカル映画そのものが文忠明の肌に合わないのだ。

家に帰ってくるなり荷物を放り出し、テレビのチャンネルを切り替えて見入っている淳花の態度には何か腑に落ちないところがあった。いつもの淳花なら抱きついてキスをし、大阪での出来事を喋り続けるはずなのに、今日の淳花の態度は不自然すぎた。だが、文忠明も淳花に話しかけることができなかった。歌や踊りや会話が流れているテレビと向き合いながら、二人の間には目に見えない厚い壁ができていた。お互いが意思を通い合わせることを拒否していた。文忠明は退屈だったが、それ以上に淳花のこわばった表情と息苦しい緊張感に耐えられなかった。

「おれは帰る」

文忠明は立ち上がった。

「どこへ……?」

淳花は立ち上がった文忠明を見上げた。

「家に帰る」

「ここがあなたの家でしょ」

「ここは君の家だ」

「わたしを捨てるつもりなのね」

「ちがう。おれたちは、もうこれ以上、一緒に住めない。それは君もわかってるはずや」

文忠明の酷薄な言葉にも淳花は泣かなかった。怒気を含んだ大きな瞳がテレビの画像を睨んでいた。

文忠明は二階の淳花の部屋に行き、ボストンバッグを持って降りてきた。だが、ソファに座ってテレビを観ている淳花は微動だにしなかった。

自分で自分を押し出すように家を出た文忠明は逃れるように駅へ向かった。そして電車に乗ったものの行くあてがなかった。あまりにも唐突で、酷薄すぎる言葉に文忠明は自分でも驚いていた。淳花になんの罪があるのか？　どんな責任があるのか？　責任があるとすればこのおれだ、と文忠明は冷酷な自分を責めた。いまから引き返して淳花を抱きしめたいと思ったが、たぶん淳花は受け入れないだろう。すぐに涙を浮かべる淳花が泣きもせずに強い意志をこめてテレビを観ていたのが何よりの証拠だった。

新宿で降りた文忠明は時間を持てあまし、伊勢丹デパートと小田急百貨店を一巡したあと立ち喰いそばを食べ、小田急ハルクの隣にあるポルノ映画館に入った。ドアを開けて場内に入ると、いきなりよがり声が聞こえ、大きな画面に男女のセックス場面が映っていた。文忠明は目をこらして通路をたどり、空席を探して座った。そして体をずらして椅子に背中をあずけ、えんえんと続く男女のセックス場面に見入った。館内にトイレの匂いがかすかに漂っている。文忠明は瞼を閉じ、暗い想念に閉じこもろうとした。暗い深い意識の奥へ、時間も空間もない世界へ、できれば新しく生まれ変わることのできる永遠の世界へ飛翔したいと熱望した。そして、その熱望の果てに出会えるかもしれない未知の力によって再生したいと思った。

えんえんと続くよがり声の中で、隣の席がもぞもぞしている。文忠明はわれに返り、画面を見たが、低いくぐもった呻き声は隣の席から聞こえるのだった。薄暗がりの中で二人の男が、お互いにフェラチオをしていた。頭の禿げた男が隣の男のペニスをしゃぶっている。フェラチオをされている男はフェラチオをしている男のペニスを握ってマスをかいていた。画面のよがり声と隣の二人の男の呻き声が絶妙な二重唱を奏でていた。暗闇になれた目で透かして見ると、前の席でも同じことが行われていた。文忠明は席を立ち外へ出た。急に笑いがこみ上げてきた。

果てしない夜の底に街は沈んでいる。厚化粧をした女たちがきらめくネオンの海を泳いでいる。熱帯魚のような女たちが群衆にもまれながら海底へもぐっていく。遠い過去と遠い未来が交錯する場所へ群衆は流れていくのだ。その中に文忠明もいた。

淳花の家を出た文忠明は、当分、会社の仮眠所で寝泊まりすることにした。二十畳ほどの部屋には十五、六枚の布団が敷きっぱなしになっていて、新聞、雑誌、空のカップめん、ビールの空き缶などが散らばり、不潔きわまりないが、それさえ我慢すれば不便はなかった。会社内には風呂があり、洗濯機もある。近所にはラーメン屋やレストランもある。運転手の中には仮眠所に棲みついている者が二人いた。事情はちがうが、アパートを借りる金もなく、行くあてのない落ちこぼれの棲み家になっているのだ。

「おれも当分、ここで厄介になるよ」

照れ笑いを浮かべながら文忠明は先に棲みついている二人の運転手に挨拶した。

しかし、いつまでも仮眠所で生活を続けるわけにはいかなかった。会社は黙認しているが、仮眠所にこれ以上、運転手が棲みつくのを懸念していた。プライバシーのない仮眠所では、明け番の運転手が花札賭博を開帳し、貸借のいざこざで摑み合いの喧嘩になることもしばしばある。そして浮浪者同然の生活をしていると気力が低下し、労働意欲がなくなり、収入が落ち込んで仮眠所生活から抜け出せなくなるのである。この悪循環が続くと、結局、会社を辞めるはめになるのだ。文忠明は半年頑張ってアパートを借りようと思っていたが、家族への仕送りと飲み代で給料の大半は消えてしまい、アパートを借りようと思っていた計画はなし崩しに遠のくのだった。

文忠明は歌舞伎町やゴールデン街をなるべく避け、もっぱら西口の「果林」で飲んでいた。そこでときどき岡田敬造と柳原長信に出会うのだが、依頼されている原稿は手つかずのままであった。

「文さん、柳原さんの気が変わらないうちに早く書いたほうがいいですよ」

岡田敬造は友情を込めて忠告するのだが、文忠明は頷くだけで、のれんに腕押しであった。仮眠所での生活は文忠明を自堕落にするだけで、原稿など書けるはずもなかった。

歌舞伎町やゴールデン街を避けてはいたが、淳花に会いたいという気持ちは日々つのっていた。あまりにも理不尽な別れ方は淳花を深く傷つけたにちがいないと思った。

淳花と別れて半月もしたころ、文忠明の足は自然にゴールデン街に向き、「わらじ」のドアを開けた。開店時間の午後六時過ぎで、店内には一人の客もいなかったが、カウンターの中にマスターとアルバイトをしている淳花がいた。まさか淳花がいるとは思っていなかったので、文忠明は意表を突かれたように戸惑い、といって帰るわけにもいかずカウンターの端に腰を下ろした。

淳花も驚いている様子だった。しかし淳花はビールとグラスを文忠明の前に置き、ビールをつぎながら、できるだけ冷静になろうとつとめているようだったが、

「おまえなんか、めじゃないよ」

と憎しみのこもった目で文忠明を睨むとバッグを持ってトイレに入った。

その言葉を聞いたマスターが文忠明に近づいてきて、

「可哀相に、淳花はトイレで泣きながら化粧直しをしてるよ」

と言った。

文忠明はいたたまれない気持ちだった。会いたい、会いたいと思っていたが、会ってみると二人の間には、もはや埋めることのできない深い亀裂が入っていた。二人に共通の言葉、共通の感情はなかった。文忠明は淳花がトイレから出てくる前に店を去った。

会いたいと思う気持ちが無意識に淳花のいる場所を探し求めてゴールデン街にきたのだが、会うべきではなかったと後悔した。

翌日、出勤した文忠明は淳花のことだけを考えながら仕事をしていた。天真爛漫で自由奔放な淳花、情緒不安定で、ときどき躁鬱状態に陥る淳花、豊かな感受性と鋭い論理で相手を論破せずにはおかない才能、子供と大人が混在した不思議な女の色香、一つ好きになると全部が好きになり、一つ嫌いになると全部が嫌いになる両極の世界を生きている強烈な個性は、たえず未来の自分を探していた。

淳花の幻影にとりつかれていた文忠明は途中から仕事を投げ出し、新宿界隈を梯子酒しながら荻窪のスナック「帰郷」にやってきた。階段を上がって店に入ると、三、四人の客の中に半田俊明がいた。

カウンターの中にいたママが、

「いらっしゃい」

とつくり笑いを浮かべた。

半田俊明と話していた李明淑がとまり木に座った文忠明の前にきて、

「どうしたの？　かなり酔ってるみたい」

と言った。

「たまには酔うこともある」

文忠明が半田俊明に目を転じると、半田俊明は黙って席を立って店を出た。

「あの男とつき合ってるのか」

文忠明は酔った勢いで、あからさまに訊いた。

明淑は面喰らって、

「つき合ってないわ。邪推しないでよ」

と少し不機嫌になって顔を曇らせた。

「それならええんやけど。芝居のほうはうまくいってるのか」

芝居がうまくいっているのかという言葉の裏には金洋源とうまくいっているのかという意味が含まれている。

「ええ、稽古は順調に仕上がってる」

文忠明の作為的な言葉に明淑はいらだち、

「それより文さんは淳花と別れたの？　この前、淳花から電話があって泣いてた。どうして別れたの？」

と今度は明淑が文忠明を問い詰めた。

「わからん、どうしてだか」

「そんな言い方、おかしいわ。仲直りできないの」

「できない。君ならいったん別れた男とよりを戻せるのか」

「わたしにはできなかったけど、文さんと淳花はあんなに仲がよかったじゃない。それが急に別れるなんて、信じられない。話し合えば仲直りできると思うけど……」

「言葉をとり戻すことはできない」

意固地になっている文忠明を大人げないと思いながら、淳花と文忠明の突然の別れは明淑には他人ごととは思えないのだった。明淑も許万鳳との突然の別れに胸を引き裂かれる思いをしたのだ。

「淳花は一つ好きになると全部好きになり、一つ嫌いになると全部嫌いになる。たぶんおれは全部嫌われたと思う」

肩を落とし、うなだれて文忠明は言った。

「そうね、淳花にはそういうところがあるかもしれない。でも、淳花にとって文さんは特別な存在だと思う。あんなに泣いた淳花ははじめて。いたたまれない感じだった」

明淑は同性として淳花に同情していた。

一時間ほどで文忠明は店をあとにした。雨が降っていた。文忠明は路上に駐車してあるタクシーまで駆けて行き、運転席に着いてひと呼吸入れ、煙草に火を点けた。車内に息がこもってフロントガラスが曇っている。文忠明は煙草をくわえたままフロントガラスを手のひらで拭き、ワイパーを始動してエンジンを掛けるとダッシュした。激しくなってくる雨の中を文忠明はスピードを上げて車を飛ばした。フロントガラスを叩きつける雨が酔っている文忠明の意識をも叩きつける。暗いトンネルへ突入したかのようにゴーッと耳鳴りがした。錯綜している意識の底を疾走しながら、文忠明はさらにスピードを上げていった。麻痺した感覚に雨の音が針のように突き刺さってくる。踏切を渡り、曲がりくねった狭い道を通り、文忠明は淳花の家の前にきた。そして車から降りた文忠明は淳花の家のチャイムを鳴らした。

「どなたですか……」

淳花の柔らかい声が聞こえた。

「おれや……」

酔っている文忠明の声が少しもつれている。

ドアが開き、寝巻き姿の淳花が玄関先に立っている文忠明を見た。

「どうしたんですか……」

よそよそしい声だった。

文忠明が淳花を抱きよせると、淳花は、

「やめてよ」

と抗い、文忠明を突き放した。

そこへ二人の警官が現れた。狭い道路に停めてあるタクシーが他の車の通行をさまたげているので、巡回していたパトカーが運転手を探していたのだ。

「タクシーの運転手はあんたですか」

年配の警官が訊いた。

「そうだ」

文忠明は少し足をふらつかせて答えた。

若い警官が文忠明の顔をのぞき、

「酔ってますね」

と訊いた。

「酔ってる。しかし、いまは運転していない。取り締まるんだったら、駐車違反で車を牽引していけ」

文忠明は開き直って挑発するように言った。

突っかかるような大きな声に隣家の窓が開き、中年女が迷惑そうにのぞいた。

それに気付いた淳花は、

「すみません。ご迷惑をお掛けして」

と隣家の女に謝り、

「今夜は家に泊めます」

と警官にも謝った。

二人の警官は、手に負えないと思ったのか、あるいは酔っぱらいにこれ以上つき合っている時間はないと思ったのか、何も言わずに立ち去った。隣家の女も窓をぴしゃっと閉めた。

「泊まっていきますか」

酒酔い運転を危惧したのか、ついさっき文忠明を拒否した淳花が家に泊まるようすすめた。

「いや、帰る」

警官とのひと悶着でわれに返った文忠明はためらいがちに淳花の手を握りしめ、タクシーにもどった。

十年、二十年前の出来事が昨日のことのように思えることもあれば、昨日のことが十年、二十年前の出来事のように思えることもある。会社に帰り、仮眠所の汚い布団にもぐり込んだ文忠明には、淳花との愛が遠い昔のことのように思えた。

文忠明は相変わらず西口の「果林」で飲んでいた。遊郭に身売りした女郎のように、いつまでも仮眠所暮らしから抜け出せず、その日をやり過ごすためだけにタクシーに乗務しているようなものだった。稼働率も最低で、会社からうとんじられていた。いつになったら、この暗い長いトンネルから抜け出せるのか、なんの見通しもなかった。

淳花はソウルに行き、高名な伽倻琴の先生に弟子入りしたとの噂を聞いた。淳花は目標に向かって忍耐強く一歩一歩前進していた。文忠明にとってソウルは遥か遠い見知らぬ土地であった。ところがある日、めったに行くことのない「天の川」へ飲みに行くと、ソウルにいるはずの淳花がいたのである。六、七人しか座れない、いつも暇な店が、その日に限って満席で、文忠明は入り口の隅の席に座った。淳花は文忠明と対角線の席に四十五、六の男と一緒に座っていた。文忠明と目が合ったとたん、淳花はばつの悪そうな態度で肩を抱きよせられていた男の手から体を離したが、男は執拗に淳花を抱きよせ、強引にキスをした。キスをされた淳花は照れ笑いを浮かべ、

「しばらく、文さん……」

と言って、また男にキスされていた。

「歌を歌いましょう、歌を」

その場をとりつくろうように歌など歌ったことのないママがしわがれ声で歌いだした。すると淳花も歌いだし、客たちも手拍子をとって歌いだしたのである。しらけているのは文忠明一人だ

けだった。近くて遠い国、韓国から帰ってきた淳花と文忠明との距離は無限に遠く感じられた。

文忠明はカウンターに飲み代を置き、黙って店を出た。区役所通りに出る手前で後ろから追ってきた淳花に呼び止められた。

振り返ると酔った目の淳花が、

「あいつとは何の関係もないんだから」

と弁明するように言った。

「それがどうした。誰と乳繰り合おうと、おれには関係ない」

だが、文忠明の言葉には嫉妬の響きがこもっていた。

「そうね。あなたには何の関係もないのよね。あなたはそういう男よ。わたしが馬鹿だったのよ」

「そんなことを言うために、わざわざソウルから新宿へ戻ってきたのか」

感情の嵐が二人の間に吹き荒れた。

「世の中に男はごまんといるんだから！　おまえ一人が男じゃないよ！」

淳花はののしり、罵声を浴びせ、道端にあったポリバケツを蹴飛ばした。

「好きにしろ！」

文忠明は歩きだした。すると淳花はついてきて後ろからののしるのであった。

文忠明は区役所通りでタクシーを止めて乗り、ののしっている淳花を無視して運転手に発進させた。

憎しみのこもった淳花の声が文忠明の耳の底に残っていた。こんなはずではなかったのに、なぜこうなってしまったのか。いまとなってはどうでもいいと思いながら、溢れてくる感情が堰を切って胸をかきむしるのだった。

文忠明が西武池袋線のひばりケ丘に引っ越したのは淳花と新宿で別れて一年ほどたってからである。ずるずると会社の仮眠所生活を送っていた文忠明は一念発起して原稿を書き、その原稿料と印税が入ったのを契機にタクシー運転手を辞めてひばりケ丘に引っ越したのだ。もとより印税で生活できる見通しなどまったくなかったが、とにかく十年務めたタクシー運転手に見切りをつけたのである。幸い出版された本は版を重ね、印税分を前借りしながらも細ぼそと生活できた。しかし、だからといって、この先、原稿料と印税だけで生活できるとは思えなかった。書店に溢れている本を見るたびに、原稿料と印税で生活するのは不可能に思えるのだった。あとはなるようにしかならないだろう。もし文筆で喰えなくなれば、またタクシー運転手に戻るだけである。たまたま本を出版する機会に恵まれたが、文学に対する文忠明の態度は鷹揚であった。文学は聖域でもなければ絶対的なものでもないという、ある意味では非文学的で現実主義的な文忠明の考えが、皮肉にも文学の現状を物語っていた。かつての大家もほとんど忘れ去られ、語り継がれることはない。死んでしまえば、すべては終りなのだ。生きている間に書くべきことがあるとしても、それは言葉との果てしない消耗戦であり、累々と横たわる言葉の屍《しかばね》を築いていくことにほかならないのだ。文忠明はそのような消耗戦を続けたいとは思わなかった。

文忠明は原稿料を稼ぐために書いていたが、すぐに投げ出し、そして夜の巷へ飲みに行くことが多かった。たいがいはスナック「果林」で閉店まで飲み、タクシーで帰ってきた。

そんなある日、二人の若い女性が「果林」にアルバイトで入ってきた。一人はシャーホンという中国人で、いま一人は昼間、新橋で事務員をしている女性だった。いずれも二十五歳だったが、中国人のシャーホンは何ごとにも好奇心が強く日本語を覚えるために客との会話も積極的だった。いま一人の田代圭子は口数の少ない瞳の美しい笑顔を絶やさない女性だったが、客にビールをつぐのを忘れたりする、どこか茫洋としたところがあった。

文忠明は閉店後、彼女たちを誘ってすし店に行ったり、別のスナックで飲んだりしていたが、そのうち文忠明と田代圭子は半同棲するようになった。田代圭子は西荻窪の１ＤＫのマンションに住んでいたが、家賃を節約するために、文忠明の住んでいる二畳の台所と六畳二間の風呂のない木造アパートに引っ越してきた。引っ越してきたというより、文忠明が強引に引っ越させたのである。収入が不安定なうえに毎晩飲み歩いている文忠明は家賃を滞納しがちで、その滞納しがちな家賃を田代圭子に支払わせるため引っ越させたといえる。六畳二間には大きな書棚二つと小さな書棚一つ、それに机とテレビが置いてあり、田代圭子が持ち込める家具はセミダブルのベッドと整理ダンスだけであった。そしてベッドの側に電気コタツを置くと足の踏み場もない狭さだった。

小心で臆病で生真面目な田代圭子は風邪を引いても会社を休むことはなかった。田代圭子は平凡な生活を望んでいた。文忠明を中心にした生活を営んでいたが、田代圭子はひとことも愚痴をこぼしたりはしなかった。それが文忠明にある種の影響をもたらしたのかもしれない。田代圭子と同棲するようになってから、毎晩のように飲み歩いていた文忠明の外出がめっきり少なくなったのである。金のないせいもあるが、原稿用紙に向かう時間が長くなった。将来に対して何か希望や野心を持っているわけではないが、二人の同棲生活は比較的良好であった。

ソウルで高名な伽倻琴の先生に弟子入りした淳花は、三年後に留学生としてソウル大学の国文科に入学した。もちろん淳花がソウルでどのような生活を送っているのか文忠明には知るよしもなかったが、年配の医者とつき合っているとか、レズビアンになっていると風の便りに聞いた。

本当だろうか。口さがない連中の根も葉もない噂ではないのか。しかし文忠明には淳花がレズビアンになってもおかしくないと、なぜか思えたのである。自由奔放で、しなやかな思想の持ち主である淳花が、男にあきあきして同性を愛するようになったからといって驚くにあたらないのだ。文忠明にとって、そうした風評は遠い昔のことのように思えるのだった。実際、新宿で淳花と別れてから四年の歳月が過ぎ、二人は別々の人生を生きており、普段は淳花を思い出すことはまったくなかった。

新橋の機械工作会社の事務員をしている田代圭子は朝早く起床して、パンと牛乳で朝食を間に合わせ、あわただしく出勤する。明け方まで原稿を書いていた文忠明は田代圭子と入れ替わってベッドにもぐり込んで眠りにつく。午後一時きっかりに裏の銭湯の庭から、毎日二トン車に山積みして運んできた廃材を電気ノコギリで切断する轟音が響いてくる。耳をつんざくような轟音に文忠明はたまらず目を醒まし、起床するのだ。銭湯に使う廃材の切断作業は約二時間続き、その間はとうてい寝ていられなかった。

文忠明は服を着替えると洗顔もせずにぶらりと外へ出て駅前まで行き、喫茶店に入った。そこで好物のスパゲティとコーヒーのセットを注文し朝食と昼食をかねた腹ごしらえをして新聞と雑誌を読んでしばらく時間を潰し、廃材の切断作業が終ったころ合いを見計らって帰ってくると、もうひと眠りした。そして四時に目を醒ました文忠明は洗面用具を持って銭湯に行き、一番風呂に入るのである。

田代圭子の帰宅時間は、途中、駅前のスーパーで食料品を買ってくるとき以外、時計のように正確だった。夕食は田代圭子が作るときもあれば文忠明が作るときもある。文忠明は家事分業にあまりこだわらない。手の空いている者がやればいいと考えている。そして夕食と同時に晩酌がはじまると文忠明はテレビの前に釘づけになってビールを三、四本飲み、そのまま眠ってしまい、深夜、突然、起き上がって明け方まで原稿を書いた。

日曜日には二人で池袋の繁華街へくりだし、人込みにもまれながらデパートやビックカメラを見て回り、気が向けば四、五千円のセーターの一枚も買い、レストランで食事をして帰ってくるのが楽しみだった。可もなく不可もなく、文忠明と田代圭子の同棲生活は続いていた。

ある日、新聞広告でG文芸雑誌に朴淳花の小説が掲載されていることを知った。文忠明は驚いた。以前、在日のある季刊誌に二十枚ほどの文章を書いて掲載されたことがあったが、小説を書くとは思ってもみなかった。文忠明はすぐに書店へ赴いてG文芸雑誌を買い、表紙を開けてみると、朴淳花の二百五十枚の書き下ろし小説がトップに掲載されていた。編集部が朴淳花の小説を高く評価している証であった。文忠明はひと晩で読み、軽い興奮を覚えた。自らのアイデンティティを求めて韓国に留学し、必死になって言葉を学び、韓国の風習や人間関係に溶け込もうとして溶け込むことのできない乖離と矛盾に、悩み苦しみ続ける日本国籍の若い在日韓国人女性の姿がみずみずしい感性で描かれていた。主題そのものは新しいわけではないが、作者の苦悩が素直に語られていて好感が持てた。文忠明の友人の間でも朴淳花の小説は話題になっていたが、文忠明は論評を避けていた。たとえどういう論評であれ、文忠明と淳花との関係を抜きにしては論評できないからであった。それに文忠明は人が何を書こうと関心を示さなかった。文忠明は小説を三冊出版していたが、出版された本を読み返すことはなかった。まるで子供を産みっぱなしにして顧みない親のようだった。

その後、G文芸雑誌に発表された淳花の作品が新人作家の登龍門といわれる有名なA文学賞の候補になり、俄然注目されるようになった。そして三作目、四作目もA文学賞の候補になり、五作目でA文学賞を受賞し、淳花は日本の文壇に華々しく登場した。在日の女性作家でA文学賞を受賞したのははじめてのことである。新聞に一ページ全面広告が載り、短期間で十万部を売り上げる勢いであった。いまや淳花は文忠明にとって遠い存在だった。もっとも身近な存在、それは田代圭子である。文学や芸術とは無縁だが、愚直なまでに文忠明を愛していた。だが、優しいまなざしに、ときどき不安の影がよぎるのだった。文忠明に愛されているという確信が持てない田代圭子は、たえず文忠明の愛を確認したいと思いながら、その方法がわからないのである。愛されているという実感がないと、愛しているという確信もまた不安になるのだ。それでも二人は一緒に暮らしているだけで十分だった。田代圭子は文忠明に何も要求したりはしなかった。勝手気ままに生きてきた文忠明の性格を知っていたからである。それまで多くの女性とつき合ってきた文忠明の心の奥に蠢いている、どこかとらえどころのない澱のようなものに触れるのが怖かったのだ。

淳花は七年をかけてソウル大学国文科を卒業した。A文学賞を受賞した淳花は韓国でも有名人だった。ソウル大学を卒業したあと今度は梨花女子大学の舞踊研究科に入学し、本格的に韓国舞踊を習いはじめた。伽倻琴を習得しても舞踊を習得しなければ本当の意味で伽倻琴を習得したことにならないのだ。淳花はいわば二足のわらじをはくことになるのだが、伽倻琴と舞踊は韓国の心を知る道しるべであり、文学は自己を探求していく言葉の道しるべである。この二つが融合する場所は日本であり韓国であったが、淳花の所属する場所はどこにもなかった。それは淳花の小説が物語っていた。

いつものように文忠明は明け方まで原稿を書き、ビールを飲んでベッドにもぐり込んだ。眠っている圭子の体が温かかった。文忠明は圭子を抱きよせ、いつしか眠りに落ちた。

文忠明は暗闇の中にいた。深い森のようでもあり、原野のようでもあり、不思議な館の中のようでもあった。その暗闇の中から風のようにスーッと一人の女が現れた。黒い髪をなびかせ、胸元の開いた黒いドレスを着た淳花だった。こぼれるような微笑をたたえて文忠明の前にくると淳花は両腕をひろげて招いた。黒い髪と黒いドレスは暗闇に溶け、淳花の白い顔だけが浮かんでいる。文忠明が腕を伸ばして淳花を抱こうとすると、淳花は体をひるがえし、小鳥のように軽々と飛翔してあとずさりした。手の届きそうな距離にありながら淳花を摑まえることができなかった。なおも淳花を追いかけようとすると、暗闇から不意に三人の男が現れ文忠明の行く手を阻んだ。三人の男はそれぞれ蝶ネクタイを締め黒いスーツを着て正装していた。三人ともどこかで見たような顔であった。映画俳優やタレントに似ていた。そして硬い表情をした三人の男は鋭い目で文忠明を睨み威嚇するのだった。三人の男に阻まれた文忠明は追うことができず、淳花は暗闇の中へ消えていった。しかし、振り向くと、そこに淳花がいた。眩いばかりの美しい淳花は宙に浮いているように感じられた。だが宙に浮いているのではなく階段に立っていたのだ。

「淳花……」

文忠明が思わず声を掛けると声は木魂《こだま》して淳花はしゃぼん玉のように弾けて消えた。しかし消えたのではなく、淳花は階段の一番上にいた。文忠明は手すりに摑まって階段を駆け上がった。淳花が微笑しながら逃げていく。長い長い回廊を逃げていく。そしてまたしても文忠明は三人の男に阻まれた。今度は阻まれただけでなく、三人の男に攻撃されそうになり、文忠明は長い長い、暗い暗い、螺旋《らせん》状の回廊を逃げまどった。逃げまどう文忠明の前に淳花が現れては消え、消えては現れるのである。長い長い回廊は、昔通ったことのある大阪の飛田遊郭の内部に似ていると思った。淳花はなぜ遊郭のような館にいるのだろう？　そして追ってくる三人の男は何者だろう？　三人の男に追われているのか、それとも淳花を追っているのか、錯綜した意識から抜け出せない文忠明は足を踏みはずして回廊から深い闇へ墜落していった。髪の毛を逆立て、無間《むげん》地獄へ落ちていく。落ちていく、落ちていく、おれはおれの深い穴の中へ落ちていく、そう思いながらも文忠明は淳花の姿を追い求めた。

目を醒ますと全身に冷たい汗をかいていた。しばらくの間、息苦しさから解放されなかった。書棚の中の置き時計が午前十一時十分を指していた。圭子はとっくに出勤していた。すりガラスの窓から陽光が射し込み、アパートの前で遊んでいる子供の声が聞こえた。

ときおり淳花の噂を聞くことはあっても、日ごろ、淳花を思い出したことはなかった。別れて十三年になるが、淳花の夢を見たこともない。それなのになぜ淳花の夢を見たのだろう？　そういえば淳花はどうしているのか。

文忠明は起き上がり、タオルで体の汗をぬぐい、下着を着替えて外に出た。例によって駅前の喫茶店に行き、スパゲティとコーヒーのセットを注文して食べ、その足で赤坂に向かった。午後一時から岡田敬造が勤めているテレビ局の一室で「同時代批評」の編集会議を行うことになっていた。テレビ局の受付のフロアには小河健一郎と高井一浩がきていた。

腕時計を見て小河健一郎が、

「みんな遅いなあ。会議室へ先に行きましょう」

と文忠明をうながした。

局の内部は複雑で、階段を昇ったり降りたりしているうちに四階なのか五階なのかわからなくなった。増築に増築を重ねたつぎはぎだらけの建物はまるで迷宮のようだった。

会議室にはすでに岡田敬造が待っていた。

「やあ、久しぶりです」

岡田敬造は手を差し延べて文忠明と握手した。

「同時代批評」を始めたころの編集会議には十人参加していたが、年とともに参加者が減り、五、六人になっていた。「同時代批評」は季刊誌として出発したのだが、この二、三年は年に二冊しか刊行できなくなり、今年は一冊刊行するのが精一杯だった。したがって岡田敬造は危機感を持っていた。

岡田敬造は用意した弁当をみんなに配り、昼食のあと会議を始めた。特集テーマについて論議し、原稿依頼の担当者と校正担当者を振り分け、会議は五時間後に終った。そしてつぎの編集会議の日程を決めて解散した。

陽が落ちていた。赤坂界隈の飲食店に灯りがともり、仕事を終えた勤め人たちが帰宅を急いでいる。

「ちょっと一杯飲みませんか」

編集会議のあと、岡田敬造はみんなを誘って行きつけの台湾料理店で飲食するのが習慣になっていた。

「そうですね。新橋に圭子が勤めてますから、ちょうど仕事が終る時間ですし、タクシーで迎えに行って、あとで合流します」

赤坂と新橋は目と鼻の先である。たまにはみんなと食事をして、人みしりする圭子がみんなと親しくなる機会を持つのもいいのではないかと思い、文忠明は圭子の勤務先に電話を入れて迎えに行くことにした。

圭子は安売り店のキムラヤの前で待っていた。タクシーを横づけにした文忠明は圭子を乗せて、ふたたび赤坂に向かった。

圭子が新聞を持っている。どこか落ち着かない様子だったが、タクシーが虎ノ門交差点で信号待ちしたとき、

「あなたの知っている朴淳花さんが、今朝亡くなりました」

と言った。

「なんやて……」

驚きのあまり文忠明は一瞬、喉を詰まらせた。

「夕刊に載ってます」

圭子は持っていた夕刊を文忠明に渡した。その夕刊を開き、車内灯を点けて見た。三面記事の左隅に写真入りで淳花の死亡記事が掲載されていた。体の不調を訴え、救急車でD病院に運ばれ治療を受けていたが、三日後の午前八時三十分に心不全で死亡したのだった。享年三十七。淳花は今朝の八時三十分に他界したのだ。

文忠明は茫然とした。淳花は午前八時三十分に亡くなり、文忠明は午前十一時ごろに淳花の夢を見たのである。この世に霊魂というものが存在するとは思えないが、淳花が亡くなってから二時間半後に、十三年間、一度も会っていない淳花の夢をなぜ見たのか。胸の開いた黒いドレスを着て羽ばたくように舞うように両腕をひろげて見つめる淳花の眩いばかりの微笑が文忠明の脳裏に鮮やかに蘇った。

圭子の頬にひとすじの涙が流れていた。

「なぜ泣く……」

文忠明は淳花についてあまり話したことはないが、たぶん圭子は「果林」でアルバイトをしていたとき、客の誰かから、あるいはマスターから淳花のことを聞かされていたのだろう。

「なぜか悲しいんです」

寡黙な圭子はひとこと言った。その優しい横顔が流れてゆく街の灯りをぼんやり眺めていた。

文忠明は台湾料理店に電話を入れて岡田敬造に出席できない旨を伝えて帰宅した。

一カ月が過ぎたある日、文忠明はゴールデン街の「わらじ」に寄った。客は一人もいなかった。カウンターの中にアルバイトの女の子と糖尿病を患っている顔のむくんだマスターが人待ち顔で立っていた。

文忠明が入ってくると、

「久しぶりだな」

とマスターが懐かしそうに言った。

何年ぶりか思い出せない文忠明はとまり木に座り、アルバイトの女の子からつがれたビールを飲んだ。

「淳花が亡くなった記事は読んだと思うけど、入院してたったの三日で急死するなんて信じられないよ。どう考えてもおかしい。病院の対応に問題があったんじゃないかとおれは疑ってる」

マスターは病院側の不手際に疑念をいだいていた。

「これからというときに死ぬなんて、悔しいというか、無念というか……」

マスターは言葉をとぎらせた。糖尿病にもかかわらずマスターは自分でグラスにビールをついで飲んだ。

淳花の話になると文忠明は沈黙した。淳花の話はしたくなかった。そのくせ実は淳花の面影を求めて、この店にきたのではなかったのか。

マスターは思い出したように、

「淳花が死んだ午前十時頃、おれは夢を見たんだ。淳花は胸の開いた黒いドレスを着ていた。きれいだったよ」

と言った。

「え、淳花の夢を……」

文忠明は内心どきっとした。

「淳花が文さんの住んでいるところを教えてほしいと言うんだ。それでおれは教えてやったよ。最後に淳花は文さんに会いたかったんだと思う」

その日、午前十時頃、マスターの夢枕に淳花が現れて文忠明の住んでいるところを教えてほしいと訊かれ、午前十一時頃に文忠明は淳花の夢を見たのである。偶然にしてはあまりにもできすぎている。だが、二人が胸の開いた黒のドレスを着ている淳花の夢を見たのは事実だった。

「淳花はおれを怨んでいたと思う」

文忠明はくぐもった重い声で言った。

「そんなことはない。淳花の死顔はきれいだったよ」

淳花の葬儀に立ち会っているマスターは涙ぐんでいた。

「淳花さんて、A文学賞作家の朴淳花さんですか?」

アルバイトの女の子が訊いた。

「そうだ」

とマスターが答えた。

「えー、あの朴淳花さんが死んだんですか!」

女の子は素っ頓狂な声を上げた。

「おまえは黙ってろ！　馬鹿みたいに、無知丸出しの顔で、いまごろ何を驚いてるんだ」

普段おとなしいマスターの剣幕に女の子は口をつぐんだ。

腹を立てたマスターは、またしてもビールをグラスについで飲んだ。

「そんなに飲んでいいんですか」

文忠明が言った。

「いいんだよ。長生きしたって、どうせろくなことはないよ」

カウンターの中をよたよた歩き、マスターは作りたての牛すじの煮込みを肴に出した。

三十分ほどとりとめのない話をしていたが、二人の客が入ってきたので、それを機に文忠明は店を出た。

まだ宵の口の新宿区役所通りは、これから出勤するホステスや、すでに酔っぱらっている人びとで賑わっていた。交差点を渡っていくイナゴの大群のような群衆にもまれながら、文忠明は両手をポケットに突っ込み、あてもなく歩いた。淳花は、いまも新宿の夜の街を彷徨っているのではないか。群衆の中から、ネオンのめくるめく光と影から、紫煙にけむる酒場の人いきれの猥雑な哄笑の中から、不意に淳花が「文さん！」と呼びかけてくる、明るく弾んだ声が聴こえるようだ。あの夢は何だったのか。この世の最後の別れに、おれに会いにきたのだろうか。輝くばかりの微笑をたたえて誘うように暗闇に消えていった淳花。おれは淳花を裏切ったのだ、という思いが、文忠明の胸の奥で疼《うず》いていた。文忠明の目に涙が溢れた。その涙で曇っている瞼に、幾千億光年の宇宙の彼方へ飛翔していく淳花の姿を一瞬、垣い間見たような気がした。

この作品は、
「アサヒグラフ」1998年1月2／9日号～2000年9月22日号、
「論座」2001年1月号～12月号
に連載されたものです。

終《おわ》りなき始《はじ》まり（下）

2002年8月1日　第1刷発行

著　者　梁石日《ヤンソギル》

装　画　斎藤　隆

装丁者　菊地信義

発行者　矢坂美紀子

発行所　朝日新聞社
〒104-8011　東京都中央区築地5-3-2
電話　03-3545-0131（代表）
編集・文芸編集部　販売・出版販売部
振替　00190-0-155414

印刷所　凸版印刷

ISBN4-02-257764-9

定価はカバーに表示してあります